EUROPAVERLAG**BERLIN**

FEDERICA
DE CESCO

DIE NEUNTE SONNE

EUROPAVERLAGBERLIN

MIX
Papier aus verantwortungsvollen Quellen
FSC® C083411

Umschlaggestaltung: Hauptmann & Kompanie Werbeagentur, Zürich
Satz: BuchHaus Robert Gigler, München
Druck und Bindung: cpi Clausen & Bosse, Leck
ISBN 978-3-95890-009-7

www.europa-verlag.com

Wie immer für Kazuyuki

»Die Menschen lassen ihr Lebtag nicht
von ihrer Liebe und nicht von ihrem Hass.«
EIJI YOSHIKAWA, »MUSASHI«

1. KAPITEL

DER HIRSCHKÄFER

Seitdem ich krank bin, kommen alte Erinnerungen zu mir. Bilder bewegen sich an meinen Augen vorbei, und ich bewege mich mit ihnen, von einem Punkt zum anderen. Manche dieser Bilder sind ziemlich grell, lichtgetränkt. Ich weiß nicht, ob es Bilder sind, die es gibt oder jemals gegeben hat. Ich habe so verrückte Träume. Seit einigen Tagen liege ich da ohne Schmerzmittel, ohne Schlaftabletten, ohne die Furcht, an meinem eigenen Atem zu ersticken. Es riecht nach sauberen Reisstrohmatten und nach Kampfer. Gerüche, die ich mag. Zunächst habe ich die Traumbilder ohne Interesse betrachtet, nur um die Zeit totzuschlagen. Womöglich fantasierte ich ja. Aber die Bilder wandern an meinen Augen vorbei und ziehen mich mit sich, ein unwiderstehlicher Sog. Sie flimmern nicht und verschwinden auch nicht. Ich sehe sie hinter meinen Pupillen bei Licht und bei Dunkelheit. Ich denke an ganz gleich was, ihre Umrisse sind immer klar. Sie sind wie ein Fenster zu einer anderen Dimension. Es geht nicht, denke ich, dass hinter diesem Fenster etwas ist, das ich nicht sehen kann. Das macht mich reizbar. Ich fühle mich zunehmend unbehaglich, verstricke mich in Phasen krampfhafter Unruhe. Bis ich auf einmal ganz still liege. Etwas ist da. Ich würge Schleim herunter, spüre in mir eine Hebung und Senkung. Unvermittelt explodiert die Luft um mich herum. Alle

Geräusche dieser Welt verschwinden. Aus dem Nirgendwo schwebt – wie eine Leuchtspur – ein Bild dicht vor meinen Augen empor und öffnet sich. Ich bin sofort innen drin.

Ich bin neun Jahre alt. Ich hänge mit den Knien kopfüber an einem Ast des höchsten Baumes im Garten und schaukele in zehn Metern Höhe. Meine Mutter steht unten und ruft, ich soll sofort herunterkommen. Inge, die junge Kinderfrau, steht neben ihr, knetet die Hände und jammert: »Ach lieber Jesus, heilige Maria! Wenn ihm nur nichts passiert …« Meine Schwester Amanda tobt und schreit wie am Spieß. Sie will auch auf den Baum, und Inge hält sie fest. Ich sehe das alles von oben, ich bin glücklich, völlig in meiner Welt, fühle mich leicht wie eine Seifenblase und zugleich voller Kraft, der Himmel schwankt mit mir hin und her. Ich gebe immer mehr Schwung, der Himmel schaukelt stärker, bis der Ast den Druck nicht mehr aushält und entzweikracht. Meine Mutter schreit, ich fliege an Zweigen, an grünen Blättern vorbei. Ich lande mit dumpfem Aufprall. In den wenigen Sekunden, da alle wie gelähmt sind, höre ich Blätter rascheln. Ich spucke einen Brocken Erde aus, und dicht vor meinem Gesicht kriecht ein Hirschkäfer hervor. Ein paar Atemzüge lang starren wir uns an – der Käfer und ich. Er bewegt die Fühler, hebt den Kopf, und ich sehe unter den Hörnern so etwas wie ein Gesicht. Sein Anblick weckt eine Assoziation in mir, die ich nicht begreife, nicht begreifen kann, weil sie noch unendlich weit von mir entfernt ist. Schon läuft Mutter auf mich zu, zerrt mich hoch, betastet mich.

»Um Gottes willen, Alexander, hast du dir wehgetan? Hast du dir ein Bein gebrochen? O Himmel, mehr Glück als Verstand!«

Ich beachte sie kaum. Mein Kopf ist gedankenverloren zur Seite geneigt. Ich suche den Hirschkäfer. Irgendwo muss er sein. Doch ich sehe ihn nicht mehr. Er hat sich unter den Blättern verkrochen.

Das war der Anfang. Ich trug diesen Anfang in mir, unzugänglich, unerkannt: eine Erinnerung an die Zukunft, wenn so etwas möglich ist. Ich befand mich in einer Vorwelt, in der alles geschehen konnte, nur nichts Gutes. Die kommende Zeit bewegte sich auf mich zu, mit ihren kreisenden Sternen. Aber woher sollte ich das wissen?

Und jetzt liege ich auf meinem Futon, der hierzulande üblichen Bettmatratze, und bin wütend auf mich selbst. Erster Fehler: dich zu erinnern. Lass das gefälligst, Alexander! Willst du unbedingt wissen, wie verflucht noch mal alt du bist? Ja, und wie alt bist du, sag es doch? Bald hundertjährig? Das glaubst du wohl selbst nicht! Dass Schlimmste dabei ist, dass andere annehmen, du hättest etwas dabei gelernt. Man sagt, im Alter käme die Weisheit. Was heißt das schon? Dass du noch nicht völlig gaga bist? Zweifellos, sonst hättest du nichts Rationales mehr im Kopf, nur Irrationales. Dann wärest du den ganzen Ballast los, diese Schlacken eines hundertjährigen Lebens. Aber solange du dich erinnerst, kann nichts weggewischt oder ausrangiert werden, runter in den Keller der Vergangenheit. Kein Hausputz im Kopf, Alexander. Für wie lange Zeit noch?

Denn irgendwann wird es aufhören. Irgendwann wird es eine Zäsur geben, eine klare Trennung zwischen damals und heute. Bis dahin bin ich wie ein Lachs, der auf dem Weg zu seinem Quellgebiet den Fluss aufsteigt. Ich spüre, dass ich mich vorwärtsbewege, heimlich und fast verstohlen, in einer Art verzweifelter Dringlichkeit gegen den Strom ankämpfe. Und wozu, bitte schön? Ich finde keine Antwort, und das deprimiert mich. Deprimiert! Ich habe mir noch nie überlegt, was für ein hochtrabendes Wort das ist! Zudem hat ein alter Mann nicht deprimiert zu sein. Auch nicht, wenn er sich mit krummem Rücken durch die Straßen schleppt. Ein alter Mann soll seine alberne Erscheinung in Kauf nehmen, ruhig werden und akzeptieren, dass der Tod kein Skandal ist, sondern Biologie.

Das geht mir sehr gegen den Strich. Und nach der Kremation, nach dem Herunterkühlen, wer wird mit elegantem Stäbchengriff meinen zweiten Wirbelknochen aus der Asche fischen um ihn – wie es sich gehört – in die Urne zu legen? Da ist keiner mehr, der das für mich tun könnte. Kazuko Sato vielleicht? Ja, Kazuko würde mir diesen Wunsch nicht abschlagen. Wir sind Nachbarn seit über fünfzehn Jahren, nur ein schmaler Gartenweg trennt ihr Haus von dem meinen. Trotzdem verschiebe ich das peinliche Gespräch von einem Tag auf den anderen.

Denn obwohl der Umlauf meiner Lebensuhr fast vollendet ist (nehmen wir mal an, der Zeiger stünde auf eine Minute vor zwölf), bilde ich mir ein, ich wäre noch fähig, diesen Zeiger zurückzudrehen. Und ich schlafe ein mit dem Gedanken, morgen bin ich wieder jung und mache dieses und jenes. Und wenn mich um sechs die vertrauten Schreie der Raben wecken, höre ich zugleich das Knarren in meiner Brust. Ich spucke zähen, grünen Schleim und komme ohne Hilfe kaum auf die Beine. Es geht nur, wenn ich krieche und mich an irgendeinem Möbel hochziehe. Wie verwirrend, frustrierend und aufreibend das ist! Mein gegenwärtiger – und offenbar endgültiger – Zustand gibt mir nur ein minimales Maß an Freiheit. Ich kann nachdenken oder schlafen. Das sind meine Möglichkeiten, nicht mehr und nicht weniger.

Immerhin kann ich Yae noch sehen. Das ist schon was. Nein, das ist – wenn ich's recht bedenke – das Wesentliche.

In einem geschnitzten Rahmen hängt die Fotografie an der Wand gegenüber, damit ich sie immer im Auge behalten kann. Yae trägt einen Kimono mit einem Muster aus Libellen und Sommergräsern. Trete ich näher an das Bild heran, sehe ich ihr seidenweiches sinnliches Lächeln, das – wenn es die Umstände verlangten – wie ein Messerschnitt aufglänzen konnte.

Yae war klein von Gestalt, doch in ihrer Haltung lag etwas, das sie größer erscheinen ließ. Ihr Körper war athletisch und geschmeidig wie der einer Tänzerin. Ihr Haar war lang und dick und tiefschwarz, so schwarz, dass es purpurn schimmerte. Die hohe Stirn, die länglichen Wangen gaben ihrem Antlitz die Form einer

Mandel. Es war kein sanftes Gesicht; ihre schmale Nase war edel geformt, sie hatte ein eckiges, fast maskulines Kinn und hoch angesetzte, kräftig ausgeprägte Wangenknochen. Ihre Zähne waren stark und weiß, die unteren Schneidezähne standen leicht vor. Ihre Augen sahen einen nicht gerade an, sondern immer ein wenig von der Seite. Ihr Blick war scharf und abschätzend und hochmütig. Es waren Augen wie aus einer alten Legende, wie Penthesileas Augen, vielleicht.

Yae. Man kann ihren Namen nicht übersetzen. Japanische Wörter drücken gleichzeitig die Bilder aus, die der Klang solcher Wörter erweckt. Yaes Name bedeutet »Achtfache Kirschblüte«, aber damit ist die volle Bedeutung noch nicht erfasst. Er bedeutet: der herrliche Anblick, wenn die meisten Bäume noch kahl sind und die Kirschblüten wie ein rosafarbenes Gewölk Berghänge und Flusstäler bedecken. Nun, man kann einfach in einer anderen Sprache nicht sagen, was der Name bedeutet. Jedenfalls hieß sie Yae. Ich habe immer gedacht, nichts kann uns trennen. Jetzt ist sie tot, und ein Teil von mir hat sich losgerissen. Ein Teil von mir wurde im Feuer vernichtet. Seitdem habe ich das Gefühl, es fehle etwas in meinem Körper. Irgendetwas ist nicht mehr da, wo es hingehört. Deswegen bin ich zornig.

Was übrigens damals den Baum betraf (es war eine Buche) – mein Vater ließ ihn fällen. Eine seiner Ruck-zuck-Methoden. Aber zuerst verpasste er mir eine Ohrfeige, dass mir Hören und Sehen verging. »Eines Tages«, herrschte er mich an, »wirst du dir deinen dummen Schädel brechen!«

Ganz unrecht hatte er nicht: Ich war zweifellos intelligent, aber mir schien es an Verstand zu fehlen. Tatsache war, dass ich keinen Sinn für Gefahr hatte. Aber ich kam fast immer ohne größeren Schaden davon. Schrammen, blaue Flecke, eine Gehirnerschütterung – schlimmer traf es mich nie.

»Du hast einen guten Schutzengel«, pflegte Inge zu sagen. Engel, das waren für mich diese nackten, rosigen Wesen, die Speckfalten und goldene Flügel hatten und die sich in unserer Barockkirche unter der Decke tummelten. »Putten« nannte man diese gepuderten kleinen Ferkel. Die waren nichts für mich; die waren für Franziska – Frenzel genannt –, die Heiligenbilder sammelte und schon mit sieben Jahren den Rosenkranz auswendig konnte. Ave-Maria, eine halbe Stunde lang und in allen Variationen.

In unserem Haus war schlechtes Blut. Ein Überbleibsel von Inzucht, ein Gift, das in unserem protzigen Stammbaum vor sich hin moderte. Das Gift regte sich umso ärgerlicher, je mehr wir es vor uns selbst und den anderen verheimlichten. Wir kratzten uns im Verborgenen da, wo es juckte. Wir hatten alle mehr oder weniger einen Dachschaden, wenn nicht Schlimmeres. Sogar mein Vater, der ganz gesund aussah, war schon mit zweiundvierzig moribund, körperlich zerrüttet, eine Jammergestalt. Und ich selbst schleppe achtzig Jahre später noch immer meine Neurosen mit mir herum und gehe nicht hops, obwohl ich mich gründlich satthabe.

»Ich habe so viele hässliche Sachen gesehen«, sagte mir unsere alte Kinderfrau Inge, als ich 1962 zum ersten Mal wieder nach Deutschland kam und sie im Altersheim besuchte. »Eigentlich warst du ordentlich und gut. Und das, was du angerichtet hast, hat dir Gott längst vergeben. Nicht wie deine Schwester Amanda. Nur der Himmel kennt ihre Sünden! Die gnädige Frau Baronin hat jahrelang versucht, sie vor der Verdammnis zu bewahren. Ich ging mit ihr nach Berlin. Amanda trat in einem Kabarett auf. ›Schall und Rauch‹ hieß diese Lasterhöhle! Und Amanda, ach du lieber Jesus! Nackt war sie, splitternackt! In ihrem Alter …«

Inge bekreuzigte sich hektisch, als ob ihr der Leibhaftige als Nackedei in seiner tollsten Stunde erschienen sei.

Nur Amanda, die am wenigsten Geschädigte von uns allen, gab ihrer Rebellion eine artistische Form, was ich bewundernswert fand und Inge pornografisch. Von der gnädigen Frau Baronin, meiner Mutter, ganz zu schweigen.

Ende Juli hatte ich also einen Schlaganfall. Ich kam von meinem täglichen Spaziergang zurück, schleppte das gefüllte Einkaufsnetz, als mir schwarz vor Augen wurde. Und als ich zu mir kam, beugte sich eine Krankenschwester über mich und fragte, wie ich mich fühlte. Sie war hübsch, mit einem Grübchen am Kinn. Ich hätte ihr gerne zugelächelt, aber die Hälfte meines Mundes war empfindungslos, und ich konnte kaum die Zunge bewegen.

Ich schlief eine Weile. Als ich die Augen öffnete, saß Dr. Kobayashi an meinem Bett. Er nahm meine rechte Hand, und ich antwortete mit leisem Druck. Die Linke lag da, schwer und kalt wie ein fremder Gegenstand. Dr. Kobayashi erzählte mir, dass Nachbarn gesehen hätten, wie ich vor meinem Gartentor zusammenbrach. Sie hätten mich unverzüglich zu seiner Praxis am Ende der Straße geschleppt, und er hätte dafür gesorgt, dass ich ins Krankenhaus kam. Zwei Wochen lag ich da. Um mich zu drehen, musste ich den linken Arm mit der Rechten heben. Nach einigen Tagen bewegten sich die Finger wieder, Griff um Griff. Berührte ich meinen Arm, war das Gefühl darin dumpf, aber es war vorhanden. Ich konnte auch wieder sprechen. Dr. Kobayashi meinte, dass ich Fortschritte machte. Und tatsächlich, nach den ersten Bewegungen, nach den ersten Worten dauerte es nicht lange, bis ich meinen Arm wieder zu bewegen vermochte, jeden Tag ein wenig mehr. Ich konnte mich aufsetzen, und Keiko, die niedliche Krankenschwester, stützte mich, während ich meine ersten Schritte machte. Sie hatte ein madonnenhaftes Lächeln, Keiko. Die innere Beuge ihres Armes war weich und zart, und für eine Japanerin hatte sie üppige Brüste. Ich spürte sie durch ihren dünnen Kittel. Die Lüsternheit schwebte in den nebelhaften Dämmerbezirk meiner Seele, fernab der Impotenz des realen Lebens. Ich tätschelte Keikos Arm als Ersatz. Sie tat so, als merkte sie es nicht, während sie mich durch die Gänge zog. Sie brachte mich auch zum Lokus und wartete taktvoll vor der Tür, bis ich fertig war. Als ich nach Hause konnte, hätte ich sie gerne mitgenommen. Wie meine Pantoffeln oder den Bademantel. Eine

Frau, die mir die nassen Unterhosen wechselt, ihre Nippel wie einen Schnuller in den Mund schiebt. So weit war es also mit mir gekommen. Keiko selbst musste froh sein, dass sie mich los war. Es gab Patienten, die charmanter waren. Ich bin krumm und so dünn, dass mein Schatten Löcher hat. Der linke Winkel des Mundes und das linke Augenlid sind herabgezogen, diese Seite meines Gesichts sieht immer verdrossen aus. Was meiner Gemütsverfassung bestens entspricht. Immerhin meint Dr. Kobayashi, ich hätte keinen dauerhaften Schaden erlitten, und verordnet mir Ruhe. In der brütenden Augusthitze kann ich mich ohnehin kaum bewegen. Kazuko kauft für mich ein, bringt mir warmes Essen aus der eigenen Küche. Hierzulande helfen die Nachbarn einander. Kazukos lethargischer Mann sitzt in irgendeinem Verwaltungsrat und geht nächstes Jahr in Rente. Kazuko freut sich nur mäßig darüber. »Was mache ich mit dem Alten, wenn er den ganzen Tag zu Hause herumlungert? Ihr einziger Sohn ist mit seiner Familie nach Osaka gezogen. Kazuko wird zweiundachtzig, sieht aus, als könnte sie ein Hauch davonwehen, und sprüht wie ein junges Ding vor energischer Tatkraft. Ich kann nur neidisch sein. Und es bedrückt mich, dass ich nur meine Kremation im Kopf habe und mich anderen gegenüber so wenig erkenntlich zeige. Doch ich fühle mich je länger, je schwächer dazu. Außerdem schlucke ich Medikamente, die meine Wahrnehmung trüben. Ich sehe Bewegungen zwischen Fenstertür und Blumentöpfen. Verschwommene Formen regen sich da. Eigentlich ahne ich sie mehr, als dass ich sie sehe, aber sie erinnern mich eindeutig an meine Eltern. Nachdem ich mich vor einigen Tagen so vieldimensional an früher erinnert hatte, macht mich ihre hartnäckige Präsenz reizbar. Denke ich an die Verstorbenen, gehen meine Gedanken eigene Wege, überschreiten unbefangen jenen Punkt, an dem alle fernen Dinge zu einer Vibration werden, dem wahren Leben ähnlich. Was ich ganz gut kann, ist, genuschelte Selbstgespräche führen, bis ich schläfrig werde und mich treiben lasse. Mein Rationalismus wehrt sich nicht im Geringsten dagegen.

Und irgendwann geht in meinem Kopf etwas vor: Mein Hirn vollführt eine Art Drehung, blaue Flüssigkeit rieselt mir über die Augen, und zwischen den Tropfen glaube ich die Gestalten deutlicher zu sehen. Und jetzt nehmen wir mal an, dass sie wirklich da sind. Warum auch nicht? Es gibt mehr Dinge im Himmel und auf Erden, als eure Schulweisheit sich träumt, das sage nicht ich, das sagt Shakespeare. Wie dem auch sei, die Prozedur strengt mich gewaltig an und zerrt an meinen Kräften, aber ich merke intuitiv, wann der richtige Augenblick gekommen ist, wann ich die Erscheinungen festhalten muss, ehe die Wahrnehmung nachlässt. Und gelegentlich klappt es richtig gut. Mit Vater und Mutter, die aus einer Zwischenwelt auf mich herabblicken, habe ich, wie man anno dazumal sagte, »ein Hühnchen zu rupfen«, und zwar ein ganz fettes. Davor graut mir, ehrlich gesagt. Aber ob es mir gefällt oder nicht, zwischen uns besteht ein Blutsband. Und es kann ja sein, dass wir unsere gemeinsame Paranoia loswerden und uns – na ja – irgendwie ergänzen. Aber zuvor muss ich mit den alten Herrschaften eine Anzahl unerfreulicher Gespräche führen, anders kommen wir ja nicht vom Fleck. Ich verzichte also darauf, die aufdringlichen Gäste zu vertreiben, und wir unterhalten uns.

2. KAPITEL

EHRENWERTER HERR VATER

Mutter soll sich – bitte schön – gedulden. Ich kann mir schon erlauben, ein wenig unhöflich zu sein. Im Jenseits ticken die Uhren nicht mehr. Kein Pendelschlag skandiert den Tagesablauf: Frühstück, Mittagessen, Fünfuhrtee, Diner. Wir Kinder hatten auf die Minute pünktlich zu sein, beide Hände auf der Stuhllehne, bis man uns zum Sitzen aufforderte. Sonst wurde uns die Mahlzeit verdorben. Und da für die Frau Mutter die Zeit kein Problem mehr ist, nehme ich mir zunächst den alten Herrn vor. Als Hors d'œuvre sozusagen. Und da steht er auch schon, in langen Unterhosen, und sieht lächerlich aus. Ich bestehe auf dem »Du«, eine Unverfrorenheit in Anbetracht früherer Sitten, als man in vornehmen Kreisen nicht nur bei Tisch, sondern auch im Ehebett »Sie« sagte. »Habe ich Sie erfreut, meine Teure?« Etwas in dieser Art.

»Du bist mit zweiundvierzig gestorben. In Wirklichkeit begann dein Totsein viel früher. Nicht lange nach der Pubertät, nehme ich an.«

Der alte Herr versteht nichts von Psychologie.

»Was soll das heißen? Drücke dich gefälligst klar aus.«

»Das soll heißen, dass du keine eigene Meinung hattest. Du warst ziemlich auf Draht, wenn es um Geschäfte ging, das war schon alles. Die ganze Welt war für dich nur schwarz oder weiß.

Mutter war lilienweiß, wir Kinder waren schwanenweiß, und du warst Lohengrin.«

Er versteht auch nichts von Symbolen.

»Was redest du dir da zusammen? Ich hatte Krebs!«

»Und Metastasen im ganzen Körper. Keine Hoffnung auf Genesung. Und trotzdem musstest du dich im Sterben quälen. Hast dich töricht an dieses schmerzvolle Leben geklammert.«

»Das war eine Verpflichtung. Unser Name, man musste sich darum kümmern. Das waren wir unserem Geschlecht schuldig. Dein Großvater ist würdevoll gestorben. Er hatte noch Ehre im Bauch.«

Ich erinnere mich gut an Großvater, der den alten Gästeflügel unseres Schlosses bewohnte und an einem Augustnachmittag, bei brütender Hitze, plötzlich in den Hortensien lag. Man holte den Arzt, aber da war nicht mehr viel zu machen.

»Hatte er nicht Hämorriden?«

Eugen Heinrich, Baron von Gersdorff, ist peinlich berührt. Für ihn bestand ein Individuum nur bis zur Gürtelschnalle.

»Alexander, du bist ungehobelt. Großvater Willibald stellte für uns die Fortdauer dar, die Ordnung, die Ehre. Sein Name soll erhalten bleiben. Er war ein Grandseigneur.«

»Zumindest war er konsequent.«

Großvater Willibald war mütterlicherseits ein Wittelsbacher. Ein Repräsentant des alten Standes und gleichzeitig ein Original. Er war ein berüchtigter Misanthrop. In Japan wäre er Mönch geworden und hätte auf der Suche nach Erleuchtung morgendlich die klösterlichen Fußböden poliert. Er war dafür bekannt, dass er äußerst widerwillig an mondänen Anlässen teilnahm – und dafür berüchtigt, dass seine Zugehörigkeit zum Ritterorden des heiligen Johannes des Täufers zu Jerusalem von Rhodos und von Malta sein einziger Gesprächsstoff war. Womit er seine Zuhörer, die das alles längst auswendig kannten, je nach Neigung zum Lachen oder zum Gähnen brachte. Dabei hatte er nicht einmal etwas dafür getan. Die Diplome waren seinem Vorfahren Maximilian, sattsam als Schurke bekannt, Ende des siebzehnten Jahrhunderts überreicht worden. Dieser war durch den Salzhandel mit dem Malteser Ritterorden reich geworden und hatte Schloss Eichenhof mit dem nicht sehr sauberen Geld der Johanniter erbaut. Großvater Willibald sah großzügig darüber hinweg. Für ihn waren die Tempelritter die Verkörperung von Adel, Mut und Ehre. In seiner weltfremden Art hatte er wiederholt verkündet, dass er das Schloss bis über seinen Tod hinaus bewohnen würde. Wie er sich das vorstellte, war unklar, denn wir hatten nicht, wie manche Leute gleichen Standes, Grabsteine unter den Wohnzimmerfenstern. Memento mori, immer vor der Nase. Was Großvater betraf, erfuhren wir des Rätsels Lösung erst an seinem Sterbebett. So makaber sie auch sein mochte, hatte die Inszenierung zweifellos Stil. Aber davon später.

Während mir das alles durch den Kopf geht, meint mein ehrenwerter Herr Vater, ein bisschen Moral würde mir guttun.

»Du solltest deinen Großvater seiner Konsequenz zuliebe achten.«

»Ich achte ihn ja auch. Großvater war ein Exzentriker. Ich achte DICH nicht sehr hoch!«

»Ich konnte nicht stolz auf dich sein«, meckert mein unfreundliches Phantom. »Du hattest Glück und bist gesund auf die Welt gekommen. Du trugst eine Verantwortung.«

Hoppla. Die Bemerkung hätte er sich ersparen sollen. Der Bumerang saust sofort auf ihn zu.

»Täusche ich mich, wenn ich den Eindruck habe, dass hier von Rudolph die Rede ist?«

Sein Schatten bewegt sich unruhig. Sogar im Jenseits belastet ihn das schlechte Gewissen.

»Rudolph? Wir hatten ihn den Nonnen anvertraut, das hast du ja noch miterlebt. Es war eine vernünftige Lösung.«

»Ich will jetzt nicht darüber diskutieren«, sage ich, »ob die Lösung vernünftig oder unvernünftig war. Mir kommt eher das Wort Heuchelei in den Sinn.«

»Es war eine bittere Prüfung für uns alle. Deine Mutter hat sich zu Tode geschämt.«

»Geschämt, wieso eigentlich?«

»Du warst zu jung, um das zu verstehen. Jedenfalls habe ich dafür gesorgt, dass die Sache in Ordnung kam. Es war nicht leicht für uns, glaube mir. Und es wäre entgegenkommend von dir, wenn du uns allmählich deine Vorwürfe ersparen würdest.«

»Du machst es dir leicht«, sage ich. »Und ich will sogleich etwas hinzufügen, das du noch weniger gern hören wirst: Wäre Darina meine Frau geworden, hätte sich unser müder Stammbaum erholen können.«

Kaum ist's gesagt, brodeln im Jenseits Gewitterwolken. Jupiter höchstpersönlich kündigt sich an. Mit Donner, Blitz und Hagelsturm.

»Hast du noch die Unverfrorenheit, ihren Namen zu nennen? Diese elende kleine Dirne!«

Ich merke, dass ich mit den Zähnen knirsche wie ein Kater, der einen Vogel sichtet, was dem Messerwetzen sehr nahekommt. Aber ich habe gelernt, mich zu beherrschen. Ich lasse den Hagel prasseln und ziehe nicht den Kopf ein.

»Du und ich werden immer unsere Meinungsverschiedenheiten haben. Darina war keine Dirne.«

»Der Vater war ein bulgarischer Zigeuner! Er war für die Landarbeiten gekommen, fuhr den Mist mit Pferd und Wagen auf die Felder. Jozif – so war doch sein Name – stank nach Jauche und schnäuzte sich zwischen den Fingern, ja, selbst in meiner Gegenwart. Pfui Teufel! Einmal habe ich ihm mein eigenes Taschentuch gereicht.

Ich hatte die Güte, ihn als Gärtner anzustellen, habe ihn und seine Frau vor der Misere bewahrt. Aber Undank ist der Welt Lohn! Paula, die alte Vettel, pflückte nachts das Obst von den Bäumen, stahl unsere Eier. Einmal hat sie sogar eines unserer Ferkel geschlachtet. Von der Muttersau angeblich zertrampelt. Die dreimal verfluchten Schurken wurden immer anmaßender. Und am Ende haben sie sogar versucht, mich zu erpressen!«

Ich bewahre meine Geduld und entgegne: »Die Eltern mögen Aasgeier gewesen sein. Aber falls du es noch nicht bemerkt haben solltest, Gauner kommen in den besten Familien vor.«

»War das eine Anspielung?«

»Das war eine. Darina hatte mit der ganzen Sache nichts zu tun!«

»Himmel, Alexander! Sei kein Idiot. Glaubst du allen Ernstes, die Eltern hätten diese Sache ausgeheckt, ohne dass die Tochter davon wusste? Und was im Nachhinein mit dieser Schnepfe geschah, bestätigte doch ihr schlechtes Gewissen.«

Den Dingen in meinem Kopf kann ich auf rationale Art nicht ganz beikommen. Aber ich beherrsche mich.

»Unter uns gesagt, Vater, ich würde dich gerne umbringen. Zu deinem Glück ist die Sache schon erledigt. Im Gegensatz zu dir habe ich mir ein verdammt langes Leben zugelegt. Und alles bekommen, was ich wollte. Jedenfalls fast alles.«

»Allmächtiger! Da gibt es nichts, womit du prahlen könntest! Es sagen mir die Sterne, dass du ein Verbrecher bist! An deinen Händen klebt Blut!«

»Ich war im Krieg.«

»Oh, Hölle und Pferdemist! Erspare mir dein Heldenepos an der chinesischen Front. Ich rede von dem, was du Onkel Günther und mir angetan hast! Du hättest an einem Strick baumeln sollen!«

»Ich habe einen starken Lebensfaden, Vater. Wo er auf andere Lebensfäden trifft, nutzt er sie ab.«

Dass ich ein harter Brocken war, stand außer Zweifel. Sonst hätte ich es nicht überstanden. »Wir waren festgenagelt in Schützengräben«, setzte ich fort, »der Haufen der Gefallenen wurde immer höher, und die meisten Verletzten krepierten unter den Händen der

Herren Militärärzte. Und lass dir bloß nicht sagen, menschliche Haare können sich nicht sträuben: Das gibt es!«

»Ja, was hast du denn erwartet?«, sagt Vater. »Dass man dir die Stiefel putzt und Blumen überreicht? Und überhaupt, was soll das Gejammer? Das alles hast du dir selbst zu verdanken!«

Meinem Vater machte die Welt wenig Kopfzerbrechen.

»O nein!«, sage ich.

»O nein, was?«

»Das alles habe ich DIR zu verdanken! Willst du es nicht endlich zugeben?«

Viele Jahre später sagte Toyohisa zu mir, als ich ihm den Schlamassel schilderte: »Die Jugend wartet begierig auf Marschbefehle. Aber das Alter kann nur rückwärtsblicken auf traurige Erinnerungen und hoffnungslose Träume.«

Das traf auf mich zu wie die sprichwörtliche Faust aufs Auge. Schlimmer noch: Ich hatte mich in Marsch gesetzt, ohne dass ich gerufen wurde. Ich hatte ja noch nicht das legale Alter erreicht. Seither weiß ich, dass ich als Narr losmarschiert war, und meinen Doppelweg – den inneren und den äußeren – am Nullpunkt der Weltkenntnisse begonnen hatte. Aber der Weg entsteht nur dadurch, dass die Menschen ihn durchschreiten. Leider können ihn die meisten nicht zu Ende gehen. Der Metzger der Weltgeschichte dreht sie durch den Fleischwolf. Was bleibt, sind Soldatenfriedhöfe und Kreuze wie abgenagte bleiche Knochen, in Reih und Glied aufgestellt, so weit das Auge reicht.

»Du hast mich nie verstanden, du Grünschnabel!«, fängt das Phantom nun wieder an. »Hunderttausende trugen ihre Haut zu Markte. Und so viele sind gefallen! Ich hatte Angst um dich. Mein Leben mochte mir gleichgültig sein, deines aber war mir teuer.«

Er redet wie in einem Theaterstück. Ich hätte beinahe gelacht. Denn der Herr Baron war nie einberufen worden. Sein Kampf fand nur in seinem Bauchfell statt. Die Krebsforschung steckte noch in den Kinderschuhen. »Eine heimtückische Krankheit«, nannte man es damals. Es stimmt ja, Vater hat viel gelitten. Und jetzt tut es mir fast leid, dass ich ihn so gehasst habe. Die Zeit vergeht, die Wut ist weg. Was bleibt, sind der Schmerz und danach – im Alter – der Rückzug in sich selbst.

»Pass auf«, sage ich. »Wir brauchen uns doch gegenseitig nichts vorzumachen. Heute verstehe ich dich, irgendwie.«

»Aber warum erst jetzt?«

»Weil du mich verrückt gemacht hast. Ursache und Wirkung, ja?«

»Günther sagte, DU hast dich selbst verrückt gemacht. O mein Gott! Du hast ihn auf dem Gewissen, weißt du das?«

»Onkel Günther war ein Arschloch.«

Ach, der Raum und Zeit übersteigende Groll und die sonderbare, mühelose Welt, in der man sich alles sagen kann! Das Gefühl ist eigentlich recht angenehm.

»Alexander! Nicht diese Ausdrücke! Wenn du mal mit ihm sprechen würdest … Das geht doch. Ich meine, du sprichst ja auch mit mir …«

»Bist du noch bei Trost? Willst du, dass ich kotze?«

»Was soll deine Mutter sagen, wenn sie dich so reden hört?«

»Was soll sie sagen? Nichts. Der lüsterne Bock war ja bei ihr ein gern gesehener Gast.«

»Worauf zum Teufel willst du hinaus?«

»Ich? … Ich rufe dir nur in Erinnerung, dass der Kerl Talente hatte, die du nicht hast. Weißt du noch? Er kam am Sonntag nach dem Kirchgang und ließ sich verwöhnen. Eine leckere Mahlzeit, Dessert und Kaffee. Und nach dem Portwein durfte er Anna unter die Röcke grapschen.«

Bei der Anspielung auf erfolgten Ehebruch kommt meinem Phantom die Galle hoch.

»Pfui, Alexander, mir reicht's! Günther war ein Lackaffe, das gebe ich zu. Aber was du da begehst, ist Rufmord. Jedenfalls habe ich nie Derartiges bemerkt.«

»Das glaube ich dir sofort. Du warst ja pausenlos mit dir selbst beschäftigt.«

»Hör mal, ich hatte eine Beule im Bauch, die schief heraushing und immer dicker wurde …«

»Das war die Strafe der Götter.«

»Warum der Götter? Es gibt nur einen einzigen …«

Ich bin ihm nicht mehr böse, aber ich habe ihn satt.

»Los, Vater, geh jetzt!«

Er lässt es sich nicht zweimal sagen, löst sich auf, wie Rauch, und entschwindet beleidigt durch die Fenstertür. Das wär's dann gewesen. Aber das Gespräch hat mich müde gemacht. Ich drehe mich auf die Seite und schlafe ein.

3. KAPITEL

ZWEIFELLOS DIE SCHÖNSTE FRAU DER WELT

Als wir in japanischer Gefangenschaft waren, hatten viele von uns nachts Träume vom Fliegen. Ich fragte, wie hoch sie flogen, ob andere zuschauten und ob das Fliegen mühelos oder anstrengend war. Im Lager sprachen wir offen darüber. Einige sagten, dass sie mit den Armen ruderten, um Höhe zu gewinnen. Andere traten die Luft, als ob sie Fahrrad fuhren. Ich selbst glitt mühelos über die Menge hinweg und sah das Land von oben. Und in dieser Nacht – etliche Jahrzehnte später – führt mich mein Traum nach Oberbayern, an der Grenze zu Österreich. Ich kreise über meine Geburtsstadt Burghausen so mühelos, wie ein Vogel kreist. Meine Arme schweben in der Luft, als habe ich vergessen, dass ich sie ausgebreitet habe. Die alte Burg zieht unter mir vorbei. Die niederbayerischen Herzöge haben sie – mit viel Geld und zur eigenen Glorie – auf einer felsigen Hochfläche errichtet. Diese Hochfläche, einer Steilküste ähnlich, präsentiert sich nicht weniger schroff als die Befestigungswälle. Ich sehe die Ringmauer weit, weit unter mir, sie ist bemerkenswert lang. Die längste der Welt, habe ich mir sagen lassen.

Im Sinkflug wende ich mich jetzt nach rechts. Schloss Eichenhof – unser Schloss – stand einst auf einem Hügel außerhalb von Burghausen, an einer Schleife der Salzach. Auf einer Seite fallen die

Wiesen bis an die Ufer des Stroms, und gegenüber bilden die Wälder eine dichte schwarze Wand. Ich gleite tiefer und sehe, dass da kein Schloss mehr steht. Aber ich will den Wald nicht so bald verlassen und ziehe eine Weile Kreise über dem Ort. Ein Erkundungsflug. Ich fühle dabei eine Art Vakuum in mir, eine Übelkeit. Das Schloss besteht in einem Anderswo, das ganz nahe ist. Einem Anderswo, das vibriert. Und auf einmal glaube ich zu sehen, wie Schloss Eichenhof sich – leicht schwankend – aufrichtet und vergrößert. Die Wände streben seitwärts hinauf, scheinen an Form und Substanz zu gewinnen. Ich schwebe näher heran, und das Schloss steht vor mir, wie ich es gekannt habe. Meine Eltern hatten das Gut nie richtig instand gesetzt. Das schwere Ziegeldach senkt sich an den Giebeln, der alte Turm steht schief, die Außenwände zeigen Risse und Flecken. Ich sehe auch den Weg, der in vielen Kurven durch den Wald führt. Erst nach der letzten Biegung kommt das Haus in Sicht. Zwischen den kreisförmigen Rasenflächen, in deren Mitte ein kleiner Springbrunnen plätschert, war der Hof gepflastert worden. Vater besaß als einer der Ersten in Deutschland einen Daimler Phoenix dreiundzwanzig, auf den er sehr stolz war. Fuhr er mit seinem Automobil in einer Benzinwolke bis zur großen Freitreppe, hielten sich alle die Nase zu und fanden es ungeheuer fortschrittlich. Die Steintreppe, schön in den Proportionen, führt zu einer offenen Veranda und von dort zur Eingangstür. Auf der Veranda standen im Sommer Korbstühle und Tische. Man konnte im Schatten sitzen und die Terrassen und Rosengärten überblicken. Weiter unten zieht sich das Gelände, mit Eichen bewachsen, bis zur Salzach hinunter. Nach wie vor ist die Böschung steil. Man hatte uns Kindern verboten, dort zu spielen. Denke ich zurück, scheint alles irgendwie ins Unwirkliche entrückt. Achtung, jetzt komme ich in Bodennähe, schwebe die Treppe empor. Die mit Haken und Riegel versehene kastanienbraune Tür ist geschlossen. Ich bewege mich einfach hindurch. Jetzt bin ich drinnen, betrachte die hohen Räume mit ihren Stuckaturen und an den Wänden die Reihen der Vorfahren in Harnisch oder Krinoline. Wie die alten spanischen Könige sehen alle degeneriert aus, zu fett, zu dünn, zu bleich. Ich komme an wuchtigen Schränken vorbei, an Sofas mit Brokatbezug, an Ohrensesseln. Durch die schweren Vorhänge schimmert ein Streifen Licht. Vor einem Fenster steht der Sessel meiner Mutter, davor ihr kleiner Schemel mit einer Petit-Point-Stickerei auf dem Fußpolster. In der Erinnerung sehe ich sie dort sitzen, Kreuzworträtsel lösend oder mit einem Buch in der Hand, auf dem Gesicht die modische Melancholie. Wir – die Kinder – bewohnten das Stockwerk über der »Beletage«. Dort befand sich auch unser Klassenzimmer. Man achtete sehr darauf, dass wir uns ruhig verhielten. Mutter litt an Dysmenorrhö und war sehr lärmempfindlich. Was es mit dieser Krankheit auf sich hatte, wussten wir nicht, allein der Name war schon schlimm genug. Flüsterte uns Inge bedeutsam zu: »Die gnädige Frau fühlt sich unwohl«, gingen wir wie auf Eiern.

Und jetzt wandere ich umher, sehe alle Dinge mit Geisteraugen, verschwommen, wie ein Kurzsichtiger sie wahrnehmen würde. Denn das Haus ist ja nur die Erinnerung eines Hauses. Es gehört zu den Toten, die einst die Räume bewohnten, zu den früheren Generationen, die es ihren Bedürfnissen und ihrem Geschmack entsprechend eingerichtet hatten. Meine Blicke gleiten über die Lampen, die Ziervasen, die Wandteppiche, die Statuen, die Uhr auf dem Kamin, den großen Flügel, den Kronleuchter mit seinen Kristallen. Alles scheint voller Augen, tausend tote Augen, die mich beobachten. Und ich sehe einen Jungen durch verlassene Räume wandern, sehe sein Antlitz in Spiegeln schimmern, ein bleiches Vorüberstreichen. Der Junge ist eine andere Person in einem anderen Leben. Und doch ist er ein Stück von mir. Ahnt dieser Junge, dass er nur ein Scheinbild ist, dass ihn der Mann, der er geworden ist, erträumt?

Im Oktober 1944 wurde Schloss Eichenhof von einer Brandbombe zerstört. Es war ein sehr trockener Herbst, auch die umliegenden Bäume brannten wie Fackeln. Was übrig blieb, waren verkohlte Ruinen. Und heute steht dort ein Kongresshotel.

Als ich erwache, leuchtet die Morgensonne aprikosenfarbig. Ich weiß sofort, wo ich bin und dass ich geträumt habe. Ein leichter Schwindel erfasst mich. Ich taste nach meinem Glas Wasser. Nach einigen Versuchen und Flüchen gelingt es mir, das Glas an den Mund zu heben. Dann schäle ich mich aus dem Bett, schleppe mich ins Badezimmer. Ich ziehe mein Yukata aus – das übliche japanische Hausgewand –, hocke mich auf den niedrigen Plastiksitz vor dem Wasserhahn, der aus der Wand herausragt. Dann fülle ich Wasser in eine Plastikschüssel und gieße es mir über den Kopf. Nächster Schritt: einseifen und Haare waschen. Anschließend reibe ich mir mit einem Waschlappen den Schaum vom Körper. Zum Schluss gieße ich mir eine zweite Wasserladung über den Kopf. Die Badewanne ist zu groß, zu tief. Ich kann die Beine nicht hoch genug heben, um hineinzusteigen. Immerhin bin ich jetzt sauber. Ich trockne mich ab, streife den Yukata über und ziehe die Gürtelschärpe fest zu. Dann gehe ich in die Küche und mache mir mein Frühstück zurecht. Ein langer, heißer Tag steht mir bevor. Was soll ich mit diesem Tag anfangen?

Zunächst – wie jeden Morgen – begrüße ich Yae. Humpelnd trete ich näher an das Bild heran. Diese Frau ist so einzigartig. Mein Gott! Ich bin fast glücklich darüber, dass sie sich nie verändern wird und das Alter ihr nie etwas anhaben kann.

Ich versuche mein Gleichgewicht zu halten und verbeuge mich leicht.

»Guten Morgen, Liebste. Ich wünsche, dass dir heute ein guter Tag beschieden sein wird. Ich wünsche, dass dir heute alles Schöne zuteilwird. Ich wünsche, dass du mich in alle Ewigkeit liebst und auf mich wartest. Ich wünsche, dass du mir hilfst, deiner würdig zu sein.«

Danach wanke ich wieder auf den Futon zu und lege mich

ächzend nieder. Diese Schwäche! Ich muss mich ablenken, pausenlos an etwas anderes denken. Aber Erinnerungen haben die fatale Neigung, sich selbstständig zu machen. Ob ich will oder nicht, ich denke immer wieder an den Augenblick, als ich Yae zum ersten Mal sah.

Damals – nach Toyohisas Tod – wohnte ich eine Zeit lang bei seinem Sohn Tomohisa. Eigentlich war ich die meiste Zeit allein. Tomohisa fuhr täglich zur Hafenstadt Yokohama. Ihm gehörten dort einige Küstenfrachter und ein Fährschiff, das zweimal am Tag die Inseln anlief.

Es war kurz nach Neujahr. Der Winter hatte spät eingesetzt, und der erste Schnee war leicht und trocken. Es war an einem Morgen nach solchem Schneefall, als die Luft voll von der kühlen Sonne war und die Erde weiß und glitzernd dalag. Ich saß mit einer Zeitung an der Fenstertür. Die japanischen Schriftzeichen hatte ich schon als junger Soldat gut gelesen. Ich entsinne mich, wie im Garten der Bambushain mit seinen gefiederten Wipfeln so schneebeladen war, dass er aussah, als sei er mit weit aufgespannten Regenschirmen übersät. Dann und wann vernahm ich ein dumpfes Rauschen, und eine weiche Schneewolke brach durch die Äste. Gerade hatte ich die Zeitung auf dem Tisch ausgebreitet, als ich im Garten das typische Schlurfen japanischer Sandalen hörte. Eine Frauenstimme bat um Einlass. Eine schöne Stimme, klangvoll und deutlich. Statt das Eingangstor zu benutzen, war die Besucherin durch den Garten gekommen, was bedeutete, dass sie eine Vertraute des Hauses war.

»Bitte, treten Sie ein«, rief ich freundlich.

Ein Schatten fiel auf den Neuschnee, ich hörte das Geräusch von Sandalen, die von den Füßen gestreift werden. Eine Frau schob mit leichter Hand die Schiebetür auf und stand vor mir, leuchtend wie ein Gemälde, in einem blau-roten Festkimono. Tiefblau wie das stürmische Meer, dunkelrot wie die winterliche Abendsonne. Der goldene Damast ihres Obi zeigte, prachtvoll hineingewebt, ein Muster von Fichtennadeln und Bambus. Ein silberner Pfeil steckte in ihrem hochgesteckten Haar. Sie blickte mich etwas seitwärts an, überrascht, aber keineswegs aus der Fassung gebracht. Nichts konnte Yae aus der Fassung bringen. Auch nicht die ungehobelte Art, mit der ich sie anstarrte, wo doch die elementarste Höflichkeit verlangt hätte, dass ich mich vorstellte und sie begrüßte.

Gewiss gab es recht hübsche Japanerinnen, aber eine solche Frau hatte ich noch nie gesehen. Sie war zweifellos die schönste Frau der Welt.

Errötend wie ein Schuljunge kam ich endlich auf die Beine, sprach die erforderlichen Begrüßungsworte, die sie mit freundlicher Verbeugung erwiderte. Wie ein Gemälde sah sie aus, ein Gemälde, das lebte und atmete.

Sie erklärte mir, dass sie eine von Tomohisas Nichten war, aber bis dahin in Kyoto gelebt hatte. Seit dem Sommer wohnte sie wieder in Tokio. Nach ihrer Rückkehr war es das erste Mal, dass sie ihren Onkel besuchte. In der Hand trug sie ein gefaltetes Tuch, wundervoll bestickt und kunstvoll verknotet. Darin war ein Geschenk, das sie ihrem Onkel überreichen wollte. Weil es Neujahr war, hatte sie gehofft, ihn zu Hause anzutreffen. Und jetzt war da nur dieser »Gaijin«, ein in der Reife seiner Jahre und kaum noch attraktiver Ausländer, der sie mit der Zeitung in der Hand unhöflich anglotzte.

Später erzählte mir Tomohisa, dass Yae verheiratet gewesen war. Nach kurzer Zeit war die Ehe in die Brüche gegangen. »Ihr Mann war ein Schwächling«, sagte er verächtlich. »Yae hat nicht lange gefackelt. Kinder sind nicht vorhanden. Das hat ihr die Entscheidung leicht gemacht.«

Und damit war die Sache aus der Welt geschafft.

Yae unterrichtete Kalligrafie. Sie war eine Meisterin. Ich würde sagen, es lag in ihren Genen. Seit Jahrhunderten waren die Frauen des Aizu-Clans für ihre Schönschrift bekannt. »Shodo«, die Kunst des Schreibens, nennen es die Japaner. Und wenn Yae die Zeichen für Wind, Feuer, Vogel, Blume oder Unendlichkeit ausführte, sah ich ihr Werk zugleich aus ihren Pinsel- und Atembewegungen entstehen, und es war ihre eigene Lebenskraft, die sich auf dem Papier widerspiegelte.

Sie hatte einen Herzfehler. Keiner wusste es, am wenigsten sie selbst. Sie brach zusammen, als sie unseren Altarschrein für das Ura-Bon-Fest reinigte, spuckte Blut und war tot. An und für sich hätte sie keinen passenderen Zeitpunkt wählen können: Ura-Bon ist das Willkommensfest für die zurückgekehrten Geister der Ahnen.

Außer den Erinnerungen, was ist heute von ihr geblieben? Ein paar Briefe, die ich nicht lesen will, Tuschbilder in himmlischer Vollendung, die ich nicht anschauen will. Staub im Sonnenschein und Schneeflocken im Winter. Das Leben wandert mit der Welt und den Sternbildern. Es zieht uns fort.

Die nächsten Stunden verbringe ich in Unruhe. Mir ist entsetzlich heiß. Ob ich wohl Fieber habe? Oder ist es die Einsamkeit? Aber die Einsamkeit ist meine natürliche Welt. Die Nähe des Todes vielleicht? Der Sensenmann ist ein großer Spaßvogel. Er schlägt zu wie der Blitz, wenn du ihn nicht erwartest, und tanzt Polka irgendwo in der Ferne, sobald du ihn herbeisehnst.

Was hatte Toyohisa einst gesagt?

»Wie das Universum hat auch der Mensch seinen Lebenslauf. Der Lebenslauf des Menschen deckt sich mit dem des Universums. Sterben bedeutet, das Gewand des Universums anzulegen. Eine Kleidung anzuziehen für den Körper und für die Seele. Es ist das Kleid des Todes. Es steht uns gut, mein Freund.«

Im Moment platzen mir noch die Nähte auf. Ich müsste mein eigener Hofschneider werden. Und dann – am jenseitigen Ufer – nur noch schnell einige Falten zurechtzupfen. Letztlich will ich doch gut aussehen. Ich werde gewiss Leute treffen, die ich kenne.

Ich habe nichts als meine Erinnerungen, um mir die Zeit zu vertreiben. Erst am späten Nachmittag kommt Kazuko Sato und erlöst mich. Bevor sie die Schiebetür öffnet, bleibt sie draußen stehen und ruft: »Guten Abend!« Ihre Stimme ist noch jugendlich, kräftig. Sie trägt einen hellen Kittel, und ihre Gestalt taucht wie ein Licht in dem dämmrigen Vorraum auf. Dort lässt sie ihre Sandalen von den Füßen gleiten, bevor sie hereintritt. Ihr Anblick macht mich froh. Sie hat eine spontane Herzlichkeit an sich, etwas Beschwingtes. Sie gleitet leichtfüßig über die alten Matten. Sie trägt weiße Tabi-Socken, bei denen der große Zeh wie der Daumen bei einem Fausthandschuh separat ist, sodass der Fuß die traditionelle Sandale gut halten kann.

»Alexander-San, wie fühlen Sie sich heute?«

»Scheußlich, wie denn sonst?«

Aber ich will höflich sein und entschärfe die Sache. Wir sind schließlich in Japan.

»Es tut mir leid.«

»Oh!«

Kazuko macht ein betroffenes Gesicht, wie es von ihr erwartet wird. Ich spule genussvoll mein tägliches Lamento ab: »Ich leide sehr, liebe Schwester«, und sie lacht sich ins Fäustchen. Sie kniet nieder, wobei sie mit müheloser Leichtigkeit ein Tablett in den Händen hält. Eigentlich bin ich nicht hungrig, aber beim Anblick der Speisen in ihrem Keramik-, Porzellan- und Lackgeschirr läuft mir das Wasser im Mund zusammen. Kazuko ist eine gute Köchin.

»Alexander-San«, sagt sie mit Schalk in den Augen, »wann werden Sie endlich Geduld lernen?«

»Nicht mehr in diesem Leben.«

Es ist immer das gleiche Spiel zwischen uns: Ich jammere ihr die Ohren voll, und sie neckt mich.

»Bitte, setzen Sie sich hoch, Sie können ja sonst die Suppe nicht trinken. Warten Sie, ich helfe Ihnen.«

»Ich bin ein Wrack.«

»Ach!«, klagt sie verschmitzt. »Wir Frauen tragen ein schweres

Los! Zuerst die Kinder, dann die alten Männer. Es hört einfach nie auf.«

»Was machen eigentlich Ihre Enkelkinder, Kazuko-San?«

Seitdem ihre Familie vor einigen Jahren nach Osaka gezogen war, hatte ich die Kinder nicht mehr gesehen. Damals gingen beide noch zur Schule. Der dreizehnjährige Yukio hatte Akne und fühlte sich miserabel. Er befand sich in einer Zeit der Zweifel, aber auf irgendeine Art war ich ihm zugetan. Es war, als trüge er eine Inschrift auf sich, die der Entzifferung harrte. Sie lautete: Du bist, wie ich war. Und doch war er nicht so wie ich. Wir sind Zufallskinder der Weltgeschichte: Die heutige Zeit ist keineswegs eine bessere Zeit. Sie ist eine andere Zeit. Es gibt keine Gebrauchsanweisung. Wer mit ihr nicht zurechtkommt, muss zusehen, wie sie vorbeigleitet.

Yukio gehört der heutigen Zeit.

Er sähe jetzt gut aus, meint Kazuko. Nächstes Jahr würde er mit dem Studium beginnen. Er hätte vielseitige Interessen. Was er denn studieren wolle? Ach, er hätte sich noch nicht entschieden.

»Heutzutage haben die Jungen die Wahl«, meint Kazuko. »Sie stehen vor dem Leben wie vor einem Festessen. Was schmeckt mir wohl am besten? Sie wissen es nicht.«

»Wir – wir hatten keine Wahl«, sage ich. »Man setzte uns Kartoffeln vor. Reis in Ihrem Fall, Kazuko-San.«

Sie versteht sofort, was ich meine.

»So desu«, so ist es, erwidert sie ernst.

Nun, die gute alte Zeit kann uns gestohlen bleiben. Gott sei Dank ist sie vorbei.

»Und Miwa?«, frage ich.

Yukios ältere Schwester war kräftig, eher untersetzt, wie halbwüchsige Japanerinnen es oft sind. Sie sehen charmant, aber tolpatschig aus. Ihr Haar war weich und kastanienbraun. Sie hatte Brauen, die über der Nasenwurzel fast zusammenwuchsen, und einen merkwürdig schweren, glatten Blick. Es war ein Blick, der nicht ihrem Alter entsprach, weil er so zeitlos schien. Sie trug noch ihre Schuluniform und spielte bei mir Klavier.

Nahezu in jedem japanischen Haus findet man ein Klavier. Auf dem schwarzen Lack liegt meistens ein Spitzendeckchen. Darauf stehen eingerahmte Bilder von Großeltern, Schwiegereltern und Kindern. Oft steht da auch eine Blumenvase. Einmal sah ich eine Urne auf dem Klavier. Das hat mir besonders gefallen. Man ist tot, aber man gehört dazu.

Und mir kommt in den Sinn: Miwa spielte Klavier, und ich fühlte so etwas wie Schwindel im Kopf, eine Rückwärtsdrehung des Gehirns. Ich hatte so etwas schon früher erlebt. Als ich das Mädchen betrachtete, bemerkte ich ihre langen, ausdrucksvollen Arme, die eher kleinen, aber breiten Hände. Die Finger waren gelenkig und stark. Ihr Gesicht war geistesabwesend, und ebenso geistesabwesend fühlte ich mich auch. Sie war ein Mädchen, das strahlte und gleichzeitig fern war. Ich hatte mich damals gefragt, ob die Helligkeit, die sie ausstrahlte, von innen her kam oder von ihrer porzellanweißen Hautfarbe. Wahrscheinlich traf beides zusammen, denn sie war einer von den Menschen, an denen eigentlich alles Licht ausströmt.

Und jetzt frage ich mich, was es zu bedeuten hat, dass mir die Klänge nach so vielen Jahren noch gegenwärtig sind.

»Beethoven«, sage ich laut. »Die Klaviersonate Nummer fünf.« Ein schwieriges Stück, aber sie spielte es ganz mühelos.

»Sie hat immer viel geübt«, sagt Kazuko. »Es macht ihr nichts aus, immer und immer wieder das gleiche Stück zu spielen. Sie will, dass es sich wunderbar anhört.«

»Wie alt ist sie jetzt?«

»Fünfundzwanzig. Wie die Zeit vergeht …« Während sie erzählt, stellt sie verschiedene Schalen auf den Tisch, hebt die Deckel ab, damit ich die schön angerichteten Speisen sehen kann.

Miwa hatte an der Staatlichen Hochschule für bildende Kunst und Musik in Tokio studiert. Dann hatte sie ein Stipendium gewonnen. Ja, und jetzt war sie in Wien, wo sie an der Musikhochschule im Hauptfach Orchesterdirigat studierte.

»Ihre Eltern hatten nichts dagegen, dass sie nach Europa ging. Sie ist eine vernünftige junge Dame.«

Ich dachte, diese junge Frau gibt sich den ganzen Tag mit etwas Vollendetem ab, um es zu erspüren und es zu verstehen. Der Mensch muss zu dem stehen, was er in sich trägt.

»Sie wird eine starke junge Frau sein«, sage ich, »eine beherzte junge Frau.«

»O ja, das ist sie!«

Kazuko sieht ihre Enkel nicht oft. Aber zu Neujahr würden sie mit den Eltern in Tokio sein. Dann sei die Familie endlich wieder beisammen.

Neujahr … Ich spüre, wie Tausende kleine Nadeln mir den Schädel durchlöchern. Es gibt Momente, in denen sich der Geist in Bewegung setzt und weit entfernte Erinnerungen viel näher erscheinen.

»Wenn der erste Frost kommt …«, sage ich, fast mehr zu mir selbst als zu Kazuko. Diese nickt.

»Zu Neujahr beginnt der richtige Winter.«

Ich hole tief Luft und sage, dass ich ihre Enkel gerne sehen würde. Gleichzeitig gebe ich jedoch zu bedenken, dass sie jung sind und ich ein alter Narr bin.

Kazuko bewegt lebhaft verneinend die Hand.

»O nein! Sie sind ein interessanter Mensch.«

Immerhin ist es schmeichelhaft, als »interessant« bezeichnet zu werden. Davon abgesehen, vielleicht bin ich zu Neujahr gar nicht mehr vorzeigbar. Das Altern verläuft sukzessiv. Täglich sterben Millionen von Zellen in mir ab. Die Pflanze verkümmert ganz methodisch, bevor sie an irgendeinem Mangel eingeht.

Merkwürdig ist der durch Suggestion erzeugte Denkvorgang. Etwas in mir hat sich geregt. Etwas Unterschwelliges steigt näher und näher an die Oberfläche meines Bewusstseins. Ich weiß nicht, was es ist. Aber ich weiß, dass ich es früher oder später erkennen und verstehen werde. Und der Akt des Erkennens und Verstehens wird für mich von großer Bedeutung sein.

4. KAPITEL

EHRENWERTE FRAU MUTTER

Kazuko hat das Geschirr zusammengeräumt und mir eine gute Nacht gewünscht. Ich bin wieder allein und finde keinen Schlaf. Doch es macht mir nichts aus. Die Ruhe, die mein Körper gefunden hat, die angenehme Wärme der dick wattierten Decke beschert mir ein vages Glücksgefühl, das mich gleichsam entspannt und zum Denken anregt. Das Licht in der papiernen Stehlampe verleiht dem Raum eine wohltuende, gedämpfte Helligkeit; kaum stärker gefärbt als die zartfarbige Safranblüte, beruhigt sie die Augen und schimmert auf den alten Tatami-Matten. Vierzig Jahre lang haben Yae und ich in diesem Haus gelebt. Eine lange Zeit, die in Windeseile vorbeiging. Jetzt bin ich hier der einzige Bewohner.

Wer durch die Straße geht, die so eng ist, dass zwei Wagen nicht aneinander vorbeifahren können, sieht zunächst nur das Schieferdach. Das Haus ist von einer Hecke aus Buchsbäumen umgeben. Auch jetzt noch kommt der Gärtner ein paarmal im Jahr und schneidet die Büsche. Ich gebe ihm keine Anweisungen. Der Gärtner ist fast so alt wie ich, trägt einen Hörapparat und versteht kein einziges Wort. Ein niedriges Eisengitter führt zwischen Blumentöpfen zu einem Kiesweg, dann zu zwei Steinstufen, auf denen Gießkannen, Besen und Schaufeln stehen. Unter dem Vordach ist ein kleines Glöckchen aus Bronze angebracht, das bei jedem

Luftzug klingelt. Das Haus hat den Krieg unbeschädigt überstanden. Wir haben uns eine moderne Küche geleistet, ein elektrisch geheiztes Badezimmer.

Ich liege in einem großen, offenen Raum, der durch Schiebetüren aus Holzlatten und Reispapier in einzelne Zimmer abgeteilt werden kann. Die Tatami, die Matten aus gepresstem Reisstroh, sind mit einem schmalen Streifen Goldbrokat umrandet. Die Tapete aus grobfaseriger Seide ist an vielen Stellen zerschlissen. Gegenüber der Tür hängt ein Rollbild. Kakemono – Sache zum Aufhängen – nennen es die Japaner. Es sollte entsprechend den Jahreszeiten ausgewechselt werden. Seitdem Yae gestorben ist, habe ich das Bild nie angerührt. Die klassische Tuschmalerei zeigt einen Raben auf einem Zweig mit Pflaumenblüten. Es ist ein Frühjahrsmotiv, inzwischen hängt es das ganze Jahr da und ist rissig geworden, wie eine welke Haut. Rings an den Wänden stehen Kommoden aus dunklem Holz, mit vielen Schubladen und Eisenbeschlägen versehen. Auf den von mir gezimmerten Regalbrettern stapeln sich Bücher und Zeitschriften. Durch die Fusuma, die Schiebetür nach draußen, kann ich den Garten überblicken. Hinter der Glasscheibe befindet sich ein Mückennetz. Der Garten mit seinen Sträuchern leuchtet in allen Schattierungen von Grün. Die Moose sind mit alten Steinen verwachsen. In Frühlingsnächten schimmern die Magnolienblüten perlweiß. Jetzt ist Sommer, und das Vibrato der Glockenzikaden erfüllt die Luft; ein sonderbares Geräusch, als ob die Bäume schrillten.

Mir ist plötzlich heiß. Ich schwitze stark in der Nacht. Eine Alterserscheinung. Ich kann nur die Decke beiseitewerfen, sonst ist da nichts zu machen. Als ich nach dem Glas Wasser taste, bemerke ich hinter dem Moskitonetz ein flimmerndes Etwas. Stur, wie sie einst war, blickt die gnädige Frau Baronin aus der Zwischenwelt auf mich herab. Sie hat genug gewartet und fordert Einlass. Es passt mir überhaupt nicht, dass sie da ist.

»Was hast du hier zu suchen? Geh weg! Ich will dich nicht sehen!«

»Was gibt dir das Recht, mich zu duzen? Sei bitte höflich zu mir.«

»Ich rede, wie mir der Schnabel gewachsen ist.«

»Alexander! Ich bin deine Mutter.«

»Soll ich jetzt jubilieren?«

Na gut, erledigen wir also die unerfreuliche Angelegenheit. Mutters Körper ist transparent, ich sehe den Garten durch sie hindurch. Sie hat einen Zustand erreicht, da alles Erinnerung ist, weit weg und unverbindlich. Und gleichwohl scheint sie mir wirklicher als die Wirklichkeit. Sie hält sich kerzengerade, als ob sie jetzt noch – im Jenseits – ein Korsett trüge. Zu ihren Lebzeiten lag der Umfang ihrer eingeschnürten Taille bei fünfzig Zentimeter. Sie war hochgewachsen und hatte eine etwas linkische Art, sich zu bewegen, die immer den Eindruck erweckte, als spiele sie in eine Theateraufführung die Rolle der Hausherrin. Sie war längst keine Schönheit mehr, aber nach wie vor recht anziehend und elegant.

»Du hast mit deinem Vater gesprochen. Und Verletzendes über mich gesagt.«

»Verletzend ist nur, was der Wahrheit nahekommt.«

»Ich war nicht glücklich.«

»Reiche Heirat, Ballfeste, Kaffeekränzchen, Jagdausflüge, Opernabende. Und du warst nicht glücklich?«

»Ich verstehe nicht, was das mit Glück zu tun haben soll. Das war doch eine Selbstverständlichkeit. Aber das Zusätzliche jeden Tag, nein, das war zu viel. Ich habe Eugen nie geliebt. Er war ...« Sie sucht nach dem passenden Wort.

»Ermüdend«, sage ich.

»Ja, ermüdend.«

Sie waren Verwandte, das kam noch hinzu und war einer der Gründe, warum wir Kinder – jedes auf seine Art – einen gewaltigen Knacks hatten. Ehen zwischen Vettern und Basen wurden von gesellschaftlichen Zwängen diktiert und weil man den erweiterten Besitz in Rechnung zog. Scheidung kam nicht infrage. Wenn es trotzdem dazu kam, verwandelten sich die Männer in jammernde Moralapostel. Man bedauerte sie zutiefst. Ihre Stellung in der Gesellschaft nahm keinen Schaden. Die geschiedenen Frauen hingegen traf der Bannfluch. Sie zogen meistens in eine andere Stadt, führten ein entbehrungsreiches Leben und teilten ihr Bett mit brotlosen Künstlern. Für gewöhnlich starben sie an Tuberkulose.

Ich sage: »Und so ging das weiter mit deinem Leben. An der Achtung der Leute lag dir viel. Der Nimbus des Namens, nicht wahr? Du ludst kluge und intelligente Gäste ein, trugst deine Münchner Kleider und erlesenen Schmuck.«

»Nur Perlen.«

»Ein unfairer Tausch. Perlen für Kompromisse.«

Als Geist geruht Mutter eine Erklärung abzugeben.

»Dein Vater war grob zu mir. Mein Fleisch war innen empfindlich. Ich hatte Schmerzen. Ich wollte in Ruhe gelassen werden.«

»Ach ja, und Onkel Günther?«

Sie spielt die Unwissende. Sie kann es auch im Jenseits nicht lassen.

»Was hat denn der arme Günther damit zu tun?«

»Fellatio und Cunnilingus.«

»Alexander! Wie kannst du diese Worte in den Mund nehmen?«

»Oh, du hast etwas ganz anderes in den Mund genommen.«

»Alexander!«

Während ich ihr die Meinung sage, überkommt mich etwas Seltsames, ein Art multidimensionales Wahrnehmen. Ich sehe sie ganz nahe und gleichzeitig in der Vergangenheit, bei Tisch, wortkarg und gelangweilt. Wenn der Diener ihr die Speisen auf dem Silberteller präsentierte, winkte sie müde ab. Sie hatte nie Appetit, nahm nur ein paar Bissen. Ihr seltenes Lächeln betraf nur die Lippen, während die Augen über alle und alles hinweg ins Leere blickten. Sie zeigte nie ein Gefühl. Was sie sagte – wenn sie etwas sagte –, war kühl, prosaisch. Sogar als Phantom kann sie nur sprechen, wie sie immer gesprochen hat.

»Ach, der Günther, der kam jeden Sonntag. Ich brauchte ihn nie einzuladen. Das war bequem. Zudem lag mir nicht mehr viel daran.«

»Das ist nicht wahr.«

»Warum sagst gerade du mir das? Ich wollte malen. Malen war für mich das Wichtigste im Leben.«

Hier sprach sie tatsächlich die Wahrheit. Mutter hatte nie die Kunstakademie besucht. Das schickte sich nicht für eine Frau aus bester Familie, weil im Unterricht nackte Modelle auf einem Hocker posierten oder auf einem Bein standen. Doch sie hatte in der Malerei ihre ursprüngliche Ausdrucksform gefunden. Das schien niemanden zu interessieren. Es machte ihr nichts aus. Täglich zog sie sich für ein oder zwei Stunden in ihr Atelier zurück. Wenn es die Jahreszeit erlaubte, ging sie mit ihrem Skizzenbuch in den Garten und stellte ihre Staffelei auf.

Und ich erinnere mich: Hinter dem Haus lag eine Wiese, die ich von meinem Fenster aus gut sah. Diese Wiese war sehr schön. Im Frühsommer duftete der Flieder, der Holunder schaukelte seine Silberschirme. Im hohen Gras wuchsen Lupinen – gelbe und blaue – und andere Wildblumen. Über den Halmen schwirrten Libellen und Schmetterlinge. Mutter ließ das Gras nur einmal im Jahr, zu Beginn des Winters, mähen. Sie benutzte die Pflanzen als Vorlage für ihre Aquarelle. Sie zeichnete diese Pflanzen immer wieder ab, zehn- oder zwölfmal, mit unendlicher Geduld, als ob sie genau wusste, dass sie nur das bestätigen konnte, was sie sah, und höchstens eine Rohskizze anfertigen konnte, die annähernd der Substanz gerecht wurde. In diesen seltenen Momenten zeigte sie eine Art von Bescheidenheit. Sie gab ihr Bestes, aber sie malte nicht, um irgendjemandem zu gefallen. Sie malte aus Begeisterung, um des Malens willen. Sie ertrug es nicht, wenn ich ihr dabei zusah, und jagte mich zum Teufel. Sie kränkte alle, die ihr zu nahe kamen. Sie war eine Expertin in der Kunst der Demütigung.

Der Herr Baron hatte nichts dagegen einzuwenden, wenn sie zum Zeitvertreib malte. Er hätte jedoch nie geduldet, dass sie sich als Künstlerin exponierte.

»Ich hätte ihn deswegen umbringen können«, gesteht die ehrenwehrte Erscheinung. Leider einige Jahrzehnte zu spät.

Der Herr Sohn zeigt ein zahnloses Grinsen.

»Das hättest du dir früher überlegen sollen.«

Sie findet zweifellos, dass ich einen fragwürdigen Humor habe.

»Hör mal, ich hatte ja die Kinder.«

»Warum hast du uns eigentlich zur Welt gebracht? Vier Kinder in vier Jahren, sozusagen am Fließband.«

»Vier? Es waren doch nur drei!«

»Bist du schlecht im Rechnen?«

Sie überhört die Bemerkung.

»Oh, das gehörte zu meinen Pflichten. Und Eugen wollte einen Stammhalter. Danach hatte ich meine Ruhe. Zum Glück war Inge zuverlässig. Sie brachte mir die Kleinen zweimal am Tag. Ich nahm sie in die Arme und spielte mit ihnen. Nette Kinder, übrigens. Die Mädchen recht hübsch. Aber dann kam der Krieg. Das prägte die Mädchen schon früh. Sie mussten auf vieles verzichten.«

»Hast du nie begriffen, dass sie frei sein wollten?«

»Die Mädchen? Wie kommst du darauf? Wir haben euch gut erzogen. Komisch, wie die Kinder sich später verändern.«

Ich war also der Stammhalter und sollte nicht als Weichling aufwachsen. Der Verzicht auf jede leibliche Bequemlichkeit galt als Vorbedingung für mein späteres Leben als Adeliger, Gutsherr und Offizier. Den Mädchen war kaum anderes vorherbestimmt: Adelige, Gutsherrinnen und Offiziersfrauen. Wir besuchten keine öffentliche Schule, sondern wurden zu Hause unterrichtet. Herr Ohnesorg, unser Lehrer, war ein magerer Griesgram mit Mundgeruch. Er glich einer der lächerlichen Lehrerfiguren aus dem Kinderbuch Max und Moritz. Aber das Lachen war uns schnell vergangen. Er war frustriert und böse und plagte uns, wie er konnte. Bewegten wir uns mitten im Unterricht oder hatten wir unsere Aufgaben nicht zu seiner Zufriedenheit gemacht, mussten wir ihm die Handfläche hinhalten, und er schlug uns mit dem Lineal. Vom Nachsitzen und hundertmaligen Abschreiben eines Wortes ganz zu schweigen. Alles auswendig lernen, von den lateinischen Verben bis zu den mathematischen Formeln. Unsere Pflichterfüllung wurde so übertrieben stark gefordert, dass es uns vollständig aus der Fassung brachte, wenn wir von der einmal festgelegten Linie abweichen sollten. Unsere Unselbstständigkeit war vollkommen. Es gibt ein Sprichwort: »Wie die Zucht, so die Frucht.«

Schon früh waren wir wurmstichig.

Es drängt mich, die ehrenwehrte Frau Mutter wieder dahin zu schicken, wo sie hergekommen ist. Aber die Vergangenheit steht vor mir wie eine Reihe von Eisbergen. Besser, ich baue sie ab. Schön methodisch. Einen Eisberg nach dem anderen.

»Amanda«, sage ich.

»Ja, was war mit Amanda?«

»Amanda war aus Prinzip zornig. Verstehst du, was ich meine? Nein? Muss ich dir das erklären? Sie war von Geburt aus zornig. Der Zorn beherrschte all ihre Gedanken. Na ja, nicht nur ihre Gedanken, sondern auch ihr Herz. Ich glaube nicht, dass ich in meinem ganzen Leben jemals einem Menschen begegnet bin, der so viel Zorn in sich trug. Soll ich dir etwas sagen? Sie hatte Angst vor nichts und war in manchen Dingen ausgesprochen blöde. Wusstest du, dass sie schon mit siebzehn einen gewissen Ruf hatte? ›Fräulein-immer-bereit‹ wurde sie genannt. Das war die Retourkutsche für dich, und da war sie wirklich blöde. Und dann ging sie nach Berlin, wurde Ausdruckstänzerin und traf Thomas Ginzberg. Sie wollten heiraten, aber es gab dieses Rassengesetz. Amanda scherte sich einen Dreck darum. Sie lebte mit Thomas zusammen. Eine Ehrensache, verstehst du? Ihre unbeschriebene Seite. Und da war sie wirklich großartig. Den Tod immer nahe zu wissen und trotzdem jeden Morgen zum Bäcker gehen und Brötchen holen mit dem Risiko, dass man vielleicht nie zurückkam und der Frühstückstisch umsonst gedeckt war. Oder scheinbar seelenruhig in einem Café die Zeitung lesen. Das war es, was in dieser Zeit tapfer zu sein bedeutete.«

Die ehrenwehrte Frau Mutter macht ein Gesicht, als würde sie an einer Zitrone lutschen.

»Tapfer? Nein, nein, sie hatte einfach ein Brett vor dem Kopf. Ich flehte sie an: ›Amanda, ich bitte dich, verlasse diesen Juden. Du bist eine Frau deutschen Blutes!‹ Sie hat mir ins Gesicht gelacht. Sie wusste ja nicht, was auf sie zukommen würde.«

»Oh, sie wusste es nur zu gut. Thomas wurde verhaftet und nach Dachau deportiert.«

»Es waren eben diese Zeiten …«

»Thomas überlebte das KZ«, hakte ich ein. »Amanda hatte auf ihn gewartet. Sie heirateten, sobald er wieder bei Kräften war, und emigrierten in die USA.«

»Es war wohl das Beste für sie.«

»Hattest du noch Kontakt zu Amanda?«

»Wozu? Wir hatten uns alles gesagt, was zu sagen war. Und sie hat ja immer nur das getan, was sie wollte.«

Vorläufig ist dieser Eisberg überwunden. Den nächsten muss ich mit der Picke zertrümmern. Ich mache mich an die Arbeit.

»Reden wir von meiner anderen Schwester, der niedlichen, blond gelockten Frenzel. Sie trug – auch bei Tisch – leichte Handschuhe aus Gamsleder oder aus Spitze. ›O Mama, darf ich?‹, bettelte sie. ›Ich habe immer so kalte Hände!‹ Keiner sollte sehen, wie lang und spitz ihre Nägel waren. Und abends vor dem Einschlafen kratzte sie sich die Schenkel blutig. Sie bildete sich ein, dass Jesus zu ihr ins Bett kam und Freude an den frischen Wunden hatte. Ihre Unterwäsche war voller Eiter und Blut.«

»Ich habe mich nie um ihre Unterwäsche gekümmert«, sagt die

Frau Baronin pikiert. »Das machte die Zofe. Und sie hat mir nie solche Scheußlichkeiten gemeldet.«

»Frenzel kam in ein Irrenhaus.«

»In ein Sanatorium. Sie hatte eine Nervenkrankheit.«

»Das arme Mädchen hatte wohl festgestellt, dass Jesus ihr untreu war.«

»Alexander, wie unterstehst du dich …«

»Mit sechzehn warf sie sich aus dem Fenster. Ließ sich rückwärts über die Brüstung fallen. Fünf Stockwerke tief, auf kürzestem Weg ins Paradies. Ihr Schädel zersprang wie eine Porzellanschale.«

»Sie war nicht gut beaufsichtigt worden. Ich hätte sterben sollen, bevor es geschah. Dann hätte ich nicht so leiden müssen.«

Dass sie gelitten hatte, glaube ich ihr gern. Sie hatte Frenzel oft gemalt. Ihre Zofe zog ihr ein hübsches Kleid an und legte ihr blondes Haar in Korkenzieherlocken. Frenzel war entzückend, eine Miniatur! Und Frenzel war verrückt.

Der nächste Eisberg ist spiegelglatt. Achtung, eine Rutschbahn! Steil abfallend immer geradeaus, in die Hölle.

»Und der kleine Rudolph, weißt du noch?«

Erschrecken huscht um ihren Mund.

»Rudolph?«

Ihre Stimme krächzt, wie frühmorgens die japanischen Krähen krächzen. Aber die Krähen sind heilig.

»Also, nennen wir die Dinge beim Namen. Er hatte einen Wasserkopf.«

»Seine Geburt hat mich fast das Leben gekostet! Wir gaben ihn zu den Nonnen. Den Leuten wurde gesagt, er sei dann bald gestorben.«

»Sag, warst du jemals in diesem Krankenhaus?«

»Was hätte ich da zu suchen gehabt? Ich habe Inge geschickt. Sie sagte mir, er sei gut aufgehoben.«

»Inge hat auch mir erzählt, wie es war. Ein Raum mit vielen Betten. Und in jedem Bett lag oder saß ein Kind im weißen Nachthemd, und unter jedem Bett stand ein Nachttopf. Diese Kinder waren alle schwachsinnig oder verkrüppelt, manche Tag und Nacht angeschnallt.«

»Warum erzählst du mir das eigentlich?«

»Weil du immer noch nicht weißt, dass die Einfältigen die Begnadeten sind!«

»Rede nicht so großspurig! Für was hältst du dich eigentlich? Für einen Pfarrer auf der Kanzel? Rudolph, begnadet? Eine Missgeburt, das war er! Ach, womit hatte ich diese Schande verdient?«

»Und jetzt hör zu. Eines Tages kam eine der Nonnen mit einer Mandoline. Sie hatte herausgefunden, dass Musik die Kinder beruhigte. Sie setzte sich an Rudolphs Bett und spielte. Und weißt du was, Mutter? Rudolph, der nie gelernt hatte zu sprechen, griff nach der Mandoline und spielte die Melodie fehlerfrei nach. Und so war das fortan mit jedem Musikstück. Er hörte es einmal und behielt es im Gedächtnis. Was für ein unglaublich feines Gehör musste er besitzen! Seine Einfalt war die Einfalt der Engel. Und ein Jahr lang machte er alle glücklich. Er starb mit elf. Herzversagen. Die Nonnen weinten um ihn. ›Wir haben unseren Sonnenschein verloren.‹ Was sagst du dazu, Mutter?«

»Ich bin betroffen.«

»Das sollst du auch sein.«

»Verdiene ich kein gutes Wort?«

»Im Augenblick fällt mir keins ein. Hau schon ab, Mutter! Erspare mir deine Gegenwart.«

»Alexander! Wie wagst du es, in diesem Ton mit mir zu sprechen?«

Die empörten Worte verklingen in einem Anderswo. Ohne dass sich etwas an ihrem geraden Rücken, an der gesamten Haltung verändert, hebt sie langsam den Kopf, wobei sie durchsichtig wird und bald nur noch in Konturen sichtbar bleibt. Und dann, in eleganter Aufwärtsdrehung, schwebt sie empor und verschwindet in der Zimmerdecke.

So. Das wäre überstanden. Plötzlich ist alles dunkel, der letzte Lichtschein verschwunden, das Zimmer ist schwarz, die Möbel sind schwarz, meine Pantoffel schwarz. Es liegt etwas wie Siechtum in der Atmosphäre. Mir ist, als bekäme ich keine Luft, als hätten diese Dialoge mit der Vergangenheit Sauerstoff aus meinem Körper gepumpt. Ich krieche aus dem Bett und wanke in die Küche, wo ich mir eine Tasse Tee mache. Nachdem ich meine Blase entleert habe, trinke ich den Tee in kleinen Schlucken. Ich bin ziemlich runter mit den Nerven, aber es hätte schlimmer sein können. Im Großen und Ganzen bin ich zufrieden. Paket Mutter eingewickelt und der Himmelspost übergeben.

5. KAPITEL

GESPRÄCHE MIT EINEM PHILISTER

In den nächsten Stunden denke ich angestrengt nach. Und weil ich mir nicht mehr viel zutraue und meine fünf Sinne beisammenhalten will, führe ich Selbstgespräche. Da ist ja keiner, der zuhört. Außer Yae natürlich, die mich wahrscheinlich grotesk findet. Die Sache ist nämlich die, dass ich plötzlich in mir ein extremes Mitteilungsbedürfnis feststelle, was meine Vergangenheit angeht. Das ist insofern neu, da ich meine Jugend als Müll empfunden habe. Aber wer mit Ausdauer im Müll wühlt, macht sich zwar die Hände schmutzig, findet aber bisweilen ein Klümpchen Gold. Das kostet allerdings Schwerarbeit. Denn meine seelische Mülltonne ist derart mit Abfall vollgestopft, dass sie noch heute stinkt. Drinnen steckt das ganze Quantum, das Zuviel an Borniertheit (meine eigene und die der anderen), an falschen Idealen und an familiären Neurosen. Wenn ich jetzt die ganze Misere überblicke, bekomme ich Mitleid mit mir selbst, aber jeder hat seinen Müll zu schleppen. Wie weit mein Umfeld die Schuld trug und wie weit ich selbst, kann ich nur ahnen. Meine Haltung war eine Reaktion auf die Anmaßung der damaligen Gesellschaft, die bei mir wiederum eine gewisse Rebellion hervorgerufen hat. Denn nachdem ich bereits als Siebzehnjähriger mit meiner Jugend abgerechnet hatte, landete ich fast im gleichen Atemzug kopfüber in der Hölle. Irgendwann spuckte mich dann die Hölle wieder aus. Heute werde ich den Gedanken nicht los, dass wir alle durch die Hölle müssen, um uns selbst zu erkennen. Denn hinter jeder Sünde steckt ein Sünder, der sich im Dunkel verkriecht und erst in der Hölle sein wahres Gesicht entdeckt. Schlimm genug, dass es so weit mit uns kommen muss. Aber so sind wir eben.

»Ich sollte das alles aufschreiben.«

Die Worte steigen lautlos herauf, bleiben an der Spitze meiner Zunge hängen.

»Was hast du gerade gesagt, Alexander?«, fragt meine innere Stimme.

»Nichts. War nur so eine Idee. Wenn jetzt bloß keiner kommt, damit es nicht heißt: ›Schau dir Alexander an, diesen Lumpenkerl, wie er mit Genugtuung im eigenen Mist wühlt.‹« (Und wo ist der Goldklumpen, ja, wo mag er sein?)

Mein zweites Ich zeigt ein verächtliches Grinsen.

»Na schön, dann lass es bleiben. Willst du als Feigling in die ewige Seligkeit eingehen?«

»Nein, das will ich nicht. Schon gar nicht, seitdem ich weiß, dass auch in der ewigen Seligkeit Stürme brausen.«

»Na also. Was dir geschah, war nicht das Rechte. Es war etwas nicht richtig mit dir.«

»Das gebe ich zu. Ich war dazu erzogen, immer Ja zu sagen. Ich war brav, angepasst und höflich.«

»Bildest du dir etwas darauf ein, du verlogener Trottel?«

Gewiss nicht. Aber es gab eine Schwelle, jenseits derer das, was ich noch nicht war, mir aufgezwungen wurde. Ich reagierte damit, dass ich ins andere Extrem verfiel.

»Kollektive Kriegsbegeisterung, entsinnst du dich, Alexander? Man hat dir einen Köder zugeworfen. Du hast angebissen.«

Es ist viel schwerer, aus der Jauchegrube herauszukommen, als in sie hineinzugelangen. Da spreche ich aus Erfahrung. Vor meinem inneren Auge bilden sich riesige Menschengruppen, warten auf die Durchziehenden, die sich aus der Entfernung mit stampfenden Schritten ankündigen: »Eins, zwo, drei, vier, eins, zwo …« Von einem Atemzug zum anderen trug mich ein Sturzbach davon. Ein Sog der Gewalt, der alle Menschen winkend und jauchzend aus ihren Häusern riss. Mich inbegriffen. Und dann steckte ich im Schützengraben und zerbrach mir den Kopf, wie ich da wieder hinausrobben konnte.

»Alexander, um die Wahrheit zu sagen, es hat mir Kummer bereitet, mit anzusehen, wie du zum Barbar wurdest. Entsinn dich, in welchem Zustand du warst! Wenn du willst, kann ich dir eine Gardinenpredigt halten.«

»Das lohnt sich nicht mehr.«

Wer die richtige Veranlagung dazu hat, lernt seine Lektion recht bald. Nach einigen Monaten Krieg hatte ich mit dem Denken aufgehört und mich ohne Seelenzustände einer Anzahl Leute – Feinde genannt – entledigt, die im Grunde nichts mit mir zu tun hatten, außer dass sie mit dem Gewehr auf mich zielten und ich schneller sein musste. Wäre kein Krieg gewesen, hätten wir uns womöglich anfreunden können. Aber wer sich im Schützengraben Emotionen leistet, wird den nächsten Tag nicht erleben.

Was mir aus dieser erbärmlichen Zeit geblieben ist, ist ein ganz besonderer Geruch. Der Geruch nach Kohlenqualm, Pulver und Blut. Blut riecht nach Metall. Wenn ich Schnupfen habe, verpestet mir dieser Geruch die Atemwege. Ich kann ihn nur loswerden, wenn ich mit Salzwasser gurgele.

»Ich habe das alles noch im Kopf.«

»Na also, warum schreibst du es nicht auf?«

»Für wen? Wer interessiert sich für meine Geschichte?«

Ich würde mir jetzt gerne eine Zigarette anstecken. Aber Dr. Kobayashi, der Teufel soll ihn holen, hat mir nach dem Schlaganfall das Rauchen verboten. Die Frage, die es für mich zu klären gilt, lautet: Wo stehe ich eigentlich? Am Ende oder am Anfang? Ich trage Tausende und Tausende von Erinnerungen in mir. Der Mensch ist von Natur aus uneinsichtig, sodass ich erst allmählich begriffen habe, warum ich in den achtundneunzig Jahren meines Lebens so wenig gelernt habe. Nein, ich habe in meinem Leben keinerlei Gesetzmäßigkeit entdeckt, es sei denn das verstörende Gesetz der ewigen Wiederkehr. Ich habe zwei Weltkriege miterlebt, der dritte ist vermutlich im Anmarsch. Jede Friedenszeit ist ja nur eine trügerische Wartezeit auf den nächsten Krieg. Die Welt ist ein riesiger Friedhof, auf dem wir kopulieren, kämpfen, alles zerstören und die Städte immer wieder neu aufbauen, in alle Ewigkeit. Das »Amen« erspare ich mir. Wir sind eine Rasse von Wahnsinnigen.

Jetzt mal ganz sachlich: Inwiefern hilft es mir, wenn ich darüber schreibe? Und ich weiß auch nicht, ob ich damit zurande komme. Besonders dann, wenn ich – der sich Erinnernde – mir anmaßte, das Versagen der Gesellschaft anzuprangern und mein eigenes gnädig zu vertuschen.

Meine innere Stimme amüsiert sich.

»Du suchst dich zu rechtfertigen. Darum geht es dir doch, oder?«

»Nein. Lebte ich nicht in Japan, so wäre es etwas anderes.«

»Ach ja, und wieso?«

»Ich hatte hier eine geistige Schulung. Ich will meine Tage nicht mit Schande beschließen.«

»Du stellst hohe Ansprüche. Gesetzt den Fall, dass du ehrlich bist, würde das doch konkret bedeuten, dass der Gärstoff schon etliche Zeit in dir gewirkt hat.«

Stimmt. Irgendwann mal gerinnen Gedanken zu Taten. Auf das Innere kommt es an. Wer sein Leben nicht im Griff hat und über den Tod nicht nachdenkt, ist kein wahrer Mensch.

»Sei nicht so hochtrabend. Ich nehme allerdings an, dass du bei all dem Nachdenken was gelernt hast.«

»Das würde ich wohl sagen. Und ich glaube, dass ich nun endlich klar sehe, und das nicht nur, was die mich umgebenden Dinge betrifft.«

Ich bekenne dies ohne eine Spur von Stolz. Mein früheres Minderwertigkeitsgefühl ist völlig verschwunden. Ich habe erkannt, dass es in meinem Leben etwas gegeben hat, das mich verändert hat. Aber möglicherweise habe ich mich nicht ausreichend verändert. Ich habe ein neues Ziel in meiner Seele gefunden und bin irgendwo auf halbem Weg stecken geblieben.

Meine innere Stimme verliert allmählich die Geduld.

»Du quasselnder Moralist! Was du jetzt dringend brauchst, ist ein Orakel.«

Darina?

Warum nicht Darina!

6. KAPITEL

DIE JUNGE LEHRERIN

Mitternacht ist längst vorüber, der sinkende Mond taucht den Raum in flüssiges Blau. Es ist noch dunkel, aber der Himmel wird blass, und schon erklingt das erste, noch unsichere Zwitschern, mit dem die erwachenden Vögel die Dämmerung ankündigen. Die Geister meiden das Tageslicht. Die Sonne scheint zu grell in ihren toten Augen. Will ich mit Darina reden, muss ich die Sache jetzt in die Wege leiten. Sonst habe ich keine Kraft mehr, und dann vergeht wieder ein Tag.

Die Toten überschauen die Vergangenheit und haben eine Vision der Zukunft. Die brauche ich jetzt. Aber hinsichtlich Darina habe ich Hemmungen. Ich habe sie noch nie zu mir gerufen. Ich hatte nie den Mut dazu. Zu viel Zeit ist vergangen. Ich weiß nicht, was sie sagen oder tun wird. Hat sie überhaupt den Wunsch, mir zu helfen? Mir ist, als ob meine Seele plötzlich vor ihr auf den Boden fällt, schamrot und stammelnd. Darina hat mich in meinen schönen jungen Jahren gekannt. Warum soll eine Frau mit Geschmack, auch wenn sie längst ein Schatten ist, noch Gefallen an mir finden, jetzt, in meiner unappetitlichen Erscheinung, mit Gebiss, runzliger Haut und ausgehendem Haar? Ich presse alle Kraft, die ich noch habe, aus meinem Innern und rufe Darinas Namen. Ich kann mir gut vorstellen, dass sie mir einen Korb gibt, nachdem ich mich fast ein

Jahrhundert lang nicht bei ihr gemeldet habe. Klebrig vor Schwäche konzentriere ich mich. Vielleicht kommt sie ja.

Und auf einmal glaube ich tatsächlich einen blauen Schimmer zu sehen. Ein flackernder Umriss, der einen Luftzug bewegt. Ich strenge mich an, beiße mir die Unterlippe wund, stehe kurz vor dem Kollaps. Darinas Gesicht ist noch ein heller Fleck, gewinnt aber zunehmend Konturen. Und zum Glück kommt sie mir zu Hilfe. Ihrer ganzen Haltung ist anzumerken, dass sie ebenfalls alle Kraft einsetzt, um näher zu kommen. Das nenne ich Jubel! Aber so leicht geht es nicht.

»Nicht zu schnell, Darina! Lass mich nur machen. Vorsicht, da ist ein Stuhl!«

Sie geht durch den Stuhl, was ich mir ja hätte denken können. Ich ziehe sie heran wie an einem Seil, das sie Schritt für Schritt aus der Tiefe holt. Eine letzte Anstrengung noch und wir haben es geschafft. Frühlingsduft umweht mich, und Darina steht vor mir, keine zwei Armlängen von mir entfernt, schön wie ehedem. Endlich sehe ich ihr Gesicht, die hübsche Stirn, breit und glatt unter dem herzförmigen Haaransatz. Ihre flaumigen Brauen laufen in Spitzen aus. Ihre dunklen Augen zeigen um die Iris das Weiß kostbaren Porzellans.

»Ach, Darina«, keuche ich erschöpft. »Wie kommt es nur? Du bist unverändert.«

»Ich bin ja auch jung gestorben.«

Der Klang ihrer Worte weckt jene Resonanz, die ich als schmerzhafte Erinnerung in mir trage.

Ich vergesse, dass Engel ja keinen Körper haben, und will sie umarmen, strecke töricht die Hände nach ihr aus und fühle nichts. Absolut nichts. Nur Hitze und Schüttelfrost, das Los der alten Männer. Immerhin können wir miteinander reden, ein erbärmlicher Ersatz für das Verlorene. Aber besser als nichts.

»Warum hast du mir so wenig vertraut?«, frage ich.

Sie macht eine kleine, abbittende Handbewegung.

»Ich war ohne Nachricht von dir. Ich schrieb dir jeden Tag. Und niemals eine Antwort. Niemals. Ich hatte so schreckliche Angst!«

»Dreiundzwanzig Briefe, deine und meine. Onkel Günther hat alle abgefangen. Ich habe den Dreckskerl zu Brei geschlagen. Er starb übrigens kurz danach.«

»Psst, Alexander«, sagt sie leise. »Das war wahrhaftig nicht schön.«

»Und unser Kind?«

»Es wuchs in meinem Leib. Ich sprach zu ihm: ›Wie wirst du dein Leben verbringen? Vater unbekannt, wird man in deine Geburtsurkunde schreiben. Schrecklich für dich, wenn ich dich zur Welt bringe. Ein Makel wird an dir haften. Ich will das nicht.‹«

Darina lebte in ihrer eigenen Welt, war aber keineswegs naiv. Sie wollte keine Schande für ihr Kind und handelte konsequent.

»Gab es denn keinen anderen Ausweg?«

»Nein. Mein Vater war böse und habgierig. Das wusste jeder.«

»Nur ich nicht!«

Ein leiser Vorwurf klingt in ihrer Stimme, als sie entgegnet: »Alexander, denk nicht mehr daran. Das macht dich nur traurig. Soll ich dir den Namen der Blumen singen?«

Sie summt vor sich hin, kaum hörbar, aus dem hohlen Mund. Und aus dem Summen wird ein kleiner Gesang. Sie hat eine Stimme, rein und klar wie gesponnenes Glas. Ihre Gegenwart ist greifbar; mir ist, als tauche ich in einen lauen, langsam fließenden Strom. Ich lehne mich zurück an das speichelnasse Kissen, und sie singt den Namen der Blumen: Anemone, Primel, Goldregen, Veilchen, Flieder, Hortensie, Rose, Klematis, Dotterblume. Noch immer geht jener schimmernde Glanz von ihr aus, der Äonen zuvor ihre ganze Gestalt wie von innen erleuchtet hat.

Darina ist tot, aber der frühere Zauber stirbt nicht – kann nicht sterben, solange ich am Leben bin. Warum ist mir ausgerechnet ein Bild so klar im Gedächtnis geblieben? Es muss ein Tag im April gewesen sein. Die Apfelbäume blühen. Darina und ich liegen Seite an Seite im duftenden Gras. Insekten summen, Vögel zwitschern. Zu unseren Füßen murmelt die Salzach, über unseren Häuptern schaukeln Blütenzweige, und hoch oben wölbt sich der Frühlingshimmel. Und ich erinnere mich an Darinas Umarmung, an ihre kleinen Hände, die mein Gesicht streicheln, an ihre Verspieltheit, ihre gelenkige Zartheit. Der Klang ihrer Stimme hüllt mich ein wie eine sanfte, heitere Melodie. Friede erfüllt uns, wir sind dankbar und glücklich, schlicht und einfach glücklich.

»Darina, ich sehe alle Dinge so verklärt. Womöglich war alles ganz anders?«

»Ganz anders, Alexander. Wir hatten immerzu Angst. Angst vor deinen Eltern, Angst vor dem Stallknecht. Und am meisten vor meiner Mutter. Sah sie mich mit dir, meldete sie es Vater. Und Vater zerrte mich an den Haaren und warf mich zu Boden. Er stemmte mir das Knie ins Kreuz und schlug zu, bis ich in Ohnmacht fiel. Es kam vor, dass er mich nachts im Hühnerstall einsperrte. Am nächsten Tag hatte ich Ausschlag und musste erbrechen …«

Das Licht taucht in die Oberfläche der Vergangenheit unter. Nachtwind bläst über die Halme, die Apfelblüten verwehen in Dunkelheit.

»Das hast du mir nie gesagt …«

»Ich habe es versucht. Aber du hast mich nicht verstanden.«

Sie ist stillschweigend durch die Hölle gegangen. Ich belüge mich selbst, wenn ich behaupte, dass ich nichts gesehen, nichts gehört habe. Die Tatsache war wohl, dass ich es einfach nicht wahrhaben wollte. Darina zog mich in ihren magischen Kreis, ich wollte diese Traumwelt nicht verlieren. Noch heute plagt mich das schlechte Gewissen.

»Ich war blind und taub, verzeih mir!«, sage ich zerknirscht.

»Ich wollte nicht, dass du wütend wirst«, erklärt Darina.

Weil ich eine gute Kinderstube hatte, war mir nichts anzumerken. Aber Darina hatte etwas gesehen, das tief in mir verborgen war und das ich selbst noch nicht kannte.

Da war die Sache mit Herta gewesen. Eine dunkelrote Bracke, die mein Vater schätzte. Sie war eine gute Jägerin, witterte sofort die Spur. Sie brachte gehorsam das geschossene Wild und legte Vater den Hasen oder das Rebhuhn zu Füßen. Sie wartete nicht auf Belohnung. Ein Heben der Pfote, ein unterdrücktes Bellen: Sie war sofort wieder bereit. Eines Nachts war ein starkes Unwetter gekommen, das Gewitter war vorbeigezogen, und der Morgenhimmel glänzte wie blaues Wasser. Darina und ich streiften im nassen Unterholz, als wir ein entsetzliches Jaulen hörten. Herta, die man nachts frei laufen ließ, war von einem herabfallenden Ast zerquetscht worden. Wir traten entsetzt näher. Hertas Hinterbeine waren nur noch zwei blutige Stummel. Ab und zu gab sie ihr jaulendes Geschrei von sich, warf den Kopf hin und her, winselte um Hilfe. Wir versuchten den Ast mit vereinten Kräften hochzuheben, doch er war zu schwer. Herta litt entsetzlich, und es wäre grausam gewesen, sie am Leben zu lassen. Vater bewahrte seine Gewehre im Jagdhaus auf, das immer verschlossen war. Darina sah mich nur still an. Wir verstanden uns.

»Hol eine Schaufel«, sagte ich.

Sie entfernte sich und kam einen Augenblick später wieder zurück.

Ich nahm die Schaufel.

»Geh weg«, sagte ich.

Sie schüttelte nur stumm den Kopf. Ich hob die Schaufel, schlug auf Herta ein, schlug und schlug, indem ich die Schaufel wie ein Hackmesser benutzte, und während ich zuschlug, zuckte Herta immer noch und schlug mit dem Kopf hin und her. Man hat mir später erklärt, es seien nur Nervenreflexe aus dem Rückgrat gewesen. Endlich lag sie still. Ich war nass vor Schweiß und konnte nicht sagen, wie ich mich fühlte. Schuldig, aber auch voll innerer Ruhe. Und auf eine verdrehte Art sogar zufrieden. Doch als ich die Augen von den Resten der Hündin abwandte und Darinas Blick begegnete, sah ich etwas darin, was mich erschreckte: eine Art tiefgründiges Wissen. Sie ahnte, dass die Gewalt bereits in mir tätig war, in den Tiefen meiner Empfindungen keimte.

Endlich brach ich das Schweigen.

»Ich werde es Ernst sagen. Er wird ein Loch für sie graben.«

»Und was sagst du deinem Vater?«

»Nichts. Ernst wird ihm sagen, dass Herta schon tot war.«

Ernst war unser Reitknecht, der über dem Stall wohnte. Ein starker Mann, gottesfürchtig und etwas einfältig. Es fiel mir nicht schwer zu lügen. Ich würde ihm ein paar Münzen in die Hand schieben. Ich hatte bereits beobachtet, dass auch fromme Menschen sich bestechen ließen.

Im Krieg gehörte ich nicht zum Stab – der sich wohlweislich hinten verschanzte. Man setzte uns dort ein, wo die Kugeln am dichtesten flogen. Man hatte uns gesagt, dass Töten leicht wird, sobald man sich innerlich darauf eingestellt hat. Man hatte uns nicht gesagt, dass man auch verrückt dabei werden kann.

Mein Geist wandert zurück zu meiner Geliebten. »Soll ich meine Geschichte erzählen? Was meinst du, Darina? Ich mache mir viele Gedanken darüber.«

Sie antwortet in ihrer vernünftigen Art. »Warum nicht, Alexander? Die eigenen Lebenserinnerungen sind doch alles, was wir haben, wenn die Arbeit getan ist. Wie viel bleibt von uns vorhanden, wenn unsere Geschichte nicht erzählt wird?«

Und jetzt werde ich sentimental. Das Schicksal hatte mich vor der Verdammnis bewahrt, während Darina sterben musste. Sie gehört zu den Apfelblüten, die in Dunkelheit verwehen und in die dahingleitende Zeit. Ihre zarten Knochen sind längst mit Millionen anderer Gebeine vermischt, die, zu organischer Asche geworden, von Jahreszeit zu Jahreszeit den Boden nähren.

»Ich war nicht immer unglücklich, Darina. Glaube das ja nicht. Aber geliebt habe ich nur dich.«

»Nein. Wirklich geliebt hast du nur Yae.«

Auch das wiederum ist wahr. Darina war für mich das Bild der Jugend, jener Jugend, die so schnell vergeht. Yae war mein eigenes Spiegelbild.

Darina liest in meinen Gedanken und lächelt ihr reizendes Lächeln.

»Warte nicht zu lange, Alexander. Die Zeit rinnt dir aus den Händen.«

Im Raum wird es allmählich kühl. Draußen ist Wind aufgekommen. Das kleine Bronzeglöckchen vor der Haustür klingelt. Der Luftzug kommt von unten, aus der Ritze zwischen Boden und Fenstertür, und weht auch Darina fort. Ein letztes Mal leuchtet ihr Gesicht auf, schimmernd und etwas verschwommen, einer Murano-Lampe gleich, bevor winzige Lichtkörnchen ihre Umrisse verwischen. Ein Feuerwehrauto fährt ganz nahe an meinem Haus vorbei. Das Heulen der Sirene, ohrenbetäubend, wird allmählich schwächer und verklingt in der Ferne. Der Lärm hat mich wieder in die Realität versetzt. Der Tag bricht an. Der tief stehende Mond hat an Farbe und Substanz verloren. Hinter der gläsernen Schiebetür wogen Nebelschleier unter den Büschen, wo die Schatten dunkel und kühl sind. Der Futon ist warm und behaglich. Ich suche eine bequeme Stellung und schließe die Augen. Ich schlafe gut und traumlos, bis die Sonne auf die Matten scheint und das Gurren und Flügelklappern der Tauben mich vollends weckt.

Nach dem Morgentee fühle ich mich frisch und ausgeruht, was schon lange nicht mehr vorgekommen war. Mein Entschluss ist gefasst. Ich werde das tun, was Darina mir geraten hat. Aber, wie werde ich es konkret machen? Ich sehe mich um. Der Raum ist unordentlich, der Futon noch nicht ausgelüftet. Kazuko-San ist so lieb und kümmert sich auch darum. Auf dem langen Tisch aus Kastanienholz steht noch meine alte Schreibmaschine. Ich habe viele Jahre an diesem Tisch gearbeitet, aber ich kann es jetzt nicht mehr. Der Tisch ist für einen Gaijin, einen Ausländer, gemacht.

Zum Glück sind in allen traditionellen japanischen Haushalten die Tische niedrig. Der Tisch, an dem ich meine Mahlzeiten einnehme, ist genau richtig für mich. Flache Kissen liegen da, auf denen man in schöner Haltung zu knien hat. Aber für alte Leute und ungelenkige Gaijin gibt es Sitzkissen mit Lehne. Man kann die Beine in den Kotatsu – die Wärmekiste – herabhängen lassen und sitzt bequem. Ich lasse mich ächzend nieder. Doch, es geht noch. Fernseher und Radio habe ich ausgeschaltet. Ich will meine Ruhe haben.

Ich werde mit der Hand schreiben, in jene altmodischen Hefte, die man in traditionellen Schreibwarenhandlungen findet. Ich habe noch einen Vorrat. Falls ich zusätzliches Papier brauche, werde ich Kazuko bitten, es mir zu besorgen. Das Papier ist sehr dünn und saugt die Tinte auf. Ich sentimentaler Alter liebe dieses Papier. Meine deutsche Muttersprache habe ich fast verlernt. Ich schreibe in japanischer Sprache. Zum Glück sind meine Schriftzeichen noch leserlich. Formvollendet waren sie nie, ich mache Fehler in der Interpunktion, vertausche die Zeichen. Aber Yae ist nicht mehr da, die über mich lachen könnte. In diesem Raum, in dieser Stille nehmen meine Gedanken Form an. Darina hat ja gesagt, ich soll mich beeilen. Und sie hat recht, denke ich. Noch weiß ich die Dinge, aber es kann sein, dass ich sie später vergesse …

Ich sehe zu, wie mein Pinsel akkurat, fast unmerklich über das Papier gleitet. Plötzlich fällt mir alles so leicht. Ich kann nicht verstehen, warum ich so lange gezögert habe. Das Bedürfnis zu schreiben musste wohl schon Jahre in mir stecken. Und weil mir das bewusst war – unbewusst bewusst –, wie es ein Blödian wohl ausdrücken würde, habe ich Autosuggestion zu Hilfe genommen. Etwas Wunderbares ist geschehen: Es fällt mir nicht mehr schwer, das Wesenlose mit dem sich Ereignenden zu verbinden. Ich erlebe einen Zustand, den man Zeitdehnung nennen könnte, eine Vergangenheit, die nach wie vor im Werden ist, obwohl ich nicht genau weiß, wie so etwas geschehen könnte. Trotzdem bin ich mir gar nicht so sicher, ob ich mir die Verstorbenen tatsächlich nur eingebildet habe. Die Vergangenheit macht, dass wir mit den Verstorbenen wandern, ohne Berührung zwar, aber uns ganz nahe und niemals getrennt. Und hören wir die Stimmen der Verstorbenen, ist das eine Wandlung des Todes in Leben, wenn so etwas möglich ist. Aber ich habe keine Lust mehr, mir über Schein und Wirklichkeit den Kopf zu zerbrechen. Pure Zeitverschwendung.

In mir ist jetzt eine beklemmende Hast. Zwar schränkt das Alter meine Bewegungsfreiheit ein, aber mein Geist kann tun und lassen, was er will. Er kann in Gedanken vor und zurück springen, Menschen und Orte wechseln, die Welt erleben aus nächster Nähe und aus weiter Ferne. Eine Lebensgeschichte gleicht dem Echo, die der Glockenklang in einem buddhistischen Tempel erzeugt. Der erste Anstoß beginnt mit einem hellen Ton, der sich zunehmend als voller Klang entfaltet, bevor er immer tiefer und leiser wird, und sich in ferner Dunkelheit verliert.

Die Erinnerungen, aus welcher Ferne sie auch gekommen sind, schweben heran. Sie waren weit weg, jetzt sind sie wieder da. Die Spirale der Zeit schnellt zurück, erstarrt am Punkt ihres scheinbaren Stillstandes, bevor sie sich erneut in Bewegung setzt. Von weit her ruft eine Stimme meinen Namen.

»Alexander?«

»Hier bin ich!«

Die Glocke schlägt den ersten Ton.

7. KAPITEL

GROSSVATER IN SEINEM SCHLOSS

Meine beiden Schwestern und ich waren also – qua Geburt – Blaublüter. In diesem Sinn wurden wir dann erzogen. Von unserem kleinen Bruder, dem Dementen, sprach man nicht.

»Er war schwer krank. Wir konnten ihn leider nicht retten«, sagte Mutter, die nie sein Grab besucht hatte. Es war nur Inge, die manchmal zum Friedhof ging und die Begonien pflegte.

Unsere Kindheit war sorglos, aber es fehlte ihr der Pulsschlag der Freude. Wir hatten alles, was das Herz begehrt. Gute Manieren, Bildung und Disziplin waren die beherrschenden Aspekte unseres Lebens. Aber den Gedanken, wir könnten eine eigene Meinung haben oder eigene Wünsche, zog man nicht in Betracht. »Kinder reden, wenn sie gefragt werden!« Daneben wurde der Mangel jeglicher Bequemlichkeit als Vorbereitung auf das Erwachsenenleben propagiert. Wir wuschen uns mit kaltem Wasser, schliefen in ungeheizten Räumen und mussten auch im Winter vor offenem Fenster Turnübungen machen. *Mens sana in corpore sano.* Leider waren unsere *corpora* nicht *sana* und unsere *mentes* noch viel weniger. Wir waren bereits als Kinder kränkliche Neurotiker, dünn, linkisch und finster. Wir schliefen zu wenig und hatten ständig Schnupfen. Trotzdem verbrachten wir Zeit beim Spiel. Nach der herkömmlichen Einteilung hatten wir Spielzeuge für Jungen und Spielzeuge für Mädchen. Ich hatte Zinnsoldaten, eine Blechtrommel und ein Schaukelpferd. Die Mädchen hatten Puppen und Puppenstuben. Aber es kam oft zu Kämpfen zwischen Amanda und mir, weil sie mir das Schaukelpferd streitig machte. Meistens tauschten wir dann die Spielzeuge. Amanda ritt auf dem Schaukelpferd, und ich spielte Kaufladen. Frenzel beteiligte sich nicht an unseren Raufereien. Sie saß brav an dem Tisch und klebte Glanzbilder in ihr Poesiealbum. Beide Mädchen trugen Rüschenkleider, rosa oder hellblau, weiße Strümpfe und Schleifen im Haar. Sie hatten etwas von den chinesischen Vasen an sich, die auf dem marmornen Kaminsims standen und fast noch größer waren als sie selbst. Eine dekorative, hell schimmernde Wortlosigkeit. Keiner bemerkte Frenzels latente Hysterie oder das harte Funkeln in Amandas Augen, wenn ihr der Zwang unerträglich wurde. Ein paarmal hatte ich sie beobachtet, wie sie unaufhörlich rund um den Garten lief, atemlos und verschwitzt, die Arme ungelenk ausgebreitet, wie ein gefangener Adler, der das Fliegen verlernt hat. Natürlich war Inge bald zur Stelle, tadelte sie und führte die sich heftig Widerstrebende ins Haus zurück.

Zu alldem stellte sich auch später heraus, dass Herr Ohnesorg, unser Lehrer, ein heimlicher Kommunist war, der seinen privaten Klassenkampf austrug, indem er uns nach Strich und Faden erniedrigte. Mutter entließ ihn schließlich.

In meiner Freizeit hielt ich mich am liebsten bei den Hunden und Pferden auf. Bei den Tieren fühlte ich mich frei. Ich verletzte mich oft, an Stacheldraht, an Scherben, an rostigen Nägeln. Ich blickte unbeteiligt auf die Wunden, leckte das Blut ab, das nach Eisen schmeckte. Erwachsenen begegnete ich mit Misstrauen, als ob ich von ihnen nichts Gutes zu erwarten hätte. Am meisten Unbehagen bereiteten mir Gäste. Wenn ich nur hörte, dass Besuch kam, verzog ich mich in den Pferdestall, wo Inge mich natürlich aufstöberte. Ich musste mir Gesicht und Hände waschen und die Haare kämmen. Danach wurde ich in den Salon geführt. Ich hatte die Gäste der Reihe nach zu begrüßen und vor jedem einen »Diener« zu machen.

Was wir hassten, waren Onkel Günthers sonntägliche Besuche. Er war Vaters einziger Bruder und galt in der Familie als Abenteurer. Anfang des neunzehnten Jahrhunderts besaß Deutschland vier Kolonien in Afrika. Das deutsche Kaiserreich hatte sie erworben und verwaltete sie, bis sie nach dem Ersten Weltkrieg gemäß dem Vertrag von Versailles aufgegeben wurden. Als 1904 in Deutsch-Südwestafrika (dem heutigen Namibia) die Stämme der Herero und Nama rebellierten, hatte sich Onkel Günther, kampfbereit wie ein Racheengel, nach Afrika eingeschifft. Vier Jahre lang hatte er unter Generalleutnant Lothar von Trotha gedient und war an der berühmten Schlacht am Waterberg zu Ehren gekommen. Wieder zurück in der Heimat, glorreich verwundet und mit allerlei gewichtigen Orden behängt, wusste er viel Erbauliches und Großartiges zu erzählen. Er war hochgewachsen, elegant, ein Geck mit schmaler Taille und akkurat gepflegtem Schnurrbart. Der Unfall, der ihn ein paar Jahre später in einen Krüppel verwandeln würde, stand noch in den Sternen geschrieben.

Kurzum, Onkel Günther erschien jeden Sonntag pünktlich zum Mittagessen. Seine Frau Hedwig kam nie. Onkel Günther hatte sie, einfühlsam lächelnd, ein für alle Mal entschuldigt. »Der Sonntag gehört ihr. Sie verbringt den Tag bei einer Freundin, die Witwe ist, die Arme!«

Derweilen saßen meine Schwestern und ich artig und mit geradem Rücken am Kindertisch. Außer dem vornehm-diskreten Klirren von Messern und Gabeln war nichts von uns zu hören. Inzwischen lieferten sich Vater und Onkel Günther Wortgefechte, die ebenso langweilig wie endlos waren. Sie unterhielten sich bei der Suppe über den Wert des Geldes, beim Schweinsbraten über Gewinn- und Verlustziffern. Beim Dessert kamen dann die Tiraden über die Fehler anderer Nationen und die Überlegenheit Deutschlands. Mutter nahm an dem Gespräch nur teil, wenn Onkel Günther sie höflich um ihre Meinung bat. Sie sprach dann ebenso einsilbig zu ihm, wie sie zu allen anderen sprach. Aber es war die Art, wie sie die Dinge sagte, die ihren Worten einen eigentümlichen Doppelsinn gab. Vater merkte offenbar nichts, aber Amanda und ich hatten viel Feingefühl. Wir tauschten Blicke und verbissen uns ein ebenso grundloses wie nervöses Kichern. Nur Frenzel warf veilchenfarbene Blicke um sich, lächelte liebreizend und unergründlich. Was sie träumte – auch bei Tisch –, wusste niemand. Sie aß ihren Teller nie leer.

Nach dem Essen pflegte Vater ein absonderliches Ritual. Er legte sich auf den Teppich, schob ein Sofakissen unter seinem Kopf und hielt, wie er sagte, »ein Nickerchen«. Derweil er schnarchte, gingen die Dienstmädchen auf Zehenspitzen um ihn herum und räumten den Tisch ab, während Mutter ihren Mokka trank und Kreuzworträtsel löste.

Beehrte uns Onkel Günther mit seinem Besuch, schlug sie ihm meistens vor, den Rosengarten zu besuchen, oder lud ihn ein, im Atelier ihre neuen Aquarelle zu besichtigen. Onkel Günther galt nämlich – wenngleich zu Unrecht – als erfahrener Kunstkenner.

Ich weiß nicht, welches Teufelchen uns ritt, jedenfalls schlichen Amanda und ich ihnen eines Tages nach. Hinter der geschlossenen Tür zu Mutters Atelier waren seltsame Geräusche zu hören. So wohlerzogen wir auch waren, die Neugierde war stärker. Wir spähten durch das Schlüsselloch, schubsten uns gegenseitig mit Stößen und Fußtritten auf die Seite. Wir sahen nur wenig, doch was wir sahen, war höchst erstaunlich. Mutter lehnte an ihrem Arbeitstisch und warf stöhnend den Kopf hin und her. Sie hatte ihr Kleid mit beiden Händen in Taillenhöhe gerafft und hielt die bestrumpften Beine gespreizt. Onkel Günther kniete vor ihr, den Kopf unter dem Kleid und das Gesicht zwischen ihren Beinen. Wie lange wir das Geschehen beobachteten, kann ich nicht sagen. Nicht sehr lange vermutlich, bevor wir verstört zurückwichen. Wir ahnten, dass wir etwas Verbotenes gesehen hatten. Und auch, dass es wohl besser sei, kein Wort darüber zu verlieren. Das diffuse Schuldgefühl in uns währte jedoch nur kurz. Am Ende waren wir davon überzeugt, dass wir eigentlich gar nichts gesehen hatten, was sich der Mühe lohnte, dass wir uns deswegen den Kopf zerbrachen.

Wenn schon Urgroßeltern und Großeltern es für richtig gehalten hatten, die Sexualität als etwas Unanständiges zu betrachten, so wollte es auch die Generation unserer Eltern nicht anders haben. Natürlich wussten wir, dass die Mütter ihre Babys im Bauch trugen. »Das Kind wächst unter ihrem Herzen«, pflegte Inge zu sagen, was dem Vorgang eine erbauliche und sentimentale Aura verlieh. Aber wie waren diese Kinder in den Bauch gekommen? Was wir bei unseren Pferden und Hunden gelegentlich sahen, gab uns zu denken, aber Tiere waren eben Tiere, und wir sahen nicht den Zusammenhang.

Ungefähr in dieser Zeit starb der Großvater. Er hatte Gicht, verließ nur noch selten seine Wohnräume und ließ sich das Essen hinauftragen. Er lebte wie ein Einsiedler, umgeben von Büchern und Bergen von Dokumenten, widmete sich tagaus, tagein seinen Lieblingsthemen: der Ahnenforschung und der Geschichte des Templerordens. Gelegentlich sahen wir ihn, wie er murrend und mit tapsenden Schritten im Garten umherging. Der Arzt hatte ihm Bewegung verschrieben. Er ging in dick gestrickten Strümpfen, weil er keine Schuhe mehr ertrug und verzog das Gesicht, wenn er über die Kiesel wanderte. Von Zeit zu Zeit durften wir ihn besuchen. Wir gingen gerne zu ihm, weil er zu uns wie zu Erwachsenen sprach und uns wunderbare Geschichten erzählte. Sein Gesicht, obwohl aufgedunsen und rot, war wirklich ein charaktervolles Gesicht, mit der hohen Stirn, der kurzen Nase und dem kleinen, fest zusammengezogenen Mund. Bartlos, doch mit übermäßig starkem Flaum auf beiden Wangen, kam er uns wie der Hüter des Schlosses vor, dem verborgenen »Genius loci«. Es freute ihn offenbar, wenn wir ihm unsere Augen voller Erwartung und

Spannung zuwandten. Und er wusste viele, viele Geschichten. Geschichten von Kämpfen und Heldentum, von Belagerungen, Totschlag und Vergeltung. Die Ordensritter. Spitzfindig wie der Teufel und rein wie die Engel! Der Ruhm folgte ihnen überallhin, gehorsam und treu. Scharf blickend waren sie, erbarmungslos im Krieg und progressiv in allen Wissenschaften. Weder weltlich noch religiös, sondern beides. Er beschrieb die Schlacht von Birgu und ihren großen Sieg gegen Süleyman den Prächtigen. Er erzählte von der Hungersnot, den Hinrichtungen, den Körben voller abgehackter Füße und Hände und den aufgewühlten Wellen, die Hunderte von Türkenköpfen an die Malteser Küste spülten. Er beschrieb das alles, als hätte er es mit eigenen Augen gesehen, und wir lauschten mit wollüstigem Schauder.

Großvater hatte sich eine eigene Welt errichtet, die ihn wie ein unsichtbarer Festungswall umgab. Und immer wieder ließ er durchblicken, dass er niemals, auch nicht nach seinem Tod, das Schloss seiner Vorfahren verlassen würde. Seine Geheimnistuerei gab uns Anlass zu wilden Mutmaßungen. Ob man ihn wie eine ägyptische Mumie einbalsamieren und in einem Raum aufbewahren würde? Oder besser hinter einer Vitrine? Die Eltern meinten irritiert, wir sollten sein Gerede nicht ernst nehmen. Sie kannten ihn offenbar schlecht.

Irgendwann, bei einem seiner täglichen Spaziergänge, setzte sein Herz aus, und er fiel in Ohnmacht. Es war der Gärtner, der ihn fand. Man brachte Großvater in sein Schlafgemach, ein verstaubtes Museum voller Krimskrams, wo er noch einmal erwachte. Als die Familie um ihn versammelt war, verkündete er keuchend, aber resolut seinen letzten Willen: Man solle einen Balken aus dem Schlossturm entfernen und einen Sarg für ihn daraus anfertigen. In diesem Balken wollte er in die Erde getragen werden.

Der eigensinnige alte Herr hatte es listig darauf angelegt, dass ein »Wenn und Aber« nicht mehr vorgebracht werden konnte. Man vernahm bereits den Klang vom Glöckchen des Viatikums, und der Priester trat in den Raum, begleitet von einem erschrockenen Chorknaben.

Genug, er starb. Den verstörten Angehörigen blieb nichts anderes übrig, als sich Großvaters Willen zu fügen.

Zu jener Zeit hatte Eichenhof noch einen Turm – der später entfernt wurde, weil er einzustürzen drohte. Man brach also einen Balken heraus, eine Prozedur, die den Turm endgültig abbruchreif machte. Ein Tischler höhlte den Balken aus, fertigte aus dem gleichen Holz den Deckel an. Und dann wurde Großvater Willibald, in Festkleidung und in den Mantel des Malteserordens eingewickelt, in den Balken gestopft. Man hatte die großen Füße – mit erheblicher Mühe – seitwärts gedreht. Dann wurde der Deckel geschlossen und der Balken samt Inhalt zur Kirche getragen. Leider hatte man den Säbel vergessen, den der spleenige alte Herr auch im Jenseits dabeihaben wollte. Im letzten Augenblick kam sein Kammerdiener aufgelöst angerannt und brachte die Waffe. Vor den Augen sämtlicher Trauergäste die Nägel also wieder raus, Deckel auf, Säbel rein und Deckel wieder zu. Und alle, mit Zylinder, Cuts, umflorten Hüten und hüftlangen Schleiern, warteten vor den schwarzen Coupés, stumm und in Würde. Doch ich hatte Zeit gehabt, einen Blick auf den bereits grün verfärbten Leichnam zu werfen. Worauf sich in meinem Kopf etwas bewegte. Meine zwei Schädelhälften schienen geöffnet zu sein, randvoll mit blauer Flüssigkeit gefüllt, die mir über die Augen tropfte. Speichel sammelte sich in meinem Mund an, klebriger Schweiß rann mir über den Rücken. Dann wurde alles schwarz. Als ich zu mir kam, lag ich da, den Kopf in Inges Schoß gebettet. Meine Schwestern, in Trauerkleidung, blickten bestürzt auf mich herab. Ich hatte einen epileptischen Anfall gehabt.

Das war meine erste Leiche. Ich wusste noch nicht, dass ich einige Jahre später noch viele tote Männer sehen würde, von denen ich eine Anzahl mit eigener Hand ins Jenseits befördert hatte.

In unserer degenerierten Familie war Epilepsie erblich. Damals gab es noch keine Substanz, die in der Lage war, die Anfälle verschwinden zu lassen. Meine Eltern waren verständlicherweise peinlich berührt, wenn der Stammhalter bei Tisch oder in sonst irgendeinem unpassenden Augenblick die Augen verdrehte, rückwärts umfiel und am Boden zuckte und hüpfte wie Fisch am Angelhaken. Immerhin wurden die Anfälle mit zunehmendem Alter kürzer und milder, bevor sie völlig verschwanden. Einige Jahre später meldeten sie sich wieder zurück. Aber ich greife vor.

8. KAPITEL

IM REICH DES WANDERFALKEN

Mein Zimmer befand sich an der Rückseite des Hauses. Zur Rechten waren die Terrassen aus schönem Granit und die Rosengärten. Zur Linken führten einige Stufen in den Keller. Hinter dem Garten erhob sich eine Mauer, die ich sah, wenn ich aus dem Fenster blickte. Sie war mit Kalk geweißt. Schien die Sonne, erstrahlte diese Mauer im blendenden Licht. Hinter der Mauer befand sich ein kleines Haus mit einem Hühnerstall an der Rückseite. Dort wohnten der Gärtner und seine Frau. Tagsüber war das Tor offen, denn es wurde von dem Gärtner benutzt, wenn er in der schönen Jahreszeit die Rosen pflegte, während sich seine Frau im Gemüsegarten zu schaffen machte. Zwischen Mauer und Schloss lag die Wiese, auf der meine Mutter zu malen pflegte. Und an einem der Tage, da sie ihre Staffelei nicht aufgestellt hatte, sah ich auf dieser Wiese ein Mädchen.

Ich sah sie, als ich zufällig aus dem Fenster blickte. Es war Ferienzeit, deswegen war ich in meinem Zimmer und nicht im Unterricht. Das Mädchen trug eine weiße Bluse, einen blauen Rock und darüber eine Schürze. Sie hatte dunkles Haar, in Zöpfen geflochten. Sie drehte sich selbstvergessen im Kreis, die Arme leicht ausgebreitet, das Gesicht erhoben. Die Luft flirrte um sie herum, hüllte sie in einen Hauch funkelnder Farben, ähnlich der Seifenblasen, die wir im Sommer von der Veranda aus aufsteigen ließen. Sie hoben sich in die Luft und schwammen dahin, und das Mädchen, das ich sah, schien in diesem Schimmer zu baden. Sie wirkte wie ein Wesen, das strahlte und gleichzeitig fern war. Ich starrte sie an und spürte geradezu, wie mir die Adern an den Schläfen pochten. Nach einer Weile blieb sie stehen und taumelte ein wenig, wobei ihr blauer Rock um sie schwang. Dann lief sie leichtfüßig auf das Tor zu und war im nächsten Augenblick verschwunden. Ich stand da und sah nur noch die flirrenden Farben, in die sie getaucht war.

Wie entsteht ein Gefühl? Ein Gefühl entsteht im Bruchteil eines Atemzuges und bringt unseren Kreislauf durcheinander. Aber wer kann helfen, wenn man sich mit ihm quält? Wie viel besser täte man daran, solche frühen Gefühle in sich zu bewahren, wenn nur die Blutgefäße sie aushalten könnten! Zu jener Zeit war ich dreizehn und hatte begonnen, fremden Mädchen nachzuschauen. Aber dieses Mädchen war erstaunlich anders. Sie hatte so etwas Unbefangenes, Freies an sich. Sie war für mich ein wundersames Wesen, und ich fühlte mich unendlich hilflos.

In den folgenden Tagen sah ich sie dann und wann und begriff, dass sie bei dem Gärtnerpaar wohnte. Ihr bloßer Anblick trieb mir das Blut in die Wangen und ließ mein Herz heftiger schlagen. Meine Schüchternheit fühlte sich beunruhigt durch die Entdeckung, dass etwas Unbegreifliches in mir vorging.

Gleichwohl – eine Zeit lang geschah nichts. Mutter kam jeden Morgen, stellte ihre Staffelei auf, und das Mädchen ließ sich nicht blicken. Mutters Anwesenheit reizte mich, als wäre ich plötzlich älter geworden und dreist genug, um ihr zu sagen: »Verschwinde!«

Eines Morgens endlich gab Mutter beim Frühstück den Befehl, den Rotbraunen vor den Tilbury zu spannen. Sie wollte in der Stadt Besorgungen machen und führte eigenhändig und sehr geschickt ihren Traber. Und an diesem Morgen wurde ich für meine Beständigkeit belohnt: Das Mädchen war wieder da, unter einem Himmel von gläsernem Blau jätete es im Garten Unkraut. Ich musste die Gelegenheit nutzen. Trotzdem dauerte es eine ganze Weile, bevor ich mich endlich entschloss, zu ihr zu gehen und sie anzusprechen.

Das Mädchen erblickte mich und richtete sich auf. Ihr Gesicht war gerötet. Kleine Schweißtropfen perlten an ihrem Haaransatz.

Wie Tiere sich auf einmal auf weiter Flur begegnen, blickten wir einander in die Augen, und unsere Gefühle schwankten zwischen Vorsicht und Neugierde. Endlich tat ich den Mund auf. Und nach Jungenart sprach ich in gebieterischem Ton zu ihr.

»Ich bin Alexander von Gersdorff.«

Sie wusste natürlich, wer ich war, und deutete einen Knicks an.

»Ich heiße Darina.«

»Wer bist du?«

Meine Stimme musste wie die eines Polizisten klingen. Das schien sie nicht zu verstören. Sie erzählte ohne Scheu, dass sie die Tochter des Gärtnerehepaares war. Solange die Eltern als Landarbeiter umherzogen, hatte sie bei der Großmutter in Iskrets gelebt. Iskrets, erklärte sie mir, sei ein Dorf in Ostbulgarien. Jetzt, da die Existenz der Eltern gesichert war, hatten sie die Tochter zu sich geholt. Weder der Gärtner noch seine Frau hatten jemals erwähnt, dass sie eine Tochter hatten. Das war weiter nicht verwunderlich. Beide waren verschlossen und wortkarg. Es war schwierig, sie zu einer Äußerung zu veranlassen, die nicht unmittelbar ihre Arbeit betraf. Diese verrichteten sie übrigens aufs Beste.

Darina sprach schlicht, aber gut und dialektfrei. Mir war immer gesagt worden, das Gesinde sei ungebildet. Ich fragte misstrauisch: »Kannst du lesen und schreiben?«

Sie nickte. »Die frommen Schwestern haben es mir beigebracht.«

Die Großmutter, eine kluge Frau, hatte das Mädchen zur Schule geschickt, die im Pfarrhaus untergebracht war. Dort wurden Kinder aus armen Verhältnissen kostenlos unterrichtet. Ich war ziemlich erleichtert. Natürlich war sie mir nicht gleichgestellt, aber immerhin fiel mir kein Zacken aus der Krone, wenn ich mit ihr sprach. Oder zumindest nur ein ganz kleiner.

Ein kurzes Schweigen entstand. Ich spürte, dass es an mir war, etwas zu sagen, und mir fiel nichts ein. In diesem Augenblick strich der Schatten eines Vogels über unsere Köpfe. Es war ein Wanderfalke. Darina sah empor und spitzte die Lippen.

»Piharara, piharara!«, ahmte sie den Schrei des Raubvogels nach. Ich kniff überrascht die Augen zu.

»Was rufst du da?«

»Ach, ich grüße ihn nur. Ich glaube, er versteht mich. Siehst du, wie er die Flügel bewegt? Er grüßt zurück.«

Wir blickten beide dem Vogel nach. Er fand eine Säule aufsteigende Luft, überließ sich ihr, kreiste höher und wurde immer kleiner. Mein Blick kehrte zu Darina zurück, und ich sah, wie sie lächelte.

»Man kann mit den Tieren reden.«

Die Bemerkung überraschte mich wenig. Ich machte ein bejahendes Zeichen.

»Wir haben Hunde, Katzen und Pferde. Peterle, unser Schimmel, hat mich nie aus dem Sattel geworfen. Die Katzen sind scheu, lassen sich aber gerne von mir kraulen. Die Jagdhunde gehören meinem Vater. Sie haben gelernt zu gehorchen. Zu mir kommen sie freiwillig.«

Darinas Zähne glichen zwei Perlenschnüren.

»Um mit den Tieren zu reden, musst du ihre Stimmung erraten. Und dann spüren sie auch, dass du sie gern hast.«

»Hat dir dein Vater das beigebracht?«

Darinas Lächeln gefror. Sie schüttelte den Kopf.

»Er hat keine Zeit dafür. Er ist auch schon zu alt.«

Und als ob diese Worte die Wirklichkeit herbeigerufen hätten, erschien ihre Mutter am Gartentor. Ich hatte sie selten von nahe gesehen. Sie war eine ungepflegte Frau mit glattem, ausdruckslosem Gesicht.

»Darina!«, rief sie streng.

Das Mädchen duckte sich, als ob sie eine Tracht Prügel zu erwarten hätte.

»Ich muss gehen!«

Sie deutete wieder ihren Knicks an, wandte sich ab und lief auf das Tor zu, ihrer Mutter entgegen.

Vielschichtige Bilder regen sich in meiner Erinnerung. Die Vergangenheit ist gleichsam nichts – weil sie alles ist. Darina und ich haben in einer Zeitspanne gelebt, die uns beide mit einschloss, mögen sich auch unsere Umrisse im Dunkel verlieren. Man kann die Bilder vor sich sehen, ein blasses Aufleuchten nur, bevor sie wieder in die Vergangenheit tauchen.

Ich sah Darina eigentlich nicht oft und nur dann, wenn sie die Rosen an der Seite ihres Vaters schnitt oder eine Gießkanne schleppte, die viel zu schwer für sie war. Immer war irgendjemand in der Nähe. Aber weil ich hartnäckig nach ihr Ausschau hielt, gelang es mir trotzdem ab und zu, ein paar Worte mit ihr zu wechseln. Darinas Wesen war heiter, ihr Lächeln arglos, während ich mich krampfhaft darum bemühte, ihr Vertrauen zu gewinnen. Sie musste den Eindruck haben, dass ich spröde und unnahbar war. O nein, ich war gar nicht unnahbar, denn ich setzte alles daran, nicht unnahbar zu sein! Aber wie linkisch und unbeholfen ich mir vorkam! In mancher Hinsicht war ich noch ein Kind, und es hatte sich noch nicht herausgestellt, wie ich mich mit der steifen und komplizierten Welt der Erwachsenen abfinden würde. Jene gefährlichen Übergangsjahre verschlugen mir zuweilen den Atem und verwirrten mir die Sicht. Doch von Darina ging ein Leuchten aus, als ob sie eine Lampe trüge, und ich folgte diesem Licht mit Entzücken und Bangen.

Der Sommer war die schönste Jahreszeit, der Garten hauchte warme, würzige Düfte aus. Weil der Wind in heißen Wellen wehte, trug Darina oft einen Strohhut, der einen Schatten auf ihr schimmerndes Gesicht warf. Wir waren gleichaltrig, Darina ein paar Monate älter als ich. Doch an meiner Länge gemessen, war sie klein von Gestalt. Sie sprach mit sanfter, froher Stimme. Blickte sie mich an, lag viel Zuneigung in ihrem Blick. Aber es war eine Zuneigung besonderer Art, unbefangen, ernst, voller Melancholie. Zeitweise schien sie eine Gewissheit zu besitzen und um eine Wahrheit zu wissen, die nichts mit der Zahl der Jahre zu tun hatte. Ich wusste nicht, von wem sie ihre Güte und Klugheit geerbt hatte, sicher nicht von ihren Eltern, diesen Grobianen.

Ich entsinne mich an einen Nachmittag im Juli, als Darinas Eltern die Hecken schnitten und wir uns ungesehen davonmachen konnten. Wir stiegen den Hang bis zur Salzach hinunter. Das Wasser war grün und die Strömung so langsam, dass man sie kaum wahrnahm. Die hohen Bäume, das Dickicht, die braun schimmernde Erde, das Wasser zwischen den Felsen, alles atmete etwas zutiefst Ursprüngliches. Wir setzten uns ins Gras, und nach einer Weile brach Darina das Schweigen.

»Ich komme oft hierher. Wenn ich nicht arbeiten muss.«

»Musst du viel arbeiten?«, fragte ich.

Sie hielt einen Grashalm an ihren Mund, blies darauf und erzeugte ein leises Surren, bevor sie knapp erwiderte: »Ich bin nicht unglücklich.«

»Macht es dir Freude«, fragte ich, »wenn ich bei dir bin?«

Darinas Gesicht veränderte sich kaum merklich, aber ihr Blick wurde starr.

»Ja, es macht mir Freude. Aber meine Eltern dürfen es nicht wissen.«

»Warum? Würden sie dich bestrafen?«

»Ja«, sagte sie. Und das war alles.

Rückblickend ist mir klar, warum ich ihre Worte einfach überging. Zu jener Zeit schlug man Kinder mit dem Stock oder mit dem Teppichklopfer. Man schloss sie im Keller ein und fesselte sie ans Bett. Es gehörte einfach zu einer Erziehung, die keiner infrage stellte.

Ein andermal, als wir wieder am Ufer der Salzach saßen, kamen zwei Fischer den Fluss entlang. Sie trugen ihren Fang in einem großen Eimer. Darina blickte ihnen gedankenvoll nach.

»In der Salzach wohnt eine Göttin. Aber sie wissen es nicht.«

Ich sah hinunter auf den Strom. Unter den abgeschliffenen Felsen sprudelte Schaum, und etwas tiefer leuchtete ein seltsames smaragdgrünes Licht, das zum Grund hin in Dämmerung umschlug.

»Glaubst du an solche Sachen?«

Sie saß neben mir, die Hände um die Knie geschlungen.

»Ja, sie ist da. Ich höre, wie sie mich ruft: ›Komm, Darina, komm zu mir! Ich werde dir viele schöne Dinge zeigen.‹ Aber ich kann ja nicht schwimmen!«

Eine Gänsehaut lief mir über den Rücken. Mehr noch als ein bloßes Empfinden war es ein fast körperliches Gefühl von Schrecken, ein leichter Schwindel, gleich einem blitzartigen Aufwallen des Blutes. Ich hatte dieses Gefühl schon früher gekannt. Es war wie eine Vorhersage, wie das plötzliche Auftun und Wiederversenken eines späteren Lebens, das mein Unterbewusstsein sah. Ich warf einen Blick auf Darina. Es fiel mir auf, dass sie sich nicht rührte, kaum zu atmen schien, und mein Herz tat mir weh. Nach einer Weile wandte sie mir das Gesicht zu, lächelte mich an und bezog mich in ihr Lächeln ein. Sie kannte durch viele Prüfungen das Leben bereits zur Genüge, aber es war, als ob sie sich einfach weigerte, das Böse auf Erden wahrzunehmen. Sie lebte in ihrer eigenen Welt.

9. KAPITEL

DIE SEERÄUBERBRAUT

Achtzig Jahre später, während ich dies schreibe, senkt sich der laue Abend über Tokio. Langsam kehre ich in die Gegenwart zurück. Hinter der Hecke fährt ein Lastwagen vorbei, Technomusik – oder wie sie das heute nennen – dringt aus der Ferne herüber, und unter einem hellrosa Strahlenzelt leuchten die Fenster der Hochhäuser. Die Stadt atmet den Abend ein. Der salzige Wind streicht über die Gärten, die dreifachen Autoschlangen, die grün schillernden Tempeldächer, den Kaiserpalast und die Hafenanlagen mit ihren Kränen. Das Riesenrad dreht sich. Alles funkelt, vibriert, alles ist knallbunt, laut und fröhlich. Unter hektischem Neonflimmer drängen sich Ströme von Fußgängern. Ich werde nie mehr einer von ihnen sein. Es macht mir nichts aus. Meine Erinnerungen zerfließen wie Spiegelungen auf dunklen Gewässern. Die Wellen spülen sie in eine Tiefe, die gleichsam die Tiefe des Universums ist.

Ich bemerke, dass ich schief sitze. Und Schmerzen überall. Schluss für heute! Im Gold und Blutrot des Sonnenuntergangs lasse ich den Vorhang der Erinnerung gleich einem Theatervorhang herabfallen.

Bald vernehme ich ein Kratzen hinter der geschlossenen Tür. »Ich bin gekommen«, meldet sich Kazukos freundliche Stimme.

Ich gebe Antwort: »Bitte, treten Sie ein.«

Ein holpriges Schleifen: Die alte Schiebetür gleitet zurück.

Kazuko trägt ihr großes Tablett und schlurft mit ungezwungener »Entschuldigen-Sie-mich-Verbeugung« herein. Sie bringt mir, gütig lächelnd, mein Essen. Ich mache meinerseits eine tiefe Dankesverbeugung und räume meine Papiere auf die Seite. Während sie die Speisen akkurat auf den Tisch stellt, reibe ich mir die müden Augen. Ich stelle fest, dass ich hungrig bin.

Ein Mann, der vor seinem Sterben steht, muss sich entscheiden, ob er noch etwas tun will oder nicht. Mit jedem Atemzug wird meine Gegenwart zur Vergangenheit. Aber solange ich noch kann, werde ich in den archäologischen Schichten meines Lebens kratzen und wühlen, bis ich irgendwo unter den Schlacken mich selbst finde. Ich bin ein Fossil.

Später liege ich wach, während der Mond über die Bäume wandert und die Zikaden zirpen. Ich bin, um die Wahrheit zu sagen, recht ungeschickt im Umgang mit mir selbst. Es fällt mir schwer, meine Reaktionen auf meine damalige Umwelt sachlich einzuordnen. Zog man die damaligen Verhältnisse in Betracht, waren wir hoch privilegiert. »La crème de la crème«, wie die Franzosen sagen. Aber in unserer Jugendzeit waren wir gleichsam erdrückt von dem kalten Hochmut der Mutter und den Wutanfällen des Vaters. Das Jasagen war eine Notwendigkeit, denn wie furchtbar wäre es gewesen, wenn wir einmal Nein gesagt hätten? Wir befanden uns gleichsam im Larvenstadium.

Amanda. Seit einiger Zeit spüre ich, dass sie mit mir reden will. Offenbar hat es sich im Jenseits herumgesprochen, dass ich wieder einmal Unruhe stifte. Alexander schreibt seine Memoiren? Heiliger Gervasius, Protasius oder wer auch immer, das kann doch nur schiefgehen! Und jetzt will Amanda auch noch ihren Senf dazugeben. Ich habe eigentlich nichts dagegen. Da sonst niemand in der Familie mit ihr spricht, werde ich es tun. Ich habe gut gegessen, liege ganz bequem, und Kazuko hat gelüftet.

»Na, komm schon«, sage ich.

Amanda nähert sich lautlos. Sie kommt von irgendwoher, aus der Fenstertür oder gleich aus der Wand. Sie bewegt sich zwischen der Lampe und mir, sodass ich sie nur im Gegenlicht sehe. Nichts an ihr scheint feste Konturen zu haben, dadurch wirkt ihre Gestalt merkwürdig abstrakt. Doch je näher sie kommt – kommt sie überhaupt näher? –, desto mehr scheint sie in die Höhe zu wachsen. Auf einmal hält sie an, bleibt reglos stehen. Ich habe das Gefühl, dass sie auf einer Bühne steht. Der schwarze Garten ist das Bühnenbild. Glühwürmchen funkeln unter ihren Füßen wie winzige blaue Flammengeister.

Und jetzt sehe ich Amanda recht deutlich, als ob ich – als Kurzsichtiger – mir die Brille auf die Nase gesetzt hätte. Sie hat dunkles Haar, das, kurz geschnitten, ihr glatt und voll um das Gesicht fällt. Ihre Augen sind schwarz geschminkt, dämmrig und feindselig. Ihr rotes Kleid ist am Hals nur mit einer Kordel zusammengebunden, aber die Seide fällt weich und schwer an ihr herab. Ihre Haut scheint unberührt, wie geglättetes Elfenbein. Zwischen ihren Fingern hält sie eine Zigarettenspitze. Das Spiel ihrer biegsamen Hände wird dadurch verlängert, gewinnt eine träge Eleganz, etwas Schamloses. Auch im Alter gab sie das Rauchen nicht auf. Ihre Zigaretten verströmten immer einen Duft nach Sandelholz und Honig. Jetzt nützt mir der Geruchssinn nichts mehr, und doch ist mir der Duft geblieben.

»So, du schreibst jetzt deine Memoiren. Kommst du zurecht? Oder überschreitet die Amnesie deine Kompetenz?«

Ihre Stimme ist spöttisch und heiser. Die Stimme einer Frau, die zu viel geraucht, zu viel getrunken und zu viel erlebt hat.

»Findest du es unanständig?«, frage ich.

»Für mich ist ›unanständig‹ keine Kategorie.«

»Keine Kritik? Keine Frage?«

Sie führt ihre Zigarette zum Mund.

»Willst du über die hehre Familie schreiben, droht Fiktion. Waren wir gut, waren wir böse? Wir hatten alle ein Realitätsdefizit, in schärfster, in katastrophaler Form. Hast du ein Notizbuch oder Ähnliches?«

»Ich verlasse mich auf mein Gedächtnis.«

»Noch keinen Alzheimer?«

»Das Gehirn ist ein seltsamer Aufbewahrungsort.«

»Da magst du recht haben, Bruderherz. Die Einladungen bei uns, entsinnst du dich? Es gab Wochenendgäste im Sommer, Jagdgäste im Herbst und Silvestergäste. Mutter trug ihre Spitzenkleider und ihre Perlenketten. Vater stolzierte herum in handgemachten ungarischen Schuhen. Zweimal im Jahr fand ein Ball statt. Bevor es losging, wurde unsere Prunkbude auf Hochglanz gebracht. Mutter ließ alle Fenster putzen, das Silber polieren. Die Teppiche wurden beiseitegerollt, die Möbel in den Salons an die Wände geschoben. Ein kleines Quartett – Klavier, zwei Geigen, ein Bassist – sorgte für die musikalische Kulisse. Manchmal gab es auch einen Liederabend. Liebesromanzen. Uhland-Balladen. Frenzel sang ›Röslein auf der Heide‹. Sie sang grauenhaft falsch. Du fiedeltest auf der Violine, und ich spielte Klavier.«

»Du hattest einen schönen Anschlag.«

»Ich wünschte mir einen Hammer, um den Bösendorfer zu zertrümmern. Wir waren die dressierten Schimpansen in unserem privaten Zirkus. Und statt Erdnüssen gab es Applaus.«

Ich schweige, und Amanda erzählt. Ein flimmernder Lichthof verwischt ihr blutrotes Kleid. Viele Erinnerungen aus jener Zeit sind mir verblasst. Aber ich erinnere mich an unser Schweigen, an die unausgesprochenen Gedanken. An die glatten Worte ohne Herzensfreude. An die Gefühle, die im Dunklen vermoderten.

»Wir lebten aneinander vorbei«, sagt Amanda. »Wir plapperten Dinge ohne Bedeutung, dummes Zeug. Wenn wir doch nur mal geredet hätten! Ich glaube, jeder von uns wartete darauf. Wir haben es verschoben, immer wieder verschoben. Es war nicht eigentlich Angst, es war ein Unbehagen. Aber richtig geredet haben du und ich zum ersten Mal in Kitzbühel. Weißt du noch?«

Ich weiß es noch, wenn auch nicht mehr ganz genau. In den Ferien fuhren wir in die »Sommerfrische«. Jahr für Jahr wohnten wir in diesem Hotel, einfach grauenhaft. Die Zimmer mit Holz getäfelt. Wände, Decke, Tür – alles dasselbe Fichtenholz.

»Wir schliefen unter riesigen Federbetten«, sagt Amanda. »Und das mitten im Sommer! Ich war jeden Morgen klatschnass. Vater hatte Vollpension gebucht. Nur noch fressen. Ich war nahe am Kollaps.«

»Immerhin waren wir an der frischen Luft.«

»Ja, wir ruderten, spielten Tennis. Zum Glück. Sonst hätte ich Vater die Suppenschüssel über den Kopf geleert!«

Doch, ich entsinne mich gut. Die Ferienstille, nur eine Täuschung. In uns brodelten die Emotionen. Die Tage zogen sich dahin, einschläfernd unter der Augustsonne. Mutter stellte ihre Staffelei auf und malte, dachte mit unbewegtem Gesicht ihre grausamen Gedanken. Vater machte Bergtouren, so weit seine kurzen Beine ihn trugen, und beobachtete Gämsen mit einem Feldstecher. Verblödung in gesättigter Ruhe, geisttötend und kitschig.

Amanda war nicht wie Frenzel, die still-zufrieden Trockenblüten in ihre Pflanzensammlung klebte. Nein, Amanda machte Turnübungen und spielte Tennis. Sie hatte zähe, harte Muskeln und brachte Vater mit tückischen Schmetterbällen ins Schwitzen. Es geschah nicht selten, dass er gegen sie verlor. Was ihm natürlich keine Freude machte, auch wenn es nur ein Spiel war. Amandas Energie schien nahezu unerschöpflich. Bis es Vater zu viel wurde und er die Gelegenheit nutzte, um seine lädierte Autorität als »Paterfamilias« wiederherzustellen: »Herrgott, Amanda, bleib endlich mal sitzen! Wer heiratet dich denn, wenn du ständig herumrennst?«

»Ja, er sagte solchen Quatsch.«

»Er hatte keine gute Meinung von mir.«

»Von mir eigentlich auch nicht«, entgegnete ich.

»Ja, aber du warst der Stammhalter.«

»Ich habe nix gehalten«, erwiderte ich. »Ich habe den Stamm abgesägt.«

»Seit wann machst du Wortspiele? Hör zu, wir waren am Schwarzsee unterwegs. Die Sonne brannte. Wir haben Schuhe und Strümpfe ausgezogen und die Füße ins kalte Wasser hängen lassen.«

»Und dann?«

»Dann haben wir geredet. Über die ganze Misere. Wir waren doch entsetzlich einsam, gib es zu. Mit Thomas habe ich dann in Symbiose gelebt, fünfundzwanzig Jahre lang, Tag und Nacht …«

»Keinen Seitensprung oder so?«

»Tu nicht so schnoddrig. Ich war nicht nur glücklich mit ihm. Ich war selig. Kannst du dir das vorstellen?«

»Ich glaube schon. Wie alt waren wir, damals am Schwarzsee? Weißt du das noch?«

Sie raucht versonnen.

»Ich, vierzehn. Und du solltest im September ins Gymnasium gehen.«

»Stimmt. Und im ehrwürdigen Kurfürst-Maximilian-Gymnasium habe ich mich in einen Jungen verliebt.«

»Wie rührend! Aber du hattest doch etwas mit der Gärtnerstochter? Darina. So hieß sie doch, oder?«

Stopp! Das Phantom soll mir nicht zu nahe kommen.

»Darina hatte nichts mit dieser Sache zu tun!«

Das Phantom lässt ein heiseres Lachen hören.

»Ich nehme an, du wolltest beides ausprobieren! Ach komm, Alexander, mach nicht so ein Gesicht! Ein liebes Mädel, Darina. Verführt und verlassen, der übliche Groschenroman. Das hat dir arg zugesetzt, ich weiß.«

»Hör auf, Amanda. Du springst ja dauernd von einem Punkt zum anderen!«

»Ich war Tänzerin, schon vergessen? Und ich stehe hier auf der Bühne. Metaphorisch, wohlgemerkt.«

»Amanda! Was genau, bitte schön, hast du mir am Schwarzsee gesagt?«

»Ich habe dir gesagt, dass ich sterben wollte.«

»Und was habe ich dir geantwortet?«

»Ich erwartete keine Antwort von dir. Ich erwartete keine Antwort von irgendwem. Und da hast du gesagt, dass du mich verstehst, weil auch du seltsame Träume hast: Du bringst Leute um, überall spritzt Blut, und du hättest viel Spaß dabei.«

Eine Gänsehaut überläuft mich. Es geht etwas wie ein Riss durch die Luft, ihr Kleid glänzt auf, als sei es mit Blut getränkt. Hatte ich das wirklich gesagt? Aber ja, ich werde es wohl gesagt haben.

»Ich kann mich nicht entsinnen.«

»Macht das einen Unterschied? Die Erinnerung kommt so oder so zu spät, um alles zu erklären, das Abgründige mit inbegriffen. Na egal. Ich hatte seit Jahren nicht geweint. Ich hatte mir nur die Lippen wund gebissen. Und als du das gesagt hast, da bin ich – stell dir vor – in Tränen ausgebrochen. Weil ich die gleiche Lust in mir spürte, den Leuten den Kopf abzureißen. Verstehst du? Da saß ich nun neben dir und heulte.«

»Und dann?«

»Dann haben wir endlich reden können.«

Wie unglücklich wir waren, war uns erst allmählich über verschiedene Bewusstseinsstufen klar geworden. Wir hatten uns daran, dass es uns immer schlecht ging, schon so gewöhnt und uns so damit abgefunden, dass wir es gar nicht mehr merkten. Und ich kann mich auch nicht mehr erinnern, wann unser nebulöses Fühlen zur rebellischen Gewissheit wurde. Jedenfalls erstreckte sich der Vorgang über mehrere Jahre hinweg.

Als Geist kann Amanda meinen Gedanken folgen. Jedenfalls bilde ich mir ein, dass sie es kann. In ihrem hellen Gesicht funkeln die schwarzen Augen wie Pechkohle, ohne Zorn, aber auch ohne Gnade. Sie bereut nichts.

»Weißt du noch, wie Vater nach dem Essen sein ›Nickerchen‹ hielt? Wenn er dalag, hatte ich Lust, ihm einen Fußtritt zu verpassen. Es juckte mich jedes Mal in den Zehen. Und als du ihm später eine Maulschelle gegeben hast, habe ich gedacht: Großartig, das hat er verdient.«

»Und was war mit dir?«

»Oh, ich habe meine sexuellen Fähigkeiten ausgelebt. Ich war seelisch so zertrümmert, dass Begriffe wie ›Unehre, Schande‹ mich nicht tangierten. Mit sechzehn wurde ich zur Herumtreiberin. Wenn alle glaubten, ich sei im Bett, bin ich schnurstracks aus dem Fenster in andere Betten gesprungen. Ich bin in die Kneipen gegangen und habe mich in meiner neu erworbenen Funktion getreulich um das Wohl meiner … sagen wir mal … Gespielen bemüht. Ich wusste nicht, dass man dafür bezahlt wird. Aber ich habe das Geld genommen. Ich dachte, dass ich es mal brauchen könnte.«

»Ist dir nichts Besseres eingefallen?«

»Weißt du noch, die Frau Mutter und Onkel Günther? Mir war das lebhaft in Erinnerung. Und wenn die Frau Baronin ihre Freude daran hatte …«

»… wolltest du es auch mal probieren.«

»Touché!« Sie betrachtet mich amüsiert. Sie ist von unergründlicher Schönheit. »Meine ganze Lebensenergie tobte sich aus. Nicht sehr lange, leider. Es hat sich dann herumgesprochen, wer ich war. Männer können einfach ihr freches Maul nicht halten. Und irgendwann ist es der Frau Mutter zu Ohren gekommen. Sie hat kein Sterbenswörtchen gesagt, dachte vielleicht, der Apfel fällt nicht weit vom Stamm. Jedenfalls musste Inge meinen Koffer packen, und ich wurde nach München in dieses Pensionat gebracht. Mit achtzehn bin ich dann nach Berlin durchgebrannt, wo ich kokainsüchtig wurde.«

»Ich habe es erst später erfahren. Ich war ja längst weit weg, auf dem Weg nach China.«

»Wo sie ihre Gefangenen aufspießten und zum Spalier aufstellten. Als Willkommensgruß für die deutschen Soldaten. Hat dir das gefallen?«

»Es hat mich interessiert. Warum sie das taten und so …«

»Aha. Bei dir muss man auf alles gefasst sein!«

»Hör auf!«

»Ich darf doch wohl noch fragen?« Sie lacht. Ich sehe ihr dunkles Zahnfleisch zwischen den roten Lippen und entsinne mich, dass sie Parodontose hatte. Ihre Zähne fielen früh aus. Sie trug schon mit vierzig ein Gebiss.

Doch Amanda ist noch nicht fertig mit mir.

»Zwei Gewalttätige, ein Invalide und eine Verrückte. Da stimmt doch was mit unseren Chromosomen nicht.«

»Ist Frenzel noch immer verrückt?«

»Dass sie meschugge ist, das kann man wohl sagen. Sie läuft mit halber Schädeldecke herum und beklagt sich, weil sie die andere Hälfte verloren hat. Bei Gelegenheit singt sie noch ›Es ist ein Ros entsprungen‹. Aber die Begeisterung fehlt.«

»Dass du darüber lachen kannst!«

»Warum auch nicht? Thomas und ich, wir haben dreißig Jahre lang gelacht. Über alles.«

»Auch über das KZ?«

»Stell dir vor, Thomas hat mir erzählt, dass er in Dachau oft gelacht hat. So weit ist es also mit mir gekommen, dachte er und lachte. Innerlich, weil er keine Kraft mehr hatte. Aber er hat nur über sich selbst gelacht, niemals über die anderen. Lachen kann ein Akt des Überlebens sein. Es gab solche, die nicht einmal mehr weinen konnten. Die sind alle gestorben.«

Ich sehe ihre Augen, die mich vielsagend ansehen, und es ist mir, als tönten ihre tadellos artikulierten Worte nicht durch die Luft, sondern durch mein Blut.

»Unsere Frau Mutter hätte gesagt, dass Berlin ein ›schlechtes Pflaster‹ sei. Ein Euphemismus und sehr ›comme il faut‹. Tatsächlich war Berlin das Bacchanal vor dem Weltuntergang. Recht amüsant, übrigens. Kreativ. Ich traf Anita Berber, und wir wurden Freundinnen. Zwei verrückte Frauenzimmer, in lesbischer Liebe vereint. Anita brachte mir das Tanzen bei. Wir traten zusammen auf, wälzten uns halb nackt auf der Bühne und mimten, was wir im Bett machten. Das war smart. Und dann lernte ich Thomas kennen. Wir verliebten uns auf den ersten Blick. Er war der Mann meines Lebens, er fand es nämlich nutzlos und banal, Konventionen zu beachten. Er stammte aus einer wohlhabenden Familie. Aus unseren Kreisen, eigentlich. Aber eben – Juden. Das war 1937. Seit zwei Jahren waren gemischte Ehen verboten. Wir lebten gesetzwidrig zusammen. Auf die Gefahr hin, dass wir jederzeit denunziert werden konnten. Die Lage wurde ausgesprochen brenzlig, als plötzlich die Frau Mutter erschien, Inge im Schlepptau, und ihre spitze Nase in meine – verwerflichen – Angelegenheiten steckte. Ich setzte beide vor die Tür und dachte, verdammt, jetzt geht es uns an den Kragen. Aber nein – sie verzichtete darauf, mich zu denunzieren.

Wahrscheinlich haben die Mutterhormone sie zurückgehalten, kommentierte Thomas. Jedenfalls hörten wir nichts mehr von ihr. Thomas war Literaturkritiker, Provokateur aus Überzeugung und völlig frei von Illusionen. Seine Artikel waren herrlich satirisch. Thomas war beliebt und hatte viele Freunde. Und – was wichtig war – er hatte gute Freunde in schlechten Zeiten. Als er ab 1941 den gelben Stern tragen musste, trug er ihn wie ein Ordenszeichen auf dem Sakko wie auf dem Smoking. Er wurde auf dem Weg zum Theater verhaftet. Er trug noch Monokel, als man ihn in den Lastwagen warf. Ich war dabei, im Abendkleid, man hielt mich fest, und ich konnte nichts tun.«

Was danach kam? Amanda geht achselzuckend darüber hinweg. Sie erlebte eine todbringende Situation in einer todbringenden Welt. Aber sie legte keinen Wert darauf, ihre Gefühle zu zeigen. Als Thomas deportiert wurde, verkaufte sie ihren letzten Schmuck und lebte danach am Rande der Armut. Doch sie hielt ihm die

Treue und wartete auf ihn. Ihre Zähne fielen aus, etwas war mit ihren Lungen nicht in Ordnung. Sie trat weiter auf. Ihre Lippen waren blutrot angemalt, ihre Haut erschlafft unter der weißen Schminke. Sie tanzte, um nicht zu verhungern, hochmütig, gespensterhaft.

Amanda hört mich denken, natürlich, und macht eine Geste, als wollte sie sagen, was weißt du schon! Sie erzählt mir also, wie sie vor den Nazis tanzte. Beim Sprechen lässt sie ihre Hände über das rote Kleid gleiten. Die Geste ist unglaublich aufreizend. Ich bemerke, dass die Farbe ihre Leuchtkraft verloren hat. Das Rot verblasst mit dem aufkommenden Tageslicht, das über den Mauerziegeln den Himmelssaum färbt.

»Es war nicht ich, sondern mein Körper, der zu diesen Schweinen sprach: ›Da, schaut mich gut an, ihr Mörder! Dass eine Frau, die verhungert, noch einen schönen Arsch hat, das glaubt ihr ja wohl selbst nicht. Kommt näher, ich zeige euch alles! Von vorne, von hinten und meinetwegen auch von unten. Denn ihr werdet verrecken, und Thomas wird leben!‹ Hörst du, Alexander? Ich nahm mir die Freiheit, allen Zorn an mir selbst darzustellen. Und wollte ich den Widerstand, den unversöhnlichen Zorn, nicht nur in Bewegungen ausdrücken, sondern auch in Worten, waren es immer dieselben Worte, die mir in den Sinn kamen. Die Worte nämlich aus der Dreigroschenoper, die Bertolt Brecht der Seeräuber-Jenny in den Mund legt:

›Und ein Schiff mit acht Segeln
Und mit fünfzig Kanonen
Wird liegen am Kai …‹

›Hoppla!‹, sagt die Seeräuberbraut, während ihr die Köpfe zu Füßen rollen. ›Hoppla!‹, hätte auch ich etliche Male sagen können. Ganz zu schweigen von Bertolt Brecht, der einen gewaltigen Groll in sich tragen musste. Autoren werden sauer, wenn ihre angeblich entartete Prosa dem altbewährten Autodafé zum Opfer fällt. Auch wenn sie keine Juden sind.

›Ich werde zurückkommen‹, hatte mir Thomas geschworen. Die Hoffnung war intakt, und am Ende wurde der Schmerz in dieser Hoffnung begraben. Denn Thomas kam aus der Hölle zurück. Er wog nur noch zweiundvierzig Kilo bei einer Körpergröße von einem Meter achtzig. Es folgte eine entsetzliche Zeit, aber er wurde gesund. Danach verließen wir Deutschland auf Nimmerwiedersehen und heirateten in New York. Und wenn wir auch gestorben sind, so leben wir noch heute.«

Auch im Jenseits hat Amanda ihren Sinn für Wortspiele nicht verloren. Nach alldem, was geschehen ist, sehe ich das mit Freuden.

Rückblickend kann ich wohl behaupten, es war ihre Vermessenheit, die ihr das Leben rettete. Amanda hatte nie die Gewissheit verloren, dass der Schmerz umkehrbar war. Aber Amandas Schicksal war lediglich ein wahllos herausgegriffener Teil des Universalwahnsinns. Ich kann nicht nachvollziehen, wie es in ihr aussah. Ich kann es mir nur vorstellen. Wir sind eingeschlossen in unserer Haut. Außerhalb dieser Hülle, die unsere Organe umgibt, hören wir auf zu sein. Unsere Individualität definieren wir nur in Bezug auf uns selbst. Und was hatte ich mit Thomas Ginzberg gemeinsam? Wahrscheinlich nur die Tatsache, dass auch ich am Leben bleiben wollte.

»Wozu zerbrichst du dir den Kopf?«, sagt Amanda. »Die Sache ist doch ganz einfach. Zum Sterben braucht man nichts mehr, als dass man lebendig ist. Du kannst dir also aussuchen, wie du leben und wie du sterben willst.«

»Was willst du damit sagen? Etwa dass ich – wenn es so weit kommt – einwandfrei die richtige Wahl treffen werde?«

Sie lacht vor sich hin. Ich sehe sie kaum noch, aber ich höre ihr Lachen.

»Du musst dich doch am besten kennen.«

Sie neigt sich leicht zur Seite, wird immer durchsichtiger, bis sie noch in Konturen zurückbleibt und endlich mit dem Nebel verschmilzt, der unter den Büschen hervorweht.

Und dann ist sie ganz verschwunden.

10. KAPITEL

ZWEITE ERINNERUNG AN DIE ZUKUNFT: DER HIRSCHKÄFER

Der Hormonschub, den jeder Halbwüchsige erlebt, bewirkte, dass ich immerzu an Darina dachte. An das Aussehen von Menschen, die man in der Kindheit gekannt hat, kann man sich nur selten erinnern. Aber an Darina entsinne ich mich, als hätte ich sie erst gestern gesehen. Und auch meine törichten Worte sind mir recht klar im Gedächtnis geblieben. Zum Glück machte mich die Liebe, oder was man auch immer in diesem Alter dafür hält, nicht kopflos. Aus der sehr pragmatischen Angst, Darina zu schaden, unterdrückte ich meine Gefühle. Außer einigen feuchten Träumen war da nichts.

Darina brachte einen Blumenstrauß für meine Mutter, den der Hausmeister in Empfang nahm. Sie brachte einen Korb frischer Pfirsiche, gelb und samtig. Mutter ordnete an, dass sie zum Nachtisch serviert werden sollten. Sie schenkte Darina ein abgetragenes Kleid von Frenzel. Der Kragen war aus Klöppelspitze, aber am Saum war ein Blutfleck, weil meine Schwester sich ständig irgendwo verletzte. »Du musst nur den Saum etwas kürzen«, sagte Mutter. Darina bedankte sich artig mit einem Knicks, zog das Kleid aber nie an.

Ich trieb mich im Garten herum, hinter der Toreinfahrt, bei den Ställen. Darina kam in den Hof, pflückte Kirschen. Wir tauschten Blicke, Lächeln, ein verstohlenes Zeichen mit der Hand. Darinas

Eltern, diese ungehobelten Störenfriede, waren immer in der Nähe. So verging die Zeit. Bis zu jenem Morgen im Oktober, als blaue Nebel über der Salzach schwebten und die Eicheln von den Bäumen fielen. Wir hatten nicht viele Eichen, einige trugen dicke Früchte, die meisten aber nicht, sie waren schon zu alt. Darinas Mutter sammelte die Eicheln als Mastfutter für ihre beiden Schweine. Arme Leute machten aus den Eicheln auch Brei oder verwendeten sie als Kaffeeersatz, den sie »Muckefuck« nannten. An diesem Tag also beobachtete ich, wie die Mutter ihren vollen Eimer den Hang hinauf zum Haus trug. Ich fasste mir ein Herz und lief über die Wiese zu Darina, die gebückt die Erde absuchte. Sie hatte ein Tuch um ihre Haare geschlungen, damit ihr die Strähnen nicht in die Augen hingen. Lächelnd richtete sie sich auf, als sie mich sah. Es war ein trüber Tag; aber mir war es, als ob die Sonne plötzlich strahlte. Die Eicheln lagen unter Grasbüscheln oder im Laub. Darinas Eimer war schon voll. Ich hob ihn hoch.

»Der ist schwer«, sagte ich.

Sie schüttelte den Kopf. Ihre Wangen waren ein wenig gerötet.

»Macht nichts. Ich bin stark.«

»Ich bin stärker«, sagte ich. »Sag, trinkst du Muckefuck?«

Sie verzog den Mund.

»Meine Eltern, ja. Ich nicht. Ich mag das nicht.«

Ich kniete nieder, sammelte die Eicheln mit der hohlen Hand.

»Du machst deinen Anzug schmutzig«, sagte sie.

»Ich habe noch andere«, antwortete ich.

Ich schob die Hand unter ein Grasbüschel; auf einmal bewegte sich das Laub mit leichtem Rascheln, und ein Hirschkäfer kroch hervor. Es war ein wundersames und nahezu schreckliches kleines Wesen, ausgestattet wie ein Krieger mit einem dicken Panzer. Mein Atem stockte. Ich hatte ihn schon mal gesehen. Damals, als ich vom Baum fiel.

»Oh, ein Hirschkäfer!«, rief Darina. »Sieh nur, er trägt einen Helm!«

Ich schluckte schwer.

»Ach, zieht er in den Kampf?«

»Er hat viele Feinde. Aber er wird alle besiegen.«

Der Hirschkäfer bewegte sich mit ruckartiger Bewegung. Wie ein gepanzerter Krieger, dachte ich, auf dem Weg zu einer Schlacht. Was geschah in diesem Augenblick?

Es gab eine Minute oder nur eine Sekunde oder nur den Bruchteil einer Sekunde – was weiß ich und was tut es schon –, während der ich aufhörte, in der Gegenwart zu leben. Schlagartig überfiel mich das betäubende Gefühl, dass ich den Käfer in einem lebendigen Traum sah, in der Größe eines Mannes allerdings und unter einem Lichtstrahl, der irgendwo in der Schwebe hing. Ich schnappte nach Luft und zwinkerte ein paarmal, worauf die Vision verschwand.

»Er ist sehr stark«, hörte ich Darina sagen. »Aber nicht böse.«

Ihre Stimme brachte mich wieder zu Verstand. Offenbar nicht ganz, denn ausgerechnet in diesem unangebrachten Augenblick fiel mir nichts Besseres ein, als ihr einen Antrag zu machen.

»Wenn ich groß bin, werde ich dich heiraten.«

Sie beherrschte sich gut.

»Das kannst du nicht«, sagte sie ruhig. »Dein Vater wird es nicht wollen.«

»Wenn ich groß bin«, sagte ich, »gehört mir hier alles.«

»Ich bin die Tochter des Gärtners«, erwiderte Darina. Sie sprach eine schlichte Wahrheit aus, ohne Demut.

»Ich bin es, der später hier zu befehlen hat«, versetzte ich wichtigtuerisch. »Und du wirst mit mir in unserem Schloss wohnen.«

Ich entsinne mich nicht an das, was Darina darauf antwortete, denn in diesem Augenblick sahen wir ihre Mutter, die atemlos den Hang hinablief, in der Hand den leeren Eimer. Paula war ebenso breit wie klein, mit fettigem Haar. In ihrem wohlgeformten Gesicht war keine Gefühlsregung zu erkennen.

»Das ist keine Arbeit für den jungen Herrn«, sagte sie zu mir. Und fügte schroff hinzu: »Ins Haus, Darina!«

Das Mädchen streifte mich mit einem unglücklichen Blick, bevor sie den vollen Eimer nahm, einen Knicks andeutete und den Hang hinaufstieg. Sie hatte den Kopf eingezogen und machte einen runden Rücken. Für einen kurzen Augenblick sah die Mutter ihr nach; bevor ihre Augen mich streiften. Dabei sah ich in ihrem Blick einen rätselhaften Ausdruck von Unterwürfigkeit und Hass. Ich konnte diesen Blick nicht deuten, begriff nicht, was er mir sagen wollte.

»Bitte ergebenst um Entschuldigung«, murmelte sie und nahm ihre Arbeit wieder auf. Ich stand da mit hängenden Armen, doch sie kümmerte sich nicht mehr um mich. Sie bückte sich, wie die Landarbeiterinnen es tun, indem sie die Beine fest in den Boden stemmte und den Oberkörper senkte. Nach einer Weile drehte ich mich um und stapfte den Hang hinauf, doch nach Knabenart zeigte ich meine Wut, indem ich auf halber Höhe stehen blieb und Steine gegen die Baumstämme schleuderte.

Ich war auch noch zu jung, um Kritik an den falschen Idealen und dem Lebensstil einer Gesellschaft zu führen, die sich vollkommen fühlte, glasiert in ihren Privilegien wie Heringe in Sülze. Diese Gesellschaft war so rational und solide, dass sie sich unbesiegbar fühlte. Und stand trotzdem kurz vor der Götterdämmerung.

Mit fünfzehn wurde ich Schüler des ehrwürdigen Kurfürst-Maximilian-Gymnasiums Burghausen. Hier würde ich die Mittelschulzeit absolvieren mit dem Ziel, danach in München zu studieren. Das Gymnasium an der Kanzelmüllerstraße, von den Jesuiten 1629 gegründet, galt als traditionsreiche Bildungseinrichtung. Weil der Weg dahin recht weit war, wohnte ich im Internat und kam nur sonntags nach Hause.

Ich war stets ein miserabler Schüler gewesen, daran änderte sich auch im Gymnasium nicht viel. Nur in einem Fach klappte es gut: im Turnen. Dort ging es um Kraft und physischen Einsatz. Das gefiel mir. Ich erlebte zum ersten Mal die Brutalität und Primitivität der körperlichen Welt. Diese Urtümlichkeit faszinierte mich. Ich nahm genüsslich Worte wie »Bauch«, »Scham« oder »nackt« in den Mund. Die Biedermeierzeit lag noch nicht lange zurück, und die angeborene und anerzogene Zimperlichkeit meiner Eltern hatte solche Worte verpönt. Doch was die sexuelle Anziehung betrifft, brachte ich sie, wenn überhaupt, noch nicht mit Darina in Verbindung. Darina lebte in meiner Traumwelt, fern und unbefleckt, einzig meiner Fantasie vertraut.

Im Gymnasium hatte ich eine Liebelei mit einem Jungen, dessen Geruch ich mochte. Die meisten Jungen rochen schlecht, nach pubertärem Schweiß und ungewaschenem Körper. Franz roch nach frischem Gras. Und ich hatte festgestellt, dass auch mein Sperma nach Gras roch. Was wiederum bewirkte, dass ich ständig an Franz dachte und sogar von ihm träumte. Und meine Träume waren durchaus explizit.

Ich merkte bald, dass auch die Kameraden mit ähnlichen Fantasien haderten. Uns allen war nicht wohl dabei. Es war noch nicht lange her, dass die sogenannte »Sodomie« Oscar Wilde ins Gefängnis gebracht hatte. Die Angelegenheit war verwirrend wie ein Spiel mit Masken, bei dem keiner weiß, welche was verbirgt. Ein Versuch lohnte sich auf alle Fälle. Denn jeder Heranwachsende macht eine Zeit durch, in der seine sexuellen Neigungen noch nicht klar definiert sind. Und wir wussten ja längst, auch wenn unsere Lehrer es nie deutlich erwähnten, dass nahezu alle Philosophen der Antike komplexlos von der »anderen Fakultät« gewesen waren. Na ja, dachte ich, wir treiben Sport in Leibchen und knielangen Hosen, während die alten Griechen splitternackt das zeigten, was man hierzulande verbarg. Wir heftig pubertierende Jünglinge hatten alle beobachtet, dass sich ein paar Schüler recht lange in den Toiletten aufhielten. Es drangen auch komische Geräusche heraus. In diesen prosaischen Räumlichkeiten hörte ich auch zum ersten Mal das Wort »Arschficker«, konnte mir aber nicht ausdenken, worauf es sich bezog. Aber was die Jungen dabei empfanden – wenn sie überhaupt etwas empfanden –, machte mich neugierig. Ich wollte das mal ausprobieren, wusste nur nicht, mit wem. Bis ich Franz traf, der so gut roch. Franz war etwas älter als ich, fast sechzehn, ein hochgewachsener, schöner Schüler. Er hatte etwas Ausgeglichenes, Liebenswürdiges an sich, das ein vertrautes Gefühl in mir weckte. Es war wie ein Wiedererkennen, obwohl wir uns zuvor nie begegnet waren. Mit Franz machte ich es zwei- oder dreimal neben dem dreckigen Urinbecken. Es war eine Erfahrung, mehr aber auch nicht. Immerhin hatte ich einiges dazugelernt.

Zu meinem Unglück erzählte man mir, dass Franz jeden Sonntag seine Cousine traf, die – wie man sagte – ein flottes Mädel war. Seine Anziehungskraft wirkte offenbar auf beide Geschlechter. Das war hart für mein dünnhäutiges Ego. Zwar bilde ich mir rückblickend ein, dass ich ein gut aussehender Bursche war, hochgewachsen, mit markanten Gesichtszügen und schwarzem, harten Haar. Aber gegen Franz fehlten mir die Waffen der Erfahrung. Und während ich finster vor mich hin brütete, begriff ich irgendwann, dass Franz mich nur deswegen fasziniert hatte, weil mich etwas an ihm an Darina erinnerte. Ihr in der Tiefe wirkendes Leitbild spiegelte sich in seinem Wesen, wie im Wasser oder in den Scheiben eines offenen Fensters. Das war es also gewesen! Und ich, der bisher Darina über alle Maßen idealisiert hatte, holte sie zum ersten Mal ins reale Leben zurück. Ich ließ mich von der Kraft der Erinnerung, dem Eifer der Gedanken fortreißen, und auch von der – sagen wir mal – erdgebundenen Erregung, die Franz im unteren Teil meines Körpers provoziert hatte und die ich fortan auf Darina übertrug. Aber gleichzeitig meldete sich der Moralist in mir: Es war gemein und überheblich, ihr gesagt zu haben, dass ich sie heiraten wollte, ohne mir etwas Konkretes dabei vorzustellen. Darina lebte eben nicht im finsteren Zauberwald. Sie lebte bei Menschen, die nicht zu ihr passten. Inzwischen aber war mir klar geworden, dass ich sie begehrte, und zwar umso heftiger, desto mehr ich verstand, dass ihr Verhalten spontan, uneigennützig und vorbildlich war.

Ich erwähnte bereits, dass ich nur am Sonntag nach Hause kam. Dies war ausgerechnet der Tag, an dem auch der Gärtner und seine Frau nicht arbeiteten. Sie nutzten ihre karg bemessene Freizeit zusammen mit ihrer Tochter für einen Spaziergang, einen Kirmesbesuch oder sonst was. Und folglich vergingen mehrere Monate, bis ich Darina nach den Ferien wiedersah.

Sie saß im Garten auf einem Schemel und schnippelte Falläpfel. Die Äpfel auf den Bäumen gehörten uns, aber das Fallobst war für das Gesinde da. Darina schnitt die Äpfel in acht Teile, entfernte das Gehäuse und warf die Spalten in einen Kochtopf, der neben ihr stand. Ich rannte aus meinem Zimmer und die Treppe hinunter. Vor der Tür blieb ich stehen und zählte bis zehn. Als mein Atem sich beruhigt hatte, öffnete ich die Tür und trat gemessenen Schrittes nach draußen. Darina sah mich kommen, legte das Messer auf die Seite und erhob sich. Sie strich nicht nach Art der Dienstmädchen mit beiden Händen über ihre Schürze, um sie glatt zu ziehen, sondern stand ganz ruhig in der Sonne. Sie war gewachsen und gertenschlank, mit einer ganz schmalen Taille – ohne Korsett –, und hatte ihr Haar zu einem Kranz geflochten und hochgesteckt, eine unübliche Frisur für ein Mädchen ihres Standes. Noch jetzt, viele Jahrzehnte später, ist mir die Erinnerung an diesen Augenblick so deutlich, so gegenwärtig, dass er aus meiner Lebensgeschichte nicht wegzudenken ist. Und schaue ich jetzt zurück, dann erkenne ich, dass Darina auf dem Gipfel ihrer Schönheit stand, bevor Arbeit, Schwangerschaft und Entbehrungen ihr Gesicht verhärten, ihren Körper verunstalten würden. Während ich stumm und linkisch vor ihr stand, lächelte sie mich an. Ihr Lächeln war noch kindlich, doch ihre klaren Augen zeigten die Klugheit und Melancholie einer jungen Frau, die sich bereits damit abgefunden hatte, dass ihr Leben eine uninteressante, weil gewöhnliche Geschichte sein würde.

Wie lange wir so verharrten, weiß ich nicht. Ich konnte nichts sagen, ich stand wie gelähmt. Und so war es nicht verwunderlich, dass sie als Erste das Wort an mich richtete: »Du bist braun geworden.«

Es war seltsam, dass wir uns noch mit »Du« ansprachen. Jetzt, da wir beide bald schon erwachsen waren, wäre ihr das eigentlich nicht mehr gestattet gewesen. Aber ihr schien nicht in den Sinn zu kommen, dass sie es nicht durfte. Und ich hätte es nicht ertragen, wenn sie mir ihre untergeordnete Stellung zu spüren gegeben hätte. Endlich fand ich meine Sprache wieder.

»Ja, ich war viel in der Sonne.«

»Bleibst du jetzt hier?«, fragte sie.

»Nein. Ich gehe wieder aufs Gymnasium. Und nächstes Jahr werde ich in München studieren.«

»Dann werde ich dich nicht mehr oft sehen. Du bist jetzt ein junger Herr.«

»Für mich gibt es keinen Unterschied.«

»So geht es mir«, antwortete sie schlicht.

»Ich bin unglücklich. Weil ich von dir getrennt sein werde.«

Sie schüttelte sanft den Kopf.

»So darfst du nicht denken.«

Ich reagierte wie der Tenor in einer Operette von Franz Lehár.

»Weißt du denn nicht, dass ich dich liebe?«

Sie antwortete in ihrer vernünftigen Art. »Ein bisschen. Aber ich weiß nicht, ob du es wirklich so meinst, wie du sagst.«

»Ich meine es ernst«, bekräftigte ich.

Schweigen. Das Lächeln war aus ihrem Gesicht gewichen.

»Alexander, willst du, dass ich traurig bin?«

»Nein, das will ich nicht. Ich werde dich heiraten.«

Sie wandte die Augen ab.

»Es wird nicht mehr sein wie früher. Du wirst andere junge Damen treffen ...«

Da war wieder dieser Klassenunterschied. Wäre sie gleichen

Standes gewesen, hätte sie »Mädels« gesagt. Aus ihren Worten entnahm ich, dass es ihr zwar Kummer machte, aber dass sie gleichzeitig auch bereit war, sich diesem Kummer zu fügen. Ich war unsensibel, übereifrig und töricht. Sie war ruhevoll und vernünftig. Ich glaubte, dass ich eigenmächtig handeln konnte. Sie war weise und wusste es besser.

»Versprich mir nichts«, sagte sie.

»Ich verspreche es dir aber!«

Ich sah den Ausdruck von Zweifel in ihrem Gesicht, den Schatten des Schmerzes, der ihre Augen verdunkelte.

»Ich werde so tun«, sagte sie leise, »als ob es möglich wäre.«

Keiner von uns fand die richtigen Worte. Ich wollte ihr sagen, dass ich nicht bereit war, mich an die herkömmlichen Gepflogenheiten zu halten. Sie wollte mir sagen, dass es Konventionen gab, die nicht gebrochen werden konnten.

Ich liebte also die Tochter des Gärtners, der ein ungehobelter Klotz war. Noch heute kann ich nicht darüber lachen. Mir tut mein junges Ich leid, das so völlig ehrlich, naiv und unprätentiös war. Dieser arme Bursche, der aber spürte, dass alles scheinbar Richtige, das man ihm eingetrichtert hatte, in Wirklichkeit das Falsche war. Er war der neurotische Sprössling einer Familie, die in eine psychiatrische Anstalt und nicht in ein Schloss gehörte. Dieser Bursche trug in sich eine gefährliche Komponente, eine Bedrohung für ihn selbst und für die anderen. Meine familiäre Vergangenheit war verkommen, eine riskante Angelegenheit. Die Gewalt, die man in einem solchen Fall mit sich herumschleppt, kommt irgendwann zum Vorschein, selbst wenn sie viel Zeit dazu braucht. Wie es wirklich um mich stand, das wusste nur Darina. Und Darina verlangte nichts von mir, sie schenkte mir nur ihre stille, beschützende Freundschaft. Doch am Ende konnte auch sie ihrer Neigung nicht widerstehen.

11. KAPITEL

DEUTSCHE MÄNNER, DIE SIND WOHLERZOGEN

In einem exzeptionell wohlmeinenden Gespräch zu Beginn meines letztens Schuljahrs erklärte mein alter Herr, dass für mich selbstverständlich nur eine Offizierskarriere infrage kam, etwas anderes »zu werden« war gegen die Usance. Aber er wollte mit der Zeit gehen und erwöge die Möglichkeit, dass ich mich zunächst als Privatdozent für deutsche Literatur an einer Universität habilitierte. Ich fiel aus allen Wolken, denn bisher hatte ich mir über die Zukunft wenig Gedanken gemacht. Ich lebte einfach in den Tag hinein. Privatdozent? Ja, warum denn nicht, meinte der Erzeuger. Zum Militär müsste ich ja ohnehin. Dass ich nicht die angemessene Begeisterung zeigte, überging er schulterzuckend. Ich machte mir keine Illusionen: Der Herr Papa war der Puppenspieler und ich der Hampelmann. Und in dieser Eigenschaft durfte ich jetzt eine Zeit lang Polka tanzen und Purzelbäume schlagen.

Ferner schlug Vater vor, dass ich in Burghausen bei Onkel Günther ein Zimmer beziehen sollte.

»Du solltest endlich flügge werden«, meinte er, was auch immer er darunter verstand. »Und auch dem armen Günther etwas Gesellschaft leisten.«

Einst war Onkel Günther mit Sporen und imponierendem Klingeln seines Säbelgehänges einhergeschritten. Vor drei Jahren hatte ein lächerlicher Unfall seiner Offizierslaufbahn ein vorzeitiges Ende gesetzt. Er war bei einer Nachtübung mit seinem Pferd in einen Graben gestürzt. Dabei hatte ihm das eigene Bajonett den Leib durchbohrt und das Hüftgelenk zerschmettert. Er hatte eine krumme Haltung davongetragen, sodass er stets aussah, als kämpfte er gegen Windböen an. Er zog das Bein nach und ging an einem Stock. Als Ersatz für die vermieste Karriere bekleidete er eine Anzahl Ehrenämter. In der Verwaltung war er als notorischer Rechthaber verschrien. Seine Söhne waren erwachsen und bei der Kavallerie. Seine Frau Hedwig hatte etwas von einer trägen Perserkatze an sich. Weiche Wangen, weiches Kinn, weicher Busen. Onkel Günther musste sie in früheren Jahren ausgiebig erfreut haben. Ihr Lächeln war müde und duldsam, und sie hatte eine Vorliebe für Streuselkuchen.

Der Unfall hatte Onkel Günthers Ego schwer getroffen. Er fühlte sich sozial gedemütigt. Ich hatte ihn nie gerne leiden können, und auch jetzt flößte er mir allenfalls geringes Mitleid ein. Nach und nach fand ich heraus, dass er nie mit offenen Karten spielte. Und dass er alle hasste, die kräftig und gesund waren. Und was die Sache mit der Frau Mutter betraf, war mir der Zweck der Übung mittlerweile klar.

Man erzählte sich später, dass ich ihn getötet hätte, was zu meinem Bedauern nicht ganz der Wahrheit entsprach.

Ich zog also mit gemischten Gefühlen zu Onkel Günther. Tante Hedwig zeigte mir mein Zimmer. Es lag im zweiten Stockwerk, war schlichter eingerichtet als die üblichen Räume und roch muffig. Auf dem Waschbecken standen eine Schüssel mit Schwamm sowie ein Porzellankrug für das Wasser. Das Nachtgeschirr befand sich, wo es hingehörte, nämlich im Nachttisch. Tante Hedwig ließ mich mit müder Freundlichkeit wissen, dass der Kammerdiener allmorgendlich mein Zimmer in Ordnung bringen würde.

Ich hatte mich für die Fächer Philosophie, Geschichte und Literatur entschieden.

Weil es unser letztes Schuljahr war, lernten wir Boxen und erhielten Unterricht im Fechten als Vorbereitung für unseren zukünftigen Studentenstatus. Wir waren Gymnasiasten – aber zu jener Zeit bereits Wesen einer privilegierten Gesellschaftsklasse. Denn es war ja von vornhinein klar, dass wir in München einer »schlagenden Verbindung« beitreten würden. Zunächst als untergeordneter »Fuchs«, was bedeutete, dass wir den Herren Studenten zu Dienste stehen müssten, von ihnen schikaniert würden und ihre Stiefel zu putzen hätten. Die zukünftigen Kommilitonen würden wir auf vorgeschriebene Weise grüßen, die Kappe vom Kopf reißend und mit angewinkeltem Ellbogen an die Brust pressend. Nach dieser »Fuchszeit« würden wir dann gnädig in der Burschenschaft aufgenommen werden.

Wir konnten es natürlich kaum abwarten und übten die Sache schon im Voraus, indem wir rauchten, tranken und uns prügelten. Wir spielten den Bürgerschreck, was nachsichtig toleriert wurde. Das Leben war Lust und Herrlichkeit, wir sahen nichts vor uns als ein Aufwärts zu strahlenden Höhen. Wir standen kurz vor dem Chaos und ahnten es nicht.

Es gehörte sich natürlich nicht, dass Schüler nach dem Unterricht in Kneipen verkehrten, aber der eine oder der andere Wirt drückte ein Auge zu. Wir bestellten Uhlbacher, wobei wir – ganz nach Studentenart – den vollen Humpen auf den Boden stellten, ihn aufhoben und im virilen Chor brüllten:

»Von dem Boden an die Hoden.
Von den Hoden an den Bauch.
Von dem Bauch in den Schlauch!«

An dieser Stelle muss ich noch einmal auf meine miserable Sexualerziehung zurückkommen. Was eine Frau war, wusste ich kaum, denn ich war nie aufgeklärt worden. Das kümmerliche Wissen, das mir von meinen Eltern vermittelt oder, besser gesagt, nicht vermittelt worden war, stellte keine Ausnahme dar. Sex war immer Sünde. Bei der Entdeckung des Geschlechtlichen waren wir demnach ganz auf die eigene Inspiration angewiesen.

Kurzum, ich war siebzehn und immer noch kein »fertiger« Mann. Ein paar Aspekte, die zu einer Antwort führen konnten, hatte ich mit Franz erlebt. Die Erfahrung hatte mich ziemlich perplex gemacht. Und Franz, der mich auf die schiefe Bahn hätte bringen können, war nicht mehr da. Er war mit seiner Familie nach Wiesbaden gezogen. Im Übrigen, wieso sollte diese Bahn eigentlich schief sein? Eingeseift? Ich habe eine schmutzige Fantasie.

Wir waren jung und hatten viele Fragen. Und einige besonders Gewiefte wussten bereits, wo man Antwort fand. Sie hätten da eine Adresse. Nette Mädels seien dort, lieb, verständnisvoll und nicht zimperlich. Sie sagten es hinter vorgehaltener Hand. Den Rest konnte ich mir ausdenken.

Ich erfand Ausreden. Die Tatsache, dass ich mich von diesen »Mädels« fernhielt, wurde nicht nur als lächerlich empfunden, sondern auch als speziell. Mein tugendhaftes Benehmen musste mir ein gewisses distinguiertes Air gegeben haben, etwas nicht unbedingt Sympathisches, eher Rätselhaftes. Man hatte auch inzwischen bemerkt, dass ich kein feiger Typ war, sondern ein höfliches, jedoch unberechenbares Ungetüm, bei dem man nicht recht ersehen konnte, wann es mit der Pranke zuschlagen würde. Etwas musste in mir sein, etwas nicht Sichtbares, sondern Fühlbares, das den anderen zu verstehen gab: Vorsicht, die Bestie nicht reizen! Wer wusste schon, dass die Ursache meiner ennuyanten Keuschheit eine Gärtnerstochter war? Dass ich mich peinlichst korrekt verhielt, um ihrer Liebe würdig zu sein? Vielleicht spürte ich bereits, ohne es in Worte fassen zu können, dass wahre Liebe die Kräfte der Natur und der Ewigkeit berührt. Und somit fand ich die Antwort auf meine diffusen Vorstellungen nicht im Puff, sondern in der Dichtung des Mittelalters. Der Dame wird eine Verehrung zuteil, die das Gefühl erfasst und der Seele Flügel verleiht. Und wie die Dichter früherer Zeiten lebte ich in einer Poetik des Unbewussten, steigerte mich in eine traumhafte Stimmung, in der die mit den Sinnen fassbare Wirklichkeit ihre festen Konturen verlor. Meine Seele war noch weich und empfindlich, meine Körperkräfte aber erzählten eine andere Geschichte. Ich lebte schizophren mit einem verdoppelten Ich.

Die einzige zugelassene Begegnung zwischen Jungen und Mädels (nicht die aus dem Bordell, sondern die aus den besten Familien) fand damals in der Tanzstunde statt. Dort lernten wir, stilgerecht Quadrille, Mazurka und Walzer zu tanzen. Und alle Mädels, aufs Schönste herausgeputzt, schmiegten sich mit roten Wangen in unsere Arme. Wir hüpften, stampften und wirbelten auf dem Parkett, umwölkt von jungfräulichen Schweißaromen.

Seit Kurzem wurden auch Mädchen in unserem ursprünglichen Jungengymnasium zugelassen. Sie lernten konzentriert und beflissen, sei es, weil sie intelligent waren oder weil sie keine Lust hatten, frühzeitig beringt zu werden wie die Brieftauben. Solche Mädels wurden diskret als »Blaustrümpfe« belächelt und galten – sehr zu Unrecht – als wenig attraktiv. Manche trugen eine Brille. Das waren dann die »Brillenschlangen«. Ich aber hatte Augen weder für die »Blaustrümpfe« noch für die »Brillenschlangen«. Ich lebte in eigenen Fantasien, dachte glühend und labyrinthisch. Im Unterricht lasen wir Walther von der Vogelweide. Das Gedicht »Frühling und Frauen« ließ mein Blut in Wallung geraten. Bei den Zeilen: »Wenn ein' edle Frau, hold anzuschauen, zierlich angetan und bekränzt …« bekam ich eine Erektion, ein störender Vorgang im Unterricht, weil man ja das Bedürfnis hat, sich gegen irgendwas – im peinlichsten Fall gegen irgendwen – zu reiben. Ich war kaum imstande, die Gedankenbahnen zu verfolgen, die meine Reaktionen diktierten. Möglicherweise hatte ich gar keine Gedanken, sondern nur Reaktionen.

Und alle zweideutigen Witze glitten an mir ab wie Wasser an dem Gefieder einer Ente. Ich verstand nicht einmal, was gesungen wurde. Wir grölten »Veronika, der Lenz ist da«, und wenn die Strophe mit dem Spargel kam, dachte ich wirklich nur an Gemüse. Bis sich jemand meiner erbarmte und mich aufklärte. Aber ich hatte eine Sorge, nämlich die, dass jemand Wind von meinem Geheimnis bekommen und etwas Schlüpfriges über Darina sagen könnte. Die bloße Vorstellung davon brachte mich zur Weißglut, und schon explodierte etwas in mir. Mein Herz raste, mein Atem beschleunigte sich, Fantasien von Mord und Totschlag, von Grausamkeiten und Folter fegten wie Geschosse durch mein Hirn.

Es gibt ein japanisches Sprichwort: »Man soll den schlafenden Tiger nicht wecken.«

Ich trank und sang und leerte den Humpen. Ich war nicht besorgt um meine Zukunft, nicht besorgt um die Stellung, die ich in der Welt einmal annehmen würde. Ich hüpfte munter an dem Faden, den mein Vater hielt. Noch schlief der Tiger in mir, aber nur mit einem Auge.

Und immer wieder Walther von der Vogelweide:

»Deutsche Männer, die sind wohlgezogen.
Und wie Engel sind die Frauen schön.
Wer sie tadelt, ist betrogen.
Anders kann ich's wahrlich nicht versteh'n.«

Der Zustand konnte natürlich nicht von Dauer sein.

12. KAPITEL

ONKEL GÜNTHER IST EIN SNOB

Ich sah Darina erst in den Herbstferien wieder. Sonderbar, plötzlich zu Hause zu sein! Das Dröhnen der Kirchenglocken, das wechselnde Tönen und Klingen am Sonntag hatten mir nicht gefehlt, aber ich hörte es gerne. Es versetzte mich in jene Zeit, als Darina mir zum ersten Mal begegnet war. Ich entsann mich an den Schatten des Wanderfalken, der einst über unsere Gesichter gestrichen war; und im Nachhinein stellte ich mir die Frage, ob dieser Schatten nicht ein Omen gewesen war. Alles ist voller Vorbedeutung, Zeichen eines Schicksals, das wir nicht lenken können.

Ich traf Darina, als sie die letzten Himbeeren pflückte. Diesmal trug sie Zöpfe, und ihr Haar glänzte in der Sonne. Ich trat aus dem Haus und beobachtete sie hingerissen. Sie hatte meine Anwesenheit nicht bemerkt und sah mich erst, als sie die volle Schüssel in die Küche bringen wollte. Ich schlug nach Burschenart die Hacken zusammen, und sie begrüßte mich mit einem Knicks.

Ich sagte das Erste, was mir in den Sinn kam. »Da bin ich wieder.«

Sie antwortete ernst: »Du bist gewachsen. Jetzt siehst du wie ein Mann aus.«

Sie hielt die Schultern gestrafft, sprach zurückhaltend. Ich sagte: »Denkst du noch an mich?«

»Warum fragst du?«

»Es hätte ja sein können, dass du mich vergessen hast?«

Ihr Lächeln glitt wie ein Sonnenstrahl über ihr Gesicht.

»Ach, hast du das geglaubt?«

Darinas zu mir emporgewandtes Antlitz reichte mir kaum bis zur Brust. Ich neigte den Kopf, sodass ihr schimmerndes Haar dicht unter meinen Lippen lag. Ein kühler Luftzug blies eine Locke, leicht und sanft wie Eiderdaunen, an meine Wange. Ihr Lächeln, ihr Duft, ja allein schon ihre Nähe besiegten alle meine Vorbehalte. Jetzt sah ich klar, glaubte ich.

»Hast du auch nicht vergessen«, brach ich mit heiserer Stimme das Schweigen, »dass ich dich heiraten will?«

Sie antworte leise: »Ich habe angefangen, mir vorzustellen, wie es sein könnte. Aber dann habe ich an deinen Vater gedacht. Ich weiß, dass er nie, nie nachgeben wird. Und manchmal musste ich weinen.«

»Er wird nachgeben«, sagte ich.

Sie schüttelte nur wortlos den Kopf.

»Bald bin ich volljährig«, sagte ich. »Alles wird gut. Sag, willst du es? Willst du es auch?«

Ein Grünschnabel, der keine Erfahrung hat im Umgang mit der Welt, ist vollkommen ehrlich. Er spürt nur das, was sich in seiner Hose regt, bezeichnet es als Liebe und wird zum Idioten.

»Ja«, sagte Darina. »Aber so etwas wird es nicht geben. Wir sind nicht frei.«

»Warum sagst du das?«

»Weil es wahr ist«, sagte sie.

Sie wehrte sich nicht, als ich ihre Hand ergriff. Sanft, unwiderstehlich und beinahe unmerklich zog ich sie in den Schatten der Mauer, führte sie durch die Büsche dorthin, wo der Hang steil abfiel, bis an das Ufer der Salzach.

War das der Beginn? Oder der Anfang vom Ende? Von diesem Zeitpunkt an trafen wir uns fast täglich, im Wald, in der Scheune, im Pferdestall. Wir erlebten auch Momente der Unruhe, wenn Darinas Mutter unvermutet durch die Gartentür schlüpfte oder ihr Vater sich unter den Terrassen zu schaffen machte. Sah Darina ihre Eltern auch nur von Weitem, begann sie zu zittern.

»Sie können uns doch nicht sehen«, sagte ich.

»Die Büsche sind nicht immer so dicht, wie du glaubst.«

»Schlägt dich dein Vater noch?«, fragte ich. »Jetzt, wo du groß bist?

Sie antwortete ausweichend. »Er ist sehr streng.«

Der Gärtner und seine Frau arbeiteten gut, wobei sie es mit der Ehrlichkeit nicht so genau nahmen. Indessen ihre Verschlagenheit bewirkte, dass man sie selten auf frischer Tat ertappte. Als Darina mir erzählte, dass der alte Jozif auf unserem Grundstück Fallen legte, hätte ich es Vater unverzüglich melden sollen. Ich tat es nicht. Trotzdem gaben mir solche und ähnliche Vorfälle zu denken. Diese widerwärtigen Gesellen, meine zukünftigen Schwiegereltern? Bildete ich mir ein, dass sie nach unserem Jawort wie durch Zauber verschwinden würden? Abrakadabra, und weg waren sie? Die Liebe macht blind, taub und dumm!

Ja, mit Darina habe ich nur über die Liebe gesprochen, nie über die Angst. Gewiss war ich besorgt, weil sie manchmal Rötungen am Hals und an den Armen hatte. Sie bagatellisierte es. Nesselfieber, etwas erhöhte Temperatur. Nichts von Bedeutung.

Einmal hatte sie eine Beule auf der Stirn und eine kleine frische Wunde, die bereits eine Kruste bildete. »Ich habe mich verletzt«, sagte sie. »An einer Rosenstaude, ach, wie dumm von mir!« Nie gewährte sie mir einen Blick in ihre Abgründe.

Und ich? Warum glaubte ich ihr jedes Wort? Warum stellte ich nie die richtigen Fragen? Wer richtig zuhört, muss am Ende auch begreifen. Ich habe nie richtig zugehört. Darina aber, die nie gelernt hatte, sich zu verteidigen, schenkte mir nur ihre sanfte, sonnige Gegenwart. Sie schwieg und ertrug alles aus Besorgnis und aus Liebe zu mir. Und der Tiger schlief, wenn auch nur mit einem Auge.

Ernst, unser Reitknecht, wohnte über dem Stall. Kürzlich hatte ihn ein Pferd gegen die Wand gequetscht und ihm ein paar Rippen eingedrückt. Jetzt lag er im Krankenhaus. Nicht sehr lange, vermutlich: Er war ein zäher Bursche.

Ernst schloss sein Zimmer nie ab, da gab es ohnehin nichts zu holen. Das Zimmer war dürftig und unsauber. Uns machte das nichts aus. In diesem Zimmer erlebte ich zum ersten Mal, wie es ist, im Innersten einer Frau zu sein, so schön und anmutig, so sauber und rein von Natur. Sie war gleichsam verletzlich und unverletzlich, voller Frieden. Sie gab mir alles Gute, was eine Frau einem Mann gewähren kann. Auf diese Weise machte sie mich erwachsen. Es war ein Glück über alle Maßen, ein Glück von vor der Erschaffung der Welt. Unsere Ruhe war vollkommen, stets waren wir im Einklang in diesem Bett, das nach kalter Asche, Staub und Urin roch und in dem wir uns Wanzenstiche holten.

In meinen Augen hatte Darina nie zu den Dienstboten gehört. Sie war kein derbes, starkes Kraut von Menschenart. Sie war eine zarte, wundervolle Blume, zu gutmütig und großzügig für eine Dame der Gesellschaft, zu zart und zu stolz für ein untergeordnetes Dasein. Ich hatte ihr erklärt, dass ich noch Schüler war und auf das Geld meiner Eltern angewiesen. Aber recht bald – in ein paar Jahren – würde ich einen Beruf haben, der mich unabhängig machte.

»Zu Anfang wird's einige Schwierigkeiten geben. Das ist immer so, wenn man andere Leute dazu bringen muss, sich mit einer neuen Situation abzufinden. Aber ich glaube nicht, dass es allzu schwer sein wird. Wir werden fortgehen …«

»Es ist für mich sehr schmerzhaft«, sagte Darina, »dass du zu solchen Entscheidungen gezwungen wirst, bloß weil du mich heiraten willst. Es könnte deinem Beruf schaden.«

»Nein, das glaube ich nicht. Ich werde sehr stolz darauf sein, wenn alle meine Freunde dich kennenlernen. Ich werde dich immer vorzeigen wollen. Das ist meine Frau! Seht nur, wie schön und klug sie ist!«

Darina tat so, als ob sie mir glaubte, während ich in grässlicher, unerträglicher Naivität lebte, voll von allen Säften und Kräften der Jugend, das törichte Herz jubelnd. Unsere Worte, damals … Mit der Zeit sind sie in mir eingebrannt, wie ein Zeichen in einem Ziegel. Man kann das Zeichen nicht vernichten, ohne den Ziegel zu zerbrechen.

Angeblich funktionieren Ursache und Wirkung nach mathematischer Wahrscheinlichkeit, aber manchmal bewegen wir uns diesseits oder jenseits dieser Schwelle, balancieren sozusagen auf der Kante. Ich kann mich sehr gut erinnern, wie ein Ereignis das andere hervorbrachte und der Hass und die Verzweiflung in mir wuchsen. Schmerz und Hass haben nichts Rationales an sich, sie sind einfach da. Schmerz und Hass nährten den schlummernden Tiger in mir. Und bis der Tiger erwachte, war es nur noch eine Frage der Zeit.

Ob ich die Spuren dieser Wut noch immer in mir trage? Ich stelle mir die Frage, seitdem Onkel Günthers widerliches Phantom sich unangenehm aufdringlich in meiner Nähe regt. Und immer im Morgengrauen, wenn ich noch halb im Schlaf bin. Was will der blöde Kerl von mir? Dass ich mit ihm rede? Mir ist insofern klar, dass er sich höchst missgelaunt in der – sogenannten – besten aller Welten herumtreibt. Das ist typisch für all diejenigen, die ihre Probleme zeitlebens verdrängt und verleugnet haben. Sie sind fassungslos, dass die Hinterbliebenen sie als Bösewichter verurteilen. Warum denn eigentlich? Nur deswegen, weil sie ihre Privilegien als gottgegeben genossen und – Hand aufs Herz – nie realisiert hatten, wie garstig, pervers und verlogen sie doch waren? Im Laufe der wenig erbaulichen Menschheitsgeschichte hat es etliche dieser Gattung gegeben, eiternde Zähne im Großmaul dieser Welt, die man nicht ausspucken, sondern nur mit der Zange ziehen konnte. Und jetzt steht eines dieser fiesen Exemplare in meinem Haus, bemüht sich um eine konkrete Erscheinungsform – was ihm endlich auch gelingt – und fuchtelt mit den Armen. Offenbar sucht sich der ekelhafte Fremdkörper zu rechtfertigen, als ob die Sache damit abgetan sei. Was soll ihm denn plötzlich an meiner Meinung liegen? Will er sich zu einem besseren Menschen stilisieren, als er zu Lebzeiten war? Mit Haarpomade und Kölnisch Wasser? Oder hat der Geck vielleicht mitbekommen, dass von zwei Schurken einer notwendigerweise der begabtere ist – in diesem Falle bin ich es – und dass er in punkto Schurkerei den Platz zwei einnimmt, was ihn natürlich wurmt. Jetzt sehe ich ihn auch, ein dünnes Etwas, gelb im Gesicht. Er trägt die Uniform, in der er begraben wurde, und sieht »geschniegelt und gestriegelt« aus, wie wir anno dazumal sagten. Ich setze mich grimmig auf. Er stört mich ärger als meine Nase voll Rotz.

»Schmorst du in der Hölle, Onkel? Küsst dir Beelzebub genüsslich den Hintern?«

»Pfui, junger Mann! Nicht diese Latrinenparolen! Nicht in deinem Alter!«

»Ich bin inzwischen hundert!«

»Lügen haben kurze Beine, merke dir das. Du bist erst achtundneunzig.«

Schon zu Lebzeiten hatte er immer das letzte Wort haben wollen. Ich lasse mir das nicht gefallen.

»Deine Zunge, Onkel, ist gespalten wie die einer Kobra! Du drehst jedem das Wort im Mund herum!«

»Zunächst einmal: Wer hat dir erlaubt, mich zu duzen?«

Das ist so eine Manie, keiner will sich von mir duzen lassen.

»Du bist tot, verdammt! Ich rede mit dir, wie ich will.«

»In keinem Fall lasse ich mir das von dir bieten. Habe ich dir nicht beigebracht, ein Mann zu sein?«

»Du hast mir beigebracht, ein Schwindler zu sein. Weißt du noch, als wir uns über schlagende Verbindungen unterhielten und du mir weise Ratschläge erteilt hast?«

Das mickrige Etwas nickt mit lebenskluger Miene.

»Gewisse Dinge musstest du wissen. Und ich sprach letztendlich aus Erfahrung. In seiner ›schlagenden Verbindung‹ fand der Student Kameraden fürs Leben. Die ›Schmisse‹ im Gesicht kennzeichneten den Mann aus gutem Haus.«

»Gewiss. Aber du hast mir geraten, die frischen Wunden mit Salz zu bestreuen, damit sie tiefere Narben bildeten. Das mache mehr Eindruck, hast du gesagt. Findest du das beispielgebend?«

»Das habe ich nie und nimmer gesagt!«

»O doch, und nicht nur einmal! Du bist ein Snob, Onkel Günther! Und ein Hochstapler obendrein!«

Er hebt sich wütend auf die Zehenspitzen. Er will sich größer machen, schwebt aber nach wie vor schief.

»Junger Mann, deine Haltung war nie besonders vorbildlich. Und deine vorlaute Redensweise missfällt mir aufs Höchste.«

»Deine Haltung, geschätzter Onkel, war nie besonders ehrlich. Und deine salbungsvolle Redeweise verursacht mir Gastritis.«

»Wagst du es, die Worte eines Offiziers zu beanstanden?«

»Aber mitnichten. Alles, was du sagst, entspricht der Wahrheit. Und da liegt ja gerade der Hase im Pfeffer!«

»Halt gefälligst den Mund, du Naseweis. Sakrament! Hast du denn bei mir nichts gelernt?«

»Lieber Onkel, ich habe bei dir gelernt, dass Kriege dazu dienen, das Machtgebiet zu erweitern und den Handel zu stärken.«

»Willst du das etwa bestreiten?«

»Es ist unbestreitbar.«

»So!«, ruft er triumphierend aus.

Solange ich denken kann, hatte Vater mir eingebläut, dass alles Militärische etwas Ehrenhaftes sei. Er hatte es meisterhaft verstanden, Kriegslüsternes mit Moralischem zu verkuppeln, sodass ich mich dem Dogma ohne viel Nachdenken verschrieb mit dem leicht mulmigen Gefühl, dass die überlieferten Glaubenssätze am Ende doch ihre Richtigkeit hatten. Ich schluckte die geschichtlichen Erinnerungen, die akademischen Darlegungen und mythologischen Vorstellungen wie eine Mastgans ihren Brei. Es war Resignation gewesen, dass ich es nur ja nie und unter keinen Umständen gewagt hätte, die altüberlieferten Prinzipien zu hinterfragen. Vaters Ontologie entsprach – sozusagen – dem Herkömmlichen. Und es war Onkel Günther, der mir endlich reinen Wein einschenkte. Er leistete exzellente Aufklärungsarbeit. Ich hätte ihm eigentlich dafür danken sollen.

Denn Onkel Günther, der sich gerne reden hörte, erklärte mir minutiös die altbewährten Methoden. Wie man vorzugehen hat, wenn man die Bürger auf den geplanten Krieg vorbereiten will. Zunächst muss ihnen klargemacht werden, dass die Feinde überall lauern und die Nation in akuter Gefahr ist. Dann muss man sie von der Notwendigkeit des Opfers überzeugen, damit sie sich frohgemut in Bereitschaft bringen. Das Recht der Kirchengewalt und die Treue, die man dem Kaiser schuldet, führen dazu, dass gebildete, vernünftige Bürger voller Inbrunst »Zu Straßburg auf der Schanz« schmettern. Dann ist es bald so weit. Das Volk, vollkommen aufrichtig und manchmal sehr naiv, verspeist die patriotische Mischung wie Dampfkartoffeln. Und sie schmeckt jedem so gut, dass die ganze Nation dem Moloch dient, beileibe nicht mit Widerwillen, sondern mit Hingabe, Stolz und aufrichtigem Herzen. Bis zum Kadavergehorsam. Und derweil, ihrem »Impetus« zufolge, planten Onkel Günther und andere hochwohlgeborene Zeloten den Krieg wie ein taktisches Spiel, eine schmucke, elitäre Beschäftigung. Und kein Wort darüber, dass der Krieg in Tat und Wahrheit ein schreiendes, schmutziges Chaos ist, mit viel Blut, zersplitterten Knochen und aufgeplatzten Schädeln.

Darüber schwieg Onkel Günther, der mir alles über Landkriege, Seekriege, Luftkriege, Präventiv-, Offensiv- und Defensivkriege, über Gaskriege und Vernichtungskriege beibrachte, bis mir der Schädel – symbolisch – platzte.

Dies bewirkte immerhin, dass ich es im Kreis der Kameraden zu Ansehen brachte. Nicht, dass sie ahnungslos waren: In ihrem Elternhaus wurden ein ähnliche Gedankengut gewälzt. Es stellte sich aber heraus, dass ich stets am besten informiert war. Auf diese Weise erwarb ich mir ganz zu Unrecht den Ruf militärischer Klarsicht.

Und nie plagten mich Zweifel, ob alles, was Onkel Günther erzählte, auch seine Richtigkeit hatte. Denn im Grunde hatte ja alles seine Richtigkeit: Es funktionierte!

Während ich meine Reflexionen anstelle, blitzen Erinnerungen wie Flackergeschosse durch mich hindurch, verursachen mir eine Gänsehaut und sind unkontrollierbar. Ich schüttele den Kopf wie ein Hund, der aus dem Wasser watet, und sage: »Darina.«

»Darina?«

Der in der Luft schwebende Onkel dehnt die Silben, als ob er sagen wollte, was redet der junge Mann – pardon, der alte Mann – für einen Unsinn. Auch Phantome haben Lücken im Gedächtnis. Dann fällt es ihm wieder ein. Er gerät vor lauter Wut in rotierende Schwingungen.

»Kruzitürken! Die Tochter des Gärtners! Hatte ich dich nicht gewarnt? Und nicht nur einmal: ›Alexander, du bist jung und musst dich ausleben. Aber nimm Vernunft an! Unziemliche Gefühle sind Bleie an den Füßen!‹ Jawohl, das habe ich dir gesagt. Aber weil du taube Ohren hattest, sahen dein Vater und ich uns gezwungen, die Sache in Ordnung zu bringen. Und wegen dieses Flittchens hast du in deinem Elternhaus gewütet und mich zum Krüppel geschlagen!«

Es juckt mich in den Fingern. Kann ich einem Toten zum zweiten Mal die Knochen brechen? Wohl kaum der Mühe wert.

Folglich antworte ich leichthin, er solle sich nicht so anstellen, er sei ja schon vorher ein Krüppel gewesen. Das bringt ihn endgültig in Rage. Funken glimmen durch die Schatten, die wie Spinnweben über seinen Augenhöhlen hängen.

»Das war eine ehrenvolle Verletzung, ein Unfall im kaiserlichen Dienst! Du aber hast dich wie ein Tier benommen! Wie ein rachedurstiges, blutrünstiges Tier.«

»Ja, eben. Wie ein Tiger.«

»Was soll die dumme Redensart?«, zischt das begriffsstutzige Phantom. »Am Tafelberg habe ich Löwen gesehen, aber keinen einzigen Tiger!«

Als er starb, war er vermutlich schon senil. Folglich sage ich ihm nicht, was ich eigentlich sagen wollte, nämlich, dass er den Tiger selbst in sein Wohnzimmer geholt hatte.

»Sarajevo. Erinnerst du dich?«

Er mag senil sein, aber er erinnert sich.

»Sarajevo? Aber freilich! Das war im Juni 1914, als diese bosnische Schurkenorganisation ›Mlada Bosna‹ – der Satan soll sie holen – den guten Erzherzog Franz Ferdinand ermordet hat! Bei einem Staatsbesuch, ein unvorstellbarer Affront! Ich war für die sofortige Mobilmachung gegen Serbien! Und dafür, dass Deutschland Österreich unverzüglich den Rücken deckt!«

Draußen nimmt das Licht zu. Der Himmel schimmert aprikosenfarbig. Die Raben in den Baumwipfeln begrüßen den neuen Tag. Mein blutrüstiger Besucher hat mich um den Schlaf gebracht. Ich will den Kerl loswerden.

»Liebster Onkel, du hast mir damals gesagt, bald gibt es Krieg. Es wird niemandem möglich sein, sich abzusondern. Niemand würde zu Hause bleiben können und sagen, ich mache nicht mit. Und in Kürze würden wir uns alle an diese Perspektive gewöhnt haben.«

»Gewiss. In Kriegszeiten darf es nur eine Meinung geben.«

»Nicht nur Männer würden im Kampf fallen. Das Unheil würde wahllos alle treffen, Frauen, Kinder, Alt und Jung.«

»Das ist durchaus bedauernswert. Aber unvermeidlich.«

»Kollaterale Schäden.«

»Sieh einer an! Das haben wir früher nicht gesagt.«

»Der Sinn ist der gleiche geblieben.«

»Was willst du mir eigentlich weismachen, du Grünschnabel? Krieg ist Krieg, schreib dir das hinter die Ohren! Im Krieg gibt es weder Männer noch Frauen, noch Kinder.«

»Nur Profit und Verlust?«

»Nur Sieg oder Niederlage.«

»Unwiderlegbar, liebster Onkel! Nun sei schön brav und verschwinde. Ab in deine Nische. Wau, wau!«

Eine Handbewegung: Er ist entlassen. Noch hängt er beleidigt in der Luft, ballt die Fäuste und knirscht mit den Zähnen. Aber er löst sich auf. Er hat zu gehorchen. Ich bin lebendig, und er ist tot.

13. KAPITEL

DER KLEINE TOD DES JAHRES

Der Winter 1914 war lang und eiskalt. Wir feierten Weihnachten in Eichenhof, der Christbaum zeigte sich, wie jedes Jahr, im schönsten Schmuck. Rauch stieg aus dem Haus des Gärtnerpaares. Jozif und Paula versorgten täglich das Mutterschwein und die Hühner. Aber weil der Garten unter einer Schneeschicht ruhte, bekamen wir sie wenig zu Gesicht. Indessen gelang es mir dann und wann, Darina zu treffen. Der Reitknecht war wieder da, kümmerte sich um die Pferde, die in den Stall gebannt waren. Er war wieder kräftig genug, um Holz klein zu spalten. Weil wir nicht mehr in sein Zimmer konnten, trafen wir uns in der Scheune, liebten uns im Stroh, während unter dem Dach die Mäuse raschelten. Es klang, als ob Regen auf dürre Blätter niederfiel.

Darina war oft erkältet und hustete. Ich wärmte ihre steifen Hände, indem ich in ihre Handflächen blies. Sie sah unruhig und verstört aus. Ich machte mir Sorgen.

»Wovor hast du Angst, Darina?«

»Vor schrecklichen Dingen – ich weiß es selber nicht.«

»Vor deinem Vater?«

»Ja, vielleicht auch vor meinem Vater.«

»Ich werde mit ihm reden. Er muss dich gehen lassen.«

Wir hatten abgemacht, dass wir uns schreiben würden, wenn

ich wieder in der Schule wäre. Ich drückte unserem Hausmeister einige Münzen in die Hand mit dem Auftrag, Darinas Briefe zur Post zu bringen und ihr die meinen zu überreichen. Onkel Günther hatte keinen Hausmeister. Es war Tante Hedwig, die sich um die Post kümmerte. Sie hatte noch nie von Darina gehört, und ich sah keinen Anlass, ihr zu misstrauen. In dieser Zeit schrieb ich Darina mehrere Briefe. Ich erzählte ihr, wie schwer es mir fiel, von ihr getrennt zu sein. Leidenschaft ist der totale Verlust der Souveränität, und jedes Wort, das ich schrieb, war ehrlich. Manchmal vergingen ein oder zwei Wochen, bevor ich einen Brief von ihr in den Händen hielt.

Sie hatte eine runde, akkurate Schrift, nicht viel anders als die Schrift eines Kindes. Wie kann es möglich sein, dass ich das, was sie schrieb, noch heute nicht vergessen habe? Es ist, als ob ein zweites Gedächtnis tief in mir unter den Schlacken der Erinnerung lebt, unverändert und ewig. Ein Gedächtnis der Götter.

»Meine Großmutter sagte, der Winter ist ›der kleine Tod des Jahres‹. Doch das Licht nimmt zu, die Vögel singen, bald ist der Winter vorbei. Die Schlangen wechseln ihre Haut in der Sonne. Ich schaue unter die Steine und sehe die Saatkörner keimen, aus denen später die großen Bäume wachsen. Und ich denke, auch die Liebe ist wie ein wachsender Baum. Ich fühle mich oft recht müde, aber es ist weiter nicht schlimm. Der Frühling macht mich froh.«

In Darinas kleines Zimmer fiel kaum Tageslicht. Sie schlief auf einem schmalen, eisernen Bett, auf Strohsäcken, die bei jeder Bewegung knisterten. Sie kniete auf dem Boden vor einem Hocker, wenn sie mir im Kerzenschein schrieb. Meine Briefe, die der Hausmeister ihr gab, versteckte sie unter der Matratze. Sie schrieb zurück, und ich war zu Tränen gerührt.

»Was ist nur mit mir? Im Traum sehe ich grausame Dinge. Vielleicht habe ich diese Dinge in meiner Kindheit gesehen. Aber ich will nicht daran denken. Du hast mich sehr glücklich gemacht, Alexander. Ich möchte Dich so gerne wiedersehen.«

Der Frühling kam, blau und strahlend. Alles grünte und blühte. Zu Ostern kehrte ich nach Eichenhof zurück und sah Darina wieder. Die wenigen Stunden, die wir für uns hatten, vertieften unser Gefühl des Zusammengehörens. Wir umarmten uns zwischen duftenden Kräutern oder unter einem Regen von Apfelblüten. Niemand kam vorbei, niemand störte uns. Wir lachten wie Kinder, hingegeben an die Freude des Augenblicks, in dessen Keim bereits der Schmerz seine Stunde erwarten mochte.

Noch wusste ich es nicht, aber in diesem Frühling war es das letzte Mal, dass ich Darina in den Armen hielt.

Der Sommer war die Zeit der Prüfungen und Klausuren. Ich erkannte mit zunehmender Panik, dass die Zeit drängte. Ich hatte mich in eine vertrackte Situation gebracht. Niemals im Leben würde ich auf Darina verzichten! Ich suchte blindlings einen Weg aus dem Schlamassel. Was nahelag, war, dass wir nach München durchbrannten. Ich würde für Darina ein Zimmer mieten, denn ich wollte um keinen Preis, dass sie schief angesehen wurde. Und sobald wir volljährig waren, würden wir heiraten. Ein williger Pfarrer würde sich wohl auftreiben lassen. Aber wohin mit meinen zukünftigen Schwiegereltern, diesen falschen Schlangen? Ich spekulierte darauf, dass mein wütender Vater das Gärtnerpaar zurück in ihr bulgarisches Hinterland befördern würde. Blieb zu hoffen, dass ihn sein erstes Enkelkind milde stimmte. Und wenn er mich enterbte? Auch das konnte ich verkraften. Als Dozent würde ich mit Darina ein bescheidenes, aber glückliches Leben führen. Höchst dramatisch und idyllisch das Ganze, Romeo und Julia in Burghausen. Und so klammerte ich mich an entsetzlich unzuverlässige Gedanken und büffelte, bis mir die Augen zufielen.

In dieser Zeit erhielt ich Darinas letzten Brief. Ich würde ihn noch monatelang mit mir herumtragen, bis das Papier rissig war und die verblasste Schrift unleserlich.

»Alexander, Du möchtest, dass ich Dir über mein Leben berichte. Da gibt es wenig Erfreuliches. Ich bin recht niedergeschlagen und unglücklich. Ich fühle mich gar nicht gut und muss den ganzen Tag im Garten helfen. Vater bürdet mir schwere Arbeiten auf und schlägt mich, wenn ich sie zu langsam verrichte. Mutter schlägt mich auch, sogar mitten ins Gesicht. Das hat sie früher nie getan. Ob jemand über uns geklatscht hat? Ich weiß es nicht. Bitte, Alexander, ängstige Dich nicht um mich. In meinem Herzen bist Du immer bei mir. Und wenn das Schicksal es wirklich will, dass wir in Zukunft zusammen sind, so wird es auch geschehen. Wenn nicht, dann nicht.«

Und danach blieben ihre Briefe aus.

In der Jugend geht es darum, ob man etwas von der Welt und dem Leben versteht. Ich stand erst am Anfang vieler schmerzlicher Erfahrungen. Ich hatte Darina geschrieben, ihr meine Pläne in allen Einzelheiten mitgeteilt. Weil jedoch kein Lebenszeichen von ihr kam, schlug ich eine Verabredung vor. In einer dieser Spelunken in der Nähe des Viehmarktes würde man uns nicht erkennen. Keine Antwort. Ich spürte, dass etwas nicht stimmte. Etwas war ganz verkehrt. Im Unterricht lernte ich langsamen und abgewandten Geistes. Ein ständiges Würgen quälte mich.

Unterdessen predigte Onkel Günther unentwegt Moral, mit Vorliebe bei Tisch, wenn die guten Manieren mich an den Stuhl fesselten. Was ich denn ständig im Kopf hätte? Nur Flausen?

»Junger Mann, es gibt Zeitvertreibe für Menschen von Charakter und Stand. Aber in gewissen Dingen solltest du endlich Vernunft annehmen.«

Abgeschlossen wie ein Schlafwandler gegenüber allem, was um mich herum geschah, hörte ich seine Ermahnungen und beschloss ein für alle Mal, dass sie für mich nicht galten. Ich war der junge Werther und wollte nicht geweckt werden.

Im drückend heißen Juni war die Stadt Sarajevo in aller Munde. Man sprach vom Krieg. Die Kameraden sprachen vom Krieg. Onkel Günther sprach vom Krieg. Er empfing ernst blickende Herren, die Portwein tranken, Zigarren rauchten und selbstverständlich vom Krieg sprachen. Kaum waren sie weg, eilte Tante Hedwig herbei und riss alle Fenster auf.

Bisher hatte ich in einer Welt gelebt, die eng und konform war. Aber es war immerhin eine Welt, in der ich mich geborgen fühlte. Und jetzt löste sich meine Welt auf, eingeholt von dieser anderen, der großen, grausamen, die mir so fremd war wie ein ferner Stern.

Und Tag für Tag prasselte Onkel Günthers verbales Säbelrasseln zwischen Suppe und Schweinsbraten auf mich herab.

»Herrgott, Alexander! Hattest du taube Ohren? Sei kein Duckmäuser! Der Krieg ist kein Zuckerschlecken. Der Krieg ist Bewährung. Du bist noch jung, aber du wirst es lernen. Denk daran: Jeder Mann braucht die Feuertaufe.«

Ich horchte, aber ich hörte ihm nicht zu. Ich horchte auf etwas anderes, auf etwas in mir selbst. Es war, als hätte ich die Gabe des zweiten Gesichts. Ich fühlte, dass etwas nicht Wiedergutzumachendes geschehen war.

Wir lebten in einer gottverlassenen Zeit ohne Zukunft. Die Bürger, bange und patriotisch gefasst, standen vor dem Ende einer Welt und hatten keine Kontrolle über das, was mit ihnen geschehen würde. Die Kameraden prahlten, gossen literweise Bier in sich hinein. Auf ihren jungen Gesichtern lag eine Mischung aus Erregung und Leidenschaft. Ich trank mit ihnen – war auf dem Heimweg dann so vollgesoffen, dass ich meine Blase an jeder Ecke entleeren musste. Und trotz unseres virilen Gestikulierens waren wir harmlose junge Leute, mit weichem Flaum am Kinn und Eierschalen hinter den Ohren.

Das alte Jahrhundert schleppte auf seinen Schultern das Gewicht verwickelter Bündnisse und blutiger Gemetzel. Von dem, was sich im Verborgenen anbahnte, sickerte nichts an die Öffentlichkeit. Nämlich, dass man den Krieg nicht nur in Europa austragen würde, sondern auch im Nahen Osten, in Afrika, in Ostasien und auf den Weltmeeren. Dass in Kürze siebzig Millionen unter Waffen stehen würden und siebzehn Millionen zum Tode verurteilt waren. Dass es Millionen von Krüppeln geben würde.

Am 23. Juli stellte Österreich-Ungarn Serbien ein Zehn-Punkte-Ultimatum mit unverhohlener Kriegsdrohung. Belgrad reagierte empört, war jedoch zu Verhandlungen bereit. Aber die Kriegstreiber ließen nicht locker.

»Serbien muss sterbien«, lautete ein fröhlicher Hetzspruch. Am 28. Juli erklärte Österreich-Ungarn dem Königreich Serbien den Krieg. »Endlich!«, frohlockte Onkel Günther und faselte von restaurierter Ehre. Dass der Kaiser – nach einigen klarsichtigen Albträumen – das zu voller Fahrt ansetzende Geschwader zu bremsen versuchte, nützte auch nichts mehr. Es war längst zu spät. Die Höllenkessel brodelten. Der Kaiser rief den Kriegszustand aus. Die Examen wurden abgebrochen.

Man schickte uns nach Hause.

14. KAPITEL

DIE GÖTTIN IN DER SALZACH

Man sagt, dass jede Sekunde, die gelebt wird, in unserem Gedächtnis gespeichert ist. Die Frage ist: Wie können wir uns erinnern, ohne von früheren Schrecken nicht wieder ergriffen zu werden? Möglicherweise selektiert das Gehirn und lässt nicht alles an die Oberfläche sickern. Aber man kann es kommen lassen. Ich habe es getan. Und wäre das Schicksal nicht nett zu mir gewesen, hätte ich meine besten Jahre in der Zwangsjacke verbracht. Heute glaube ich, dass im Laufe der Zeit das Bewusstsein sich selbst so viel Entlastung verschafft, dass es sich den Schrecken gewachsen fühlt.

Ich kehrte also nach Eichenhof zurück. Vaters Chauffeur holte mich ab. Es war ein schwüler Sommertag. Der Himmel war schwer und diesig. Das Erste, was mir auffiel, war, dass der Garten in sommerlicher Pracht leuchtete, dass aber weder Sträucher noch Rasen geschnitten waren. Die wuchernden Rosen trugen zu viele Blüten und waren am Verfaulen. Das Gärtnerpaar war nicht zu sehen. Ich hatte sofort ein ungutes Gefühl. Ich gab Befehl, mein Gepäck in mein Zimmer zu bringen, und suchte meine Eltern im Salon auf. Inzwischen fiel Regen, die Tropfen schlugen an die Scheiben. Vater hatte die Lampe angezündet und las die Zeitung. Ich salutierte. Er blickte nicht einmal auf.

»Setz dich, Alexander«, sagte Mutter kalt. »Kaffee?«

Sie rührte keinen Finger, und ich musste selbst zu der silbernen Kanne greifen. Dicke Luft also. Der Krieg? Oder nicht nur der Krieg? Amanda und Frenzel saßen mit geradem Rücken vor einem Stück Kirschkuchen. Man hatte sie aus ihrem Münchner Pensionat geholt. Frenzel plapperte heiter vor sich hin, doch ich erhaschte Amandas warnenden Blick. Gefahr. Das Wort hallte in mir mit solcher Deutlichkeit, dass mich – trotz der Hitze – eine Gänsehaut überlief. Mutter nippte stumm an ihrem Kaffee. Die Tasse zitterte leicht in ihrer Hand, daran merkte ich, dass sie nervös war. Endlich brach sie das lastende Schweigen.

»Der Krieg wird lange dauern und ziemlich arg werden. Zum Glück sind wir vorbereitet.«

Was sie wirklich meinte, war: »Wir haben unser Geld rechtzeitig in Sicherheit gebracht.«

Sie war politisch nicht ungebildet, und ihre habgierige Seele ahnte Böses.

Vater raschelte mit der Zeitung. Ich entsinne mich an das Geräusch: als ob ein Fingernagel an meinen Nerven kratzte. Danach – wieder Schweigen. Es war der denkbar ungünstigste Augenblick, aber ich hielt es nicht mehr aus. Den Blick auf meine Kaffeetasse gesenkt, warf ich wie beiläufig die Frage in die Runde, warum denn der Garten so ungepflegt sei? Vaters dickes Gesicht wurde hochrot. Er knallte die kostbare Sammeltasse auf die Untertasse zurück, dass der Silberlöffel durch die Luft flog.

»Ha!«, schnaubte er. Mehr sagte er nicht. Es war die Frau Mutter, die eine ergänzende Antwort von ihren verächtlichen Lippen fallen ließ.

»Das Gärtnerpaar wurde entlassen. In den nächsten Tagen zieht eine neue Familie ein. Ordentliche, fleißige Leute mit zwei Kindern. Kein Zigeunerpack mehr.«

»Entlassen?«, murmelte ich. »Ja, aber …«

Doch bevor ich den Satz zu Ende sprach, kam mir Frenzel mit ihrer dünnen Kinderstimme zuvor.

»Das war, nachdem die Tochter in der Salzach gefunden wurde.«

»In der Salzach?«, wiederholte ich.

Frenzel führte ein Stück Kirschkuchen zum Mund.

»Sie war grün im Gesicht und ganz steif. Und sie hatte einen dicken Bauch. Sie sah überhaupt nicht mehr hübsch aus.«

Die Frau Mutter nutzte die Gelegenheit.

»Ja, sie hat sich das Leben genommen. Und eigentlich kam es nicht aus heiterem Himmel. Sie war ja geistesgestört.«

»Geistesgestört?«, stammelte ich.

Vater polterte los.

»Genug jetzt! Kein Wort mehr davon in meinem Haus! Hast du gehört, Alexander? Und du auch, Frenzel? Die Sache ist erledigt!«

Er stapfte breitbeinig aus dem Zimmer. Seine schweren Schritte entfernten sich im Gang.

Ich hatte ein weißes Loch in mir, in dem ich für immer und ewig hätte verweilen mögen. Um nichts zu hören, um nichts zu wissen oder vorwegzunehmen. Ich war wie in einem Vakuum. Ohne Gedanken, ohne Empfinden, bis ich schlagartig aus dem Chaos wieder auftauchte, erbarmungslos in die Wirklichkeit zurückgeholt.

»Das ist nicht wahr«, sagte ich. »Das ist ja lächerlich!«

Ich hatte laut gesprochen, wobei ich eigentlich nur zu mir selbst sprach. Irgendwann, in diesem Zustand, schweiften meine Augen zu Amanda hinüber. Sie schaute zurück. Ein langer, dunkler Blick.

»Es ist wahr, Alexander.«

Ich stellte meine Tasse auf den Tisch und ging aus dem Salon. Mir schien, als ob ich großen Lärm dabei machte. Ich ging ein paar Schritte den Gang entlang, öffnete eine Tür sehr laut, und dann stand ich in Vaters Arbeitszimmer. Er saß vor seinem Schreibtisch, wandte sich mir zu und hob zornig die Brauen.

»Kannst du nicht anklopfen? Was sind das für Manieren?«

»Darina«, stieß ich hervor.

»Wo lebst du eigentlich?«, schnauzte er mich an. »Wir haben Krieg, und du hast nur diese Dirne im Kopf.«

»Wir wollten heiraten!«

Achtzig Jahre später sehe ich ihn noch, überdeutlich, blaurot bis an die Ohren, mit Augäpfeln, die sich wie Kugeln wölbten. Ich stand vor einer fleischigen Masse, die auf einmal nicht mehr fähig war, den heftigen Ausbruch ihrer Wut zu zügeln.

»Alexander, hat dein verdammtes Spatzenhirn noch nicht begriffen, dass du die Schuld trägst? Du hast ihr eine rosige Zukunft vorgegaukelt, und sie hat es für bare Münze genommen. Die kleine Dirne hat nie begriffen, wann ein Versprechen kein Versprechen mehr ist. Sie scheute keine Sünde, um dir gefällig zu sein. Das war die Strafe.«

»Die Strafe?«

Er schnappte nach Luft, seine Finger krallten sich um die Seiten des Stuhls. Danach geruhte er einige Worte der Erklärung abzugeben. Das Schwierigste für mich war zu verstehen, was er sagte. Ich war kaum dazu in der Lage. Was wirklich geschehen war, reimte ich mir erst später zusammen. Kurzum, unsere Begegnungen waren bemerkt worden. Gerüchte waren Vater zu Ohren gekommen. Er hatte ihnen zunächst keine Bedeutung geschenkt. Der Sohnemann hatte die Gärtnerstochter verführt? Eine Bagatelle. Der Junge musste ja irgendwo seine Manneskraft erproben. Doch irgendwann geriet die Sache außer Kontrolle. Der Gärtner bat Vater um eine Unterredung unter vier Augen. Ob der Herr Baron wisse, dass der junge Herr und seine Tochter Briefe tauschten? Vater gefiel das nicht. Wo sind die Briefe?, fragte er und bekam sie auch zu sehen. Vater las meine Briefe und witterte Verdruss. Er gab Jozif ein paar Münzen, damit er den Mund hielt. So weit, so gut. Aber der Gauner trat erneut vor den Herrn Baron und eröffnete ihm, dass Darina ein Kind erwartete. Es sei seine Frau, die es bemerkt habe. Sie kannte sich in diesen Dingen gut aus und sei auch bereit, Abhilfe zu schaffen. Für ihr Schweigen verbürge er sich. Es sei jedoch höchste Zeit. Und er sei so kühn, die Bitte vorzubringen, ob bei so viel Entgegenkommen nicht eine angemessene Entschädigung fällig sei?

Für Vater war das Maß voll. Er fuhr nach Burghausen und besprach sich mit seinem Bruder. Fortan war es Tante Hedwig, die gehorsam Darinas Briefe abfing und sie zu ihrem Herrn und Gebieter brachte.

Worüber sprach denn Vater mit mir? Er redete auf mich ein, erbost und beleidigt und überließ es mir, fassungslos darüber nachzudenken, was passiert war. Ich hörte nicht mehr zu und hörte trotzdem zu, sein Gerede ging an mir vorbei und traf mich trotzdem mitten ins Herz.

»Eigentlich erschreckt es mich, dass du so vertrauensselig bist. Die elende kleine Schlampe schwadronierte von ihrem Kind, und du hattest deine Examen zu bestehen. Freches Gesinde! Alle samt und sonders Räuber und Diebe! Ich gab dem Gärtner zwei Stunden Zeit, um das Haus zu räumen und über alle Berge zu verschwinden. Aber die Tochter war nicht mehr zu halten. Sie lief davon und sprang in die Salzach. Nun, die Polizei zeigte Verständnis. Keine Ermittlungen und auch kein Skandal. Alles wurde in kürzester Frist geregelt.«

Mir war, als lebte ich in einer irgendwie bekannten, aber fremden Welt, die mir schon alle Impulse, die sie geben konnte, zugestanden hatte, und fortan nur noch aus Formen bestand, die ich ausmerzen und vernichten musste.

Endlich konnte ich sprechen. Ich sagte: »Wo sind die Briefe?«

»Die hat natürlich Günther. Alle! Das ganze Paket. Mich regte das zu sehr auf! Warte mal ab, junger Mann, er wird dir gehörig die Leviten lesen!«

Die innere Leere war rund und vollkommen, wie eine Hülle aus Glas. Keuchend stand ich da, und mit jedem Atemzug entrang sich mir ein Zähneklappern und sonst nichts. Ich hörte Vaters wütende Stimme, und sie kam von weit her.

»Zum Teufel, Alexander! Wann nimmst du endlich Vernunft an? Es ist Krieg, und du hast nur diese Person im Kopf!«

Ein blaues Licht blitzte auf. Es war, als ob Wassertropfen über meine Augen rieselten. Seltsame Wassertropfen, die keine Tränen waren. Ich rang nach Luft, bis ein rauer Ton sich aus meiner Kehle löste und ich mit einem gurgelnden Laut zu Boden sackte. Da lag ich nun auf dem Perserteppich, von Krämpfen geschüttelt, zerbiss mir Lippen und Zunge, bis das Blut aus meinem Mund floss. Ich spürte nicht den geringsten Schmerz, nur Atemnot, griff mit beiden Händen an die Brust, wollte sie aufreißen, weil ich erstickte. Endlich kam eine Luftblase, glitt in mich hinein und zerplatzte. Und dann geschah etwas, das ich nicht beherrschen konnte. Verrückt sein ist wie klug sein, man kann es nicht erklären. Etwas kommt über uns, erfüllt uns ganz. Man glaubt es zu verstehen und handelt dementsprechend. Danach, wenn es vorbei ist, versteht man es überhaupt nicht mehr. Nennen wir es Tollwut.

Ich straffte mich, richtete mich auf, streckte die Arme vor, und jede Hand war eine Pranke, jeder Finger trug eine Kralle. Ich sah dicht vor mir Vaters ungläubiges, entsetztes Gesicht. Und der nächste Laut, dieses Knurren, war so fremdartig, dass man glauben mochte, ein wildes Tier habe es ausgestoßen. Und dann sprang ich einfach auf ihn los.

Hier könnte man sich vielleicht die Frage stellen, wie ein gebildeter junger Mensch fähig war, sich von einem Atemzug zum anderen in ein wildes Tier zu verwandeln. Es war wie eine Explosion, eine Desintegration von Form und Materie. Meine Finger schlossen sich um meines Vaters Hals, ich drückte und drückte. Ich hörte röchelnde Atemzüge, sah dicht vor mir das geschwollene Gesicht, die vorquellenden, rot geränderten Augen, den klaffenden Mund. Er taumelte rückwärts, stürzte zu Boden, wobei der ganze Raum dröhnte. Und mit einem Mal waren andere Gesichter vor mir, Hände und Arme, die von allen Seiten kamen, mich packten und zurückzerrten, und ich hörte jemanden, mich selbst vielleicht, der schrie. Noch mehr Menschen kamen, drängten sich durch die Tür. Allen voran Mutter im spitzenverbrämten Kleid. Und neben ihr stand Amanda. Sie stand ganz ruhig, mit hängenden Armen. Ich nahm gerade noch auf ihrem Gesicht ein bösartiges kleines Lächeln wahr, bevor ich mich von ihr abwandte und auf das Fenster zulief.

Ich sprang mit dem Kopf voran durch die Scheiben. Das Glas zerbrach, schnitt mir Hände und Gesicht auf. Vaters Arbeitszimmer befand sich in der Beletage, im ersten Stockwerk also. Ich landete, in einem Regen von Glassplittern auf irgendwelchen Büschen, blutüberströmt, aber ohne nennenswerte Verletzung. Ich rappelte mich auf, kam auf die Beine und rannte davon.

15. KAPITEL

DER TIGER ERWACHT

Im Nachhinein erinnere ich mich kaum, wie ich nach Burghausen kam. Es war ja ziemlich weit und mitten durch den Wald. Das Vakuum in mir bewirkte, dass ich wenig von meiner Umgebung wahrnahm. Ich entsinne mich lediglich an das Gewitter. Oben am Himmel war alles schwarz und grau und schmutzig grün. Dann rollte Donner, die Regenfront, die jetzt heranfegte, war eiskalt. Der Wind nahm mir den Atem, ich krümmte mich hustend bei jedem Schritt. Der Regen, der an mir herablief, war mit Blut gemischt. Ich bemerkte es, als ich mit dem Ärmel über meine Augen wischte und die dunklen Flecken auf meiner Jacke sah. Einige Male rutschte ich aus und schlug hin. Und noch immer kein Schmerz. Ich bewegte mich empfindungslos in einer Welt aus Finsternis und Sturm. Ich hatte nur die Briefe im Kopf. Koste es, was es wolle, ich musste diese Briefe in meinen Besitz bringen. Ich rannte und rannte, stammelte sinnlose Worte, und der prasselnde Regen, mit Hagel vermischt, war heiß wie die Feuer der Hölle.

Wie spät war es, als ich Burghausen erreichte? Nicht sehr spät, nehme ich an. Aber bei dem Unwetter waren die Straßen wie ausgestorben, nur die Fenster bildeten helle Rechtecke. Ich lief schnell: es war eine Art mechanisches Vorwärtskommen, als ob meine Beine die Räder eines Getriebes seien, das sich stampfend bewegte, getragen von dem pochenden Stakkato meines Herzens. Endlich sah ich das vertraute Haus, die schummrig erleuchteten Fenster. Ich leckte den klebrigen Schweiß von den Lippen, zog den Schlüssel aus der Tasche. Meine suchenden Hände fanden auch das Schlüsselloch. Zähneklappernd steckte ich den Schlüssel hinein. Die schwere Tür öffnete sich mit einem Knarren. In der Eingangshalle roch es nach Essen. Ich lief die Stufen hinauf und prallte fast mit dem Dienstmädchen zusammen, das aus dem Esszimmer kam und die Suppenschüssel in die Küche trug. Sie starrte mich entsetzt an. Ich stieß sie gegen die Wand, stolperte an ihr vorbei und riss die Tür zum Esszimmer auf. Sie saßen vor dem gedeckten Tisch, Onkel Günther auf der einen, Tante Hedwig auf der anderen Seite. Ihre Teller waren gefüllt. Es gab Rindfleisch mit Wirsing und Preiselbeeren. Seltsam, wie gut ich mich noch heute an das Rot der Preiselbeeren entsinne. Ich entsinne mich auch, wie beide mich anstarrten, das Besteck in der Hand und stumm vor Verblüffung. Onkel Günthers erste Worte waren: »Schließt du nie die Tür hinter dir?«

»Die Briefe!«, stieß ich aus. »Wo sind die Briefe?«

Er verstand sofort und presste das spitze Kinn vor.

»Warum hast du nicht deinen Vater gefragt?«

»Ich will die Briefe haben! Sie sind bei Ihnen, hat Vater gesagt!«

»Schämst du dich nicht? Der Kaiser hat den Kriegszustand ausgerufen, und du belästigst mich mit Lappalien!«

»Sie haben mich hintergangen!«

Er warf wütend die Serviette auf den Tisch.

»Bevor du ohne Anstand mit mir redest, wasch dich und zieh dich um.«

»Alexander … bist du verletzt?«, warf Tante Hedwig zaghaft ein. Ich schenkte ihr keine Beachtung. Meine Augen waren auf Onkel Günther gerichtet, und ich feuerte gleich die nächste Frage auf ihn ab.

»Warum haben Sie das getan?«

Er nahm seine Gabel wieder auf.

»Zu deinem Besten. Du hast dich auf eine dumme Geschichte eingelassen. Eugen bat mich, etwas zu tun. So, und bevor wir weiterreden, lass dich verbinden. Sonst verdirbst du mir noch den Appetit.«

Tante Hedwig erhob sich, fasste mich behutsam am Ellbogen.

»Komm, Alexander. Du siehst entsetzlich aus.«

Ich stieß sie zurück, schnellte am Tisch vorbei und stürzte mich auf Onkel Günther. Ich packte ihn, riss ihn hoch und schmetterte ihn gegen die Wand.

»Die Briefe!«, schrie ich.

Er hatte mehr Kraft, als ich ihm zugetraut hätte, und es gelang ihm, sich zu befreien. Er lehnte gegen die Wand und schnappte nach Luft.

»Entweder bist du wahnsinnig oder betrunken. Kein Junge kann dieses Benehmen zeigen und ungestraft davonkommen. Und bei Gott, ich werde …«

Er sprach nicht weiter. Meine geballte Faust traf ihn mitten ins Gesicht. Sein Kopf zuckte zurück, und Blut trat aus seinen Nasenlöchern.

»Die Briefe!«, brüllte ich. »Wo sind die Briefe, du Mistkerl?«

Der zähe Wicht spuckte einen Zahn aus und schüttelte den Kopf.

»Die Briefe, du Schwein!«

Er versuchte noch immer, sich zu wehren. Er war ein Krüppel, aber er war nicht umsonst Offizier gewesen. Er hatte seine Überraschung überwunden und zielte einen kräftigen Schlag nach meinem Kopf. Der Schlag warf mich nach links, ich verlor das Gleichgewicht. Er packte mich am Nacken, wie ein Metzger ein Schaf packt, das er zu schlachten gedenkt. Ich war kein Schaf, riss mich los und schleuderte ihn zurück. Er fiel mit Hinterkopf und Schultern gegen die Wand. Es gab ein dumpfes Krachen, und dann rutschte er längs der Wand, sackte zu Boden und rührte sich nicht mehr. Hinter mir schrie Tante Hedwig mit hoher, schriller Stimme. Ihre lächerlich weichen Hände versuchten, mich fortzuziehen.

»Nein, Alexander, nein! O Gott, kannst du mich nicht hören? Die Briefe sind nicht mehr da, Alexander! Ich habe sie im Ofen verbrannt. Er hat es verlangt, er!« Sie zeigte verzweifelt auf ihren Mann. »Glaub mir! Glaub mir doch!«

Onkel Günther lag wimmernd am Boden und verdrehte die Augen. Ich trat ihn mit voller Kraft gegen die Rippen und hörte die Knochen splittern. Dann wandte ich mich Tante Hedwig zu, versetzte ihr einen Schubs. Sie drehte sich wie ein Kreisel, stürzte gegen die Anrichte, riss Teller und Schüsseln zu Boden. Ich hörte aufgeregte Stimmen, hastige Schritte im Treppenhaus. Ich rannte aus dem Esszimmer, lief den Gang entlang bis zu einer Tür. Dahinter befand sich die schmale, den Dienstboten reservierte Treppe. Sie führte in den Garten. Die Haustür wurde erst geschlossen, wenn die Dienstboten schlafen gingen. Ich lief die Stufen hinunter, rannte durch den Garten und war endlich draußen, auf der Straße.

Wie es weiterging? Ich entsinne mich kaum. Ich weiß nur noch, dass ich wie in einem Albtraum durch den strömenden Regen wankte. Irgendwo außerhalb der Stadt fand ich dann eine Scheune. Modrig riechende Säcke waren noch da und einige Geräte für die Landwirtschaft. Und kaum hatte ich die Scheune betreten, als das blaue Geriesel vor meinen Augen den nächsten Anfall ankündigte. Alles wurde schwarz, und ich tauchte in ein Loch ohne Boden.

Ich kam zu mir in nebliger Frühe, als der Wind mit wispernden Fingern um die Scheune strich. Die Wolken hatten sich verzogen, die Sonne ging auf, und die ersten Vögel zwitscherten. Schwerfällig kam ich auf die Beine. Ich schmeckte Blut und fühlte mit der Zunge, dass mein Mund innen zerfetzt war. Mit dem Schmerz setzte auch das Bewusstsein ein. Das Licht strömte zunehmend stärker aus den Quellen des Morgenrots. Vor meinen klebrigen Augen flimmerte die Sonne rot wie eine Wunde. Darina war tot. Sie hatte mir mein Kind genommen, aus Liebe zu diesem Kind und aus

Liebe zu mir. Sie war schon fern und entfernte sich weiter in der Erinnerung, die sie mir hinterlassen hatte, die Erinnerung ihrer leuchtenden Gestalt unter den Apfelbäumen. Jetzt endlich konnte ich weinen, und auch meine Tränen schmeckten nach dem Blut, das aus der Sonne zu tropfen schien. Als diese Tränen getrocknet waren, machte ich mich auf den Weg. Ich hatte keine Ahnung, wohin. Nur nicht nach Hause, so viel war mir klar.

Es war der 1. August. In ganz Deutschland kündigten Plakate die Mobilmachung an.

Ich aber konnte mich nirgendwo zeigen. Ich sah entsetzlich aus, das Gesicht voller Schnitte, Hemd und Jacke mit Blut verschmiert. Mir war übel, meine Gedanken fuhren Karussell, aber immerhin kam mir der Förster in den Sinn, der Witwer war und alleine lebte. Ich würde für ihn eine plausible Geschichte erfinden: Ich hatte mich geprügelt und wollte nicht in diesem Zustand vor den Eltern erscheinen. Ob er mir ein paar Kleider leihen könnte? Doch auf mein wiederholtes Klopfen antwortete niemand. Im Haus war alles still. Folglich zerschlug ich eine Fensterscheibe und verschaffte mir Eintritt. Bemerkenswert, wie schnell sich hochwohlgeborene Söhne das Handwerk der Diebe aneignen! Ich fand eine Jacke, eine zerbeulte Hose und ein Hemd, das schlecht roch. Ich wechselte rasch die Sachen. Meine verschmutzten Kleider waren aus feinem Tuch und von guter Machart. Der Förster würde sie wohl zu schätzen wissen. Ich legte einen Geldschein dazu und machte, dass ich wegkam.

Burghausen war ein ruhiges Städtchen, aber an diesem Morgen war etwas anders als sonst. Ich hörte schon von Weitem das Brodeln unzähliger Stimmen. Der Lärm machte mich neugierig. Als ich die Ortschaft erreichte, sah ich, dass alle Läden geschlossen waren. Man hatte vor den Eingängen die Eisengitter heruntergelassen. An allen öffentlichen Gebäuden, auch auf dem Kirchturm, wehten Fahnen. Sämtliche Bewohner hatten ihre Häuser verlassen, drängten und schubsten sich vor Plakaten. »An das deutsche Volk!«, stand dort in fetten Buchstaben. Das Plakat verkündete die Mobilmachung. Ein patriotischer Taumel hatte die sonst so besonnenen Bürger ergriffen. Man jubelte und schwenkte Fahnen.

Soldaten in Uniform, mit Gewehr und Tornister formierten sich bereits zu Kolonnen. Frauen, kleine Kinder in den Armen, liefen neben ihnen her, Mädels warfen ihnen Blumen zu. Das deutsche Volk war gerufen worden. Auf in den Krieg! Für den Kaiser, für das Vaterland!

Tiere spüren, wenn ihr Leben bedroht ist. Sie ducken sich in Löcher, gehen erschrocken zum Schlachthof. Die Menschen aber singen und jauchzen. Ein Verzicht auf eigenständiges Denken setzt ein. Ein braves, ein ehrliches Volk unterwirft sich der Hypnose, überlässt sich einer kollektiven Trance, die sie freudig gefügig macht, gewappnet für den Kampf und todesbereit.

Und was war mit mir?

Mein Denken war ausgeschaltet. Luftleere Räume trennten mich von meinen Angehörigen, von den Schulfreunden. Ich gehörte nicht mehr dazu. Ich erlag der ungeheuren Verzückung, mit der man plötzlich zur Masse wird. In diesen paar Stunden, in denen ich planlos durch die Straßen irrte, ließ ich mich von der Redlichkeit der Selbstaufgabe tragen. Soldatenlieder, Paraden und flammende Reden brachten das Volk auf den Siedepunkt der Begeisterung – und das Volk ließ sich leiten, steuerte jubelnd einer Zukunft entgegen, die sich im Dunkeln verlor.

Gestern war ich der junge Herr Baron gewesen, war ich Stammhalter und Erbe. Heute war ich niemand mehr. Ich hatte die Hand gegen meinen Vater erhoben, meinen Onkel vermutlich zu Tode geprügelt. Hatte ich nicht gehört, wie seine Knochen zersplitterten? Ich war ein Geächteter, ein Verbrecher. Mein erstes Leben war vorbei, mein zweites hatte noch nicht begonnen. Schwerfällig und ohne Gefühl schloss ich mich einer Kolonne von Männern an, die sich freiwillig an die Front meldeten. Eigentlich war ich zu jung, aber in der allgemeinen Konfusion nahm man es nicht so genau. Eine Musikkapelle schmetterte »Heil dir im Siegerkranz«.

»Wie alt?«, fragte ein Offizier. »Achtzehn!«, log ich. »Der Offizier warf einen Blick auf meinen Ausweis, sah, welch hehrer Sprössling ich war, und salutierte. Ich unterschrieb ein Dokument, leistete den Fahneneid. Keiner fragte nach meinen Gründen. Darina war tot, aber sie lebte in mir, solange ich an sie dachte. Und fiel ich an der Front, würde sie ein zweites Mal sterben, und diesmal endgültig.

Profit und Verlust, hätte Onkel Günther gesagt.

16. KAPITEL

DER TRAURIGE PIANIST

Man führte uns zum Bahnhof. Züge standen bereit. Man pferchte uns in Dritte-Klasse-Abteile. Die Lokomotive pfiff, der Konvoi setzte sich in Bewegung. Der Zug fuhr an Wiesen und Kornfeldern vorbei, wo der Klatschmohn noch blühte, an schmucken Gärten und beflaggten Dörfern, bunt und freundlich wie in einem Kinderbuch. Die Männer sangen Soldatenlieder, vertrieben sich die Zeit mit Kartenspielen und derben Scherzen, bevor sie nach und nach still wurden. Der Abend kam und dann die Nacht. Und danach viele andere Tage und Nächte.

Und alle Stationen, an denen der Bummelzug hielt, waren voller Menschen. Die Kirchenglocken tosten, Musikkapellen schmetterten »Deutschland, Deutschland über alles« und »Heil dir im Siegerkranz«. Man reichte uns Proviant, Weinflaschen, Blumen. Immer mehr Soldaten stiegen ein, verstopften den Gang, drängten sich in die Abteile. Jene, die keinen Sitzplatz ergattern konnten, setzten sich auf dem Boden. Und dann liefen Frauen und Männer den abfahrenden Zug entlang, winkten zu den Fenstern hinauf. Alle schrien Hurra, warfen die Hüte in die Luft oder schwenkten kleine Fahnen und blieben endlich stehen und blickten, immer noch winkend, dem Zug nach. Die Frauen gingen als Erste. Es war Erntezeit, sie hatten jetzt die ganze Arbeit am Hals. Und weiter, immer weiter donnerte der Zug durch die Wälder, über Brücken, durch Schluchten und Tunnel. Das eintönige Stampfen der Räder hatte eine einschläfernde Wirkung. Manchmal hielt der Zug mit einem Ruck, dann wieder fuhren wir stundenlang auf Nebengleisen. Immer wieder bemerkten wir andere Truppentransporte, die in die entgegengesetzte Richtung fuhren. In den Abteilen war die Luft stickig. Der Schweiß der Begeisterung war abgekühlt. Die Männer hatten Heimat und Kaiser idealisiert, ihnen Tugenden angedichtet, die sie nicht hatten und auch nie haben würden. Der unbesonnene Hurrapatriotismus machte Ernüchterung und sogar Unbehagen Platz.

Und mir dämmerte allmählich, in welch elenden Schlamassel ich hineingeraten war.

Die Zeit verläuft immer gleichmäßig, ohne zu eilen, ohne zu zögern. Wir waren in der Zeit gefangen. Wir litten an unserer eigenen Vielzahl, der Schweiß, den wir rochen, war fremder Schweiß. Mitunter brach Streit los. Siegesparolen und kriegslüsterne Lieder lenkten uns ab.

Schleichend wie eine Krankheit begann das Unheimliche auf uns einzuwirken. Wir waren alle jung, hatten bisher ein behagliches Zuhause gehabt. Nach jedem anstrengenden Reisetag erwartete uns fortan die Kaserne. Zunächst war die Verpflegung reichlich, und es gab Duschen. An den Drill und die Schinderei gewöhnte man sich ebenso wie an die Strohmatratzen, die muffig rochen.

Einige Männer hatten bereits Erfahrung mit Waffen. Den meisten wurde das Handwerk eingetrichtert. In dieser Sache zeigte ich mich nicht dümmer als die anderen, eher geschickter, hatte ich ja zuvor die Gewehre meines Vaters in den Händen gehabt. Flinke Augen und Treffsicherheit mochten entscheiden, ob wir mit heiler Haut davonkommen würden oder nicht. Die Kanonengeschosse lenkte der liebe Herrgott.

Wir waren eine magere, sehnige, ungepflegte Schar, grob, wie Männer es unter sich sind, und erregt von Kampfeslust. Und ich war einer von ihnen. Mitgefangen, mitgehangen, sagt das Sprichwort. Das hatte ich jetzt davon.

Inzwischen brachten uns die Züge weiter, immer weiter. Jeder war alleine mit seinen Gedanken, Gefühlen und Ängsten. Aus dem Gestern wurde heute, und aus dem Heute wurde morgen. Manche von uns waren sehr redselig, erzählten ihren ganzen Lebenslauf. Es gab solche, die nur über Frauen redeten, und solche, die einfach drauflosschwadronierten, ohne sich darum zu kümmern, ob ihnen jemand zuhörte. Ich gehörte zu den Schweigsamen. Ich wurde nie ausgefragt, und sie lachten auch nie über mich. Das hatte gute Gründe: Fühlte ich mich beleidigt, schlug ich zu. Und ich fühlte mich sehr oft beleidigt. Folglich glaubte ich unter dem Eindruck einer irrigen Sicherheit, dass ich, wenn ich oft genug zuschlug, unverwundbar würde. Nahezu alle, die sich auf ihre Gewalt verlassen, glauben das Gleiche. Und die Gewalt täuschte uns mit allerlei Blendwerk von Glanz und Anmaßung.

Ich entsinne mich nicht, wie oft wir den Zug gewechselt hatten, aber irgendwann war der Bahnverkehr lahmgelegt, und wir wurden in Lastwagen weitergebracht. Wir warteten auf einem gotischen Platz in Münster – die Reifen mussten aufgepumpt werden –, da wurde uns eine neue Gruppe zugeteilt. Der Empfang war frostig. Es gab schon so wenig Platz, jetzt mussten wir noch enger zusammenrücken. Einer dieser Neuankömmlinge quetschte sich neben mich. Ich rückte widerwillig ein wenig zur Seite, damit er auch die zweite Hälfte seines Allerwertesten auf die Holzbank schieben konnte. Wir grüßten uns knapp. Als ich beharrlich schwieg, stellte er sich vor: »Martin von Kempen.«

Mir war einerlei, wie er hieß, aber meine exvornehme Erziehung bewirkte, dass ich wie ein Automat meinen Namen nannte. Ich unterdrückte gerade rechtzeitig das »von und zu«. Danach setzte sich der Wagen in Bewegung, und wir sprachen nicht mehr. Von Kempen sah still vor sich hin. Er war etwas kleiner als ich und schmächtig. Ich beobachtete ihn aus den Augenwinkeln. Sein Schnurrbart war dünn, es lag noch viel Knabenhaftes in seinem Gesicht, sodass ich ihm kein Alter zuordnen konnte. Später erfuhr ich, dass er vier Jahre älter war als ich. Es war etwas an ihm, für das ich schwer eine Bezeichnung fand, ein Schatten in seinen Augen, nicht, dass sie zu lebhaft waren, sie waren im Gegenteil eher zu ruhig. Nach einer gewissen Zeit fiel mir auf, dass er mich anstarrte, wenn ich nicht hinsah, und sofort dem Blick auswich, wenn ich ihm mein Gesicht zuwandte. Ich wollte mit ihm nichts zu tun haben, doch er hatte schon bemerkt, dass ich nicht in einer Kohlenkiste geboren war, und nach einiger Zeit kamen wir ins Gespräch. Er war einberufen worden. Er ahnte, dass er fallen würde, bevor er sein Leben gelebt hatte. Das machte ihn verdrossen.

Es wurde von uns erwartet, dass wir frisch, forsch und fröhlich an die Front zogen. Der Krieg war ein Heldenepos, eine hehre Legende. Im Krieg wurde Geschichte gemacht. Wir marschierten dem Sieg und einer strahlenden Zukunft entgegen. Gewiss, der Tod lauerte im Hintergrund, aber keiner redete davon. Das war morbid. Martin gehörte zu den wenigen, die das verpönte Wort in den Mund nahmen.

Ich erwiderte, dass ich mich als Freiwilliger gemeldet hatte. Und dass mir der Tod, in welcher Form auch immer, wurscht war. Er musterte mich nachdenklich.

»Sag, bedauerst du denn nicht, alles hinter dir gelassen zu haben?«

»Nein, nichts. Mir kann nichts mehr geschehen. Weil alles, was mir geschehen kann, irrelevant ist.«

»Es ist ja möglich, dass du deine Ansicht änderst.«

»Möglich ist so gut wie gar nichts«, erwiderte ich. »Dass ich an die Front gehe, ist weder quälend noch angenehm, weder leicht noch schwierig. Es ist nichts.«

Er musste denken, dass ich ein seltenes Kraut war, von bitterem Geschmack und womöglich giftig.

»Gibt es nichts, was du vermissen wirst?«

Schlag ihm ein paar Zähne aus, dachte ich, dann hält er den Mund. Er musste wohl merken, dass er ein Minenfeld betreten hatte. Und weil er keinerlei Antwort erwartete, fragte ich: »Und du?«

Er blickte mich an mit einem Kummer, den ich nicht enträtseln konnte, denn er schien mit tieferen Dingen vermischt.

»Meine Familie«, sagte er, was nicht besonders originell war. Doch er fügte hinzu: »Und die Musik.«

Zur Musik hatte ich ein gestörtes Verhältnis. Ich musste an früher denken, an Frenzels »Sah ein Knabe ein Röslein stehen ...« und schüttelte verärgert den Kopf.

»Für mich«, sagte Martin, »ist Musik wie ein gelebtes Leben.«

Ich fand das, was er sagte, absurd. Er bemerkte es, und sein Blick zog sich zurück. An diesem ersten Tag sprachen wir nicht mehr viel. Ich hatte mir eine Kruste zugelegt, wie ein Einsiedlerkrebs, und dazu die Fähigkeit, ganz unergründlich Ja oder Nein sagen zu können. Das hielt die Leute auf Distanz. Und jetzt war ich wütend, weil meine Taktik nicht reibungslos funktionierte. Was scherte mich dieser Kerl? Sollte er mir doch vom Leibe bleiben! Er war es, nicht ich, der einsam war. Trotzdem spürte ich, dass von all diesen Männern er der Einzige war, den ich besser kennenlernen wollte. Das missfiel mir. Aber – ich konnte nicht sagen, warum – wir kamen immer wieder ins Gespräch. Besser ausgedrückt: Er redete, und ich hörte zu. Auf diese Weise erfuhr ich, dass Martins Vater eine bekannte Anwaltskanzlei in Münster führte. Die Eltern waren aufgeschlossene Leute und sahen bald ein, dass Martin für eine juristische Laufbahn kein Interesse aufbrachte. Dafür spielte er mit Leidenschaft Klavier. Folglich erlaubte man ihm, die Musikhochschule zu besuchen, wo er von den besten Lehrern unterrichtet wurde. Zwar galt Musizieren als brotlose Kunst, aber Martin brauchte kein Geld zu verdienen. Die Eltern hatten Vermögen. Der jüngere Bruder, der jetzt siebzehn war, würde die Kanzlei übernehmen.

In der Familie wurde viel musiziert. Der Vater spielte Oboe, die Mutter und der jüngere Bruder Cello. Die kleine Schwester liebte ihre Geige und zeigte schon als Achtjährige ein vielversprechendes Talent.

Und jetzt war Martin sehr verbittert.

»Ich will Musik machen. Herrgott! Das Ganze hier ist für mich purer Irrsinn.«

»Du tätest gut daran, deine Zunge im Zaum zu halten.«

»Alexander, du siehst keinen Helden vor dir.«

»Nun, jetzt bieten sie dir die Chance, einer zu werden.«

Wir tauschten einen langen Blick. Und ich war nicht nur willens, den Mund zu halten über das, was er mir anvertraute, sondern ich war auch froh darüber, dass Martin keinen Augenblick daran zweifelte. Man hat eine gute Kinderstube, oder man hat sie nicht.

Inzwischen trabte Martin den Weg seines Denkens dahin wie ein engstirniges Zugpferd, das nur die Wagenspur vor sich sieht und keine andere beachtet.

»Bei der Musterung habe ich gehofft, dass sie mich nach Hause schicken würden. Als Kind hatte ich Tuberkulose. Aber nein, sie ist schon seit Langem ausgeheilt. Keine Beschwerden mehr. Ich bin vollkommen diensttauglich. Ich habe versucht, ihnen zu erklären, dass ich Pianist bin und nie ein Gewehr in die Hand genommen habe.«

»Das lernst du schnell«, sagte ich.

Er lachte bitter auf.

»Ich will nicht auf Menschen schießen.«

Martin war eindeutig da gelandet, wo er nicht hingehörte. Martin von Kempen war ein armer Tropf.

Wider Erwarten ließ er sich nicht kleinkriegen. Wir wurden einem Regiment zugeordnet, von Offizieren angeschnauzt und gemustert wie Pferde auf einem Marktplatz: gute Augen, gute Zähne, keine Missbildungen und keine Krätze. Kriegstauglichkeit, nennt man das. Man darf nur gesund ins Jenseits befördert werden. Wir befanden uns mittendrin in einem Zermalmungsprozess. Soldaten haben nur in ihrem Regiment einen Platz. Außerhalb sind sie abgeschrieben, haben aufgehört zu sein. Aber während sich die Mehrheit von uns in ungeduldigen, bösartigen Aggressionen verstrickte – was ja der eigentliche Zweck der Übung war –, entwickelte Martin eine Art allegorische Trauer. Er exekutierte beispielhaft jeden Befehl, erduldete das Anschnauzen der Vorgesetzten mit der obligaten unbeweglichen Miene, aber es war, als vernähme es nur sein Verstand und nicht sein körperloser Geist, der in einiger Entfernung hinter ihm stand. Er war ein Mensch von merkwürdig undefinierbarer Beschaffenheit. Die Kameraden lachten nur hinter seinem Rücken. Sie hätten ihm ins Gesicht gelacht, wenn er weniger Wert auf Unnahbarkeit gelegt und sich nicht so versteckt gehalten hätte. Das eigentümlich Schicksalhafte in Martin, die Art, wie er an eine einzige Form der Kunst, die Musik, gebunden war, diese merkwürdige Leidenschaft griff mich jedes Mal an, wenn wir miteinander sprachen. Es war für ihn eine fixe Idee. Aber es nährte auch sein Selbstvertrauen, das unerschütterlich war. Einerseits langweilte er mich gewaltig, andererseits fühlte ich, dass seine konsequente Haltung keine aggressive Gegenhaltung in mir hervorrief.

Am Ende betrachtete ich seine Monomanie als eine harmlose Schwäche, die man eher belächeln als tadeln musste. Martins Universum war nicht real. Trotzdem, warum schickte ich ihn nie zum Teufel? Warum musste ich mit ihm sprechen? War ich, mehr als ich mir vorstellen konnte, durch ihn gerührt? Martin dachte anders – er dachte durch mich hindurch, könnte man sagen. Sprach er zu mir, und war es noch das absurdeste Zeug, wurde ich von dem Gedanken an einen jungen Mann verfolgt, den nur mein inneres Auge sah und der mir wie aus dem Gesicht geschnitten war. Ich war betroffen, denn ich war auf alles, nur nicht auf das gefasst gewesen. Und vielleicht verstand ich wirklich nichts von ihm. Und doch saßen wir stets beisammen, abends in der Kaserne, wenn wir unser Essen in der Blechschüssel heruntergewürgt hatten und eine Zigarette rauchten.

Einmal sagte Martin zu mir: »Wenn ich vor die Wahl gestellt würde: ein langes Leben ohne Musik oder ein kurzes Leben mit Musik, würde ich Letzteres wählen. Aber hier habe ich nur ein kurzes Leben und ohne den Trost der Musik.«

Diese Worte waren charakteristisch für ihn, schwerfällig und offen und schlecht verdaulich.

»Musik«, sagte Martin, »ist eine Gratwanderung zwischen Licht und Schatten. Musik ist ein Spiegel dieser Welt.«

»Verdammt richtig. Jetzt hören wir nur noch die Trompete blasen«, bemerkte ich.

Statt beleidigt zu sein, richtete er seine braunen Augen mit einem plötzlichen Ausdruck von Wärme auf mich.

»Bist du eigentlich zufrieden, so wie du jetzt lebst?«

Die Frage ging mir nun doch zu nahe. Ich krebste zurück.

»Ich komme ganz gut zurecht.«

»Ich eigentlich auch. Und wenn es mir zu viel wird, spreche ich mit Beethoven.«

Bisher hatte ich nicht unbedingt den Eindruck gehabt, dass Martin ein Spaßvogel war.

»Ach, wirklich?«, sagte ich. »Tatsächlich? Die meisten sprechen zu Gott.«

»Das ist nicht dasselbe. Gott hat keine Symphonien komponiert.«

»Auch keine Sternensymphonie? Keine Milchstraßen-Oper? Naja, immerhin ist deinem Beethoven eine Mondscheinsonate aus der Feder geflossen. Der Mond scheint ihn wahrlich liebend besucht zu haben.«

Für Gott hatte ich nie eine besondere Sympathie gehabt. Ich verschonte Martin mit meinem Spott und sagte stattdessen: »Das lasse ich gelten. Aber worüber unterhaltet ihr euch?«

»Jeder Gedanke an Musik verklärt, auch wenn er nicht im gewöhnlichen Sinne verschönt. Ich denke, es ist möglich, das Niedrige und Gemeine aufzulösen, indem man es in eine Welt überführt, die außerhalb liegt.«

Ich erwiderte, wenn ich einmal genug von alldem hätte, würde ich mir eine Geige kaufen, herumfiedeln und im Kreis hüpfen. Eine Weltuntergangsmazurka. Er lachte, was ihm gut stand. Ich sah ihn überrascht an. Soldaten sind wenig empfänglich für Humor, und wenn überhaupt, dann nur für Hohn und destruktiven Sarkasmus. Wehrpflichtige leben immer in Scharen, nie allein. Man schabt methodisch ihren Verstand ab. Eigentlich war es nicht unangenehm, dass Martin von Beethoven faselte. Mal was anderes.

»Musiker und Komponisten dienen mit oder gegen ihren Willen als Werkzeug für ein Ideal. Bei Beethoven findest du keine rückwärtsgewandten Sehnsüchte, sondern Zukunftsvisionen. Verstehst du, Alexander? Seine Musik ist ein Weckruf, der uns sagt: Die schreckliche Zeit geht vorbei! Seid bereit, die Freude wird kommen!«

Das hörte sich fabelhaft an, war aber gefährlich unzutreffend.

»Leider«, meinte ich, »steht uns die schreckliche Zeit noch bevor.«

Da war etwas an ihn: seine Art, mich anzusehen, als blicke er zu mir hinüber aus einem anderen Land, das er allein – oder meinetwegen zusammen mit Beethoven – bewohnte und in dem ich nie gewesen war. Er machte den Eindruck, dass nichts, aber überhaupt nichts auf dieser Welt ihn erreichen konnte. Er gab mir sanfte Antworten; was er sagte, konnte sowohl eine Banalität als auch die Wahrheit sein, und ja, er lächelte auch. Mir war, als ob er eine Macht besäße, eine Macht, der ich auf geheimnisvolle Weise unterlag. Er zähmte den Tiger, indem er über Musik sprach. Orpheus in der Unterwelt?

17. KAPITEL

DER EISERNE SCHMETTERLING

Wo brachten uns die Lastwagen hin? Man hörte so manches. Man kämpfte bereits an verschiedenen Fronten. Die vertraute Welt war Lichtjahre von uns entfernt. Eine andere Welt erwartete uns, nicht nur vorübergehend, sondern, wie es schien, auf endlose Zeit. Die Zukunft war nicht unheimlich, weil sie fern war, sondern weil sie ungewiss blieb. Die Wahrscheinlichkeit, dass wir lebend zurückkehrten, war gering. Wenn wir aber heimkommen würden in unsere vernichteten Städte, würde es dann weniger grauenhaft sein? Auch darüber sprachen wir nicht.

Unter den neuen Soldaten, die sich irgendwann in unser vollgestopftes Fahrzeug quetschten, war ein klein gewachsener Kerl mit sommersprossigem Gesicht und auffallend großen Ohren. Durch Zufall wurde er zwischen Martin und mir eingekeilt. Er trug den absurden Namen Hans Tribbelhorn. Und kaum war er da, verpasste man ihm – wie konnte es anders sein – den Spitznamen, den er schon etliche Male gehört haben musste: »Kribbelhorn!«

Er zwinkerte mit beiden Augen, schlug sich pantomimisch auf die mageren Schenkel.

»Ja, ja, es kribbelt. Besonders um fünf Uhr morgens!«

Ansonsten, setzte er hinzu, sei aber nichts mit ihm los. Ohne laut zu werden, schien er sich über uns totlachen zu wollen. Und hatte – binnen Sekunden – die Spötter auf seine Seite gebracht. Er war nicht gebildet, aber bauernschlau. Obwohl er nicht mehr jung war, wirkte er immer noch wie ein hochgeschossenes Kind, harmlos und etwas einfältig. Doch er war wie ein Geist, tauchte hier auf, tauchte dort auf, wobei er stets den Eindruck machte, als sei er mit etwas sehr Wichtigem beschäftigt. Man misstraute ihm nicht, beachtete ihn nirgendwo, auch nicht in den Kasernen. Lungerte er bei den Unterkünften der Offiziere herum, wollte keiner wissen, was er dort zu suchen hatte. Auf diese Weise hatte er in Erfahrung gebracht, dass in Travemünde ein Kriegsschiff auf uns wartete. Da wir ihn noch nicht kannten, glaubten wir ihm nicht. Und wohin – bitte schön – sollte die Reise gehen?

»Rund um Afrika. Und dann nach China«, sagte Hans Tribbelhorn und löste allgemeine Bestürzung, ungläubiges Kopfschütteln und Hohn aus.

Doch Tribbelhorn blieb bei seiner Behauptung. Wie zum Teufel wollte er das erfahren haben?

Als Antwort zupfte er sich am Ohrläppchen. »Ich spitze meine langen Fellohren!«

Das gab uns zu denken. In seiner beharrlichen Art schnappte er jedes Gerücht auf. Ursprünglich war er Matrose gewesen, hatte das Navigationshandbuch auswendig gelernt. Was immerhin eine Leistung war, konnte er doch, wie mir aufgefallen war, keinen einzigen Satz fehlerfrei zustande bringen. Indessen, er war sehr wissbegierig, hielt den Kopf permanent schief, als ob er auf etwas horchte, was uns entging. Von seiner Familie redete er nicht. Später erfuhren wir, dass er in einem Waisenhaus aufgewachsen war.

»Die Jahre, die ich dort verbracht habe, rechne ich nicht zu meinem Leben«, sagte er knapp und sprach nie wieder davon.

Die Zukunft ließ ihn unbeteiligt. Man schickte ihn nach China? Dann ging er eben nach China. Er hatte gehört, dass man in Tsingtau frisches Kanonenfutter brauchte. Die Auserwählten waren wir.

Tsingtau?

Warum das Los ausgerechnet auf uns fiel, kann ich bis heute nicht sagen. Wir wurden hin- und hergeschoben auf dem Schachbrett des Krieges und hatten vor allem eines gelernt: keine Fragen zu stellen.

Heute trägt Tsingtau den Namen Qingdao.

An den ursprünglichen Namen mögen sich nur die Älteren erinnern, wenn sie nicht tatterig oder gestorben sind. Folglich muss ich das zunächst erklären. Denn nur einige von uns – die besser Gebildeten – wussten, warum Deutschland in Tsingtau eingreifen musste.

Die Rechtfertigung unserer kolonialen Gefräßigkeit würde man erst viele Jahre später auskotzen. Aber noch schmeckte Deutschlands Imperialismus in Asien wie ein leckeres Mahl, das leider in kleineren Portionen geteilt werden musste: Sämtlichen Großmächten lief aus wirtschaftlichen und militärischen Interessen das Wasser im Munde zusammen. Das Deutsche Reich hatte bereits 1899 die Inseln Mikronesiens geschluckt. Historisch ausgedrückt: von Spanien abgekauft. Schön. Aber die Marshallinseln und die Marianen-Inseln hatten sich die Japaner einverleibt. Und das verursachte den Großmächten Sodbrennen. Denn Japan hatte 1895 Russland besiegt und von China die Abtretung der Halbinsel Liaodong verlangt. China quälte sich, um seine zerlumpte Bevölkerung zu füttern, und hatte weder was zu sagen noch zu beißen. Die europäischen Kolonialmächte aber störten sich an dem japanischen Appetit. In der sogenannten Triple-Intervention machten Russland, Deutschland und Frankreich ihren Einspruch geltend. Das hochmütige Japan ließ sich davon nicht beeindrucken. Das gigantische Reich der Mitte glich einer Frucht, lecker, aber wurmstichig und schon am Verfaulen. Die hungernden Massen suchten Sündenböcke, fanden in Peking einige Missionare mit Märtyrerkomplex, die sich gottergeben foltern und töten ließen. Die Japaner sahen gleichmütig zu, wie man die Missionare zerstückelte. Sie hatten keinen Befehl und rührten auch keinen Finger. Missionare hatten sie ohnehin nie gemocht. Aber der Vorwand, die Japaner aus dem Bankettsaal zu vertreiben, war gefunden. Deutschland besetzte die Bucht von Kiautschou und nahm 1898 die Halbinsel Shandong als Pachtgebiet an sich. Und sofort stürzte sich Großbritannien gierig auf die Krümel, erwarb im gleichen Jahr das Gebiet Weihawei im Nordosten. So weit, so gut. Aber zu dieser Zeit, von 1902 und bis 1922, bestand ein anglo-japanisches Bündnis. Die Regierung Seiner Majestät war in Europa in den Krieg eingetreten und hatte den japanischen Bündnispartner gentlemanlike gebeten, nicht auf dem faulen Hintern zu sitzen. Folglich schützte die japanische Flotte zunächst die britischen Handelsschiffe vor den Angriffen der deutschen U-Boote im Mittelmeer. Danach wurde das japanische Geschwader zur Schutzbegleitung englischer Truppenverbände in Ostasien aufgeboten.

Die Japaner hatten eingewilligt, auch wenn man sie weniger zuvorkommend aufgefordert hätte, gebot doch ihr Interesse, dass Großbritannien seine Territorien behielt. Die junge, ehrgeizige Kolonialmacht hatte schon längst das Reich der Mitte im Visier. Jetzt bot sich eine gute Gelegenheit, die Sache voranzutreiben.

Und so kam es, dass Japan Anfang September 1914 eine etwa dreißigtausend Mann starke Armee entsandte, die den deutschen Stützpunkt Tsingtau belagerte. In Deutschland hatte man zunächst einige gute Gründe, Tsingtau sich selbst zu überlassen. Denn dieser Krieg auf der anderen Seite der Erdkugel war unbeliebt und kostspielig. Profit und Verlust. Dazu kam, dass Deutschland seine Kräfte in Europa konzentrieren musste. Nach längeren Palavern wurde die Verteidigung von Tsingtau einer Handvoll Soldaten überlassen. Knapp fünftausend mussten es gewesen sein, mehr oder weniger ausgebildet, von denen ein Drittel aus Einberufenen oder Freiwilligen bestand. Und die Japaner, hart gesottene Krieger, waren dabei, diese erbärmliche Truppe zu schlucken.

Um es kurz zu machen: An der Tafel waren noch ein paar Stühle, auf denen deutsche Hintern klebten. Man wollte sich nicht auf die Seite drängen lassen von Leuten, die mit Stäbchen aßen und auf Reisstroh knieten. Und folglich kamen wir, gerüstet für den Kampf, ohne Vorkenntnisse und schwitzend vor patriotischem Eifer. *Ave Caesar, morituri te salutant …*

Und nun sitze ich in meinem Haus in Tokio und schreibe das alles nieder, den ganzen Tag und bis spät in die Nacht hinein. Ich nehme kaum wahr, wie die Zeit vergeht. Am fünften Tag bringt mich ein Platzregen in die Gegenwart zurück. In Japan gibt es oft diese heftigen Regenfälle, die das Wasser gurgelnd aus den Abflusskanälen steigen lassen und die Kieswege in Morast verwandeln. Mühsam komme ich auf die Beine, schlurfe zur offenen Schiebetür. Die Luft riecht nach nasser Erde, nach würzigen Gräsern. Ich atme ein paarmal tief ein und aus, bevor ich die Schiebetür schließe. Dann wanke ich zu meinem Schreibtisch zurück. Es ist später Nachmittag. Kazuko-San bringt mir erst in zwei Stunden das Essen. Nie fünf Minuten früher, nie fünf Minuten später. Japanische Pünktlichkeit. Ich hätte also noch Zeit. Es drängt mich zu schreiben, es verlangt mich geradezu danach, aber irgendwas taumelt und dreht sich in meinem Inneren. In meinen Kopf drängen sich so unheimliche, so unheimlich quälende Bilder. Tsingtau. Wie soll ich über Tsingtau schreiben, über das, was dort geschehen ist? Ich bin zutiefst davon überzeugt, dass ich es nicht kann. Ich bin ein alter Knacker, meine psychischen Kräfte lassen es nicht zu. Tsingtau. Ich will die Bilder ignorieren. Aber so einfach geht das nicht. Sie sind nach wie vor da, leben ihr eigenes Leben weiter und zeigen mir Dinge, die ich nicht sehen will.

Meine Wirbelsäule schmerzt. Wieder die alte Bandscheibengeschichte. Es könnte auch ein eingeklemmter Nerv sein. Bisher konnte ich immerhin noch aufrecht sitzen, wie es sich gehört, wenn man den Pinsel führt. Dem Pinsel hat man Respekt zu zollen. Jetzt aber lasse ich Kopf und Schultern hängen. Was ist mit dir, Alexander? Willst du dich blamieren? Die Japaner sagen: sein Gesicht verlieren. Ich will mein Gesicht nicht verlieren. Sag, Alexander, hast du keine Verpflichtungen? Schuldest du Toyohisa keinen Dank? Wie steht es zwischen dir und ihm? Respekt, Alexander? Ehre? Hast du deine guten Manieren vergessen? Blühen die Kirschen im November und welken die Blätter im Juni? Fällt der Regen nach oben, wächst das Gras nach unten? Los, Alexander, bewahre Haltung. Haltung muss sein. Eine Solo-Performance, nur für dich. Du bist ja allein.

Wirklich allein? Da bin ich mir plötzlich nicht mehr ganz sicher. Also, ein Problem. Wer ist da? Wer schaut mich an? Ich blicke zur Wand hinüber und sehe Yae, die mich in ihrem geschnitzten Rahmen von der Wand aus beobachtet. Mandelaugen in einem ovalen Gesicht. Missbilligung. Distanz. Ich beginne innerlich zu fluchen.

»Warum guckst du so böse, ist etwas nicht in Ordnung?«

»Alexander, du enttäuschst mich sehr.«

»Gomennasai, Yae, Entschuldigung! Mir geht es nicht gut.«

»Sei kein Feigling, tu mir den Gefallen!«

Neuerdings nennen mich alle Feigling. Irgendjemand versucht, mich um meinen guten Ruf zu bringen. Aber das hat gewiss seinen Grund. Jetzt vorsichtig, ganz sachte. Da besteht ein kompliziertes System von Erinnerungen in mir. Ein Kontrollmechanismus, eine Stelle, die ich nicht berühren will.

»Früher war ich es nicht, ich weiß es nämlich noch. Aber jetzt bin ich alt. Und ich glaube nicht, dass viele Menschen in meiner Lage …«

»Aber da sind wir doch alle gleich«, sagt Yae.

Es hört sich logisch an, ist aber eine Zurechtweisung. Ich habe im Laufe der Zeit gelernt, Yaes scheinbar scherzhafte Sarkasmen zu deuten. Ob es sich um subtile Vorwürfe handelte oder um Neckereien, das erregende Vorspiel zum Liebesakt. Eine geheime Sprache der Verführung. Sie konnte mich zum Gewissenswurm machen oder zärtlich sein, anschmiegsam und wunderbar zügellos. Und nicht selten simultan. Zu meiner Zeit nannte man es Zuckerbrot und Peitsche. Doch in Gegenwart anderer wurde sie zu einem Produkt der Distinktion, jede ihrer Bewegungen entsprach der striktesten japanischen Etikette. Sie zeigte ein höchst subtiles Gemisch aus Liebenswürdigkeit und altaristokratischem Hochmut. Sogar ihr Blick war mir fremd. Aber auch das gehörte zu ihrer Natur, diese kompromisslose Dualität.

Und was jetzt? Weiterschreiben oder nicht? Es wird verrückt werden. Ich halte mir die Handflächen vors Gesicht. Wie ein alter Schauspieler kann ich meine Gefühle nur parodistisch ausdrücken.

»Ich weiß nicht, was ich tun soll!«

Da bewegt sich etwas im Nirgendwo, und als ich die Hände sinken lasse, gleitet Yae lautlos neben mich. Klein von Gestalt, aber aufrecht wie eine Klinge. Sie sieht anders aus als auf der Fotografie. Kein heiteres Lächeln, kein farbiges Sommergewand. Sie trägt einen zeremoniellen Kimono aus schwarzem Satin mit scharlachrotem Futter. An den vorgeschriebenen fünf Stellen schimmert das eingewobene goldene Familienwappen: je eines auf den Ärmeln, zwei auf der Brust und eines zwischen den Schulterblättern. Ihre Gürtelschärpe ist rubinrot, mit einem Muster aus Pinienzweigen, Ahornblättern und Schwalbenschwanz-Schmetterlingen. Die fließende Seide liegt in geraden, eleganten Falten um ihre Knie. Spangen aus Schildpatt und Silber schmücken das rötlich schimmernde Haar. Ihr langer schlanker Hals ragt aus den gestickten Falten ihres Kragens. Ihre Kleidung ist sehr offiziell, was nichts Gutes verspricht. Yae kommt aus dem Land der Stürme, der Meteore. Ihre Augen bringen mich in Verwirrung. Pechkohle, Achat? Jedenfalls durchschaut sie die Situation. Zunächst aber legt sie sanft ihre Hand auf meine Schulter. Sie lähmt mich wie ein Huhn, das von einem Kreidestrich hypnotisiert wird. Ich kann mir beim besten Willen nicht vorstellen, dass sie tot ist. Vielleicht war sie nur verreist.

Ich sage versuchsweise: »Bist du mit dem Taxi gekommen?«

»Du hast meine Urne zum Friedhof getragen.«

»War das nicht im Januar? Ich entsinne mich, dass ich gefroren habe.«

»Nein, das war vor acht Jahren. Am 26. Mai, um ganz genau zu sein. Weißt du noch? Die Iris blühten. Du hättest eigentlich nicht frieren sollen.«

»Mir war kalt bis in die Knochen. Tu mir den Gefallen, Yae – sag mir, ob du jetzt hier bist oder nicht.«

»Beruhige dich«, sagt sie, »versuch, ruhig zu bleiben und die Sache einzusehen.«

Einmal, will mir scheinen, ja, einmal muss ich ja akzeptieren, dass ich von ihr nur träumen kann.

»Kannst du kein Erbarmen haben?«

»Alexander, was hast du in Tsingtau gemacht?«

Da ist wieder ihre Art, unverzüglich zum Kern der Sache vorzudringen. Sehr untypisch übrigens in einem Land, wo man sich zunächst über die Jahreszeit, dann über die Familie und endlich über die Gesundheit zu unterhalten hat.

»Ich weiß es nicht mehr.«

»Du weißt es nicht mehr?«

Ein kleiner Artenwechsel, und ich war Lady Macbeth.

»An meinen Händen klebt Blut.«

»Hast du das Töten genossen?«

Ich wende die Augen ab.

»Ich weiß es nicht mehr.«

»Wie willst du über dein Leben schreiben, wenn du nicht ehrlich zu dir selbst bist?«

Ihr Gesicht gleicht einer Maske, geglättet wie poliertes Elfenbein, mit einem purpurnen Mund. Treten solche Masken im No-Theater in Erscheinung, erschauern die Zuschauer. Und auch jetzt heben sich die Haare auf meinem Arm zu einer Gänsehaut.

»Es ist nicht der Mühe wert. Ich denke nicht mehr daran. Zu viel Zeit ist vergangen«, sage ich.

»Nein. Das alles steckt in dir wie ein Klumpen. Spucke ihn aus, bevor du daran erstickst.«

»Yae, ich habe mich in eine vertrackte Situation gebracht. Ich habe keine Kraft mehr. Zumindest nicht in diesem Leben.«

Yaes Stimme zischt über mich hinweg, sodass ich mich unwillkürlich ducke.

»Alexander! Soll ich mich für dich schämen?«

»Nein, das sollst du nicht. Aber ich bin alt und müde.«

Sie schlägt mich erbost mit dem rechten Zeigefinger. Der Finger ist knochenhart.

»Die Zeit existiert nicht«, sagt sie. »Es gibt nichts anderes als das Jetzt. Du bist nicht am Leben, und ich bin nicht tot.«

Mit dieser Masche soll sie mir nicht kommen.

»Das ist Zen. Ich habe keine Veranlagung dazu. Das habe ich dir, wie mir scheint, längst bewiesen.«

»Du verstehst mehr davon, als du denkst«, hatte Yae mir damals gesagt. »Vergiss alles, was du denkst! Bewege dich im Lebensrhythmus der Sinne, die in der Welt ebenso wie im Menschen selbst atmen.«

Das hörte sich ja richtig grandios an! Und das Erstaunliche dabei: Mir hatte es irgendwie eingeleuchtet! Komisch, nicht wahr? Man sollte doch meinen, eine philosophische Erfahrung hätte man zunächst in komplizierte Einzelbegriffe zerlegen müssen. Aber nein, ich kapierte sozusagen ruckzuck!

Und jetzt fühle ich etwas, das ich verloren geglaubt hatte … ein Gefühl, das Gegenteil eines Gedankens. Ich nicke vor mich hin.

»Ja, ja, natürlich …«

Zen? Meinetwegen Zen!

»Ich habe dir doch alles erzählt«, kehre ich zum Ausgangspunkt zurück.

»Ja, das hast du«, sagt Yae.

Und obwohl dies ein sehr heikler und schwieriger Entschluss gewesen war, meine ich, dass sie mich verstanden hatte.

»Zumindest fast alles«, ergänzt Yae.

Sie lächelt, als wäre es ihre Schuld und nicht die meine, als wolle sie mir deutlich machen, dass mich kein Vorwurf treffen werde. Ich atme auf. Der Gedanke, dass sie mich verachten könnte, ist ganz und gar grauenvoll. Denn Yae ist eine otoko masari – eine »Mehr-als-ein-Mann«. Eine Frau also, die schärfste Intelligenz, Kühnheit und Stärke ihr Eigen nennt. Dass sie außerdem noch schön ist, versteht sich von selbst. Eine solche Frau ist fähig, wie ein General auf dem Schlachtfeld zu kommandieren, die Dichtkunst zu beherrschen und über die »vier Bücher der Erfahrung«, die von der Unveränderlichkeit des Weltgesetzes handeln, zu dissertieren. Ich für meinen Teil habe nie etwas davon verstanden.

Yae zerbrach sich nicht einmal den Kopf darüber. In ihrer Ahnenlinie hatte es immer wieder Frauen mit diesen Eigenschaften gegeben. Zwar taugten sie im Haushalt nicht viel, aber das verlangte ja auch keiner von ihnen. Früher hatte man Dienstboten.

Yae taugte auch nicht viel im Haushalt. Immerhin habe ich immer zu essen bekommen.

»Denke daran, wenn du Yae heiraten willst«, hatte mir Tomohisa, bei dem ich ja früher wohnte, gesagt, als ich ihn – den letzten überlebenden Verwandten – förmlich um ihre Hand bat. »Frauen wie Yae sind wunderbar. Meine Nichte ist zweifellos wunderbar. Sie wird gleichsam deine Frau und dein bester Kamerad sein. Aber du musst wissen, worauf du dich einlässt. Du wirst sie nie ändern können, sie würde dich zugrunde richten. Ihr erster Mann hat das zu spüren bekommen. Und wenn sie dich schlägt, ist sie gewiss über alle Maßen wütend.«

Im Laufe unserer Ehe hat Yae mich nur zweimal geschlagen. Und ich habe genau gewusst, warum.

Inzwischen habe ich ein schlechtes Gewissen und versuche auf verschlagene Art, ihrem Blick zu entgehen.

»Eigentlich ist es mir ein Rätsel, warum ich nicht mit dir über alles gesprochen habe.«

»Weil du nicht mit dir selber darüber gesprochen hast. Das solltest du jetzt nachholen.«

Ich überdenke Yaes Bemerkung.

»Das Dumme bei deinem guten Rat ist, dass ich mich vielleicht erinnern muss. Das kommt mir schwierig vor.«

»Soll es denn leicht sein?«

»Hör zu, Yae. Das, was ich getan habe, wollte ich nicht tun. Ich wollte es um keinen Preis. Ich hätte … ja, was hätte ich denn machen sollen?«

»Du brauchst dir keinen Vorwurf zu machen. Du hast richtig und ehrenhaft gehandelt.«

Yae ist eine Frau, die diese Dinge versteht.

Ich stelle auf einmal fest, dass ich mich besser fühle. Besser im Kopf, will ich sagen. Geistesverfassung nennt man das. Meine Geistesverfassung hat sich gebessert.

»Yae, ich möchte über diese Sache schreiben. Ich möchte es wirklich.«

»Dann also, worauf wartest du noch?«

»Yae, ich will nicht wahnsinnig werden. Bitte, willst du mir helfen?«

Yae lächelt. Ihr Mund ist eine leicht gekräuselte, purpurne Nelke. Ich möchte diese Nelke mit meiner Zunge berühren.

Wir sehen einander an. Wir lächeln einander zu.

»Schau mich an!«, sagt Yae.

Sie erhebt sich; eine weiche, fließende Bewegung. Wache ich? Träume ich? Von irgendwo her kommt ein Wind, der ihr ein paar Haarsträhnen ins Gesicht bläst. Ihr kurz zuvor noch verächtlich gekrümmter Mund drückt durch den Anflug eines Lächelns eine Herausforderung aus, ein Versprechen. Sie blickt mich an, schelmisch und voller Zärtlichkeit, während sie ohne Hast ihre Bernsteinspangen aus dem Haar nimmt. Die purpurn glänzende Pracht fällt ihren Rücken hinab, bis zu den Hüften. Sie schüttelt leicht den Kopf, um die Haare zu lockern, und beginnt ihre Gürtelschärpe zu lösen. Ich weiß, wie lang diese Gürtelschnalle ist, sie scheint weder Anfang noch Ende zu haben. Ein schillernder Seidenstrom, der langsam an ihr hinabrieselt, an den Hüften und Knien entlang, bis zu ihren Füßen. Nun beugt sich Yae nach hinten, lässt den Kimono von den Schultern gleiten. Darunter trägt sie ein rotes Unterkleid aus weicher Seide. Eine schnelle Bewegung: Die Seide fällt hinab, und sie steht vor mir, in schlanker, unversehrter Nacktheit. Japanerinnen haben kleine Brüste, eine kaum angedeutete Taille und sanft geschwungene Hüften. Ihre vollen Schenkel reiben leicht einander, wenn sie gehen. Während ich auf ihre üppigen Schamhaare starre, schwebt ihre Hand die Hüfte entlang, legt sich auf ihre Schamhaare, gleitet tiefer. Ihre Hüften kreisen langsam, verhalten, ich sehe das Erschauern, das ihren Bauch überzieht, ich starre sie an und stöhne vor Verlangen, doch an meinem Körper regt sich nichts, alles ist verschrumpelt, unbrauchbar. Auch damit muss ich mich abfinden. Und als der Raum sich in Hitzewellen zu drehen beginnt, versuche ich mich aufzurichten, strecke die Hand aus, um Yae zu berühren. Verschwommen, wie durch Nebelschleier, nehme ich ihre Umrisse, ihre langsamen, aufreizenden Bewegungen wahr, bevor Lichter vor meinen Augen kreisen. Sie verschmelzen ineinander, bilden einen dunklen Fleck, darin sich ein Loch öffnet, schwarz wie der Eingang einer Höhle. Verschwommen sehe ich Yaes helle Gestalt, die sich in dieser Dunkelheit verliert, ihr rotes Unterkleid achtlos hinter sich schleifend. Sie wendet nicht den Kopf. Sie sieht nicht zurück. Und auf einmal ist sie verschwunden. Nur die Öffnung bleibt bestehen, und von dem Eingangsloch führt die Höhle nach unten, und innen ist es pechschwarz. Ich weiß, dass diese Höhle das Zentrum von allem ist, dass ich – zum letzten Mal in meinem Leben – abwärtssteigen muss in die Dunkelheit, zurück zu den Dingen, denen ich den Rücken gekehrt habe, ganz gleich, vor wie langer Zeit sie geschehen und wie tief in der Vergangenheit sie versunken sind. Zurück nach Tsingtau also? Geheimgänge, auch symbolische, sind eine

Wissenschaft für sich. Es gibt nur einen Weg, und Yae ist mir vorangegangen. Ich werde ihr also folgen. Überwindung gehört schon dazu.

Ein diskretes Klopfen, das vertraute Geräusch der Schiebetür, die sich öffnet und schließt.

»Ich bin gekommen«, meldet sich Kazukos freundliche Stimme.

Ich blicke auf, reibe mir die müden Augen. Das dunkle Loch ist verschwunden. Kein Nachbild, nichts.

Ich wende mich der Tür zu, lächelnd.

»Bitte, treten Sie ein!«

»Guten Abend, Alexander-San«, sagt meine liebenswerte Nachbarin. »Wie fühlen Sie sich heute Abend?«

In ihrer Stimme schwingt dieses Lachen mit, das mich froh macht. Sie lässt im Vorraum ihre Sandalen von den Füßen gleiten, bringt mir das Tablett, beladen mit den vielen Speisen. Ihre Bewegungen sind jugendlich, elegant. Die Suppe dampft, das Gemüse duftet, der mit Miso gefüllte Lachs ist golden gebraten. Ich stelle fest, dass ich Hunger habe. Großen Hunger. Das ist schon lange nicht mehr vorgekommen.

Ich verbeuge mich mit absichtlich tiefer Gebärde. Das Lächeln verbleibt auf meinem Gesicht.

»Ich danke Ihnen, Kazuko-San. Ja, ich fühle mich besser. Viel besser!«

18. KAPITEL

DIE KLEINE SCHWALBE

Von unserer Überfahrt gibt es wenig zu berichten. Von Cuxhaven aus fuhr das Schiff unter einem Himmel, der von Sternen ebenso wimmelte wie die Meere von Kriegsschiffen. Doch vorläufig geschah nichts. Der Dampfer war eine schwimmende Kaserne. Schlechte Kost, Seekrankheit, Durchfall. Unser Drill wurde von hart gesottenen Marineoffizieren übernommen, darunter ein paar Perverse. Wer sich vor den Abgründen unter den schwankenden Schiffsplanken fürchtete, vergaß bald seine Neurosen, denn sie wurden von neuen überlagert. Nun, die menschliche Natur gewöhnt sich an alles. Auch Martin von Kempen gewöhnte sich an alles. Ungeachtet der Tatsache, dass er auf diesem Dampfer nur ein Soldat war, etwas so Unbedeutendes, benahm er sich, als ob er am Rand dieser Welt in einer Windstille stünde. Man sah es an seinem leeren, steinernen Gesicht, an der sonderbaren Gehemmtheit seiner Bewegungen – so, als müsse er sich immer dazu zwingen. Ansonsten benahm er sich korrekt und unauffällig und tat nichts, was ihm zusätzliche Schikanen hätte einbringen können. Allerdings traf ich ihn oft, wie er auf das Meer hinaussah. Dabei war sein Gesicht auffallend blass und verschlossen. Als ich irgendwann zu ihm stieß und er zum x-ten Mal über die Unendlichkeit der Meere und die Unendlichkeit der Musik philosophierte, wurde ich grob. Er möge doch endlich den Mund halten. Er sah mir ruhig in die Augen, sein Blick schien sachlich, düster und ein wenig gekränkt.

»Warum bist du so unfreundlich zu mir? Du solltest mich inzwischen doch kennen.«

»Ja, ja«, sagte ich. »Dein Gerede von der Musik und dass sie die Sprache der Engel sei, hört sich hochgradig erbaulich an. Ich für meinen Teil glaube allerdings vielmehr, wir hören bald die Kanonensymphonie.«

Er nahm es geduldig auf.

»Du verstehst mich nicht.«

»Es hat keinen Sinn«, sagte ich.

Er hüllte mich in einen nachdenklichen Blick.

»Wie kannst du wissen, ob das, was du heute ablehnst, nicht morgen in dir wartet?«

Ich entfernte mich kopfschüttelnd. Der Bursche reizte mich, weil er mir bei allem, was er sagte, meine eigene Borniertheit vor Augen führte. Aber ich wollte eben gerade das sein – borniert. Es war wie in einem Theaterstück, wir waren zwei Schauspieler, die ihren Text aufsagten. Die Handlung verlangte, dass wir in den Krieg zogen. Ich spielte den Haudegen und hatte emotionslos zu sein. Martins Rolle schrieb vor, dass er viel Unsinn erzählte und Dialoge mit Partituren führte wie Hamlet mit dem Schädel von Yorick. Wir hätten verschiedenartiger nicht sein können, auf der Bühne wie auch im Leben. Aber Martin war der bessere Schauspieler. Seine Maske war durchsichtig, sodass die Zuschauer seine Stärke ahnen konnten.

Einer von uns war eine Fehlbesetzung.

Ich hatte längst herausgefunden, dass meine Natur – sich selbst überlassen – eine destruktive Kraft war. Mir passte das Soldatenleben, so grob, so rau, so kaum zivilisiert. Hier ging es um Dinge, die nicht in Martins Bereich fielen. Ich wollte töten, ich würde es jedenfalls tun, früher oder später. Ich fühlte mich bereits wie der Mörder, der ich noch nicht war. Wie es wirklich in mir aussah, das wusste nur Hans Tribbelhorn. Ihm wäre allerdings nie in den Sinn gekommen zu moralisieren. Er glaubte an nichts genug, um dafür zu leiden oder sich zu freuen. Man hatte ihn auch nicht aus dem Zwang des »comme il faut« erzogen. Der Matrose Tribbelhorn, der beim Essen schmatzte, ungeniert rülpste und mit undefinierbarem Charme blinzelte, verlor nie ein Wort darüber, in welchen Maschinenräumen des Lebens er sich herumgetrieben hatte. Und das war seine Stärke. Denn all das, was an Bord eines Schiffes passieren konnte, die neurotischen Zustände, die Tobsuchtsanfälle, die Prügeleien und die Selbstmordversuche waren ihm vertraut und wiesen auf etwas tiefer Dahinterliegendes zurück. In seiner gewohnten Art war er überall und nirgends, tauchte unvermutet auf, verschwand, war plötzlich wieder da. Aber eben deshalb wartete man auf ihn, sobald er nicht mehr da war. Zuverlässig brachte er Nachrichten vom Offiziersdeck, nicht selten brisanten Stoff, an der Grenze des Verrats, deren Weitergabe einen anderen Mann in den Knast gebracht hätte. Aber keiner denunzierte ihn. In einer Welt, die so total auf unsere Vernichtung aus war, wurde es signifikant zu erfahren, auf welche Weise das geschehen würde. Uns sagte man ja nie etwas im Voraus. Die Herren Offiziere behielten ihre Absichten für sich. Und fragte man Tribbelhorn, woher er die Informationen nahm, zupfte er sich am Ohr, während sich seine wimpernlosen Augen arglistig zusammenzogen.

»Hasen haben lange Löffel!«

In seiner abstrusen Art war er so unbefangen und so frei von Neurosen, dass in ihm etwas zu stecken schien, das außerhalb unserer Soldatengattung lag. Er gehörte überallhin und hatte nirgendwo seinen Platz. Ich könnte noch weitergehen und behaupten, dass wir kein reales Wesen vor uns hatten. Tribbelhorn mit seinen Hasenohren erschien mir wie ein Geist, der Wache hielt auf einem Geisterschiff, vollbepackt mit verlorenen Seelen.

Inzwischen fuhr der Dampfer seinem Ziel entgegen: China. Noch keiner von uns, nicht einmal Tribbelhorn, war jemals in

China gewesen. China, das war das Fremde, das ganz andere. Was erwartete uns dort? Wie kein anderes Land reizte China unsere Männerfantasien. Überwältigend würde das Schöne dort sein, überwältigend auch das Furchtbare. Da wir Soldaten waren, aktiv und kreativ dem Töten zugewandt, sehnten wir uns nach dem Furchtbaren und misstrauten dem Schönen.

Als der ermüdende Anblick ewig steigender und fallender Wellen endlich hinter uns lag, und der Dampfer im Hafen von Shanghai anlegte, gewährte man uns gnädig achtundvierzig Stunden Urlaub. Die Hitze war erstickend, unsere Achselhöhlen klebten vor Schweiß. Aber noch trugen wir Tuchuniformen, die sauber waren, und unsere Metallknöpfe glänzten.

Vor Kriegsausbruch war Shanghai eine Stadt mit internationalem Flair, sauber, elegant, mit herrlichen Garten- und Parkanlagen, in denen chinesische Gärtner wuselten. Deutsche, englische und japanische Firmen hatten hier ihre Niederlassungen. Ihre wuchtigen Gebäude säumten die wohlgepflegten Straßen. Noch war der Kolonialismus Synonym für Reichtum, mit höchst erbaulichen Werten geschmückt. In den Clubs trafen sich Deutsche, Engländer und Franzosen in herzlicher Eintracht. Man sah sich beim Pferderennen oder auf dem Tennisplatz. Es gab Gartenpartys, Konzerte und Wohltätigkeitsbälle zugunsten der armen Chinesenkinder. Die Damen trafen sich zum Tee und zum Kaffeekränzchen. Zwar wusste man, dass die Lage in Europa kritisch war und dass die Haltung Russlands in dem Konflikt von Tag zu Tag bedenklicher wurde. Die Kriegserklärung kam also nicht aus heiterem Himmel.

Ein Sprichwort sagt: »Der Wolf wechselt nie sein Fell.« Es bedarf aber nur »eines Rufes wie ein Donnerhall«, und flugs dreht der Mensch die Weste um.

»In aufgezwungener Notwehr, mit reinem Gewissen und mit reiner Hand ergreifen wir das Schwert nach dem Beispiel unserer

Väter fest und getreu, ernst und ritterlich, demütig vor Gott und kampfesfroh vor dem Feind.«

Kaiser Wilhelm hatte drohend die Stimme erhoben. Man hörte sie bis nach China. Und von einem Tag zum anderen sollten Engländer und Franzosen – verbrüdert mit den Japanern – in die Rolle des Feindes schlüpfen. Und augenblicklich hatten sich alle darauf eingestellt, hatten sich kultiviert über die Kuchenteller hinweg gehasst und es fortan verschmäht, sich zu grüßen.

Und jetzt war Krieg, ein ritterliches Aufspießen und Abmurksen. Shanghais mondänes Leben tauchte in die Vergangenheit ein: die Vertreibung aus dem Paradies. Ein abgelaufener Abschnitt der Geschichte. Was ist heute davon übrig geblieben? Nicht viel, außer vergilbte Postkarten und Fotografien, die aufgeputzte Damen und smarte Geschäftsmänner zeigen in einer Rikscha, vor der Casinotreppe oder im Gewächshaus. Im Hintergrund stehen – sozusagen als Dekoration – chinesische Boys mit Teekannen oder Staubwedel aus Straußenfedern in der Hand. Diese Boys, die in Pidginenglisch fröhlich »Deutschland number one strong must win« plapperten, hätten die weißen »Hunde« oder die »Teufel« am liebsten schon damals zerstückelt, einen Knochen nach dem anderen, damit es so richtig wehtat. Sie hielten sich zurück und warteten auf ihre Stunde. Die tägliche Schale Reis war der vordringlichste Grund, jede imperialistische Demütigung zu schlucken. China war viele Tausend Jahre alt. Was machte die Kolonialzeit im Rahmen dieser Geschichte aus? Drei oder vier Minuten, mehr nicht. In China hatte man gelernt, geduldig zu sein.

Wir schwärmten also aus, den Bauch voller Bier, Gelächter und Triebe. Shanghai roch nach Fäulnis und Abenteuer. Die Stimmung schmeckte nach Weltuntergang. Die Prunkbauten der deutschen Regierungsbeamten verkamen, die Elendslager breiteten sich aus. Nach Shanghai kamen die beurlaubten Soldaten, die Händler, die

Glücksspieler. Nach Shanghai strömten die Räuber, die Kartenhaie, die Mahjong-Schwindler, die eleganten Hochstapler. Herrschaften mit flinken Augen und dem ehrbaren Aussehen von Bürgern, die jede Gelegenheit wahrnahmen, um den gut gemästeten kolonialen Ochsen das Fett abzusaugen. Verglichen mit den chinesischen »Triaden« waren die italienischen Mafiosi gottesfürchtige Chorknaben.

In Shanghai konnte man Goldbarren eintauschen und eine Frau für einen Dollar kaufen. In Shanghai machte man in einer guten Saison die besten Geschäfte, und eine gute Saison war jede, an deren Ende man weder ausgeraubt noch ermordet worden war.

Wir sollten also in Shanghai noch einmal das Leben genießen. Das stärkte die Motivation, bevor wir uns in den Bauch des gelben Drachen begaben. Manche von uns verloren ihren Sold in weniger als vierundzwanzig Stunden in den Spielcasinos. Andere – und ich gehörte dazu – begaben sich schnurstracks in das Freudenzentrum. Und sofort huschten die Nutten, schillernd wie Schmetterlinge, aus allen Alkoven, grapschten mit gierigen Fingern nach dem Geld, das wir aus den Taschen zogen. Die Mädchen waren schmalgliedrig, von fremdartiger, gefährlicher Schönheit. Sie lächelten nur mit den Lippen. Ihre Blicke waren hart wie Stein oder gleichgültig wie der Mond. Manche von uns hatten einen irregeleiteten Geschmack, seltsame und vermutlich schmerzhafte Wünsche. Nichts setzte diese blutjungen Dinger in Erstaunen. Sie übten alle Perversionen aus, die wir uns vorstellen konnten. Und sogar jene, die wir uns nicht vorstellen konnten und die sie uns beibrachten. Wir tauchten in eine Welt der dunklen Laster. Opiumdünste schenkten uns Träume, aus den Tiefen rätselhafter Vorstellungen entstiegen, Träume, die zugleich Wonne und Albdruck waren. Und draußen brütete die Hitze, legte sich in ermattendes Flimmern über das Meer. Schweiß, der nach Salmiakgeist roch, lief uns den Rücken hinab, kratzte unter den schweren Uniformen, die für so eine Hitze nicht gemacht waren.

Es herrschten raue Sitten. Wir erlebten die Hinrichtung eines Räubers. Martin konnte den Anblick nicht ertragen und übergab sich. Mit ihren eigenen Leuten gingen die Chinesen nicht zimperlich um. Bei Verbrechern kannte man keine Gnade. Man schlug ihnen den Kopf ab, hängte sie an den Galgen oder kreuzigte sie. Harte Strafen unter der Berufung auf Gesetze, die so alt waren wie das Kaiserreich.

Auf dem Platz, wo man den Mann getötet hatte, lungerte ein schwabbeliger Europäer herum und schützte sich vor dem Geruch mit einer Zigarre. Martin sprach ihn an, am ganzen Körper zitternd.

»Warum lassen wir das zu?« Mit einem Blick deutete er zur Hinrichtungsstelle.

Der Mann bot Martin eine Zigarre an, die er, grün im Gesicht, ablehnte.

»Öffentliche Hinrichtungen gehören zur Tradition. Als Abschreckung für die Massen – oder auch als Belustigung. In Europa war das früher nicht anders.«

»Im Mittelalter, gewiss. Aber heutzutage sind wir eine humane Gesellschaft. Warum wurde das hier nicht abgeschafft?«

Der Typ hob gleichmütig die Schultern.

»Tja, wir brauchen Ordnung im Land.«

In diesen achtundvierzig Stunden brachte ich zum ersten Mal einen Mann um, der mir ein Mädchen streitig machte. Das Mädchen war lieb und willig gewesen. Ich konnte nicht sagen, warum sie mich rührte. Darina? Jedenfalls trug sie den unpassenden Namen »Kleine Schwalbe«, konnte sie doch nur mit ausgestreckten Armen ein paar Schritte humpeln. Danach fiel sie taumelnd auf ein Sofa. Sie hatte sogenannte »Lilienfüße«, in China ein Merkmal besonderer Schönheit. Ihre Knochen, seit frühester Kindheit verstümmelt, steckten in winzigen, mit Goldfäden bestickten Pantoffeln. »Kleine Schwalbe« wollte mir ihre Füße nicht zeigen, aber ich spürte unter der Hand ein Häufchen verkrüppelter Knochen, aus denen ein Wundsekret sickerte, das stank. Ich erfuhr, dass sie aus guter Familie war. Man verstümmelte nur die Füße der Mädchen edler Abstammung. Sie war irgendwo geraubt worden, und der Mann, dem ich genüsslich den Hals umdrehte, war wohl auch derjenige, der sie verschleppt hatte. Solche Vorfälle waren hier an der Tagesordnung. Ich landete im Knast, wo ich mit ein paar Geldscheinen wedelte und auf das Ergebnis wartete. Zwei Stunden später rasselte ein Schlüsselbund. Man schob mich unsanft aus der dunklen Zelle in die pralle Sonne. Ich eilte zu dem Mädchen. Man hatte ihr die Kehle durchgeschnitten und sie auf einem Karren weggeschafft wie ein Stück Vieh. Exit Kleine Schwalbe. Andere Länder, andere Sitten. Und viele tausend Jahre Tradition.

Man brauchte eben Ordnung im Land.

19. KAPITEL

DIE TOTEN, DIE NOCH KOMMEN

Wir gehörten also zu den Rekruten, die zur Ablösung des teilweise schon dezimierten III. Seebataillons nach Tsingtau abgeschickt wurden. Nach all dem, was wir hörten, war es offenbar höchste Zeit, dass wir kamen.

Zwei Tage später bestiegen wir den Zug. Man brachte uns zunächst nach Nanking, wo die Fähre auf uns wartete. Danach kam die Überfahrt nach Pukou, dem Ausgangspunkt der Tientsin-Pukou-Bahn. Man hatte vor Kriegsausbruch einen wachsenden Exporthandel erwartet, und die Bahnstrecke war von Anfang an entsprechend angelegt worden, mit umfangreichen Kaianlagen und großen Lagerhäusern. Der Bahnbetrieb war für die damalige Zeit mustergültig ausgebaut. Der Zug verfügte über einen eleganten Speisewagen mit chinesischen Kellnern, die Deutsch sprachen. Alles picobello, aber nur für die Offiziere. Wir einfachen Soldaten waren in stickige Abteile eingepfercht und rieben uns die Hintern auf Holzbänken wund. Und was sahen wir auf dieser Strecke? Zunächst Felder, überall Felder, in denen vereinzelte Bauern ihre Arbeit knietief im menschlichen Kot verrichteten. Kot, von wem auch immer er stammt, macht die Erde fruchtbar. Der Gestank drang bis in die Abteile, wo wir uns die Nase zuhielten. Noch war unser Geruchssinn delikat. Dann erblickten wir Seltsames: zerstörte Dörfer, kaum ein Mensch weit und breit, weder in den Prunkhäusern der Reichen noch in den Hütten der Armen, als hätten sich sämtliche Bewohner aus dem Staub gemacht. Hier und da verwesten verstümmelte Leichen in der Sonne, oder blutige Brocken trieben in den Teichen. Man sagte uns, die Chinesen hätten ihre Dörfer selbst zerstört, um den Vormarsch der Japaner aufzuhalten. Sie hätten auch Leichen in die Brunnen geworfen, um das Trinkwasser zu verseuchen. Mit dem Horror machte man uns – sozusagen – in Raten vertraut.

Und so ging es weiter über die Handelsstadt Pengpu nach Hsuchoufu. Hier erfuhren wir, dass die deutsche Flotte vernichtet war und achtzehn japanische und englische Kriegsschiffe Kurs auf den deutschen Stützpunkt genommen hatten. Schon im September hatte Japan eine etwa dreißigtausend Mann starke Armee entsandt und ein Ultimatum gestellt: Tsingtau sollte sich ohne Bedingungen ergeben. Der Gouverneur Kapitän zur See Alfred Meyer-Waldeck hatte das Ultimatum mit nobler Empörung zurückgewiesen. Man sei fest entschlossen, das Pachtgebiet bis zum »Äußersten« zu verteidigen. Mit anderen Worten: bis kein Verteidiger mehr auf den Beinen stand.

Noch ein paar Stunden und wir waren am Ziel. In der Ferne schimmerten die Gipfel der Laushan-Berge, blutrot beleuchtet von der Abendsonne. Dann kam das Meer in Sicht, eine ruhige blaue Fläche, etwas diesig, und ich musste an die dort versunkenen Kriegsschiffe denken und an die zerfetzten Leichen, die im trüben Licht unbekannter Tiefen verwesten.

Als sich der Zug Tsingtau näherte, machte sich Schweigen in den Abteilen breit. Soldaten, ihre Gewehre im Anschlag, standen entlang der Schienen Wache. Man befürchtete Sabotage. Einige saßen erschöpft am Boden, rauchten eine Zigarette oder dösten vor sich hin. Die Wachhabenden stapften einher mit schleppenden Schritten und unsicheren Bewegungen, als kämpften sie gegen die Schwerkraft an.

Endlich waren wir da. Wir verließen den Zug mit steifen Beinen, stellten uns in tadelloser Formation vor dem Bahnhof auf und marschierten dann durch Tsingtau. Die Luft war stickig, wir schwitzten und rochen schlecht. Die Marschordnung war streng nach Armeevorschrift formiert: »Eins, zwo, drei, vier!« Schon möglich, dass wir imposant daherkamen, aber leider stets mit dem Gedanken im Hinterkopf, dass wir gerade unter Umständen unsere letzten Tage auf Erden erlebten. Abgesehen davon, hatten sich nur wenige Leute eingefunden, die uns bewundern konnten. In Tsingtau harrten nur noch ältere Männer aus, die sich für die Lösch- oder Räumungsarbeiten gemeldet hatten. Und einige Frauen, die im Krankenhaus halfen. Die Familien waren längst von den Behörden evakuiert worden. Eine triste kleine Musikkapelle spielte.

Auf den ersten Blick war Tsingtau die Parodie einer deutschen Kleinstadt: hohe Giebelhäuser, baumbewachsene Straßen, ein Casino, ein »Prinz Heinrich Hotel« mit durchlöcherter Fassade. Ferner zwei Kirchen – eine für jede Konfession – und eine Schule, wo Missionare chinesische Schüler unterrichteten. Die kleinen Chinesen hatte man nicht evakuiert. Sie standen jetzt in Reih und Glied und winkten mit Papierfähnchen. Auf einer Anhöhe befanden sich die Residenz des Gouverneurs, die Bismarckkaserne und – wie ein mahnender Finger – der Schornstein der Brauerei Germania. Tsingtau verfügte über Geschütze, die allerdings schon zum Teil zerstört waren. Man hatte Befestigungswerke ausgebaut, die zerbrachen. Unablässig donnerte die japanische Artillerie auf unsere Stellungen. Die Geschosse hatten die Mauern eingedrückt, blinde Fenster und tiefe Krater hinterlassen, die an manchen Stellen noch qualmten. Die Hauptwasserleitungen waren geplatzt. Ein giftiger Gestank lag in der wabernden Hitze. Und bedrohlich wie ein aufziehendes Gewitter klang aus einem fernen Nichts das feindliche Artilleriefeuer, das hektische Geknatter der Gewehre, und immer wieder das widerliche Rauschen und Krachen der einschlagenden Geschosse.

Eine umzingelte Festung führte ein zähes Eigenleben, genährt von einer Kraft, die aus der Verzweiflung gewachsen war. Vor seiner noch intakten Residenz hieß uns Gouverneur Alfred Meyer-Waldeck, flankiert von seinem Stab, willkommen. Die Offiziere salutierten, als ob sie es nicht mehr so genau nahmen. Sie starrten uns ganz unbeteiligt an, und ich dachte, so blicken Männer, die ihr Ende sehen. Der Gouverneur, hochgewachsen und grauhaarig, hielt sich in seiner Uniform tadellos aufrecht. Er sprach von Landesverteidigung, von Opferwille und Ehre, würzte seine Rede mit Hinweisen auf Gott und bezeugte absolute Loyalität zum Kaiser und Vaterlandsliebe. Der genaue Wortlaut ist mir entfallen, aber sinngemäß lief es darauf hinaus, dass die deutschen Verteidiger, von denen ein Drittel aus einberufenen und freiwilligen Soldaten aus Asien bestand, der Belastung nicht mehr gewachsen waren. Krass ausgedrückt: Sie fielen wie die Fliegen! Das Wort »überfordert« kam nicht über seine Lippen, es hätte ihm nicht zur Ehre gereicht, da die jungen Soldaten prächtige Arbeit geleistet hatten: Ohne Unterbrechung hatten die Japaner die Befestigungswerke gestürmt und waren ebenso konstant zurückgejagt worden. Aber nach jedem Rückschlag brandete die feindliche Angriffswelle höher. Und jetzt deuteten alle Vorzeichen darauf hin, dass ihre nächsten Versuche sehr wohl das Ende der Verteidiger bedeuten mochte. Dem Gouverneur war bewusst, dass er von uns Unmögliches verlangte. Eine Kompanie war vernichtet, zwei waren führerlos. Das Schicksal von Tsingtau hing von den Plänen des Feindes für die Nacht ab, von ihrem Sieg oder ihrer Niederlage und von den Gefahren der nächsten Stunden. In dieser Notlage konnte er nichts anderes tun, als uns im Militärjargon Mut zuzusprechen. Folglich sagte er das, was die Situation verlangte. Nämlich, dass wir dieses kleine Stück Heimat im Fernen Osten mit unserem Blute und unserem Leben zu verteidigen hätten. Obwohl seine Stimme merklich dabei zitterte, wirkte er eher wie ein besorgter Vater, der seine Söhne ermahnt, gute Schüler zu sein. Der Gouverneur war ein redlicher Mann, gewissenhaft und vertrauenswürdig. Man sah das. Aber hätte er unserer Kompanie ihr Todesurteil vorgelesen, wäre es im Endeffekt auf das Gleiche hinausgelaufen.

Jene von uns, die das begriffen hatten, wechselten die Gesichtsfarbe, aber die meisten hielten sich gut. Soldaten sind wie das auswechselbare Räderwerk einer Maschine. Klemmt ein Teil, kann das nächste denselben Dienst erfüllen. Unser Hauptmann führte also hurtig aus, was ihm an Befehlen durchgegeben wurde. Man gab uns kaum Zeit, die Kaserne zu belegen. Zu einem Exerzierdienst kam es auch nicht mehr. Jede Minute zählte. Und so stapften wir dem Endziel entgegen mit Gewehren und Bajonetten, mit schweren Tornistern und Gamaschen, die uns das Blut in den Waden abschnürten. Und mit der Todesangst, die wie eine Krake unsere schwitzenden Nacken umklammerte.

Die Deutschen kämpften seit Tagen in einem offenen, schlecht zu verteidigenden Küstenstreifen. Dahinter war ein Geröllhang und weiter oben der bereits schwer beschädigte Befestigungswall. Man brauchte kein Hellseher zu sein, um festzustellen, dass sie am Ende ihrer Kräfte waren. Und jetzt kamen wir, frisches Blut für einen verlorenen Kampf.

Kein Mann wird bei der Aussicht in Entzücken geraten, sein Gehirn von einem Geschoss zu Brei verarbeitet zu sehen. Die Kameraden, die noch an einen Herrgott glaubten, sprachen jetzt sehr ernstlich zu ihm.

Unsere frisch gebackenen Feinde, die Engländer, die ja den Japanern hier zu Hilfe kamen, glaubten wir zu kennen. Beherzte Leute, die Härte und Widrigkeiten vorbildlich ertrugen und viel auf äußere Haltung gaben. Sie waren faire Kämpfer. Nicht unbedingt aus Menschenfreundlichkeit, sondern aus Überheblichkeit. Sie waren auch tückische Verschwörer. Ihre Komplotte waren langfristig geplant und schwer zu durchschauen, wobei sie ohne Seelenzustände die eigenen Landsleute opferten. Die hernach paradoxerweise posthum und mit viel Pathos geehrt wurden. Aber das wusste man ja. Darüber hinaus waren sie uns – als Europäer – vertraut. Im Großen und Ganzen also salonfähige Feinde. Aber Großbritannien hatte die Halbinsel Kiautschou und den Stützpunkt Tsingtau den Japanern überlassen. Und was wussten wir von den Japanern? Unzureichendes. Japan war ein armes Land, aber die Japaner waren ein blitzgescheiter, arbeitsamer und nüchterner Menschenschlag. Man sagte, dass alle lesen konnten, ja, sogar die Bauern. Jedes Kaff hatte seine Schule.

Ferner wusste man, dass die Japaner einen Kaiser hatten, den sie »Tenno« nannten und als göttlich verehrten. Letzteres kam uns zwar eine gute Portion übertrieben, aber nicht unbedingt fremdartig vor. »Des Kaisers Hand hält den Ehrenschild blank ob der Fahne …«

Wir wussten, dass sich die Missionare im siebzehnten Jahrhundert die Zähne an ihnen ausgebissen hatten. Dass gegenwärtig die japanische Waffenindustrie beachtenswert war, dass sie ihr Kriegsgeschwader nach dem Muster der Royal Navy entwickelt hatten. Sie verfügten über Zerstörerdivisionen, über Kreuzer, Panzerschiffe, Torpedoboote, Belagerungsartillerie, Streuminen. Und obwohl man zu dieser Zeit der japanischen Armee kein Verständnis für das internationale Kriegshandwerk zutraute, hatten sie bereits zweimal das ganze Paket gegen Russland eingesetzt. Sie hatten 1904 die von den Russen verwaltete Hafenstadt Port Arthur – das heutige Lüshunkou – belagert und ein Jahr später eingenommen. Hier hatte der Krieg Tausende von Menschenleben gefordert. Nicht genug: Ein Jahr später hatten die Japaner die russische Flotte auf den Meeresgrund befördert. Stets waren britische Beobachter an Bord der japanischen Schiffe gewesen. Wir wussten von dem Zusatzabkommen zwischen Großbritannien und Japan, laut dem ein japanisches Geschwader die englischen Truppentransporte im Mittelmeer zu schützen hatte. Achtzehn japanische Kreuzer und Fregatten hatten den Indischen Ozean überquert und durch den

Kanal von Suez das Mittelmeer erreicht. Ihre Aufgabe war, die Schiffe der Royal Navy von Alexandria nach Marseille zu decken. Mithilfe der Japaner konnten die Alliierten ihre Machtstellung im Mittelmeer halten und die türkisch-österreichische Flotte einkreisen. Die deutschen U-Boote wurden von den Japanern auf Distanz gehalten. Das Verdrehte an der Geschichte war, dass die Schulung der japanischen Armee und ihre Militärverwaltung der preußischen nachgebildet waren. Demzufolge hatten die Engländer den Japanern geholfen, ihre Marine zu entwickeln, und die Deutschen ihre Bodenkräfte.

Wie es jetzt aussah, hatten sie ihre Lektion gut gelernt.

Und was noch? Wir hatten gehört, dass die Japaner eine eigentümliche Lebensanschauung hatten und eine Todesanschauung, die zuweilen höchst radikal daherkam. Dass sie ihre Kunstwerke als vollendet ansahen, wenn sie unvollendet waren. Sie galten ferner als brutale Kämpfer, als pedantische und überkorrekte Formenreiter und als sentimentale Lyriker, die die Natur verehrten und sich dem Weltschmerz hingaben.

Und ich stellte mir gelegentlich die Frage, ob uns die Japaner so unberechenbar vorkamen, weil sie uns zu sehr ähnelten.

20. KAPITEL

IM AUGE DES ZYKLONS

Sich erinnern kann eine fiese Sache sein. Als ob Erinnern etwas Gefährliches sei, das man zur Strafe noch einmal durchmacht. Erlebt das Empfinden eine solche Steigerung, befällt uns Erschrecken. Das mag der Grund sein, warum uns alles Vergangene so widersprüchlich erscheint. Denn warum soll das Gute nicht das sein, was wir entscheiden? Ja, warum denn eigentlich nicht? Zwangsläufig ist die Methode apodiktisch in dem Sinne, dass wir alles – auch die kritischen Augenblicke unseres Lebens – nur durch die eigene Brille sehen. Objektivität ist ein allzu unversöhnlicher Zeuge.

Der beste Weg – oder Ausweg –, um möglichst ungeschoren durch das Chaos hindurchzukommen, wäre eine saubere Chronologie. Aber die funktioniert bei mir nicht. Meine Gedanken gleichen einem Zug, der sich rückwärts zu bewegen scheint, sobald ein anderer auf dem Nebengleis davonfährt.

Was heißen soll, dass bei mir nicht mehr viel in Ordnung ist.

Wohlverstanden, ich versuche nicht, mich zu rechtfertigen. Und auch nicht, mich zu einem besseren Menschen zu stilisieren. In Wirklichkeit war ich es nämlich nicht. Noch viel weniger kann ich behaupten, dass ich es im Leben zu »etwas« gebracht habe. Was ich erreicht habe, ist lediglich ethischer Natur. Meine neurotischen Eltern hatten mit mir eine Art Shakespear'schen Caliban erzeugt, körperlich stark, aber seelisch ein Wrack. In Japan habe ich es endlich geschafft, ein Mensch zu werden und vielleicht sogar ein netter Mensch. Sartre, der zeitlebens auf einem Bistrotisch geschrieben hat, produzierte einen Gedanken, der auch auf mich zutraf: »Das Wesentliche ist nicht das, was man aus einem Menschen gemacht hat, sondern, was er aus dem macht, was man aus ihm gemacht hat.«

In Japan hatte ich begonnen, etwas aus mir zu machen.

Jede kaiserliche Regierungszeit erfährt in Japan eine besondere Benennung. Als Kronprinz Yoshihito den Chrysanthemen-Thron bestieg, wurde die sogenannte »Taisho-Ära« – die Ära des »gerechten Fortschritts« – ausgerufen. Von diesem »Zeitalter der Aufklärung«, das 1912 begann, konnte ich fünf herrliche Jahre miterleben. Nach Kriegsende hatte ich zunächst in Toyohisas Heimatstadt Aizu-Wakamatsu gewohnt, weil er dort Bürgermeister war. Ich freundete mich mit den dortigen Gepflogenheiten an und machte mein miserables Japanisch salonfähig. Danach ging ich nach Tokio und suchte mir eine Stelle.

Ich war beileibe nicht der einzige Deutsche, der nach dem Debakel von Tsingtau der Heimat den Rücken gekehrt hatte. Eine ganze Anzahl ehemaliger Kriegsgefangener hatte in Japan Fuß gefasst. Europa lag in Trümmern, Japan war im Aufschwung. Das Know-how der Deutschen war gefragt, man empfing sie mit offenen Armen. Die 1889 erneuerte Verfassung war ja unter Mithilfe deutscher Juristen entstanden und stark am Vorbild Preußens orientiert. Alles Deutsche galt als zuverlässig. Leute wie der Konditor Karl Juchheim oder der Metzgermeister August Lohmeyer gründeten beständige Unternehmen. Lohmeyer sollte ich einige Jahre nach dem Zweiten Weltkrieg kennenlernen. Die Japaner schwärmten für Wurst, Schinken und Brot, für Brezen und Baumkuchen. Die deutschen Restaurants hießen »Rheingold« oder »Lorelei«. Die Japaner übten begeistert die Aussprache. Für sie waren alle neuen Kulturelemente willkommen. Sie wählten diejenigen aus, die ihnen nützlich schienen, und integrierten sie. Das änderte sich auch nicht nach der Einsetzung der Militärregierung, als das Land sich abschottete. Da waren diese Firmen bereits etabliert. Ganz abgesehen davon, dass urdeutsche Schinken und Bratwürste auch den Ultranationalisten schmeckten. Mit einem Schluck Bier noch besser. Und wären sie der Sprache mächtig gewesen, hätten sie lautstark »Trink, trink, Brüderlein trink« geschmettert. Das Wort »Fräulein« kannten sie bereits.

Die Japan-Deutschen waren solide, rational denkende Geschäftsleute. Ich war ein Trümmerstück. Da waren zwei Zimmer in meinem Kopf und zwischen beiden eine Tür. Ein Zimmer, das ich bewohnte, und das andere, das ich nie, unter keinen Umständen betreten wollte. »Eines Tages wirst du es können«, hatte Toyohisa gesagt.

Das ging natürlich nicht von heute auf morgen.

Ich fand eine Stelle als Deutschlehrer in einer Privatschule, in der Knaben und Mädchen gemeinsam unterrichtet wurden. Ich mochte die Vorstellung, jeden Morgen unterrichten zu können. Ich war ein guter Lehrer.

In diesem labilen Zustand erlebte ich die Metamorphose einer Stadt, die sich quasi über Nacht wie eine Blume öffnete, überstürzt, mit prallen, üppigen Farben. Der Vorgang war atemberaubend, mit einer unwiderstehlichen Lebensfreude, ein einziger Aufstand gegen die veralteten Strukturen der Gesellschaft. Und es konnte keinen besseren Zeitpunkt geben: Der Tenno lebte zurückgezogen in seinem Palast über den Wolken, wobei ein paar Nebelschwaden auch seinen Geist durchzogen. Er war nicht immer vorzeigbar, hatte er doch unlängst bei der jährlichen Eröffnungsfeier des Parlaments die Urkunde mit seiner Festrede akribisch zusammengerollt und wie ein Feldstecher vor die Augen gehalten. Inzucht, was sonst. Ich konnte ein Lied davon singen. Ansonsten war er den schönen Künsten zugeneigt, schrieb hübsche Gedichte und kümmerte sich wenig um die Angelegenheiten seiner devoten Untertanen. Was Vorteile mit sich brachte. Denn zu Zeiten seiner Regierung wurden alle Inhalte und Strukturen der Verwaltung, des Rechts- und Bildungswesens fröhlich über den Haufen geworfen. Wissenschaft, Medizin und intellektuelle Kultur öffneten sich gierig dem Ausland. Die alte Hauptstadt mit ihren Holzhäusern, engen Gässchen, wuchernden Strom- und Telefonleitungen mauserte sich zur brodelnden Metropole.

Auch heute noch, während ich schreibe, gleiten die Bilder an meinen Augen vorbei. Ich betrachte sie wehmütig, aber auch distanziert, wie einen alten Dokumentarfilm. Auf der Leinwand prallen Alt und Neu aufeinander, mischen und überlagern sich. Ich sehe die Bürger in westlicher Kleidung, die Männer mit Hut, Monokel und Taschenuhr, die Frauen im lockeren Stil der »Golden Twenties«. Straßenbahnen klingeln, die Hufe der Droschkenpferde klappern, Autos hupen, was das Zeug hält. Fahrradfahrer flitzen vorbei wie Fische im Wasser. Rikscha-Boys, denen nie die Puste ausgeht, befördern im mühelosen Trab elegant gekleidete Damen. Bauern schieben Karren, schleppen riesige Ladungen Obst oder Gemüse auf dem Rücken. Ich sehe die aufreizenden Pantomimen fahrender Schauspieler, ihre knallbunten Kostüme aus fernen Jahrhunderten. Ich sehe die schwarz maskierten Puppenspieler, und ich sehe abends die Wahrsager, die vor einer angezündeten Kerze warten. Im dichtesten Verkehr schreiten weiß verhüllte Bettel- und Wandermönche einher wie verirrte Schemen, geruhsam und voll heiliger Würde. Unter Zelten aus flatternden Stoffbahnen verkaufen Händler allerlei Glücksbringer, Süßigkeiten und winzige Goldfische und Schildkröten, die Kinder mit einer Kelle aus den Becken schöpfen. Hier brutzeln Garnelen, dort hängen getrocknete Tintenfische. Ich sehe grell geschminkte Freudenmädchen, grimmig tätowierte Unterweltbosse sowie Lastenträger, die ein Jäckchen bis zum Gesäß tragen, einen Lendenschurz wie eine Babywindel, dazu Strohsandalen und sonst nichts. Es war eine Welt, die mir nicht fremd, sondern merkwürdig vertraut vorkam. Vielleicht war es Schicksal, dass ich dort gelandet war.

Ich betrachte diese inneren Bilder ohne Trauer und ohne den Harm der Jahre, weil sie Legende sind. Und ich fasse die Bilder in geschriebene Worte, die sich so einfach und natürlich unter meinem Pinsel bilden, als diktierten sie das Auf und Ab meines eigenen Atems. Und ich sehe das Tokio von einst, hemmungslos und exzentrisch, mit seinem gewaltigen Lärmpegel. Überall wurde gehämmert, überall standen Gerüste, auf denen Zimmerleute in halsbrecherische Höhen wie Akrobaten turnten. Das Netz der S-Bahn wurde bis in die Vororte ausgebaut. Werften und Schwerindustrie wurden vom Staat subventioniert. Architekten aus Wien und Prag hatten neue bauliche Maßstäbe gesetzt: Jugendstil, Sezessionsstil, Neoklassizismus. Sie hatten den Shinbashi-Bahnhof errichtet, die Hauptpost, das »Hotel Imperial«. Deutsche Ärzte und Wissenschaftler waren als Berater gekommen, ihre japanischen Kollegen reisten nach Berlin. Und alles Kulturelle explodierte wie ein Feuerwerk: Kunstausstellungen, Theateraufführungen, anarchistische Aktionen, Expressionismus, Dadaismus, absolut alles war erlaubt, wenn es sich nur gegen das Konservative richtete. Tokio hatte bereits sein philharmonisches Orchester, dem ich – aus unnennbaren Gründen – fernblieb. Das kaiserliche Theater hatte ein Corps de ballet unter russischer Leitung. Und die tänzerischen Ekstasen eines Harald Kreutzberg, einer Mary Wigman entsprachen den Ekstasen eines uralten japanischen Topos, der derb, sinnlich und zügellos war. Sie schufen für alle Dinge eine magische Gleichzeitigkeit. Ein Zauberspruch für die Reise ins Weite.

Die Japanerinnen waren für mich ein Rätsel. Trugen sie westliche Kleider und modische Hüte, gingen sie mit schnellen Schritten, wiegten sich elegant in den Hüften. Sie hatten gelernt, auf hohen Absätzen zu gehen. Sexy wie Italienerinnen. Leider hatten sie oft krumme Beine, weil sie seit Generationen auf Tatami-Matten knieten. Kimonos standen ihnen besser. Aber viele waren auffallend schön: eine Haut wie Seide, lang bewimperte Augen, glänzendes, mit Kamelienöl gepflegtes Haar. Und von morgens bis abends wie aus dem Ei gepellt, mit einem Hang zum Perfektionismus. Bei dreißig Grad Hitze hätte jede deutsche Frau Armblätter getragen. Aber die Japanerinnen hatten nie Ränder unter den Achselhöhlen. Sie rochen auch nicht nach Schweiß, sie rochen nach sauberer Haut.

Sie hatten diese Mischung aus Eleganz und Verruchtheit, die bei jedem Mann die Hormone in die Höhe treibt. Und sie waren durchaus keine ätherischen Wesen, sondern praktische Frauen mit scharfem Verstand und kraftvollem Humor. Dabei haperte es auch in Japan mit der Gleichberechtigung. Suffragetten protestierten, forderten lautstark und mit Spruchbändern ihre Rechte. Wie oft war ich staunender Zeuge gewesen, wie Frauen ihren Begleitern den Vortritt ließen, ihnen aus dem Mantel halfen, ihre Gläser füllten und Feuer gaben. Europäerinnen hätten sofort Zoff gemacht. Für die Japanerinnen schien das völlig normal. Es sah ja auch ausgesprochen charmant aus, und welcher Mann ließ sich nicht gerne verwöhnen? Aber etwas war daran ganz verkehrt. Ich kam lange nicht dahinter, was es war. Bis ich nach genauer Beobachtung dem weiblichen Doppelspiel auf die Schliche kam. In den Augen dieser bezaubernden Damen sah ich keine Spur von Demut, nur amüsierte Herablassung. So blickt eine Mutter auf ihr ungezogenes Kind, dessen Launen sie nachsichtig toleriert. Um es genau zu sagen: Sie entmündigten den Mann, indem sie ihm dienten. Und gleichzeitig – noch verwirrender – trugen ihre Gesten den Stempel des Segens. Sie füllten den Reiswein in die Becher, sie spendeten die Glut, und jede Handlung umgab das Flackern einer mystischen Aura. Und das ganze männliche Imponiergehabe, die recht derbe Abwertung der Frau in der Sprache waren lediglich Ausdruck einer atavistischen Unsicherheit. Das gesamte herrische Getue war Pustekuchen und verbarg nichts als ängstliche Ehrerbietung.

Die Damen präsentierten ihre Herren wie gut genährte, perfekt gestriegelte Zuchthengste und hielten lächelnd die Longe straff.

Ich war einigermaßen eingeschüchtert. Diese Frauen kamen mir geradezu erschreckend arglistig vor. Zu Hause knieten sie elegant hinter ihren Göttergatten, fütterten sie, machten ihnen das Bad auf Kommando bereit, massierten ihnen den Rücken – und nicht nur den Rücken. Und ansonsten taten sie, was sie wollten. Sie kamen und gingen, wie es ihnen passte, verwalteten das Einkommen ihrer ... na ja, Deckhengste, gaben es nach Belieben für den Haushalt oder für sich selbst aus. Wenn sie gut wirtschafteten, blieb ja allerhand übrig.

Der Göttergatte bekam nur Taschengeld.

Ein Grund mochte sein, dass Liebesheiraten damals noch selten waren und nicht in dem allerbesten Ruf standen. Die Heirat wurde als Verbindung zweier Familien angesehen. Die jungen Leute hatten wenig zu melden. Bestenfalls arrangierte der »Nakodo«- der Heiratsvermittler – eine Begegnung. Jedenfalls hatte es viele Generationen unglücklich gemacht und dem Kabuki-Theater tränenreiche Dramen beschert. Die Japaner heulen viel und gerne. Heutzutage heulen sogar die Politiker im Fernsehen.

Eine harmonische Ehe war also Glückssache. Scheidungen waren nicht »comme il faut«, aber auch nicht verpönt. Im Allgemeinen ertrug man stoisch die häusliche Misere und schaute sich diskret nach Kompensation um.

Das war die Retourkutsche.

»Honne« und »Tatemae«, sagen die Japaner. »Äußerlicher Schein und wahre Absicht«. Ich bekam das zu spüren, bis ich es kapiert hatte. Und weil ich nur ein Mann bin, ließ ich mich gerne füttern, streicheln, einseifen und dort massieren, wo es mir am besten gefiel. Ich drehte vergnügt auf dem sexuellen Hippodrom meine Runden, überspringe hier aber – die Analogie gestatte ich mir – all die Frauen, mit denen ich, wie man im alten Japan sagte, »das Kopfkissen« geteilt hatte. Und als ich Yae kennenlernte, natürlich, da verzichtete ich ein für alle Mal auf fremde Dampfbäder und auf fremde Betten.

Diese Zeit ist vergangen, außer ein paar Erinnerungen ist mir nicht viel geblieben. Nur wohltemperierte Wehmut. Denn jede Zeit braucht ihr Ende.

Leb wohl also, du Zeit des schönen Scheins, der Feste und der sinnlichen Reize, Trugbilder einer launischen Fortuna, die mit einer Hand alles schenkt, mit der anderen alles nimmt.

Das neue Zeitalter – das Zeitalter der Zerstörung – hat uns nur ein paar Momente zum Träumen gelassen. Und als wir erwachten, war es schon spät. Die Zukunft hatte uns eingeholt, die Zukunft aus Feuer und Rauch, die Zukunft der Mörder und der toten Illusionen.

Meine eigene Stimme fragt: »Bist du ein Geist?«

»Ich habe mein Gesicht als kleiner Junge gesehen. Mein Gesicht im Spiegel. Ja, ich bin ein Geist. Genau das bin ich.«

»Und der Hirschkäfer, damals in Eichenhof?«

»De facto war er ja gar kein Käfer.«

21. KAPITEL

DIE TOTEN, DIE SCHON DA SIND

Im September 1921 erlebten wir eine außergewöhnliche Hitze. Diese Hitze machte alle, Menschen wie Tiere, verrückt. Der Asphalt schmolz, der Verkehr war lahmgelegt, in der Nacht jaulten sämtliche Hunde. Und zum Mittag des 1. September erschütterte jenes Erdbeben die Stadt, das als großes Erdbeben von Kanto in die Geschichte eingehen sollte. Außer den Gebäuden im Zentrum bestanden viele Stadtteile von Tokio noch aus Holzhäusern. Um diese Tageszeit waren die Familien mit der Zubereitung des Essens beschäftigt. Nicht überall waren Gasleitungen gelegt, in traditionellen Häusern wurde noch mit Holzkohle gekocht. Und bald brannten ganze Straßenzüge. Die Gasbehälter am Hafen explodierten. Die Erde brannte, der Himmel brannte. Glühende Sturzbäche verschlangen ganze Quartiere. Tokio versank in einem Flammenmeer.

Es war das Ende einer Welt. Unserer Welt.

Später wurde bekannt, dass das Erdbeben allein in der Hauptstadt vierhunderttausend Tote gefordert hatte.

Als die Erde sich beruhigte, als die Brände gelöscht und die Totendienste vollzogen waren, schleppten die Bewohner die Trümmer beiseite, bauten ihre Stadt wieder auf. Und das Leben ging weiter. Doch zu viel Leid war geschehen, es würde niemals mehr wie früher sein.

Die Leinwand verdunkelt sich. Stroboskopische Streifen zucken wild und verlaufen parallel. Lichtblitze sind nichts für Epileptiker. Ich drehe die Augen weg. Was hinter meiner Netzhaut flackert, ist nur ein Phantom von Licht. Der Film ist abgespult. Es wird Zeit, aus dem Kino zu gehen.

Und wieder überspringen meine Gedanken die Zeit, schlittern von einem Weltkrieg gleich in den nächsten. Zwei Weltkriege, das ist mehr als genug. Der dritte wird auch bald stattfinden, zum Glück ohne mich. Onkel Günther kann sich den Mund fusselig reden. Ich habe Weltkriege satt. Ich habe überhaupt jeden Krieg satt.

Selbst schuld, wenn ich an nichts anderes denken kann.

Eigentlich sollte man gründlicher erforschen, warum die Menschen so oft gegen ihre eigenen Interessen wüten. Wer oder was steckt dahinter? Der Homo sapiens scheint mir kaum besser als der Homo erectus. Nur wenn man diesem Impuls auf den Grund ginge, könnte man den Sapiens vielleicht vor seinem Untergang retten. Ob sich das auf lange Sicht lohnen würde, ist eine andere Frage.

Kaum waren die Spuren des Erdbebens beseitigt, als wir bereits das Brummen moderner Kampfflugzeuge hörten, die so niedrig flogen, dass alle sie sehen konnten. Wir hörten die Marschmusik aus allen Lautsprechern, die Hetzreden, die Drohungen. Wir hörten die Geräusche der Werkzeuge, die sich in Motoren und Kolben und Zahnräder hineinfraßen: die Industrie eines kommenden Krieges. Wir hörten das alles, aber wir glaubten, es gälte nicht uns.

In Tat und Wahrheit lag zwischen dem Ersten und dem Zweiten Weltkrieg ein Vierteljahrhundert. Der Taisho-Tenno starb 1926. Nachfolger wurde sein Sohn Hirohito, der – im Gegensatz zu seinem Vater – offenbar alle Tassen im Schrank hatte. Ein schüchterner, kurzsichtiger junger Mann, der unter der Obhut altgedienter Haudegen erzogen wurde. Wir können nicht annehmen, dass er viel Spaß dabei hatte. Er war sehr minutiös und wissbegierig und wäre am liebsten Meeresbiologe geworden. Man kann es wohl als bittere Ironie empfinden, dass seine Regierungszeit unter dem Leitgedanken »Showa« – »Wohlwollender Friede« begann. Die Geschichte erlaubt sich bisweilen geschmacklose Späße.

Anfang der Dreißigerjahre war Japans wirtschaftliche Lage verheerend. Irgendetwas musste geschehen, und was geschah, war das denkbar Schlechteste. Die japanischen Nationalisten nutzten das Machtvakuum im degenerierten »Reich der Mitte«, um sich die rohstoffreiche Mandschurei im Norden Chinas einzuverleiben. Ein Kolonialkrieg, wie er klassischer nicht sein konnte.

Blicken wir in die Vergangenheit zurück, kann es sein, dass wir sie wie eine Rutschbahn erleben. Wir klammern uns an irgendwelche schlüpfrigen Steine, verlieren den Halt und stürzen hilflos zappelnd in den Abgrund, wo uns der grinsende Tod direkt ins Gesicht blickt.

Angesichts des Krieges erstarrt das Leben. Auf einmal bleibt der Mensch stehen, drosselt die eigene Entwicklung. Jeder vertraute Anhaltspunkt geht verloren. Es ist kein Rhythmus mehr, nur Chaos. In der aufblühenden japanischen Freiheit war ein krankes Element, das sie zerstörte. Die Kriegslust ist ein tödlicher Virus, eine Naturkatastrophe, schlimmer als ein Erdbeben, weil wir es sind, die sie provozieren. Auf einmal wurde Japan von Leuten regiert, die vernünftiges Denken gering achteten, mit ihrer Stärke prahlten und die fantastische Vorstellung aufrechterhielten, dass es Japans Bestimmung war, ganz Asien zu Freiheit und größerem Selbstbewusstsein zu führen. Gefährlich aufgeplusterte Leute, arrogant bis in die Knochen, mit einem fatalen Hang zur Paranoia. Eine weitverbreitete Spezies übrigens, die viel Unheil anrichtet, wenn sie nach den Kommandohebeln grapscht. Eine irrationale, ja transzendentale Denkweise legitimiert ihre Rechthaberei. Da ist nichts zu machen, das kann nie gut gehen. Und so kam es, dass die Mühlen der nationalistischen Kontrolle die fröhliche Avantgarde zermalmten. Die Herrschaft der Militärtheoretiker und Ideologen zeichnete sich durch Starrheit und Intoleranz aus, namentlich der sozialistischen Bewegung gegenüber, die im Keim erstickt wurde. Und so verwandelte sich Japan in einen Militärstaat, und die Armee selbst war ein Staat im Staate. Flammende Reden, schwingende Fahnen und jubelnde Menschen vermittelten mir ein gallebitteres Déjà-vu. Appelliert man an die schnöde vernachlässigte Moral, weckt man die großen, scheinheiligen Tugenden, schrillen sämtliche Alarmglocken, und die Uhrzeiger bewegen sich auf Mitternacht zu, Zeit der Apokalypse.

»Vor den anderen bewahre dein Lächeln
Vor dir selbst bewahre die Strenge
Bleib furchtlos im Unglück
Im Alltag fröhlich.«

So sangen die Schulkinder, damals in Japan. Sie standen stramm, die begeisterten Gesichter erhoben. Und erzeugten mir Brechreiz. Dergleichen hatte ich schon früher gehört. Und jedermann weiß, wie das endet.

Man wollte also Krieg. Und nicht einen x-beliebigen Krieg. Ein ganz großartiger sollte es sein. Ein Megakrieg. Und wenn ein solches Vorhaben in pathologischen Hirnen reift, wartet man auf einen Vorwand, damit es endlich losgehen kann. Den Vorwand lieferten die Amerikaner, die bisher Japan durch die Brille der Ignoranz und Überheblichkeit betrachtet hatten. Und jetzt gefiel den Amis überhaupt nicht, was sich da im Inselreich tat. Denn auch sie hatten China und seine gigantischen Steinkohle- und Mineralienablagerungen im Visier. Folglich griffen sie zu ihrer bewährten Methode: Hey, Japsen! Wir sind auch noch da. Bleibt gefälligst hinter dem Zaun, und Hände weg von unserem Hornvieh, sonst ziehen wir den Colt!

Sie kündigten den japanisch-amerikanischen Schifffahrts- und Handelsvertrag und wiesen Japan mit einem gewaltigen Ölembargo in seine Schranken. Und warteten auf die Dinge, die da kommen würden.

Das hochmütige Japan sah sich in seiner wirtschaftlichen Existenz bedroht und ließ sich das nicht bieten. Wann und wo es losgehen sollte, hatten die Generäle ohne ihren Herrscher beschlossen. Aber es war Hirohito, der akkurate Meeresbiologe, der seine Zustimmung geben musste. Ob er sie gab oder nicht, ist bis heute umstritten. Jedenfalls war der Überfall auf Pearl Harbour ohne Kriegserklärung eine katastrophale Fehleinschätzung des amerikanischen Potenzials und der damaligen Weltlage. Und eine verheerende Flucht nach vorn. Ein rationales Denken hätte das einsehen müssen. Aber der Entschluss wurzelte in dem insularen Hang, alles auszuprobieren, um zu sehen, ob es funktionierte. Auch ein Angriff auf amerikanische Flugzeugträger, der über tausend Menschenleben forderte.

Für die Amis hatte sich das Warten gelohnt. Sie stimmten das Hohelied des Patriotismus an und schlugen zurück.

Dann ging es los. Die politischen Allianzen drehten sich wie Wetterfähnchen. Einst waren Engländer und Japaner Verbündete, Holländer und Japaner mochten sich auch. Jetzt hassten sie sich alle übereifrig, und bald war Krieg in ganz Asien. Ich hatte das alles schon einmal miterlebt und sah ziemlich konsterniert zu. Und das japanische Volk? Tja, das Volk machte mit, wie das Volk überall mitmacht. Dazu kam, dass die Japaner seit vielen Jahrhunderten darin geübt waren, sich klaglos einer inneren Schulung zu unterwerfen. Und so wurde die Genfer Konvention zum Fremdwort, und die indoktrinierte japanische Härte führte millionenfach in den Tod. Man tötete unaufhörlich und auf sadistische Weise, bis es ein Morden ohne Gesicht wurde, das das ganze japanische Volk dem Untergang nahe brachte und den reinen Sonnenspiegel für lange Zeit trübte. Und wie es in den Internierungslagern zuging, kann man noch heute im Kino sehen.

Kurzum, der »Showa-Tenno« kapitulierte, weil er dazu gezwungen wurde, und verlor – als Nebeneffekt – seine Göttlichkeit. Er konnte auch ohne leben. Und hatte endlich Zeit, die Bewegungen der Amöben im Reagenzglas zu studieren.

Was übrig blieb, war das, was nach jedem Krieg übrig bleibt: die Gräber und die Trümmerfelder des menschlichen Wahnsinns.

In diesen düsteren Zeiten wurden Ausländer streng überwacht, war doch jeder ein mutmaßlicher Spion. Ich unterrichtete meine Klasse gewissenhaft und korrekt und machte mich ansonsten so unsichtbar wie möglich. Profil bas nennen es die Franzosen. Höchst ineffektiv: Ich wurde festgenommen und unsanft verhört, weil man mich für jemand anderen hielt, nämlich für ein schlechtes Duplikat von Richard Sorge, dessen Ruf als Spion der Nachwelt erhalten bleiben sollte. Es nützte nichts, meine Unschuld in vehementer Rhetorik zu beteuern: Genauso wie im Dritten Reich gab es im nationalistischen Japan kein Wenn und Aber. Auch ich war ein Spion und sollte am Galgen baumeln. Punkt.

Das Problem war, dass ich Richard Sorge tatsächlich gekannt hatte. Wir hatten uns in der Bierhalle »Lion« an der Ginza kennengelernt. Das Lokal, erst 1934 eröffnet, war eine Wonne für die Augen. Die Decke aus glänzend poliertem Holz war hoch geschwungen im Jugendstil. Der Blick konnte ungehindert die gesamte Dimension des Raumes erfassen. Man saß an langen Tischen unter Kronleuchtern. Die Wonne für den Gaumen war das Bier. Hier trafen sich alle Ausländer, die es noch in Tokio aushielten. Natürlich wusste ich nicht, wer Sorge war – keiner wusste es ja damals. Er trug das Nazikreuz am Revers, war Korrespondent der *Frankfurter Zeitung* und seit Kurzem Presseattaché der deutschen Botschaft in Tokio. Als Korrespondent hatte Sorge ein paar Jahre in Shanghai verbracht. Wir tauschten Erinnerungen, und ich erzählte von meiner schon weit zurückliegenden Gefangenschaft in Japan nach dem Ersten Weltkrieg. Über den jetzigen Konflikt unterhielten wir uns nur vorsichtig. In diesen unruhigen Zeiten wusste man eigentlich nie, mit wem man es zu tun hatte. Die Stellung der Sowjetunion wurde, soviel ich mich entsinne, von Sorge nur am Rande erwähnt. Dafür unterhielten wir uns gerne über die Frauen, und da fehlte es uns nie an Gesprächsstoff. Richard Sorge hatte eine Affäre mit einer Serviererin, einem wirklich entzückenden Ding. Ich konnte ihn nur zu seinem guten Fang beglückwünschen. Er selbst war ein attraktiver Mann, mit einem markanten Gesicht, der recht amüsante Sprüche brachte. Trotzdem war er mir nie ganz geheuer. Sein Blick war zu scharf, zu wachsam. Wie ein schwarzer Panther kam er mir vor, ein lautloser und gefährlicher Schleicher. Er war ständig auf der Hut, hatte er doch längst bemerkt, dass ihn die Geheimpolizei im Auge hatte. Was er vermutlich nicht wusste, war, dass ihn die hübsche Serviererin verpfiffen hatte. Cherchez la femme! Jedenfalls wurde er verhaftet, von einem japanischen Kriegsgericht zu Tode verurteilt und gehängt.

Ich stand vor dem gleichen Schicksal, als Toyohisa mir den Kopf aus der Schlinge zog. Er verbürgte sich dafür, dass ich unschuldig wie ein neugeborenes Lamm war. Wobei er sich um Haaresbreite selbst in die Nesseln setzte.

Ich kam trotzdem in den Knast. Man wollte kein Risiko eingehen. Ich schlief fünf Monate lang auf Brettern, und meine alten Schmerzen in der Schulter kehrten zurück. Richard Sorge wurde zum Helden der Sowjetunion gemacht und erhielt posthum den Leninorden. Ich hatte meine Haut gerettet und war zufrieden.

Die Bierhalle blieb übrigens unzerstört und wurde nach dem Krieg von den amerikanischen Besatzungstruppen beschlagnahmt. Fortan durften nur die Amis sich unter den intakt gebliebenen Kronleuchtern den Bierschaum von den Lippen lecken. Was übrigens kein Zufall war, hatten sie ja auch das Eisenbahnnetz, die strategisch wichtigen Brücken und sämtliche Luxushotels verschont. Zwecks späteren Eigenbedarfs.

Nein, ich weinte nicht um mich selbst. Um mich gab es nichts mehr zu weinen. Ich weinte um das wunderbare japanische Volk, das duldsam und pflichtbewusst seinem Tod entgegenging. Sie hatten Hunger und wagten nicht zu essen. Das Essen gaben sie den Soldaten. Sie waren krank und wagten nicht, den Arzt aufzusuchen. Die Soldaten hatten Vortritt.

Genug, die Besten von ihnen starben. Drei oder vier in jeder Familie starben. Und ich habe die Trauer gesehen, die Geduld und das Mitgefühl, mit der jene, die Bomben und Zerstörungen überlebt hatten, ihr hartes Los trugen, diese himmelschreiende Ungerechtigkeit.

Und später, nachdem die Besiegten klaglos ihre Trümmer beseitigt hatten, sah ich im Zentrum graue Steinkästen aus dem Boden wachsen, ein Durcheinander von Zement und Brettern, während armselige Pappbuden in den Außenbezirken wucherten und notdürftig asphaltierte Straßen sich in Feldern voller Abfall verloren. Die Sirenen der Feuerwehr heulten Tag und Nacht. Es klang wie Fliegeralarm. Die elektrischen Leitungen waren notdürftig befestigt, die niedrigen Holzhäuser brannten lichterloh. Wie galoppierende Erdbeben donnerten die S-Bahnen dahin, die Rauchschwaden der Fabriken verpesteten die Luft. Grelle Kinoplakate, Plastikzeug, Musik, die in voller Lautstärke plärrte, zogen Scharen von jungen Frauen und jungen Männer an, die Kaugummi fletschten und sich amerikanisch gaben. Übergangstypen einer neuen Generation, die nicht ahnten, wie lächerlich sie aussahen …

Und es hat schon einen Sinn zu sagen: In der Zeit, als Japan die düsteren Nachkriegsjahre hinter sich ließ, gierig nach Wohlstand und Vergnügen griff, gingen viele alte Tugenden verloren. Dafür gab es Sicherheit, Freiheit und eine neu erwachende Lebensfreude. Mit einer Prise Dekadenz, die der Sache Würze gibt. In Anbetracht dessen, was geschehen war, meine ich, es war ein fairer Tausch.

Es wäre wohl an der Zeit, den ganzen Ballast hinter mir zu lassen. Aber ich bringe es nicht fertig: germanische Schwermut. Und warum habe ich über den Zweiten Weltkrieg berichtet und nicht, wie ich die Absicht hatte, über den Ersten? Was ist dir wichtig, alter Mann? Wäre es nicht von Vorteil, ohne Chaos im Kopf in die ewige Seligkeit einzugehen? Nebenbei bemerkt: Ist die Ewigkeit wirklich so selig, wie man es uns glaubhaft macht? Kommt es unter Umständen darauf an, wer wir waren und wie wir gelebt haben? Worauf jeder von uns wieder den gleichen Saustall hätte! Pass mal auf, Alexander: Du bist ein Drückeberger, und Yae wird dich verdammen!

Das geht mir jetzt doch an die Nieren. Und zwar im wahrsten Sinne des Wortes. Ich ziehe mich am Tisch hoch und gehe pinkeln. Ich verbringe mehr Zeit damit als früher und kann nachdenken. Als meine Blase endlich leer ist, ist mir klar, dass von mir nicht mehr viel zu erwarten ist. Jemand weiß es besser, und ich werde tun, was mir zu tun übrig bleibt.

22. KAPITEL

DER MEISTER

Die Einbildungskraft zwingt manche Erscheinungen herbei, wir fühlen, dass sie nahe sind, noch bevor wir sie sehen. Ist man tief in Gedanken, bewirkt schon der bloße Anblick eines Gegenstandes das Erwachen komplexer Bilder. Und gibt man sich dem hin, was die Sinne ahnen lassen, erblicken sie es bald mit den Augen. Und folglich ist meine Pythia männlich. Sie sitzt nicht beduselt auf einem Dreifuß, sondern kerzengerade auf der Tatami-Matte. Wieso, um alles in der Welt, ist Toyohisa schon da? Er hat vermutlich mitbekommen, dass ich ihn herbeisehne.

Er sieht aus wie in jenen Tagen, als er bereits die Zeichen des Todes trug. Kurz geschorene Haare, die verdunkelte Haut nach innen gesunken, die Wangenknochen wie kleine Kugeln aus Elfenbein. Schnurrbart trug er schon lange nicht mehr. Der Blick ist nachdenklich, spöttisch und etwas verschwommen. Der hellgraue Yukata mit der straff gebundenen Schärpe liegt in geraden, würdevollen Falten um seine Knie. Und unsere Stimmen sind so schwerelos, wie sie nur im Traum sein können.

»Ja, was ist denn, mein Freund?«

»Ich schleiche um die Wahrheit herum wie die Katze um den heißen Brei. Ich habe den Anfang gemacht und komme nicht weiter. Was mich drangsaliert, ist die Angst, dass ich es nicht mehr schaffen könnte.«

»Diese Angst ist nicht unbegründet, mein Freund. Du siehst nicht gerade gesund aus.«

»Ich bräuchte mehr Zeit!«

»Wozu? Die Zeit ist ein Strömen aus ewiger Vergangenheit her in die ewige Zukunft hin. Hast du diesen Gedanken vor Augen, kannst du das Persönliche als etwas erleben, das in der Zeit eingeschlossen und gleichsam ausgelöscht wird.«

»Du meinst, mein Jammer sei ein Teil des universellen Jammers? Und dass ich endlich damit aufhören sollte?«

»So desu«, sagt Toyohisa. »So ist es. Und deswegen kannst du getrost und ohne Risiko die Sache hinter dich bringen.«

»Moment! Ich sollte also einsehen, dass alles, was mir das Leben schwer gemacht hat, bedeutungslos ist?«

»In Raum und Zeit bedeutungslos, jawohl.«

»Ich finde das deprimierend. Wir haben unser Leben eingesetzt. Völlig ahnungslos, nichts wissend und genau dort, wo die Kugeln am dichtesten flogen!«

»Das ändert nichts am Problem. Ihr hattet einen Eid geschworen.«

»Das kam von unserem dusseligen Glauben. Das deutsche Volk war geradezu unanständig anständig. Wir zogen gehorsam und fröhlich in den Krieg. Für das Vaterland, für den Kaiser! So was funktioniert immer.«

»Glauben ist geistige Versklavung. Fühlen ist geistige Freiheit. Was hast du gefühlt, Alexander?«

»Dass alles Humbug war.«

»Da pflichte ich dir bei. Wir tragen urtümliche Instinkte in uns, die Schlechtesten wie auch die Besten. Denn wir sind in unserer Epoche gefangen.«

»Bloß weg aus dieser Zeit! Und lieber heute als morgen!«

»Wir können nicht aus unserer Haut. Und glauben wir nicht mehr an Gott, lass uns die Stimmen hören, die Freude verkünden.«

»Werden alle Menschen sie hören?«

»Ihre Herzen mögen hart sein, die Stimmen werden sie hören. Und immer echt, und immer neu.«

»Großartig! Aber was wird aus der Rüstungsindustrie, die solide Arbeitsplätze garantiert?«

»Wer will die Dunkelheit preisen? Was sie uns gibt, sollten wir nicht bewahren. Aber Kriege sind Ritual und viele Tausend Jahre alt. In welchem Land und bei welchem Volk war niemals Krieg? Wir kämpfen für den Herrscher, für den Feudalherrn oder für die Religion. Und in jüngster Zeit auch um die Ölfelder. Kennst du ein wirksameres Werkzeug für die Veränderung der Welt, lass es mich wissen.«

»Nein, verdammt, ich kenne keines! Die Welt ist ein gestörtes Biotop. Und was soll ich jetzt machen?«

»Das verschlossene Zimmer betreten.«

»Es mag fast den Anschein haben, als hätte ich es nie versucht.«

»Alexander, ich ehre den wahren Schmerz, der dich bewegt. Und mir scheint, du denkst, du bist am Ende. Warum nur? Deine Freunde stehen nicht als Schatten hinter der Tür.«

»Ich könnte meine Gewissenslast vergessen, wenn sie schon ganz hinter mir läge. Aber sie drückt immer noch auf mir, jetzt, hier, ununterbrochen. Sie bringt mich um den Verstand.«

»Alexander, da gibt es nichts, wofür du dich schämen müsstest. Wie lange soll ich mir noch den Mund fusselig reden? Ein edler Mensch übt Barmherzigkeit.«

»Barmherzigkeit, hast du gesagt? Aber meine Gefühle, damals, die halb gedachten Gedanken? Gut oder böse?«

»Mein Freund, du vereinfachst. Du hattest schon immer diesen albernen Zug. Wir Menschen sind noch lange nicht die Spezies, die wir sein wollen. Die Schöpfung hat Besseres mit uns vor. In tausend Jahren sind wir vielleicht ein Stück weiter.«

»Oder wir sind überhaupt nicht mehr da.«

»Du bist ein Defätist«, sagt Toyohisa. »Die Sache lässt sich nicht übers Knie brechen.«

»Mit anderen Worten, abwarten und Tee trinken, bis sich die Menschheit gebessert hat.«

»Alexander, hör auf zu lamentieren. Wir können nicht über unseren Schatten springen. Tu einen letzten Blick zurück, sieh den Untergrund der Dinge. Und dann verabschiede dich. Und alles wird gut.«

Sein Blick dreht sich seitwärts. Unwillkürlich schaue ich in die gleiche Richtung. Ach so, das meint er also. Ein Mensch, der weniger verbohrt ist, wäre von selbst draufgekommen.

Ich habe oft gedacht, dass Yae unser Heim unbewohnt hinterlassen hat. Das ist nur ein Gefühl und entspricht nicht der Wahrheit. Denn auch heute noch hat unser Haus zwei Altäre. Einen einfachen Shinto-Holzaltar zu Ehren der Sonnengöttin, mit immergrünen Sakaki-Zweigen geschmückt, und einen größeren, üppig vergoldeten und lackschwarzen buddhistischen Altar für die Verehrung der Ahnen. Immer am Todestag der Verstorbenen werden Kerzen angezündet, und Weihrauch kräuselt sich durch das Schnitzwerk des Pappelholzschreins. Denn der Schrein hütet die buddhistischen Schriften, die Fotos der Verstorbenen und die Totentäfelchen mit ihren neuen Namen. Alle Gegenstände eben, die im Leben einer Familie von Bedeutung sind. Die Verstorbenen selbst wurden eingeäschert; die Urne kam auf den Friedhof. Der Schrein hortet lediglich ihren Geist. Denn für ihr neues Leben im Jenseits erhalten die Verstorbenen auch einen neuen Namen. Es ist der Priester, der nach Gesprächen mit den Hinterbliebenen den neuen Namen bestimmt. Bei der Namenswahl richtet er sich nach den Eigenschaften des Verstorbenen, verleiht ihm jedoch eine spirituelle Dimension. Und da diese Namen nur der Familie bekannt sind, gebe ich sie nicht preis.

Toyohisas Totentäfelchen ist 1956 zu uns gekommen und ebenfalls das seiner innig geliebten Tochter Chiyo, die an einer Darminfektion zugrunde ging. Und auch jenes seiner Gattin Uta, der ersten Kalligrafie-Meisterin, die ich gekannt habe. Eine frohsinnige Dame, die mit Pinselstrichen Schriftzeichen auf dem Reispapier schuf, so gewaltig und lebendig, dass sie den Gedanken an eine andere Dimension erweckten, in der das menschliche Denken sich sozusagen selbst überstieg. Jedenfalls habe ich es so empfunden mit dem Unterschied, dass mir bei jeder Betrachtung mein eigenes Denken noch primitiver vorkam, als es ohnehin schon war. Ich verbeugte mich im Geiste vor ihr und fühlte mich erbärmlich. Sie war eine Magierin und ich ein Wurm. Uta starb 1944 unter dem amerikanischen Bombenregen. Und nach ihr Toyohisas Bruder Haruji, der eine Reederei und Zuckerrohrplantagen auf Saipan hatte und alles verlor. Und noch später sein Sohn Tomohisa. Bei seinem Tod wurde Yae Hüterin der Familienschwerter. Und jetzt sind sie in meiner Obhut.

»Alexander, du bist nicht bei der Sache. Woran denkst du?«

»Daran, dass du mir Unterricht im Fechten erteilt hast.«

»Das ist schon lange her. Wie kommst du plötzlich darauf?«

»Weil ich soeben über deine Schwerter nachgedacht habe. Und zu meiner Beschämung muss ich gestehen, dass ich diese Kunst nie richtig erlernt habe.«

»Nein?«

Toyohisa sitzt vollkommen ruhig. Trotzdem habe ich das Gefühl, dass er sich amüsiert. Es ist das Vorrecht der Geister, sich über die Torheiten der Lebenden zu amüsieren.

»Du warst ein guter, schneller Kämpfer. Die Schwertkunst ist nicht allein praktische Übung. Sie ist Erziehung.«

»Ich war ein Holzklotz.«

Ein kleines Lächeln zuckt um seine Mundwinkel.

»Nun ja, das schon. Aber der echte Kämpfer hat gelernt, zu überlegen und zu unterscheiden. Er weiß, dass er die Gaben des Schwertes nicht vergeuden darf. Das Schwert ist Hüter seiner Ehre und Würde. Der Eigentümer soll nie ein brutaler, sondern ein geistiger Mann sein.«

»Sensei, ich bin ein alter Knacker. Willst du, dass ich mich jetzt schon wieder anstrenge?«

»Du bist anmaßend. Wo bleiben deine guten Manieren?«

»Gomennasai!«

Toyohisa sitzt auf der Matte, den Kopf hoch erhoben. Er scheint ganz bequem zu sitzen. Nur seine Lippen und seine Hände bewegen sich.

»Jetzt hör endlich zu, du Dickschädel! Du kannst das Schwert als Waffe verwenden, es aber auch still in dir selbst gegen Zorn und Selbstsucht einsetzen. Es ist deine Seele, die die kalte Fläche des Stahls belebt.«

»Das hast du mir schon x-mal eingepaukt. Und weiter?«

»Das letzte Geheimnis der Schwertkunst liegt darin, sich nicht vor dem Tod zu fürchten.«

»Ehre und Würde?«

»Es geht nur um das.«

»Ich werde es mir hinter die Ohren schreiben. Seitdem Yae mich verlassen hat, lebe ich ja nur halb. Sie fehlt mir jeden Tag mehr. Ich will wieder bei ihr sein.«

»Sie erwartet dich.«

»Voller Ungeduld?«

»Voller Freude.«

»Ich will sie nicht länger warten lassen. Aber bevor ich zu ihr gehe, habe ich etwas zu erledigen.«

»Das ist ein guter Vorsatz, mein Freund. Es wurde auch langsam Zeit.«

Während wir so reden, sehe ich, wie sein Antlitz verblasst. Die Lippen werden weiß, der Körper scheint leicht zu flimmern. Er verzieht sich, wie sich das Licht verzieht. Ich hatte Hilfe von ihm erbeten und habe sie auch erhalten. Aber jetzt hat er mich satt, und ich kann es ihm nicht übel nehmen. Ich mache eine tiefe Dankesverbeugung, und als ich mich aufrichte, ist nichts mehr von ihm zu sehen.

So. Und jetzt Schluss mit den Ausflüchten! Ich greife zum Pinsel. Mein Hirn setzt sich in Bewegung. Ich vermeine zu spüren, wie die Milliarden von Neuronen von ihrem Bezugspunkt aus sich in die genau angemessenen Verbindungspunkte bewegen. Sie führen mich zurück in die Vergangenheit, in die entfesselte Hölle, in der jeder, der durchkam, sich selbst verlor und dann sein Leben trug wie etwas, das nicht mehr ihm gehörte. Immerhin hat Toyohisa mir Hoffnung gelassen. Die Hoffnung ist vage, hartnäckig, ein Placebo für verzweifelte Situationen. Der Volksmund sagt, die Hoffnung stirbt zuletzt. Und ich kann glaubwürdig versichern, dass diese Floskel der Wahrheit entspricht: Die Hoffnung blieb am Leben, als fast alle von uns schon tot waren.

23. KAPITEL

LASCIATE OGNI SPERANZA

Die Japaner hatten es im Ersten Weltkrieg also auf Tsingtau abgesehen. Die gewieften Engländer überließen ihnen den Kuchen – und gleichzeitig auch die schmutzige Arbeit. Folglich hielten die englischen Kriegsschiffe ihre Position auf hoher See ein und unterstützten die japanische Blockade, während die Bodentruppen Boote und Artillerie an Land brachten. Die Japaner näherten sich vorsichtig, aber unaufhörlich. Sie erteilten uns eine Lektion über die Treffsicherheit ihrer Kanonen. Gegenwärtig gab es in Tsingtau kaum noch ein Haus, das nicht zerstört war. Reparaturwerkstätten und Docks waren platt gedrückt. Es war nur noch eine Frage der Zeit, bis Tsingtau in die Hände der Feinde fiel. Und bis dahin würde es kein Ausruhen, keine Schonung geben. Das kleine Stück Deutschland war in misslicher Lage, aber von Kapitulation war keine Rede. Das kleine Stück Deutschland wollte sich nicht blamieren. Wir kauerten in eilig geschaufelten Gräben, überstanden irgendwie die drückend heißen Tage. Wenn die Nacht kam und die grellweißen Scheinwerfer der japanischen Torpedoboote die Küste absuchten, suchten wir Deckung vor den prasselnden Geschossen, indem wir auf dem Boden robbten. Wer sich aufrichtete, warf einen langen Schatten und flog zerstückelt in die Luft. Lichteten sich die Morgennebel, sahen wir, wie sich die feindlichen Schlachtschiffe auf den rollenden Wellen hoben und senkten. Und mit diesen Schiffen kam – wenn nicht das Ende der Welt – unser eigenes Ende. Die erbärmlichen Reste der Marinegarnison, die vergeblich zu halten versuchte, was nicht mehr zu halten war, hatten uns mit Jubel empfangen und gedacht, jetzt kommt Heroentum. Was kam, war leider ebenso erbärmlich. Junge Soldaten konnten diese Nervenprobe vielleicht eine Zeit lang ertragen und sich ganz gut dabei verteidigen, aber nicht Tag für Tag und Nacht für Nacht. Es gab ja kaum eine Feuerpause. Zwei japanische Torpedos liefen auf Minen, wir sahen sie sinken und frohlockten, aber offenbar störte das die Japaner ebenso wenig wie ein Mückenstich. Sie retteten, was noch zu retten war, und kamen mit verstärkter Kraft. Die Vier-Kaliber-Geschosse flogen brummend über unsere Köpfe hinweg, trafen Schuppen, Lager, Straßen und Häuser. Die Festungskanonen hatten sie eine Weile aufhalten können. Daraufhin hatten sie ihre Schiffe auf Distanz gebracht, Verstärkung angefordert und waren zu diesem Zeitpunkt – wie wir nachträglich erfuhren – über dreißigtausend Mann. Der Tod tanzte vor uns auf den Wellen, zeigte sein abstoßendes Gesicht, und es war ein japanisches Gesicht.

Uns fehlte es an allem, an Essensrationen, an Trinkwasser und bald auch an Munition. Wir konnten kaum schießen, weil die Gräben eng waren und wir einander behinderten. Die Karabiner waren nicht fabrikneu. Man hatte uns gewarnt, nicht mehr als fünf Schüsse hintereinander abzugeben, weil sonst die Zündnadel anschwoll und der Abzug klemmte. Die Japaner bereiteten uns ein Schwitzbad. Wir wateten in einem Sumpf aus fettigem Schlick und schmutzigem Brackwasser. Die Luft war von Blutgeruch und Stöhnen erfüllt. Der fettige Qualm machte uns blind, das Pfeifen der Geschosse taub. Wir hatten im Stab einige hart gesottene Offiziere und Unteroffiziere, die uns anschnauzten, wenn wir schlappmachten. Gegenwärtig war das sogenannte »Kriegstheater« (der Sumpf vor Tsingtau), aber wir hielten durch. Heroentum? Mitnichten! Die blanke Angst. Die Japaner kreisten in der Bucht wie Nachtvögel. Sie schienen aus allen Himmelsrichtungen zu kommen, das Meer war ihr Element, sie warfen unermüdlich ihre Torpedos dem Ufer entgegen. Unablässig bombardierte ihre Artillerie die Stadt. Ihre Munition hätten sie längst sparen können, von Tsingtau blieb ja kaum etwas übrig. Aber nein, sie machten weiter. Munition hatten sie genug.

Und keine Kampfpause, kaum Nahrung, keinen Augenblick zum Schlafen, weder bei Tag noch bei Nacht. Nichts als Düsternis und Schmutz. Denke ich an die Schützengräben zurück, sehe ich nur Maulwürfe, Ratten und Würmer.

Tribbelhorn, von Kempen und ich hatten abgemacht, dass wir einander nicht aus den Augen verlieren sollten. Seltsam! Wie eng fühlt man sich doch jenen Freunden verbunden, mit denen man die Angst teilt! Wenn schon sterben, dann zumindest zusammen. Von Martin war – wen wundert's – nicht viel zu erwarten. Er irrte durch den Kampf wie durch einen Wachtraum, zielte lange und gewissenhaft und schoss meistens daneben. Und hoppla, eine Kugel weniger! Hans Tribbelhorn machte seine Sache besser, feuerte kaltblütig und methodisch. Und ich erinnere mich an seinen Gesichtsausdruck zwischen Hohn und Melancholie. Seine gespielt einfältigen Sprüche waren so voller trockener Ironie, dass uns nie ganz klar war, über was oder wen er sich lustig machte. Über den Krieg, über die Japaner, über sich selbst? Oder darüber, dass er in diesen Schlamassel geraten war, wo er doch lieber auf einem Schiff gewesen wäre, irgendwo unter dem Polarstern? Und wie gewohnt spitzte er seine langen Ohren. Von ihm erfuhren wir, dass das Schienennetz lahmgelegt war und die uns zugesicherten Verstärkungstruppen Tsingtau nie erreichen würden.

»Gott schütze uns!«, murmelte Martin, wobei er sich hektisch bekreuzigte. Er war aus Münster und natürlich katholisch. Den Herrgott zu beschwören ist ein häufiges Symptom bei nervöser Erschöpfung. Aber Gott ist ja nie da, so dringend man ihn auch braucht.

»Schütz dich selbst!«, sagte ich.

Soldaten, die nicht sterben wollen, tun instinktiv das Richtige: das nackte Leben verteidigen. Wenn es uns dabei gelang, unsere Stellung zu halten, umso besser. Aber das traute Stück Heimat im Fernen Osten war uns allmählich Jacke wie Hose.

Die heutige Welt bildet sich ein, sie sei besser als die Welt von gestern. Bedauerlicherweise ist dies nicht der Fall, mittlerweile ist die Welt sogar schlechter. Kein Grund also, uns zu schämen, wenn wir damals über die Toten kletterten, die mit zerschossenen Schädeln im Dreck lagen. Wenn wir lernten, die schreienden Verletzten nicht zu beachten, den gefallenen Kameraden nicht zu beweinen. Es gehörte ja zu unserer Rolle, den Tod zu ignorieren. Der Tod war einfach ein Requisit. Was waren wir denn, wenn nicht »Menschenmaterial« für das edelste Spiel der Welt: den Krieg. Es gibt ein Wort dafür: Kadavergehorsam. Auf der Kampfbühne waren wir die Kadaveravantgarde. Schafften wir es bis zum Halbfinale, heftete man uns ein paar Streifen an die Uniform. Wir wurden Sergeant, Leutnant oder Imposanteres und traten mit gestärktem Selbstbewusstsein wieder auf die Bühne.

Ich entsinne mich genau, wann Martin die erste Kugel traf. Sie bohrte sich in seinen Oberschenkel und verletzte eine Arterie. Das Blut schoss hervor. Martin starrte wie abwesend auf sein Bein, das plötzlich unter ihm nachgab. Er presste die Hände auf die Wunde, das Blut quoll zwischen seinen Fingern hindurch. Ich nahm ihm das Gewehr ab und half ihm, sich zu setzen. Tribbelhorn holte einen der Feldärzte, einen mürrischen Mann, der seit achtundvierzig Stunden nicht geschlafen hatte. Er zog die Kugel mit einer Zange hervor, verband rasch und gekonnt die Wunde. Danach erklärte er Martin für wieder diensttauglich. Er konnte in unserem Schützengraben nur noch humpeln, aber ein Gewehr halten, das schon. Und folglich wurde er noch gebraucht. Martin kauerte unter dem Hang, aus dem Wurzeln ragten, die modrig rochen. In kürzester Zeit war der frische Verband wieder blutgetränkt, das Hosenbein dunkel und klebrig. Ich hatte schon etliche verwundete Kameraden gesehen, aber ein verletzter Freund erweckt ein bisschen das Gefühl, als sähe man sich selbst verwundet. Es ist wie eine Vorwegnahme, eine Schablone des eigenen Schicksals. Mitleid und Angst übertragen sich auf das eigene Ich. Und still und tückisch plagte mich ein Schmerz, der nicht der meine war.

Ich half Martin, seine Sachen zusammenzusuchen, und sagte ihm, er solle sich ruhig verhalten. Er schlief, aber nur kurz, der Lärm war zu gewaltig. Martin bezog wieder Stellung. »Feuer! Feuer!«, brüllten die Offiziere. Und wir feuerten, oft aus kurzer Distanz, hinderten die Japaner aber kaum daran, ihre Granaten zu werfen, die Schädel und Leiber in Stücke rissen. Die Schwerverwundeten legte man auf Tragen, brachte sie in ein notdürftiges Feldlazarett, wo gesägt, geschnitten und amputiert wurde. Zwei Priester waren auch dort, spendeten Sterbesakramente, rezitierten aus der Bibel die Strophen der Göttlichen Tröstungen. Auf dass sie in Frieden starben, als heldenhafte Soldaten des Kaisers. Amen. Der Nächste bitte! Särge gab es nicht, die nackte Erde sollte sie haben. Die Toten wurden in einem gemeinsamen flachen Grab bestattet. Ein dürftig gezimmertes Kreuz mochte das letzte Kennzeichen sein.

Als eine Granate Tribbelhorn traf, zerfetzte sie ihm den Waffenrock und unter dem Waffenrock den Unterleib. Es geschah in der Nacht, mitten im Kampfgewühl, und ich merkte es nicht. Erst bei Tagesanbruch, als es plötzlich ruhiger wurde, sah ich, dass er dalag und seinen Blechnapf gegen seinen Bauch presste.

Ich kauerte mich neben ihn.

»Hans! Was um alles in der Welt soll das?«

Er antwortete nicht, seine Augen waren geschlossen, sein Gesicht grünlich bleich.

»Zerrissenes Bauchfell«, sagte ein Soldat. »Innen nur noch Brei.«

Ich antwortete wie ein Mann, der im Schlaf spricht und die eigene Stimme nicht hört.

»Wie lange schon?«

»Na ja, seit zwei Stunden oder so«, sagte der Soldat. Seine Kopfwunde war dürftig verbunden. Schlampige Arbeit eines überforderten Arztes.

»Warum haben Sie es mir nicht unverzüglich gemeldet?«

Ich sprach zu ihm im Ton des jungen Barons von Gersdorff.

Er glotzte mich an, als wollte er sagen, ich sei wahnsinnig. Und es fehlte auch nicht viel, dass ich es wurde.

»Herrgott!«, schnaubte er. »Die Wilden hätten uns fast überrannt. Wo haben sie gesteckt, Mann? In einem Loch?«

Ich holte tief Luft. Ruhig, Alexander. Nimm dich zusammen.

»Schon gut. Und das Blechding?«

»Das habe ich geholt«, sagte der Mann gereizt. »Lässt er es los, fällt alles heraus.«

Ich rief nach einem Arzt, und weil ich laut genug schrie, kam auch einer. Er war ein Hilfsarzt, ein Major. Er lüftete kurz den Blechnapf und zuckte mit den Schultern.

»Nichts mehr zu machen. Er stirbt.«

»Wann?«, fragte ich.

»Jetzt gleich oder in einer Stunde. Er liegt im Koma.«

»Er braucht Morphium.«

»Morphium? Für einen Sterbenden? Wo denken Sie hin, Soldat? Und jetzt, mit Ihrer gütigen Erlaubnis ...«

Der Major salutierte kurz und kroch davon. Das Morphium war für die Männer, denen man mit der Säge Arme und Beine amputierte.

Ich beugte mich über Tribbelhorn und sah, dass er die Augen offen hatte. Ich griff nach der Feldflasche.

»Durst?«

Tribbelhorn sah mich nur an. Der Kamerad, der ihm den Stein gebracht hatte, sagte: »Lohnt sich nicht. Das fließt sofort unten raus.«

Da humpelte Martin heran, auf seinen Stock gestützt, schleifte sein angeschossenes Bein hinter sich her.

»Mein Gott, Hans!«

»Er stirbt«, sagte ich.

Tribbelhorn begann zu zittern. Er zitterte am ganzen Körper. Die Nerven, nahm ich an. In Martins Gesicht stand blankes Entsetzen. Doch ich war ruhig und kalt, so kalt wie der Blechnapf auf Tribbelhorns Bauch. Der Soldat mit der Kopfwunde stand stramm und salutierte.

»Er hat seine Pflicht getan. Für Gott. Für den Kaiser.«

»Schnauze!«, brüllte ich ihn an. »Verschwinde!«

Ich weiß nicht, was er in meinem Gesicht las. Jedenfalls stapfte er beleidigt davon. Da hörte ich ein Murmeln neben mir: Martin betete das Vaterunser. Mir lag eher ein Fluch auf den Lippen, doch ich sagte nichts, starrte nur auf Tribbelhorn, der zunehmend stärker zitterte. Er öffnete die Hände, mit denen er krampfhaft den Napf hielt. Der Napf glitt auf die Seite, und mir kam die Galle hoch. Und dann sah ich Tribbelhorns Augen. Sprechen konnte er nicht, aber seine Augen sprachen für ihn. Und ich wusste, was er von mir erbat. Die Erinnerung an die verendende Jagdhündin blitzte in meinen Gedanken auf. Wie kam ich nur dazu, diese Dinge in Verbindung zu bringen? Damals hatte ich nur eine Schaufel gehabt. Heute würde es schneller gehen. Und im gleichen Atemzug erlebte ich das Gefühl von einst: dass ich die Macht hatte zu tun, was getan werden musste. Und dass es mir Erleichterung bringen würde. Es war merkwürdig, dass ich es sogleich erkannte und meine Gefühle dabei voraussehen konnte. Aber damals war alles anders. Damals war Darina bei mir gewesen.

Das Artilleriefeuer hatte wieder eingesetzt. Die Verteidiger bezogen Stellung. Ich durfte keine Zeit mehr verlieren. Ich zog meinen Waffenrock aus. Tribbelhorn sah mich an. Und bis ich sein Gesicht bedeckte, dankten mir seine halb geöffneten Augen. Dann hielt ich mein Gewehr im Anschlag und suchte auf seiner Brust die Stelle, wo unter meinem Waffenrock sein Herz schlug. Und drückte auf den Abzug. Der von meinem Waffenrock gedämpfte Schuss war im Prasseln der Artillerie kaum zu hören. Tribbelhorn zuckte hoch, fiel zurück und lag dann ganz still.

Die Pulververbrennung an meiner Hand schmerzte, als ich nur ein paar Atemzüge später den Waffenrock von seinem Gesicht zog. Es war eine feuchte, warme Nacht, aber mein ganzer Körper war von Schüttelfrost überzogen. Ich fror erbärmlich. Den Blick unverwandt auf Tribbelhorn gerichtet, zog ich den Waffenrock wieder an. Er trug den Geruch von Tribbelhorns Blut, der sich mit meinem eigenen Schweißgeruch vermischte.

Ich brauchte Tribbelhorn nicht die Augen zuzudrücken. Seine Züge waren völlig entspannt, mit dem verschmitzten Zug um den Mund, den er stets gehabt hatte. Und es war nicht mehr das Gesicht eines Mannes, sondern das eines schlafenden Jungen, der zwölf Jahre alt war.

Jemand war neben mir, der jammerte und schluchzte wie eine Frau. Das Schluchzen ging mir durch Mark und Bein. Martin. Er richtete sich unbeholfen auf, wobei er hin und her schwankte. Mit jedem Atemzug entrang sich ihm ein Zähneklappern und sonst nichts. Sein Gesicht war entstellt, die Augen hatten einen unsteten, flackernden Glanz. Er begann zu reden, stammelte, brach ab.

Ich sagte: »Martin, vergib mir …«

Ich wollte ihm die Hand auf die Schulter legen, doch er wich zurück, als hätte ihn eine Schlange berührt.

»Mörder!«, schrie er. Und es war der unbeherrschte Schrei eines Irren. Logisch interpretiert, hörte seine Anklage sich absolut aberwitzig an. Hier waren wir ja alle x-fache Mörder. Ja, sogar Martin, der sein Ziel nicht immer verfehlt hatte. Aber eben – im Krieg war man kein Mörder. Im Krieg war man ein Soldat.

Ich fühlte so etwas wie einen Kopfstoß. Es handelte sich nicht wirklich um meinen Kopf, aber was Martin gesagt hatte, ließ mich glauben, ich sei gegen einen Spiegel gerannt und hätte meinen eigenen Schemen vor mir, der meine Gesten und Bewegungen wiederholte.

»Ich bin kein Mörder!«, schrie ich.

Und jetzt erkannte ich in diesem Spiegel auch Martins Gesicht, aber es war nicht mehr das vertraute Gesicht, sondern ein anderes, unbekannt und erschreckend. Er war mein Freund, Martin. Er hatte immer gewusst, was er mit seinen stahlblauen, merkwürdig sanften und ausdrucksvollen Augen erreichen konnte. Er wusste auch, dass er sich durch seine Liebe zur Musik auszeichnete und durch seine gute Erziehung, die er, um nicht eingebildet zu erscheinen, gelegentlich übertrat. Doch sein Gesicht zeigte jetzt keine Wärme mehr. Er sah mich voll Wut an, ja, voll rasender Wut, mit ungeheuer geweiteten Pupillen. Wer hätte das gedacht! Und nun hörte ich auch noch seine Stimme, fremd und schrill, die nicht mehr Martins Stimme war.

»Du hast Hans ermordet! Du hast es getan!«

Ich warf das Gewehr von mir, um nicht in die Versuchung zu kommen, ein zweites Mal auf den Abzug zu drücken.

»Er brauchte das!«, schrie ich zurück. »Er konnte das nicht aushalten! Keine Minute mehr!«

Martin fiel mich an, versuchte mich zu Boden zu zerren, was ihm nicht gelang. Er war verwundet und ich nicht, ich war ein Mann von beachtlicher Kraft und er ein Stubenhocker. Ich packte ihn an den Schultern, verpasste ihm eine schallende Ohrfeige. Sein Kopf zuckte zurück, doch es brachte ihn zur Besinnung. Seine Augen wurden wieder klar. Er klammerte sich an mir fest, weil ihn sein verletztes Bein nicht mehr trug. Ich bückte mich und gab ihm automatisch den Stock wieder mit dem warnenden Gedanken: Achtung, gleich knallt er dir den Stock an den Schädel. Doch er tat nichts dergleichen, sondern stützte sich auf den Stock und trat einen Schritt von mir weg.

»Nie werde ich das vergessen.« Seine Stimme war nur ein raues Flüstern. »Und ich werde es dir niemals verzeihen. Du bist nicht mehr mein Freund, Alexander.«

Er wandte mir den Rücken zu und humpelte zum anderen Ende des Schützengrabens, weit weg von mir. Im Zwielicht des

Morgens starrte ich ihm nach, fühlte einen ungeheuren Ekel vor mir selbst und einen gewaltigen Schmerz. Schmerz über unsere zerbrochene Freundschaft, die sich im Morgengrauen verlor, ein Morgengrauen, das niemals zum Tag werden würde. Ich sah immer noch Martins Augen vor mir. Augen, in die ich nicht zu blicken wagen würde, wenn ich träumte. Diese Augen waren nichts für meine Einsamkeit, für jene Nächte, die vor mir lagen. Ich zündete eine Zigarette an, die letzte, die mir noch blieb, tat hastig einige Züge. Die Zigarette schmeckte nach Blut, ich schnippte sie weg. Der Schweiß war an mir erkaltet. Wolken zogen auf, ich spürte den scharfen Wind vom Meer her.

Tribbelhorn, der vor mir im Dreck lag, sagte: »Lass ihn gehen, Alexander.«

»Er ist ein Feigling!«

»Eigentlich nicht.«

»Was meinst du damit?«

»Warum willst du ihn nicht so sehen, wie er jetzt gerade ist?«

Tribbelhorn sprach zu mir, wie er zu einem Kind gesprochen hätte, freundlich und nachsichtig. Ich wehrte mich.

»Er hätte mir das nicht sagen sollen.«

»Er wird es schon verstehen. Vorausgesetzt, dass er noch Zeit dazu hat.«

»Hans, ich möchte wissen …«

»Was denn, Alexander?«

»Nun sag doch, Hans … War's richtig oder war's falsch?«

»Ich hoffe, dass du es weißt.«

»Ich hatte nie die Absicht …«

»Natürlich nicht. Aber niemand konnte das tun, was du getan hast. Niemand konnte mir diesen Gefallen tun.«

Wo ein Leid geschehen war, so muss auch darum geklagt werden. Ich fand das richtig so. Tribbelhorn sagte ohne Umschweife, dass ich ihn froh gemacht habe. Denn jetzt könne er das sagen, seine Welt sei ja nicht mehr meine Welt. Was furchtbar gewesen war, hatte eine merkwürdig umgekehrte Logik gewonnen. In meinen Augen war ich schuldig. Aber Tribbelhorn sah die Dinge ganz anders. Und er hatte Verständnis dafür, dass Martins Wahrnehmung mit diesem Paradox nicht zurechtkam.

Ich sagte: »Ich will nicht mehr davon sprechen.«

»Es geht ja auch niemanden etwas an«, entgegnete Tribbelhorn. »Im Übrigen hast du hier nichts mehr zu suchen. Hau gefälligst ab, Alexander.«

»Noch nicht.«

Tribbelhorn sagte nun nichts mehr. Ich packte ihn an den Füßen und schleifte ihn hinter mir her. Er war schwerer, als ich gedacht hätte. Ich hatte keine Schaufel, aber diese Sache musste getan werden. Bald waren meine Hände vom vielen Graben und Scharren mit schlammigem Schmutz verklebt, mit Schweiß und Dreck, der mir durch die Finger quoll. Und er nahm auch viel Platz ein, dieser hingestreckte Körper. Die Glieder hatten begonnen zu erstarren. Unwille stieg in mir auf, dass ich obendrein noch meine letzten Kräfte vergeuden musste. Aber dieses Gefühl kam nur zeitweise, denn es schmerzte mich zu sehr, dass er in diesem Graben verwesen sollte, den Ratten preisgegeben, die ihm das Fleisch von den Knochen nagen würden. Nur deshalb hielt ich durch. Zum Schluss schob ich ein paar Steine über das Grab. Ich dachte an den dünnen Körper, den sie schützen sollten, und fand, dass sie genau die richtige Größe hatten.

Um uns herum waren irgendwelche Gestalten, die auf andere Gestalten schossen oder selbst getroffen wurden. Ich beachtete sie nicht. Hans Tribbelhorn und ich, wir waren allein.

»Danke, dass du dir die Mühe gemacht hast, Alexander«, sagte Hans, als ich fertig war. »Ich liege hier ganz bequem. Und wo ist eigentlich dein Gewehr?«

Ich tastete mit den Händen auf dem aufgewühlten Boden.

»Hier ist es.«

»Sieh es dir zuerst an, nicht, dass es versagt.«

»In Ordnung.«

»Und jetzt mach schon, Alexander. Hier wird es gleich ziemlich heiß werden.«

»Na gut, ich gehe.«

Ich knöpfte meinen Waffenrock zu. Meine Hände hinterließen blutige Spuren auf dem Stoff. Ich betrachtete abwesend die Flecken, bevor ich mich abwandte und ging. Ich hatte getan, was notwendig war. Tribbelhorn hatte recht, tatsächlich lag er da ganz bequem. Und was hätte ich, Martins Meinung nach, tun sollen? Den Blechnapf wieder auf seinen Organbrei legen und warten? Ich hätte es nicht gekonnt. Kein Morphium und noch halb bei Bewusstsein! Unsere Hündin Herta, damals, hatte ein gütigeres Schicksal gekannt. Ich hätte nicht weiterleben können in dem Bewusstsein, der Folterknecht meines Freundes gewesen zu sein. Ich wäre mein Schuldgefühl nie losgeworden. Martins Verzweiflung hätte ich verstehen können, aber nicht seinen Hass. Hätte er mich daran gehindert, Tribbelhorn zu erlösen, wenn er es gewagt hätte? Aber nein, er hätte es sowieso nicht geschafft, dieser Waschlappen. Aber was – verdammt noch mal – hätte er an meiner Stelle getan? Das Ave-Maria rezitiert? Tribbelhorn Gottes Obhut anvertraut? Wäre das mitfühlend gewesen? Pragmatisch? Hätte das Tribbelhorn geholfen? Wollte man einem Menschen das Leben nehmen, musste es zuerst amtlich befohlen und kirchlich gesegnet werden, bevor es offiziell erlaubt war und wir alle ohne Sünde davonkamen? War da noch irgendeine Moral? Ich sah keine. Ging es hart auf hart, war die ganze aufgedunsene Ethik um den Menschen, um seine Einmaligkeit und seine Würde, nichts als ritualisierte Heuchelei. Ich für meinen Teil hatte effizient gehandelt, aber ohne Heuchelei. Martin hätte das doch einsehen müssen. Was er auch immer gedacht hatte, er war mein Freund gewesen, Martin. Warum konnte er sich nicht damit begnügen zu trauern, jetzt, wo es zu Ende war? Er musste doch gesehen haben, dass Hans mich angefleht hatte, es zu tun.

24. KAPITEL

DER ZWEITE KREIS DER HÖLLE

Meine Erinnerungen entsprechen vielleicht nicht ganz der Wirklichkeit. Dies alles geschah vor allzu langer Zeit. Was ist, sind die Kriege, die sich ja alle ähneln und zugleich das stumpfsinnige Los einer Gattung sind, die nicht anders kann, als sich selbst wieder und immer wieder umzubringen. Fünfzig Jahre relativer Geistesklarheit, und es steht fest: Der nächste Krieg muss her, sonst werden die Menschen nervös. Sie warten geradezu darauf mit wollüstigem Erschauern. Das urtümliche Böse steckt in uns, wir werden es nicht los. Willkürlich geschürter Hass schleudert die Nationen empor, wie die Wellen des Ozeans die Fische emportragen, die mit toten Augen verwesen.

Es gibt eine perverse Unfähigkeit unseres Denk- und Gefühlslebens, eine Geistesstörung, die uns verwirrt, längst bevor wir zu den Waffen greifen. Wir alle sind Handlanger einer völlig irrwitzigen, nicht zu bannenden urzeitlichen Gewalt. Es ist unausweichlich, es ist ein eindeutiges Schicksal, dass wir nie damit aufhören werden.

Müssen wir uns umbringen, viele Jahrtausende hindurch, bis wir endlich lernen, in Frieden zu leben? Es geht offenbar nicht anders.

Ich stelle fest, dass ich zittere. Es ist sehr heiß in diesen letzten

Oktobertagen in Tokio, die Luftfeuchtigkeit beträgt achtzig Prozent. Ich schwitze, meine Finger, die den Pinsel halten, sind klebrig. Das ist die Anstrengung, Alexander. Los, schreib weiter. Kehre zu deinen Erinnerungen zurück, höre den betäubenden Lärm und die Schreie eines vergangenen Krieges, deren Echo längst verstummt ist. Denke jetzt nicht an das Zukunftsbild der Menschen, das womöglich noch traumatischer wird. Dir soll es schnuppe sein, Alexander, freu dich doch, dass du es nicht mehr miterleben wirst. Und jetzt marsch! Zurück nach Tsingtau.

Martin hatte ich seit achtundvierzig Stunden nicht zu Gesicht bekommen. Ich wollte mir nicht eingestehen, wie sehr er mir fehlte. Martin, Tribbelhorn und ich, wir hatten zusammengehört. In Shanghai war Tribbelhorn mit mir im Bordell gewesen, Martin natürlich nicht. Martin hatte sich in eine Kirche verzogen, wo ein Jesuit auf der Orgel Bach spielte. Schön sei es gewesen, hatte er gesagt. Jedem das Seine. Und jetzt war Martin irgendwo, und ich war alleine. Wie kämpft man ohne den Freund? Man kämpft, um zu vergessen, dass der Freund kein Freund mehr sein will.

Und wieder eine Nacht. Pechschwarz, nur vom Flackern der Geschosse erhellt. Der Feind kam näher. Die Granaten pfiffen, schlugen ein, die Kugeln flogen so dicht, dass es reiner Zufall war, wenn keiner getroffen wurde. Allmählich hörte ich auf, an Martin zu denken. Jeder für sich und Gott für keinen. Bald würden uns die Japaner so dicht auf die Pelle rücken, dass wir sie anspucken konnten. Und dann brach der Tag an, und die Sonne stieg aus dem Höllenschlund, die Wellen glühten wie flüssiges Feuer, und über den Kriegsschiffen hing schwarzer Rauch. Wir kauerten in unseren Gräben wie stumpfes Vieh, das auf den Schlächter wartet. Und irgendwann in diesem jämmerlichen Zustand fühlte ich, dass jemand hinter mir stand. In Sekundenschnelle wirbelte ich herum, das Gewehr im Anschlag.

»Zum Teufel, Mann! Ich wünschte, Sie würden sich melden, ehe Sie heranschleichen! Wer sind Sie?«

Der ganz junge Soldat, dem die blanke Angst ins Gesicht geschrieben stand, wich zurück und salutierte ganz automatisch.

»Matrose Richard Dreiser, III. Seebataillon.«

Matrose Dreiser gehörte also zu den kläglichen Resten jenes Marineregiments, das von Anfang an dabei gewesen war. Es war ein Wunder, dass er überhaupt noch auf den Beinen stand.

»So. Und warum sind Sie hier?«

»Ihr Freund«, stotterte der Soldat »Seinetwegen …«

»Welcher Freund?«

»Sie wissen doch, Martin von Kempen …«

»Er ist nicht mein Freund.«

»Er will Sie sehen!«

»Wir werden uns in der Hölle treffen.«

Matrose Dreiser, offenbar kaum älter als achtzehn, hatte gerötete, nasse Augen. Seine Nase lief. Ich hatte öfter erlebt, dass junge Soldaten weinten.

»Aber er will, dass Sie kommen!«

»Woher wollen Sie das wissen?«

»Weil er … weil er immer wieder Ihren Namen schreit.«

»Wieso schreit er denn?«

»Ihn hat es übel erwischt«, stammelte Dreiser.

»Warum holen Sie keinen Arzt?«

»Das wollte ich ja. Aber keiner hat Zeit!«

Klar doch. Alle Ärzte hatten bis über beide Ohren im Feldlazarett zu tun, wo die Sterbenden der Reihe nach für das Soldatengrab – im Matsch und Dreck – bereitgemacht wurden. Soldat X und Soldat Y, gefallen für das Vaterland, für den Kaiser, für die Fahne oder für was sonst noch. Man würde den Witwen eine Pension zahlen.

»Von Kempen … er sagt, dass Sie kommen würden.«

Konnte ich dem Wunsch eines Mannes nachgeben, der mich beleidigt hatte, ohne die Achtung vor mir selbst zu verlieren?

»Sagt er das?«, murmelte ich.

Matrose Dreiser konnte nur krampfhaft nicken.

Wir wandern im Räderwerk unseres Schicksals. Jeder Krieg ist ein Prozess, den man verliert, was man auch tut und wer man auch ist. Im Krieg – der in seiner Wesenheit ja Zerstörung ist – ist die Beziehung zur Schöpfung ebenso abgebrochen wie die zum Mitmenschen oder zum eigenen Ich. Der Selbstverlust lässt einen zu einem Menschen ohne Eigenschaften werden, zu einem Maschinenmenschen. Doch es gibt eine Autorität, eine letzte Instanz sozusagen, die aus ihm selbst kommt und ihm eine letzte Chance gibt: die freie Wahl, etwas zu tun oder es bleiben zu lassen.

Aus diesem Grund, und nur deshalb, setzte ich mich in Bewegung und kroch hinter dem Matrosen her den Schützengraben entlang.

Martin lag da, wo ihn der Einschlag der Granate hingeschleudert hatte, in einer Blutlache und mit dem Rücken an der erdigen Wand. Es fehlte ihm die linke Hand, die irgendwo lag. Und ein Stück Bein, das woanders lag. Zwischen blutigen Stofffetzen ragten aus seinem Oberschenkel zersplitterte Knochen. Das linke Auge war zerplatzt und hing halb aus der Höhle, aber er musste mich verschwommen sehen oder zumindest meine Gegenwart spüren, denn er stemmte die unversehrte Hand auf den Boden und versuchte sich aufzurichten, sank aber mit einem Schrei wieder zurück: Sein Rückgrat war gebrochen. Aus dem zerfetzten Arm pumpte das Blut in regelmäßigem Strahl direkt unter der Schulter. Ich dachte: »Er ist erledigt!« Da waren auch Laute, die aus dem blutigen Mund herauskamen. Zunächst haftete ihnen kein Sinn an. Martin blutete aus seinem Inneren heraus. Dann, mit gewaltiger Anstrengung, sprach er deutlich meinen Namen aus: »Alexander!«

Es war ein Hilferuf, den ich verstand. Aber warum galt er mir? Hier waren doch genug Ärzte. Die waren beschäftigt? Von wegen! Die würde ich gleich mal zusammenstauchen! Ich würde meinen Einfluss geltend machen. Ich war doch … ja, wer war ich denn? Ich zermarterte mir den Kopf, aber mir fiel nicht ein, wer ich war. Und es war ja auch eigentlich unwichtig. Ich kämpfte gegen das Entsetzen an, ich dachte, es würde mich in Stücke reißen wie den zerfetzten Mann, vor dem ich kniete.

Einige Soldaten hatten sich um uns versammelt, starrten Martin wie verloren an, sprachen gedämpft, mit hängenden Armen und stumpfen Blicken.

»Alexander!«, stöhnte Martin noch einmal.

Überall war Blut. Sogar die Sonne blutete. Ich sagte: »Martin, ich bringe dich ins Lazarett. Komm, ich trage dich auf dem Rücken …«

Ich griff ihm unter die Arme und wollte ihn hochheben, doch er stieß einen gellenden Schrei aus.

»Nein!«

Ich ließ ihn wieder los.

»Schon gut, Martin. Ich fass dich nicht mehr an.«

Er aber redete weiter, und bei jedem Wort floss ihm das Blut aus dem Mund.

»Hilf mir! Du musst … mir helfen. Wie dem Hans, weißt du noch? Kannst du es für mich tun?«

Innerlich schlug ich auf den Boden auf, wie ein Baum, der vom Blitz getroffen wird.

»Ich bin kein Mörder!«, schrie ich.

»Nein …«

Seine unversehrte Hand tastete nach meiner.

»Es tut mir leid. Das habe ich nur gesagt, weil ich … dir zu wenig vertraute. Tribbelhorn, der hat dir vertraut …«

Ich beherrschte mich mit gewaltiger Anstrengung.

»Still«, sagte ich. »Denk nicht mehr daran.«

Sein unversehrtes Auge starrte mich an, das andere hing herab.

»Deine Hand, Alexander!«

Ich nahm seine unversehrte Hand, die schlank und schmal wie die einer Frau in meiner plumpen Pranke lag. Er friert, dachte ich, als ich die marmorartige Kälte spürte. Doch die Berührung schien ihn zu beruhigen. Er schonte seine Stimme, um die letzten Gedanken auszusprechen.

»Es ist aus mit mir. Keine Musik mehr, niemals. Alexander, willst du mit mir beten?«

Mir lag ein Fluch auf den Lippen. Aber wenn es Martin Frieden bringen würde, dann sollte es so sein. Ich drückte seine Hand, bevor wir gemeinsam das Vaterunser beteten.

Als wir das Gebet beendet hatten, flüsterte Martin: »Alexander, du bist ja da. Ich brauche … keine Ärzte mehr.«

»Ich glaube es auch nicht.«

»Ich habe große Schmerzen, Alexander. Bitte, lass mich nicht warten.«

»Nein. Aber nur, wenn du es willst.«

Seine Wimpern zuckten.

»Ich will es.«

Er schaute aufwärts mit dem einzigen Auge, das ihm blieb. Sein Blick wanderte, schon vom Tode geblendet. Seine entstellten Lippen deuteten ein Lächeln an. Das Lächeln eines Toten.

»Hörst du, Alexander? Die Musik … bleibt schön.«

Ich packte mein Gewehr, legte an – und drückte ab. Ich hatte von sehr nahe geschossen. Ein paar Augenblicke konnte ich weder hören noch sehen. Dann klärte sich mein Blick. Ich tastete nach Martins Mütze, die im Schlamm lag. Mit der Mütze bedeckte ich die entstellte Gesichtsseite und drückte ihm das rechte Auge zu. Als ich mich unbeholfen aufrichtete, blitzten Lichter auf, und ich sah Gestalten, die sich langsam zurückzogen. Ein Schauder von Kopf bis Fuß befiel mich. Danach kam ein Gefühl, als ob ich mich übergeben müsste, und vor meinen Augen rieselten blaue Tropfen. Die Tropfen flossen von unten nach oben und nicht umgekehrt. Mein Puls raste, mein Atem flog. Mir wurde schwindelig, irgendeine Kraft zog mich nach hinten. Ich fühlte mich fallen, schlug hart auf dem Boden auf, und etwas zersprang in meinem Kopf. Geräusche,

Stimmen und Blitze verloren sich in ferner Dunkelheit. Danach war ein schwarzes Loch.

Man sagte mir später, ich hätte mich am Boden gewälzt und knurrende Laute von mir gegeben. Ich hätte mir die Zunge zerbissen, Speichel und Blut wären aus meinem Mund geflossen. Man hätte mir die Hände gewaltsam halten müssen, weil ich versucht hätte, mir die Augen aus den Höhlen zu kratzen. Noch heute weiß ich nichts davon. Da ist keine Erinnerung, nichts, lediglich ein Stück abgeschnittene Zeit, wie sie nur der Tiefschlaf oder der Tod bewirken kann. Und als ich wieder zu mir kam, lag ich da, mit umnebeltem Bewusstsein und hatte sogar meinen Namen vergessen. Wässrige Nachbilder hingen noch immer wie ein Vorhang zwischen mir und der Welt. Meine Zunge war geschwollen, wie in Stücke zerhackt und tat weh. Handbreit um Handbreit richtete ich mich auf. Und als ich es endlich schaffte und taumelnd auf die Beine kam, war der Feind direkt vor uns, und ich hatte den Verstand verloren.

Wie wird man verrückt? Irgendwo in uns ist ein Kontrollmechanismus, der plötzlich versagt. Ich wusste zwar, wo hinten und vorne war, aber meine Gedanken verwischten sich oder wurden auseinandergerissen. Es war, als ob mein Verstand unter einer pulsierenden Membran hin- und herschaukelte. Die japanischen Geschosse sausten über uns hinweg oder schlugen in die Gräben ein, explodierten mitten unter den Soldaten. Wir krochen über die Reste von Kameraden oder Feinden, vereint im Feuer und Blut. Die Luft war qualmgetränkt. Auf beiden Seiten trafen die Gewehre mit endgültiger Wucht, doch jeder Schuss war ein Schnellschuss, und zweimal konnte man nicht danebenschießen. Ich klammerte mich an mein Gewehr wie an den letzten festen Gegenstand in meinem Leben. Das Bewusstsein, dass ich im Besitz einer Waffe war, gab mir ein trunkenes Gefühl von Macht. Macht über Leben und Tod, die Euphorie der Folterknechte und Henker. Ich entsinne mich auch, dass sich meine Hände klumpig anfühlten. Klumpig, aber stark, wie

Tigerpranken. Vor mir bewegten sich Gesichter und Gestalten, alle sonderbar verzerrt, wie Bildauszüge aus einem wilden Traum. Ich musste diese Wesen, ganz gleich, wer sie waren, niederstrecken. Und als mir die Kugeln ausgingen, stieß ich mit dem Bajonett zu oder schwang das Gewehr wie einen Kolben. Und während ich tötete, spürte ich, wie sehr das meinem Bedürfnis entsprach.

Nichts vermochte meine Mordlust zu stillen. Wo noch ein Mann war, schlug ich zu. Aber ich konnte töten, wie ich wollte, es kamen allzu viele hinzu. Wie lange wir noch kämpften, kann ich nicht sagen. Von den Kameraden erfuhr ich später, dass das Ende schnell kam. Aber ich sollte es nicht mehr mitbekommen. Eine Feuerkugel explodierte in meiner Brust, der Schmerz schlug hoch wie eine Stichflamme, und ich hörte meine Knochen zersplittern. Das Gewehr entglitt meinen Händen. Ich merkte nicht, dass ich fiel. Ich entsinne mich nur an eine über mir wirbelnde Sonne, riesig und golden und sprühend vor Licht, die sich dann langsam verdunkelte, während jeder Schmerz verschwand.

Was ich zuerst hörte, waren Stimmen. Sie kamen von allen Seiten, wie in einer Halle voller Echos. Der Schmerz in mir war nicht auszuhalten. In meinem Brustkorb war ein Tier gefangen, das mir bei jedem Atemzug die Lunge zerriss. Hals und Mundhöhle waren voller Schleim, und ich spuckte dicke Blutklumpen. Schattengestalten bewegten sich, blieben manchmal stehen, irgendwo im Zentrum der Dunkelheit oder an den Peripherien. Eine dieser Schattengestalten beugte sich über mich, setzte mir ein Gefäß an die Lippen. Ich trank, verschluckte mich, und der Schmerz wurde schlimmer. Was man mir eingeflößt hatte, war kein Wasser, sondern eine lauwarme bittere Flüssigkeit. Sie musste irgendein Mittel enthalten, denn kaum hatte ich getrunken, schlief ich ein.

Lange Zeit später kamen andere Geräusche und Berührungen. Ich schlug die verklebten Augen auf, sah einen Mann und hinter ihm einen zweiten, der eine Sturmlaterne hielt. Die beiden wechselten einige Worte in einer Sprache, die ich nicht verstehen konnte. Ich konnte auch ihre Gesichter nicht sehen, fühlte aber ihre Hände, die mich auf die Seite drehten. Es waren keine brutalen Hände, die Gesten waren geschickt und behutsam. Ich merkte, dass mein rechter Arm und auch meine rechte Schulter verbunden waren. Der Schmerz hatte etwas nachgelassen. Ich konnte atmen. Eine Weile noch schwebte die Sturmlaterne über mir, als wollte sie mich durch die Dunkelheit leiten. Dann entfernten sich die Männer und mit ihnen das Licht, und die grenzenlose Schwärze sank wieder auf mich herab.

Später sollte ich erfahren, dass mir Granatsplitter den Halsmuskel durchschlagen und das Schlüsselbein zerschmettert hatten. Ein langer Splitter steckte in der Nähe der Lunge. Man hatte den Splitter herausoperiert. Es grenzte an ein Wunder, dass ich überhaupt noch am Leben war.

Allmählich wurden die Schlafphasen kürzer. In Abständen brachte man mir das bittere Zeug zu trinken. Irgendwann war der Mann wieder da, der mich gepflegt hatte. Er trug einen weißen Kittel. Offenbar gab es noch Ärzte, die sich nicht nur mit den Sterbenden, sondern mit den halbwegs Lebenden befassten. Der Arzt bewegte sich, und ich sah ihn deutlicher. Das Gesicht war fremdländisch, die Haut und die Augen dunkel. Der Arzt war ein Japaner, ein Feind, den ich nicht umgebracht hatte. Da wusste ich, dass wir verloren hatten, dass Tsingtau gefallen war und dass der Feind mich vergiften wollte. Ich spuckte das Getränk aus, die Flüssigkeit rann mir das Kinn herunter. Ich wollte mich aufsetzen, den Mann packen und mit bloßen Händen erwürgen, doch mir fehlte jede Kraft. Ich war gefangen, und ich konnte nichts tun. Hilflos trieb ich durch eine dunkle Flut, die seewärts ebbte und mich mit sich zog, während die Stimmen und der Schmerz zurückblieben, schwächer wurden und verschwanden.

Dann kam wieder ein wanderndes Licht. Ich lag reglos und bemerkte eine Gestalt, die sich in diesem Lichthof formte. Ich starrte sie ratlos an. Die Erscheinung schien sich neben meinem Kopf zu bewegen. Drehte ich die Augen seitwärts, sah ich sie eigentlich recht deutlich. Sie war von geringer Größe, hätte in meinem Handteller Platz gefunden. Aber ich hätte sie um keinen Preis anfassen wollen. Und mit einem Mal erkannte ich das seltsame Wesen: Es war der Hirschkäfer, der vor vielen Hundert Jahren aus dem Laub gekrochen war, als ich im Garten meiner Eltern von der Buche gestürzt war. Wie um alles in der Welt kam er hierher? Und während ich ihn anstarrte, wuchs aus dem Hirschkäfer ein Schatten, der sich fest umrissen an der Wand gegenüber zeigte. Er war länger als breit und trug eine Art Helm. Was glaubte ich wohl, was ich sah? Einen Mann in einer Kupferrüstung? Ich betrachtete mit neugieriger Ehrfurcht dieses gepanzerte Wesen. Die glitzernden Augen erwiderten starr meinen Blick durch zwei dunkle Löcher, und von sehr weit her. Und als die Erscheinung zu sprechen begann, sprach sie mit der tiefen Stimme eines Mannes. Die Stimme kam mir vertraut vor, doch ich konnte sie niemandem zuordnen, den ich kannte. Ganz abgesehen davon, dass ich nicht mehr viele Leute kannte. Die waren ja alle tot. Jedenfalls richtete der Hirschkäfer das Wort an mich in welcher Sprache auch immer. Erstaunlich war, dass ich ihn verstand.

»Ich kann deine Abneigung nachvollziehen, Alexander. Aber du solltest dich zu dem bekennen, was du getan hast.«

Ehrlich überrascht, antwortete ich im respektvollen Ton. Wenn sich so ein Ding auf diese Weise verwandeln konnte, war Höflichkeit wohl angebracht.

»Was soll ich denn getan haben?«

Der Käfer bewegte den Kopf. Die Schatten hinter ihm dehnten sich aus.

»Ach, du weißt es nicht mehr? Na gut, ich versetze mich an deine Stelle. Aber eigentlich müsstest du wissen, wann ein Mord kein Mord mehr ist, sondern ein Akt der Freundschaft. Du solltest das nicht bagatellisieren.«

Im Arbeitszimmer meines Vaters hingen einige Trophäen. Wildschweinköpfe zumeist. Aber auch Hirschköpfe mit breiten Geweihen. Daran musste ich jetzt denken.

»Durch mein Hirn geht eine Mauer. Mein Hirn ist zweigeteilt. Darum verstehe ich kein Wort von dem, was Sie sagen.«

»Denke bitte daran, Alexander, dass jeder, Freund oder Feind, dein menschliches Abbild ist.«

»Meine Feinde tragen eine andere Uniform!«

Die glitzernden Augen durchbohrten mich.

»Aber was, wenn der Feind in deiner eigenen Haut steckt?«

Ich verlor allmählich die Geduld. Ein blöder Hirschkäfer, als Mensch getarnt, sollte mir keine Moralpredigt halten.

»Was hat das alles mit mir zu tun? Und wer sind Sie überhaupt?«

Der Hirschkäfer sagte nicht, wer er war.

»Warum willst du mir nicht glauben, Alexander?«

Der kalte Schweiß brach mir aus. Mir wurde schlecht.

»Ich rede nicht über eine Sache, die mich nichts angeht!«

Danach – das Geräusch von Schritten. Jemand kam. Das Bild des Hirschkäfers an der Wand begann sich zu trüben. Ein Augenblick düsteren Zwielichts folgte. Dann fand der Hirschkäfer zu seiner wahren Dimension zurück und verkroch sich unter dem Laub. Er war schon weg, als die Blätter noch raschelten.

Kurz darauf hielt der Daimler meines Vaters vor der Schule. Ich wollte nicht mit Vater nach Hause fahren, aber das verkürzte den Schulweg. Vielleicht hatte ich noch Zeit, Darina zu sehen, ein Zeichen mit ihr zu tauschen. Das wäre schön. Ich stieg also zu meinem Vater ins Auto, und wir fuhren los. Der Motor tuckerte, und es roch wie üblich nach Benzin.

Ich döste vor mich hin und schreckte hoch, weil der Wagen unter mir schaukelte. Dann hörte ich das Schwappen von Wasser, das stetige Schlagen von Wellen und begriff, dass ich mich nicht in Vaters Wagen, sondern in einem Boot befand. Der Benzingestank war unerträglich. Ich hustete und würgte und fühlte mich eine Zeit lang sehr elend.

Die Japaner hatten Tsingtau erobert. Wir waren Gefangene. Sie beförderten uns in kleineren Gruppen zu verschiedenen Schiffen, die im Hafen warteten. Ich gehörte zu den ersten dreihundert Soldaten, die man auf dem Kriegsdampfer »Satsuma-Maru« nach Japan brachte.

25. KAPITEL

EIN LEBEN FERN DES LEBENS

Zwischen Martin von Kempen, Hans Tribbelhorn und mir bestand eine Verbindung, so naturgegeben wie die Nabelschnur, die den Fötus mit dem Leib seiner Mutter verbindet. Aber das habe ich erst später verstanden. Jahrelang konnte ich meine Erinnerungen hinter Glas halten, verschlossen in einer obskuren Vitrine. Was ich getan hatte, war von großer Tragweite und aufs Äußerste quälend. Ich habe das nie richtig verkraftet. Aber Martin und Hans wollten gehen und hatten mich um Hilfe gebeten. Sie hatten diese Welt ziemlich sattgehabt, wer konnte es ihnen verübeln? Dass ihnen auf diese Weise das, was die Menschen in Ermangelung eines anderen Wortes Paradies nennen, ohne Weiteres sofort zuteilwurde, habe ich heute eingesehen. Wir, die übrig geblieben waren, hatten noch einen beschwerlichen Weg zu gehen auf den irdischen Pfaden.

Als Kriegsgefangene hatten wir uns auf das Schlimmste vorbereitet. Auf Stockhiebe, Folter, Demütigungen, auf das ganze Sortiment. Aber nie hätten wir uns vorstellen können, dass man uns human behandeln und in einem Tempel gefangen halten würde.

Die Überfahrt nach Japan? Eine vage Erinnerung. Noch immer schwebte ich zwischen Leben und Tod. Immerhin beruhigten sich die Schmerzen. Es gab einen Schiffsarzt, der uns versorgte. De facto behandelten uns die Feinde freundlicher als unsere eigenen Leute.

Sie nahmen sich jedenfalls genügend Zeit für jeden. Dafür strikte Disziplin, Distanz und ein leicht verkniffener Ausdruck in den fremdartigen Gesichtern.

In dieser Zeit kamen über fünftausend deutsche Soldaten als Kriegsgefangene nach Japan. Sie wurden in zwölf Lagern zwischen Tokio und Kumamoto interniert.

Am 12. November 1914 – gleich nach Sonnenaufgang – ankerte unser Schiff im Hafen von Takahama. Offiziere fuhren in Militärbooten zum Schiff und gingen an Bord. Und schon eine halbe Stunde später begann unsere Ausschiffung zu je vierzig Mann in einem Boot. An Land wurden wir von Schreibern registriert, mit Namen, Alter, Einheit. Ein internierter deutscher Seeoffizier übersetzte. Er stellte sich als Kurt Meißner vor, und sein Gesicht war ebenso ausdruckslos wie das der Japaner. Wir erfuhren, dass er vor dem Krieg neun Jahre im Inselreich gelebt hatte. Was bedeutete, dass man es in diesem Land wohl aushalten konnte. Danach, eskortiert von Wachsoldaten, marschierten wir zum Internierungslager Matsuyama. Die Schwerverletzten, zu denen ich gehörte, wurden mit der Bahn befördert, die recht komfortabel war. Am Ziel angekommen, hielt uns der Chef der elften Division, Generalmajor Miyasaki, eine endlose und offenbar erbauliche Ansprache. Er empfand, ließ er dolmetschen, Hochachtung für die Kämpfer von Tsingtau, die wegen Munitions- und Proviantmangel aufgeben mussten. Er bedauerte, dass wir einstweilen in einem Land leben müssten, in dem andere Sitten herrschten. Und er teilte uns mit, dass Japan die Genfer Konvention unterschrieben hätte und kein Jota daran ändern würde. Punkt.

Der Tempelbezirk von Koyama, wo wir mangels einer Alternative untergebracht werden sollten, bestand aus einer Anzahl kleinerer und größerer Holzgebäude. Die Ziegeldächer waren kunstvoll geformt, mit bronzenen Verzierungen. Die massiven Torflügel aus verwittertem Holz waren mit Eisen beschlagen. Davor standen Wachen in großer Zahl. Die Verteilung und Einweisung der Gefangenen in die Unterkünfte war gegen Abend beendet. Wir wurden im Hauptgebäude – dem sogenannten »Kokaido« – untergebracht und zu dritt oder viert in Zellen eingepfercht, in denen ursprünglich die Mönche gehaust hatten.

An dieser Stelle sollte vermerkt werden, dass die Japaner Sinn für Hierarchie hatten: Der Lagerälteste, Seesoldat Buchner, erhielt eine Einzelzelle.

Mönche sind bekanntlich genügsam und brauchen wenig Platz. Wir deutsche Soldaten umso mehr, und jetzt waren wir zu viert in einem Raum. Wir stellten uns vor, wie es sich gehörte, bevor wir uns beim Vornamen nannten. Marineleutnant Manfred, seiner Neigung nach ein Pedant, aber persönlich untadelig – ehrlich, offen und freundlich –, war hier im Lager ebenso außerhalb seines Elementes wie eine Forelle in einer ausgetrockneten Pfütze. Peter war Schreinermeister, ein geschickter noch dazu. Klaus war Maschinenarbeiter. Über Letzteren ist nichts zu sagen, außer dass er ein freches Mundwerk hatte. Die Japaner scherten sich einen Dreck darum, ob wir zusammenpassten oder nicht. Mitgefangen, mitgehangen. So lief das hier.

Nachdem wir unser Quartier bezogen hatten, mussten wir uns splitternackt ausziehen. Wir waren das nicht gewohnt, die meisten hielten sich beide Hände vor das Gemächt. Man trug unsere mit Schweiß vollgesogenen Kleider fort und gab uns Decken. Danach wurden wir in einen Baderaum mit Lehmboden geführt. Hier war es sehr warm. Unter einer Öffnung im Boden flackerte ein Feuer, das Wasser in einem großen Holzbottich heizte. Wir wurden auf Läuse untersucht, mussten uns einseifen und abspülen. Danach hieß es, der Reihe nach in den Bottich zu steigen. Das Wasser war viel zu heiß, als ob man uns kochen wollte. Aber die Kameraden meinten, dass ihnen das Bad guttäte. Den Verletzten wurde die Prozedur einstweilen erspart. Man gab uns andere Kleider, aus gestärkter Baumwolle, die sauber rochen. Generell war alles sauber, sogar die Aborte, die aus einem Loch im Holzboden bestanden. Darunter war ein Behälter. Täglich kam ein Mann und holte das Zeug, das man als Dünger verwendete. Die beiden Aborte putzten wir selbst. Wer will schon seinen Darm in einem Schweinestall entleeren?

Der Kokaido war alt und verwahrlost. Die Fußböden waren ungepflegt, die Bodenmatten zerfetzt, das Papier und das Lattengitter der Trennwände durchlöchert. Und überall stießen wir uns den Kopf an den niedrigen Balken. Alle waren glatt poliert und ohne Nägel miteinander verfugt, wie ein einziges Netzwerk bis zu den Dachfirsten. Schreinermeister Peter blickte den Balken entlang und pfiff zwischen den Zähnen. Derartige Vollendung hatte er noch nie gesehen.

Je zwei Zellen hatten die gleiche Schiebetür auf hölzernen Gleitschienen. Keiner von uns war jemals so richtig allein. Rechts und links waren die Nachbarzellen, aus denen man jedes Wort und jedes Schnarchen und Furzen hörte. Vor den Schiebetüren standen Wachen, die sich ablösten. Sie brachten uns schon am ersten Tag Putzlappen und Eimer mit dem Befehl, Zellen und Korridore sauber zu halten. Die Japaner rutschten viel auf den Knien herum. Und sie legten Wert darauf, dass auch wir die Putzlappen unter die Hände legten, den Allerwertesten hoben und wie Vierfüßler durch die Gänge krabbelten. Wir kamen uns idiotisch vor, aber nahmen es als neuartige Turnübung, und bald waren die Böden blitzeblank. Vorläufig wurde von den Verletzten weder Rutschen noch Krabbeln verlangt, was immerhin wohlmeinend war. Ferner hatten wir weder Tische noch Stühle, noch Betten. Das war es wohl, was der Generalmajor mit »fremden Sitten« verstanden hatte. Dazu gehörte auch das abscheuliche Essen in Holzschalen, das uns dreimal am Tag ausgeteilt wurde: Reis, gegartes Gemüse, Gerstenbrei und einige Brocken salzigen Fisch. Dieser Fischkonsum hing uns bald zum Halse heraus. Offenbar war Fleischkost hierzulande nicht üblich. Man verteilte Löffel, aber einige von uns lernten, mit Stäbchen umzugehen. Dazu gab es Wasser oder dieses Gebräu, das die Japaner Tee nannten, das bitter schmeckte, aber den Durst löschte.

Die Korridore befanden sich zu beiden Seiten einer Versammlungshalle mit wuchtigen Holzsäulen, rot und grün angestrichen. An der Decke waren verblasste Malereien, die irgendwelche Fabelwesen zeigten. Von diesem Raum aus sah man in den Garten. Er schien kühl und abweisend, dieser Garten ohne Blumen, mit Steinen und seltsam geformtem Sträuchern. Und überall Moos, vielerlei Sorten Moos, in verschiedenen Farben, hellgrün bis smaragdfarben.

Der ganze Bezirk war mit Stacheldraht umgeben und nachts von Scheinwerfern erleuchtet. Wir durften uns im Tempelareal frei bewegen, turnen, Zigaretten rauchen, was innerhalb des Gebäudes strengstens verboten war. Einen kleinen Teil unseres Solds hatte man uns in Tsingtau ausbezahlt. Wir tauschten das Geld gegen einheimische Währung für den Kauf von Zigaretten und Alkohol. Wein war hierzulande unbekannt, aber das Bier war nicht übel. Ansonsten behandelten uns die Japaner mit emotionsloser Höflichkeit. Sie hatten einen herausfordernden Zug um den Mund und ein eigentümlich scharfes Glitzern in den Augen. Sie waren seltsame, unzugängliche und selbstbewusste Männer. Ich für meinen Teil misstraute ihrer ungewöhnlich humanen Art, ihrer routinierten Organisation. Als ob sie uns auf besondere Weise gefügig machen wollten, indem sie uns – wie ein Spiegel – unsere eigene Lebensart vor Augen hielten. Nein, nein! Ich wollte ihnen nicht auf den Leim kriechen. Aber was für eine Sorte Menschen waren sie? Barbaren auf keinen Fall. Ich hätte mich besser gefühlt, wenn sie es gewesen wären. Das hätte die Welt schön übersichtlich in Schwarz und Weiß aufgeteilt. Aber man konnte aus den Japanern nicht klug werden. Sie schienen viel Kraft zu besitzen, eine Kraft undefinierbarer Art. Sie achteten stur auf Disziplin, verlangten, dass man ihnen aufs Wort gehorchte, mit einer Großspurigkeit, die uns zeigte, dass wir nicht ihresgleichen waren. Und das konnten wir verstehen, sie hatten uns ja besiegt.

Meine komplizierte Verletzung heilte langsam. Der Halsmuskel war steif, ich hielt den Kopf schief, wankte bisweilen wie ein alter Mann. Aber nach und nach besserte sich mein Zustand. Mein Arm, den ich schon verloren geglaubt hatte, ließ sich wieder bewegen. Der Arzt kam alle paar Tage, untersuchte mich pflichtbewusst und gleichgültig. Er mochte ein guter Kerl sein, aber auch er ließ mich diese typische Arroganz spüren. Er sprach ein wenig Deutsch, wenn auch nur gebrochen. Einmal fragte ich ihn, wer diese geharnischten Bronzekrieger seien, die zu beiden Seiten des Eingangs zum »Kokaido« auf einem Sockel – und auf einem Bein – standen. Die Schiebetür war offen, und man konnte die beiden sehen. Furchterregend, mit rollenden Augen und gebleckten Zähnen. Dazu ein Schwert, das sie grimmig über dem Kopf schwangen. Die Statuen waren ebenso perfekt gemeißelt wie die Werke von Michelangelo.

Der Arzt antwortete uninteressiert: »Das ›Nio-San‹. Immer zwei. Muss sein.«

»Zerschneiden Hals?«

Ich ahmte seine Sprechweise nach und machte mit der Hand die entsprechende Geste. Er schüttelte leicht den Kopf.

»Nicht Hals. Böse Gedanken.«

Ich dachte mir insgeheim: Na prächtig, die sollen sich mal mit der Mauer in meinem Kopf befassen.

»Götter?«, fragte ich.

Der Arzt sah nicht auf, während er meine Wunden untersuchte. »Nein. Bewachen Tempel von Buddha.«

Offenbar war Buddha, dem die ganze Anlage geweiht war, ein direkter Konkurrent zu unserem Herrgott. Ihre himmlischen Felder hatten sie unter sich aufgeteilt. Jedem sein Revier.

»Buddha?«

»Buddha kein Gott«, erwiderte kalt der Arzt. »Wunden heilen gut«, setzte er hinzu. »Aber ruhig sein, bitte.«

Kein Gott also. Das jedenfalls hatte ich kapiert. Wer war denn der japanische Gott? Hatten die überhaupt einen?

26. KAPITEL

DER KALTE TEMPEL

In den Winternächten froren wir erbärmlich unter den dünnen Decken. Die alten Papierwände bebten im Wind, wir kauerten schlotternd im eisigen Luftzug. Peter befestigte umsichtig die morschen Holzstäbe, damit die Wände besser hafteten. Die Japaner sahen zu, mischten sich aber nicht ein. Ihnen schien die Kälte nichts auszumachen, sie trugen auch keine besonders warme Kleidung. Zum Glück gab es das obligate Bad. Wir hatten gelernt, dem japanischen Badefimmel etwas Gutes abzugewinnen. Das Wasser wärmte, und eine Zeit lang spürten wir die Kälte weniger.

Der Winter ging vorbei, der Frühling kam und wurde von der Regenzeit abgelöst. Im Juni war die Luft feucht und stickig, und die Hitze legte sich über uns wie die Erde über die Toten. Und später, in den Sommernächten, zirpten die Zikaden. Das Geräusch war nahezu ohrenbetäubend. Dieses Gekreische in den Bäumen raubte uns den Schlaf. In den Zellen wimmelte es von Wanzen und Fliegen. Die Luft war schwer von gärenden Gerüchen, die Aborte stanken. Die Hitze, die Untätigkeit, die Beengtheit machten uns reizbar. Es gab Prügeleien wegen ein paar Worten zu viel oder wegen nichts. Und sofort fuhren die Wachen dazwischen, trieben die Streithähne mit Gewehrkolben auseinander.

Nachrichten drangen nur spärlich ins Lager. Ab und an wurde

Post ausgeteilt. Meine drei Mitbewohner empfingen Briefe von den Angehörigen. Lange Briefe, zwei oder drei vollgeschriebene Seiten. Ich hatte nie Post. Von wem auch? Keiner wusste ja, dass ich hier war.

Überall auf der Welt tobte der Krieg. Wie lange noch? Monate? Jahre? Die Ungewissheit, die Sorge um die Familien, denen es dreckig ging, und dazu die eigene Ohnmacht bewirkten, dass die Stimmung auf null sank. Auch meine eigene Stimmung, allerdings aus anderen Gründen. Da war diese innere Unruhe, diese innere Hast. Ich war ein Psychotiker. Ich hielt es nicht mehr aus. Arm und Schulter waren geheilt, die Knochen stabil. Ich musste weg, weit weg von hier, und lieber heute als morgen.

Den Kameraden sagte ich nichts. Will man, dass solche Pläne gelingen, plaudert man sie am besten nicht aus. Ein unbedachtes Wort und ich wäre geliefert. Viele von uns hatten ein paar japanische Ausdrücke gelernt. Sogar ich. Und jetzt meinte ich, dass ich sie wohl gut gebrauchen könnte.

Wollte ich mich aus dem Staub machen, war September ein günstiger Monat, nicht zu warm, nicht zu kalt. Ich hatte eine dunkelblaue Baumwolljacke erstanden, von der Art, wie sie die Bauern trugen. Sie wurde nicht geknöpft, sondern durch verschiedene Bänder und eine Schärpe gehalten. Ich übte den Knoten, bis ich ihn im Griff hatte und die Schärpe nicht mehr auf groteske Weise bis auf meine Füße herunterrutschte. Mein Ziel war der Hafen, wo wir an Land gegangen waren. Von dort aus hoffte ich, auf einem Fischerboot China zu erreichen. Es konnte doch nicht sein, dass alle Deutschen das Land verlassen hatten! Tatsächlich gab es noch einige, die sich hartnäckig an das Geschaffene klammerten, an ein Lebenswerk, das der Wind der Geschichte in Fetzen riss. Wenn ein Riesenland in Chaos und Tragödien schlittert, wo ist da ein Ende? Ganz China war in Aufruhr, ein dunkler Strudel, dessen Mitte sich immer tiefer abwärtsdrehte, in die Verdammnis. 1937 würden die Japaner in Nanking ein berüchtigtes Massaker verüben. Und bald schon würde der »Große Steuermann« mit seinem glorreichen »Langen Marsch« sechsundsiebzig Millionen Tote fordern, eine Hungersnot von kosmischem Ausmaß. Und als ob der Mann das Maß nicht schon voll genug hätte, rief er die »Viererbande« zum Totentanz auf. Fröhlich sang das Akkordeon, und die Kulturrevolution schwang ihr Knochenbein: Hinrichtungen, Folter, Massenmorde, eine meisterhafte Choreografie der Grausamkeit. Das westliche Publikum sah zu, wedelte begeistert mit dem roten Büchlein. Und zehn Millionen von Toten. Profit und Verlust, hätte Onkel Günther gesagt, der es besser wusste.

Genug, ich schweife ab. Aber damals war China meine fixe Idee, ein Symbol für alles Chaotische und Abgestorbene gemäß den Gesetzen des konfuzianischen Himmels, die sich mit gleicher Wucht in meinem Kopf austobten. Rote Fahnen, rotes Blut, rote Erde, das neue China war auf Knochen aufgebaut. Ich aber hatte einen Vorgeschmack davon bekommen, die Atmosphäre erfasst und festgestellt, dass sie zu mir passte. Es sei denn, ich hätte es nur auf die Bordelle abgesehen.

Zum Hafen wollte ich per pedes. Das schien mir das Sicherste. Die Nächte waren lau, ich konnte im Freien schlafen. Und solange ich nicht den Mund aufmachte, konnte man mich für einen Japaner halten. Das bildete ich mir jedenfalls ein. Einige Japaner sahen ja wie Europäer aus, in Italien oder Spanien wären sie nicht aufgefallen. Als naiver Grünschnabel hatte ich das Wesentliche übersehen: ihre ganz besondere Körpersprache. Man schlüpft nicht so leicht in eine japanische Haut.

Also los. Vor dem Morgenappell suchte ich den Abort auf. Am Ende des Korridors hatte ich eine kleine Seitentür bemerkt, die in den Garten führte und leicht zu öffnen war. Ich hatte das bereits ausprobiert. Folglich schlich ich durch diese Tür nach draußen, vergewisserte mich, dass kein Mensch in Sicht war, und rannte, was das Zeug hielt. Hinter dem Kokaido hatte ich eine Stelle ausgemacht, wo der Stacheldraht locker hing. Und natürlich hatte ich die Japaner unterschätzt. Knapp drei Minuten später sprinteten die Wachen herbei. Sie waren nur zu viert, aber es fiel mir schwer, sie nicht als eine ganze Horde zu sehen. Sie hielten mich fest, ich kämpfte erbittert, ein sinnloses Gerangel mit Armen und Beinen. Die Wachen beherrschten ihr Handwerk. Die Schläge prasselten gezielt auf die Stellen, wo es am meisten schmerzte. Ich brach unter den Gewehrkolben zusammen, wurde zurück ins Lager geschleift und kam unter Arrest. Für die nächsten zwei Monate wurde ein düsteres Verlies mit vergittertem Fenster mein Zuhause. Dreimal am Tag kam pünktlich das Essen. Reis, eingelegter Rettich und grüner Tee. Mahlzeit! Am Nachmittag durfte ich eine Stunde in den Hof, stets in Begleitung von zwei Wachen, die ihre Bajonette auf dem Gewehr trugen und mir wie Schoßhündchen auf den Fersen folgten. Sie hatten den Befehl, kein Wort mit mir zu sprechen. Ein täglicher Spaziergang der Stummen.

Die Kameraden machten einen großen Bogen um uns.

Nach Absitzen meiner Strafe kam ich wieder in unsere Mönchszelle, wo mich die Genossen frostig empfingen. Seit meiner misslungenen Flucht hatte man sie im Verdacht, dass sie Mitwisser waren, und bewachte sie strenger. Sie rieben mir das unter die Nase. Ich sagte, sie sollten sich um ihren eigenen Dreck kümmern.

Borniert, wie ich war, hielt ich es nicht lange aus: Schon ein paar Tage später startete ich einen zweiten, ebenso erfolglosen Versuch. Diesmal bekam ich Fußfesseln, was mich tollwütig machte. Ich schrie und tobte, warf meine Holzschüsseln mit dem Essen gegen die Wand und trat mit Füßen darauf. Sofort kamen die Wachen und schlugen auf mich ein, bis ich zu Boden ging. Danach drückten sie mir einen nassen Lappen in die Hand und warteten mit eisiger Miene, bis ich alles sauber gemacht hatte. Kaum waren sie weg, urinierte ich auf die Bodenmatten. Daraufhin legte man mir Handschellen an. Ich scheuerte die Handschellen an der Wand, bis meine Handgelenke bluteten und die Haut in Fetzen herabhing. Ich kauerte in einer Ecke, fletschte die Zähne wie ein Raubtier im Käfig. Ich war wie berauscht vor Wut, eine Wut, die einzig und allein mir selbst galt. Ich musste mir diesen Zorn aus dem Leib reißen, musste die Schatten hinter der Mauer in meinem Kopf tilgen, die Schatten der Toten, die ich nicht sehen wollte, und die Schatten der Feinde, die mit kalten Augen zusahen, wie ich durchdrehte. Der zweite Winter kam, ich erlebte ihn in meinem vergitterten Verlies, wo ich mit den Zähnen klapperte und auf Brettern schlief, die ich sauber halten musste. Das Bad: einmal in der Woche. Die Japaner hatten eine Abneigung gegen strenge Gerüche.

Als ich mich halbwegs beruhigt hatte, brachte man mich in die Zelle zurück. Diesmal wurde ich nicht frostig, sondern ausgesprochen eisig empfangen. Unser Zusammenleben wurde prekär. Ich brachte zu viel Aggression in die Gemeinschaft.

Wir klebten ja Tag und Nacht aneinander. Einst war ich ein zivilisierter Mensch gewesen, nun blieb nicht viel davon übrig. Man hielt mich für einen Spinner, einen von der bösen Sorte. Ich sah auch keinen Grund, mein Verhalten zu ändern und ein netter Kerl zu werden.

Die Kameraden hatten mich satt und wollten mich loswerden. Aber es gab nirgendwo Platz. Zu allem Überfluss wurden neue Gefangene in unser ohnehin schon überfülltes Lager gebracht. Sie kamen aus dem Lager von Oita, wo Meningitis ausgebrochen war. Die Japaner hatten die Symptome erkannt und wollten vermeiden, dass sich die Krankheit auf die Bevölkerung übertrug. Sie isolierten die bereits Angesteckten und verteilten die Gesunden in verschiedene Lager. Einen dieser Gefangenen quetschte man in unsere Zelle. Der Neue nannte sich Paul Engel. Ein Name, der auf seltsame Art zu ihm passte. Er sagte, er sei neunundzwanzig, war größer als die anderen, mit langen Armen und Beinen. Er war hellhäutig, schmächtig, sein feines Haar stand auf wie der Flaum eines jungen Vogels. Sein schmaler Schnurrbart wuchs spärlich. Er war ihm anscheinend lästig, denn er kratzte sich oft. Seine hellgrünen Augen waren aufmerksam, leuchtend und gleichsam verträumt, als ob diese Augen sich weigerten, das Schlechte auf Erden wahrzunehmen. Wohl oder übel mussten wir uns an seine Gegenwart gewöhnen. Wir hatten eine Routine des täglichen Lebens entwickelt, und er zeigte spontan seine Bereitschaft, sich anzupassen. Also würden wir noch enger zusammenrücken. Ich dachte, dass es unerträglich sein würde, wir hatten ja schon zu viert kaum Platz zum Schlafen. Mit einem »Gitone« in den Armen hätte das charmant sein können. Aber wir störten uns nur gegenseitig und atmeten unseren Mundgeruch ein.

Paul tat es offensichtlich leid, dass er uns unfreiwillig Platz wegnahm. Er saß wie die japanischen Mönche, die Beine übereinandergeschlagen und den Rücken gestreckt, in einer Stellung, die er mühelos einhalten konnte. Sprach er, redete sein Körper mit, federnd, die ausdrucksvollen Hände bewegten sich, als griffen sie nach unsichtbaren Dingen. Er schüttelte sie schlaff aus dem Handgelenk vor, wobei sich die Finger wie von selbst krümmten und streckten. Ich hatte solche Hände schon früher gesehen. Er sprach ganz schlicht, wie ein Mann, der sich das leisten kann, weil er aus gutem Hause ist und weder ein Verlangen hat, großzutun, noch Wert darauf legt zu zeigen, welche Stellung er in der Gesellschaft einnimmt. Als Seeoffizier hatte auch Manfred ein Ohr dafür. Er war froh um Pauls Gesellschaft. Ich war ein Halbverrückter, und mit Peter und Klaus konnte er wenig anfangen. Er erzählte Paul, dass er gerne Ingenieur geworden wäre, ein ruhiger Beruf, aber sein strenger Vater hatte ihm keine berufliche Wahl gelassen. Für ihn war nur die Marine infrage gekommen. Die Väter dazumal waren eine verstockte Gattung. Ich hätte ein Lied davon singen können.

»Ich hatte Glück«, sagte Paul. »Ich konnte mir die Karriere aussuchen. Nichts Soldatisches, wenn du das meinst. Ich bin Geiger und Musiklehrer.«

Es traf mich wie ein Fausthieb in die Magengrube. Etwas stieg in mir empor. Ein Schrecken, ein Gefühl wie eine Krampfwelle. Mit einem solchen Gefühl kann man nicht leben, es sei denn, man bringt es hinter sich. Aber zwischen dem, was diesen Schrecken verursacht hatte, und diesem neuen Schrecken, der mich jetzt überfiel, war eine Stelle in mir, die etwas wissen sollte und es nicht mehr wusste. Weil es Dinge gab, die wie Phantome aus meinem Gedächtnis entschwunden waren, als hätten sie sich nie ereignet. Oder vielleicht waren sie noch dort, das war immerhin möglich. Und bewahrt man diese Dinge in sich auf, platzen die Blutgefäße, und man landet in der Klapsmühle.

Ich hatte die Fähigkeit, die Ohren gegen Geräusche, die ich nicht hören wollte, zu verschließen. Aber ich konnte jetzt nicht abschalten. Ob ich wollte oder nicht, ich hörte Manfred ganz gemächlich sagen, dass alle möglichen Berufe im Lager vertreten waren, vom Eisenbahner bis zum Bäckermeister. Dass wir auch einen Gerichtsschreiber hatten, einen Zollbeamten und einen Finanzexperten.

»Aber einen Musikus hatten wir noch nicht!«, meinte Peter, der an einem Stück Holz schnitzte. Er hatte einen Riss an der Türschwelle bemerkt, den er ausbessern wollte.

Und da sagte Klaus abschätzig: »Aber in Tsingtau war doch einer.«

Etwas explodierte in mir. Ich sprang auf ihn los und schlug zu. Meine geballte Faust krachte an sein Kinn. Klaus zuckte zurück, stieß mit dem Hinterkopf an den Deckenbalken und stürzte rücklings gegen die Holzwand, die mit dumpfem Knall erbebte. Man packte mich, hielt mich fest. Und schnell wie der Blitz waren auch die Wachsoldaten zur Stelle, rissen die Schiebetür auf, die Gewehre im Anschlag. Manfred schob sich dazwischen und beschwichtigte alle. Die Wachen sprachen wüste Drohungen aus, bevor sie sich wieder verzogen.

»Komm, Alexander, lass es gut sein«, sagte Manfred, als sie gegangen waren. »Klaus hat es nicht böse gemeint.«

Keine Ahnung, wie er es gemeint hatte, aber ich hätte ihn am liebsten ermordet. Manfred half dem Burschen auf die Beine. Klaus sah mich schief an, rieb sich das geschwollene Kinn. Er gehörte zu den Leuten, die ich nicht leiden konnte, und natürlich hasste er mich auch, hartnäckig und in aller Stille. Was Paul betraf, der hatte sich nicht eingemischt. Ich sah seine Augen auf mir. Er hatte die Atmosphäre erfasst und dachte sich seinen Teil. Es würgte mich im Hals. Warum hatte ich mich nicht beherrschen können? Mir fehlte eine klare innere Linie, eine genaue Route des Verhaltens. Hing es mit gewissen Erinnerungen aus dem Schützengraben zusammen, die ich in mir trug in all ihrer Gefährlichkeit? Und was hatten sie mit Paul Engel zu tun? Diese Erinnerungen schlängelten sich durch alle anderen wie ein unfassbar grauenvolles Motiv. Aber bevor sie richtig wahrnehmbar wurden, glitten sie in Nebel zurück, und wenn sie wieder herauskamen, hatten sie eine andere Gestalt. Sie festzuhalten war wie der Versuch, einen Schatten mit der Hand zu fangen.

27. KAPITEL

DER BOTE

Es war freilich nicht so, dass sich ein feindlich gesinnter Andersartiger in unsere Zelle geschlichen hatte. Aber ich wollte von Paul Engel nichts wissen. Ich gab ihm nicht einmal die Hand. Sonderbar, er nahm es mir nicht übel.

Mir schien, als beobachte er mich aus der Entfernung, aus einem anderen Ort sozusagen. Selbst wenn ich mich ihm gegenüber wie ein Grobian benahm, blieb immer etwas in ihm fern von mir. In seinen freundlichen Augen stand der Schimmer vieler Augenblicke und tiefgründiger Erfahrungen. Und er schien sich nie beleidigt zu fühlen, gleichgültig, was ich sagte.

Paul lachte oft. Ein leichtes, angenehmes Lachen. Er hatte bemerkt, dass die Kameraden mich wie Luft behandelten. Er aber zeigte eine stets aufmerksame Geduld, bezog mich in die Gespräche mit ein. Stellte er mir eine Frage, antwortete ich nur einsilbig, aber er ließ nicht locker. Eines Tages fragte er mich, wie beiläufig: »Spielst du auch ein Instrument?«

Er sah mich leuchtend an, und ich antwortete auf meine Weise, nämlich, dass ich mit meinem Instrument schon gleich nach der Geburt gespielt hatte. Paul stutzte leicht, bevor er sich von mir abwandte. Sein Lächeln blieb wie ein Schatten auf seinem Gesicht. Er machte sich nie zur Zielscheibe meiner Waffen.

Er hatte einige Gleichgesinnte kennengelernt, die davon sprachen, hier im Lager ein Ensemble zu gründen und Kammermusik zu spielen. Musiker verfügen über einen besonderen Instinkt. Sie spüren genau, wo sie die anderen finden können, sie riechen offenbar die Pheromone. Und sofort stehen sie im Kreis und fachsimpeln über Klarinette und Cello.

Und doch war es unvermeidlich, dass wir am Ende einige Gedanken austauschten. Das war, als wir uns zufällig in der Versammlungshalle begegneten. Ich blickte von der Veranda aus in den Garten. Es war Frühling, die Luft war getränkt vom kühlen Schein der Morgensonne. Die sauber geschnittenen Sträucher, glitzernd von Tau, warfen lange Schatten auf die Trittsteine des gewundenen Pfades. Und auf einmal stand Paul neben mir. Ich hatte ihn nicht kommen gehört. Die Holzböden waren eiskalt, jeder, der sie noch hatte, trug ja seine hundertmal gewaschenen und gestopften Wollsocken. Das erstickte das Geräusch unserer Schritte. Pauls Gegenwart war mir lästig. Seit ich ihn zum ersten Mal erblickt hatte, war ein Unbehagen in mir geweckt worden. Ich dachte, wenn ich ihn ignoriere, verzieht er sich von selbst. Und so standen wir eine Weile Seite an Seite, taten beide so, als seien wir in den Anblick des Gartens versunken, bevor Paul unvermittelt das Schweigen brach.

»Wie musikalisch dieser Garten ist!«

Ich würdigte ihn mit keiner Antwort. Na los, hau schon ab! Doch nein, er bequemte sich nicht zu gehen. Ein paar Atemzüge verstrichen, dann wandte er mir das Gesicht zu.

»Warum hast du Musik nicht gern?«

Er war von der hartnäckigen Sorte. Wenn ich weiterhin wie eine Bildsäule dastand, würde ich ihn mein Leben lang nie loswerden. Ich sagte: »Als ich ein Kind war, habe ich auch Geige gespielt. Eine Schwester spielte Klavier, und die andere sang. Das ganze hörte sich grässlich an. Aber die Eltern haben uns vorgeführt, jedes Mal, wenn sie Besuch hatten. Ich habe mir geschworen, nie wieder! Für mich ist Musik schlicht und einfach Konvention. Etwas

Spießiges. Wir sind an Konventionen gefesselt wie Rothäute am Marterpfahl. Mit alldem habe ich abgeschlossen.«

Er nickte ruhig.

»Möglicherweise würde ich auch so denken, wenn ich damit nichts zu tun hätte. Aber für mich ist Musik unmittelbare Gotteserfahrung. Nur weil in der Musik der Abglanz Gottes leuchtet, vermag der Mensch überhaupt Gott zu erkennen und zum Göttlichen in Beziehung zu treten.«

Er redete wie ein verdammter Pfaffe. Gleich würde er mir die Beichte abnehmen.

»So. Und wie, bitte schön, funktioniert das? Telegrafisch?«

»Der Topos ›Humanitas‹ zieht sich wie ein roter Faden durch jedes musikalische Werk, egal, ob wir uns dessen bewusst sind oder nicht. Musik ist Werk der aufgeklärten Geister.«

»Ach, sind wir das?«, sagte ich höhnisch. »Schon die Höhlenmenschen bliesen in Knochenflöten, denk mal daran, bevor du selbst große Töne bläst.«

Ein kleines Lächeln flog über seine Lippen.

»Na ja, es gibt für alles einen Anfang. Wir haben uns entwickelt und die Musik mit uns. Musik gehört wie Bildung zur Ausbildung des Menschseins. Sie ist das Dauernde in unserer Geschichte. Was wäre die Welt ohne Musik?«

»So sinnlos, wie sie eben ist. Und auch die Musik kann uns nicht vor der Verdammnis retten.«

»Wer weiß?«, meinte er. »Nichts anderes ist mir in meinem Leben so wichtig, so heilig wie das Geigenspiel. Musik ist gleichsam Methodik und Synthese, sie ist eine Sprache, ein unbegrenztes Vokabular. Das habe ich irgendwann begriffen. Und meine einzige Frage war: Wie kann ich spielen, dass ich diese Sprache weitergeben kann und meine Schüler sie verstehen?«

Und jetzt war es, als ob eine Tür sich knarrend geöffnet hatte, um mir Dinge zu zeigen, die ich nicht sehen wollte. Ich wurde unruhig. Solche hochgespannten Reden hatte ich schon früher gehört. Sie waren irgendwo in mir, im Nebel meiner Erinnerung. Aber ich wollte sie weder suchen noch finden. Ich spürte nur den heimlichen, verzehrenden Drang, sie zu vergessen.

Ich antwortete herausfordernd.

»Mir ist klar, du glaubst an dergleichen. Siehst du, und ich, ich glaube nichts und ich fühle auch nichts. Hat uns diese Sprache – wie du sie nennst – je weitergebracht? Wir sind Betrüger oder Betrogene, und die Welt ist nach wie vor ein Irrenhaus.«

Eine Weile lang sagte er gar nichts. Sein ruhiger Blick schien zu bedeuten: »Warum vergeude ich die Zeit mit diesem Typen?« Auch das ärgerte mich.

»Musik«, sagte er schließlich, »ist eine heilende Kraft.«

Er gab sich große Mühe mit mir. Aber er sprach, als ob er einen Kranken vor sich hätte. In meinem Herzen verdross mich seine Geduld.

»Ein Allheilmittel? Dass ich nicht lache!«

Seine Brauen, die dunkler waren als sein Haar, zogen sich schräg zusammen. Ich merkte, dass ich eine empfindliche Stelle in ihm getroffen hatte.

»Wer die Musik nicht liebt«, sagte er nachdenklich, »liebt auch die Menschen nicht.«

»Das ist nicht wahr«, sagte ich. »Nur mich selbst liebe ich noch weniger.«

Sollte er von mir denken, was er wollte. Ich ließ ihn stehen und ging davon.

Weil die Beengtheit im gesamten Lager unerträglich wurde, in Aggressionen und puren Hass ausartete, wurde uns mitgeteilt, dass wir in ein Lager in der Ortschaft Bandō auf der Insel Shikoku transferiert würden. Wir mussten unsere Habseligkeiten einsammeln, die Zellen putzen, im sauberen Zustand hinterlassen. Die Wachen sahen grimmig zu und übersahen nicht ein einziges Staubkorn.

Man hatte uns gesagt, dass wir fortan in einem neu errichteten

Barackenlager untergebracht würden, das Platz für tausend Internierte bot. Man hatte drei Lager, die veraltet, zu klein oder zu unhygienisch waren, zusammengelegt. Am Anfang waren wir nur sechshundert, später sollten andere dazukommen.

Wir verabschiedeten uns also von der Tempelanlage von Koyama und machten uns mit düsteren Vorgefühlen auf den Weg. Uns war gesagt worden, dass sich das neue Lager in der Nähe der Stadt Naruto befände. Heutzutage ist der Name Bandō fast vergessen. Das Gebiet wird nur noch Oasa genannt.

Die Reise erfolgte zunächst mit der Bahn. Diesmal war ich klar im Kopf und bemerkte, dass die Abteile sauber waren und dass die Polsterung – anders als in China – weder Flecken zeigte noch von den Sitzen gerissen war. Danach folgten einige Stunden Fußmarsch. Die ganze Zeit von unseren Wachen umgeben, wanderten wir in langer Kolonne durch eine Frühlingslandschaft, fremdartig schön, zwischen braunen Reisfeldern, in denen die Stecklinge wuchsen, und großen Bambuswäldern voller Vögel. Hier und da begegneten wir Bauern, dunkelblau gekleidet, mit einem weißen Schweißtuch um die Stirn. Sie verneigten sich, wie das bei den Japanern üblich ist, aber sie taten es lächelnd. Die Kinder sahen fröhlich, sauber und gut genährt aus. Sie winkten unbefangen und riefen uns »Guten Tag, Doitsu-San!«, Herr Deutscher, zu. Wir hatten keine Ahnung, wo sie das aufgeschnappt hatten, aber es hörte sich nett an und hob unsere miese Stimmung ein wenig. In jedem noch so kleinen Dorf machten die Holzhäuser mit ihren Strohdächern einen gepflegten Eindruck. Zwischen den Bäumen, in einer Senke neben dem Fluss Yoshino-gawa, drehte sich das große, schmale Rad einer Reismühle. Als wir weiterkamen, quer über ein tiefes Tal hinweg, sahen wir vor uns ein rosa Gewölk, das die Berghänge bedeckte und die Landschaft zum Leuchten brachte. Kirschblüten! So weit das Auge reichte, nur Kirschblüten! Die klare Luft und das Licht, hauchfein wie eine Seifenblase, hoben jeden Umriss der Bäume hervor. Unter der zauberhaft verschwenderischen Sonne und dem Spiel zarter

Schatten führten gewundene, mit losen Steinen bestreute Pfade steil in die Höhe, und das rosa Blütenmeer schien über ihnen zu schwimmen. Der Anblick machte uns froh, obwohl wir müde und verschwitzt waren und kaum noch einen Fuß vor den anderen setzen konnten. Wir überquerten den Strom auf einer Holzbrücke mit hohen Pfosten und trafen, völlig erschöpft und von Bajonetten umringt, in Bandō ein. Wie zu erwarten, befand sich das Lager hinter Stacheldraht, und die hohen Wachtürme mit ihren Scheinwerferanlagen wirkten sehr effizient. Aber kaum hatten wir das Tor durchschritten, war die Überraschung groß: Alle Baracken standen beidseits einer geraden, frisch gestampften Straße, die wir im Andenken an die Ladenstraße von Tsingtau »Tapatau« benannten. Es gab eine Vielfalt kleiner Läden, und später richteten wir auch Imbisstuben ein. Tatsache war, dass der Ort eher einem Dorf als einem Lager für Internierte glich. Und gleich nach unserer Ankunft standen uns schon vier Dolmetscher zur Verfügung. Jene Gefangenen, die in Shanghai mit Japanern Kontakte geknüpft hatten und sich mehr oder weniger verständigen konnten, erhielten eine weiße Armbinde, auf der einige Kanji – japanische Schriftzeichen – verkündeten, dass der Betreffende die japanische Sprache verstand.

Dann mussten wir uns aufstellen, und Oberstleutnant Toyohisa Matsue, der Kommandant des Lagers, erschien zur Inspektion. Ich weiß noch, wie er mit einer beiläufigen Handbewegung den Wachen befahl, ihre Waffen zu senken. Wir indessen standen stramm, während der Oberstleutnant langsam an uns vorbeischritt. Er trug einen langen Offiziersmantel und glänzende Schaftstiefel. Nicht ein Blick seiner schimmernden Augen verharrte auf irgendeinem der Gefangenen, und doch hatte ich das sonderbare Gefühl, dass er jeden von uns genau wahrnahm. Er war ein Mann um die fünfzig, mittelgroß und hielt sich fast übertrieben gerade. Das Haar war militärisch kurz. Sein Gesicht war länglich, mit ausgeprägten Wangenknochen und einer hohen, gewölbten Stirn. Die Augen hatten eine leichte Schrägneigung zur Schläfe hin. Seine Brauen waren lang und dicht, die eine etwas hochgezogen, was seinem Gesicht einen asymmetrischen Ausdruck verlieh, der Ruhe und Klugheit ausstrahlte. Der Gesichtsausdruck war undurchdringlich, wirkte aber freundlich. Er trug den damals üblichen Schnurrbart, aber er stand ihm gut: Die dunkle Linie betonte den Mund, der nachdenklich und nicht verkniffen war, wie es bei vielen Offizieren der Fall ist. Es war das Gesicht eines intelligenten, nüchternen Mannes, eines erfahrenen Mannes.

Nach der Inspektion blieb er wieder vor uns stehen, die behandschuhten Hände auf dem Rücken, und wir hörten zum ersten Mal seine Stimme. Sie hatte zwar die männliche Klangfarbe, die man bei einem Mann dieses Aussehens erwartete, doch sie war trotz ihrer Tiefe fast frauenhaft sanft. Nicht nur die Stimme versetzte uns in Erstaunen, sondern auch die Worte, die er sprach. Sein Deutsch war nahezu perfekt. Zunächst entschuldigte er sich für die Unhöflichkeit, dass man uns den ganzen Weg über mit Bajonetten begleitet hatte. Dann hieß er die Doitsu-San willkommen und sprach die Hoffnung aus, dass wir uns in diesem Lager wohlfühlen würden. Keiner wüsste, wie lange der Krieg noch dauerte. Er hoffte auch, dass wir die Heimat nicht allzu sehr vermissten. Wann wir sie wiedersehen würden und in welchem Zustand, konnte ja niemand voraussagen.

Die Männer standen in vorschriftsmäßiger Haltung, verbargen ihre Überraschung. Was für eine ungewöhnliche Rede! Und sie klang ehrlich. Aber war sie es auch? Ich wollte dem Mann nicht auf den Leim kriechen. »Vorsicht«, dachte ich, »lass dich nicht manipulieren, was immer er auch sagt! Denke daran, dass du ihm ausgeliefert bist.«

So freundlich Matsues Worte auch waren, wer wusste, was er im Schilde führte? Ich misstraute dem japanischen Hochmut, der unweigerlich und im unerwarteten Augenblick explosionsartig zum Vorschein kam. Wir hatten das oft erlebt, und es hatte uns immer betroffen gemacht.

Und doch war ich verstört. Matsues Anblick, seine Sprechweise erweckten ein Gefühl in mir, das tief verschüttet gewesen war: als ob sich meine Seele seiner entsann und ich ihn bereits kannte, lange bevor ich geboren wurde.

Aber nein, das war ganz und gar unmöglich! Das konnte einfach nicht sein. Ich unterdrückte diese Empfindung gleich wieder. Und als er an mir vorbeischritt, starrte ich ihn herausfordernd an, setzte meine ganze Arroganz und Abneigung in meinen Blick. Er jedoch ging ruhig weiter, ohne mich im Geringsten zu beachten. Und doch wusste ich, dass er mich nicht übersehen hatte. Ich war richtiggehend beleidigt. Ich hatte mich aufgebläht wie eine Giftschlange, und er machte sich nicht einmal die Mühe, auch nur die kleinste Notiz von mir zu nehmen.

28. KAPITEL

DER VOGEL AUF DEM TOTEN AST

So begann unsere neue Zeit hinter Stacheldraht. Wie viele Jahre wir hier verbringen würden, stand in den Sternen geschrieben. Aber nichts in diesem Lager war, wie wir es uns mit bangem Herzen vorgestellt hatten. Statt des Schäbigen und Schmutzigen, der Kränkungen und Schikanen erlebten wir Aufrichtigkeit, Respekt und Verständnis. Denn wo sonst auf der Welt hat es je ein Gefangenenlager gegeben wie Bandō? Wo sonst in der Welt hat es je einen Lagerkommandanten gegeben wie Toyohisa Matsue?

Man möchte glauben, dass ein Lager dem anderen glich, aber Bandō war ein richtiges Dorf, mit Infrastruktur und Verwaltung. Die Unterkünfte bestanden aus frisch gezimmerten, auffallend hohen Holzbaracken, die in kleinere Räume eingeteilt waren – für je sechs Mann. Die Decken auf den Pritschen waren aus guter Wolle und sauber. Es gab Waschbänke und mehrere Badehäuser. Dass die Japaner pingelig mit der Hygiene waren, war uns bestens bekannt. Wir hatten das zu schätzen gelernt. Und es machte uns auch nichts mehr aus, uns im Adamskostüm zu präsentieren.

Ich wurde mit meinen einstigen Zellengenossen in der gleichen Baracke untergebracht. Sonderbar war, dass wir wie von selbst benachbarte Pritschen bezogen. Eigentlich mochten wir uns nicht leiden, redeten nur Unverbindliches. Aber Menschen sind seltsame

Gewohnheitstiere. Gefangene aus mehreren Lagern waren in Bandō versammelt, und Paul traf noch andere Leute aus Tsingtau, die er kannte. Es waren Musiker der Marineartillerie Kiautschou. Ihre Formation nannte sich »Tokushima-Orchester« und bestand aus fünfundvierzig Personen, alles Offiziere, die Blasinstrumente spielten. Dazu kamen das von Paul Engel gegründete Engel-Orchester und ein kleines Mandolinenorchester.

Viele Musiker hatten ihre Instrumente aus Tsingtau mitbringen können. Einige beschafften sie sich auf anderem Weg. So unwahrscheinlich es ihnen vorkam, es gab japanische Spenden. Ein seltsames Entgegenkommen. Sie waren überhaupt unbegreiflich, diese Japaner. Keiner wurde aus ihnen klug. Sie wussten Dinge über unsere Kultur, die sie eigentlich nicht hätten wissen können, während wir vor der japanischen Kultur wie vor dem sprichwörtlichen Buch mit sieben Siegeln standen.

Der Dirigent des Marineartillerie-Orchesters, Oberoboistenmaat Hermann Hansen, war in Tsingtau Kapellmeister gewesen. Oboisten gelten als reizbar, jähzornig und überheblich. Hermann Hansen war auch nicht immer höflich, aber sein trockener Humor machte ihn beliebt, ebenso wie seine Gabe, alle Probleme im Guten zu lösen. Eine große Energie ging von ihm aus, ohne dass er aussah, als hätte er sie. Er war hochgewachsen, mit einer kahlen Stirn und schütterem Haar, das ihm Kummer machte, wie ich später erfuhr. Niemand von uns, so schien es, sah etwas Besonderes darin, dass hier in Bandō Konzerte stattfinden würden. An Unwahrscheinlichkeiten hatten wir uns inzwischen gewöhnt.

Wir gehörten verschiedenen Dienstgraden an und kamen aus unterschiedlichen Schichten der Gesellschaft. Aber Orchestermusiker waren so etwas wie eine höhere Kaste. Man begegnete ihnen mit Ehrfurcht. Ich jedoch fühlte mich in ihrer Gegenwart unbehaglich. Warum eigentlich? Hatten diese harmlosen Spinner irgendeine Kenntnis von meinen Albträumen? Wussten sie zu viel oder gab es irgendein Geheimnis, das mich betraf? Wenn sie im

Vortragssaal oder auch unter freiem Himmel probten, wenn der Klang ihrer Instrumente herbeiwehte, spürte ich die furchtbarste und schauerlichste Verlassenheit. Ich wollte tot sein. Aber das war zu spät. In meinem Kopf lag ein Teil der Vergangenheit hinter der Mauer, die ich nicht im Geiste überwinden konnte. Die Verbindungslinien zur anderen Seite waren zerstört.

»Was hast du in Tsingtau gemacht, Alexander?« Die Frage ließ mich nicht los. »Was ist in Tsingtau geschehen?«

In Tsingtau? Ach, viel Unerfreuliches! Besser, dass man nicht zu viel darüber nachdenkt. Und die Musik? Sie erinnert mich an … ja, woran erinnert sie mich? Und eigentlich geht es gar nicht um die Musik selbst. Es geht um jemanden, der über Musik sprach. Paul? Nein, nicht Paul.

Ich muss mich überzeugen, muss mich unbedingt davon überzeugen, dass ich das alles nur geträumt habe. Aber ich sehe lediglich die Mauer in mir und dahinter diese unvorstellbare Fremdartigkeit, die mir Erinnerungen zuleitet, die immer etwas anderes sind als das, wofür ich sie halte.

»Warum kannst du dich nicht entsinnen, Alexander?«

Sich entsinnen ist notwendig. Was mich verrückt macht, ist, dass ich es nicht kann. Da ist eben diese Mauer. Mein Kopf ist zweigeteilt. Wie kann ich Ereignisse wieder entstehen lassen, die nicht mehr Teil meines Lebens sind? Die Dunkelheit ist verschwiegen und mächtig. Wie kann ich wissen, ob die Schatten in mir ein logischer Teil all dessen sind, was vorher war? Aber woher kommt diese unvorstellbare Fremdartigkeit, die mir Erinnerungen zuleitet, die immer etwas anderes sind als das, wofür ich sie halte? Das macht mir Angst.

»Warum hast du Angst?«

Ich weiß es nicht. Ich weiß es wirklich nicht.

»Dann lass mich gefälligst in Ruhe damit.«

Natürlich wurden wir in Bandō bewacht, von Soldaten, die ihr Bajonett auf dem Gewehr trugen. Und sie sahen durchaus bereit aus, uns das Ding bei Bedarf in den Bauch zu rammen. Der Unterschied zum Lager in Koyama war, dass wir – außer dem obligaten Morgen- und Abendappell – unseren Tagesablauf selbst gestalten konnten. Ich komme noch darauf zurück. Trotz alledem herrschten strenge Regeln. Und kein Vergehen wurde geduldet. Geschmuggelte Post, Schwarzmarkt, Wettspiele für Geld oder nicht befolgte Befehle wurden mit sofortigem Arrest bestraft.

Es war schon so, dass wir Momente der Niedergeschlagenheit oder der Auflehnung durchmachten. Wir hatten eine hemmungslos grausame Zeit hinter uns, hatten den Tod aus nächster Nähe gesehen, sein hässliches Antlitz zog sich nur langsam aus uns zurück. Die Kameraden erholten sich, für sie verlor das Todesantlitz allmählich an Farbe und Substanz. Ihr Lebensmut kehrte zurück. Ich erholte mich nicht. In mir war der Tod nach wie vor gegenwärtig. Tag für Tag konfrontierte ich mich mit meinem Trauma, ein unkontrollierbarer Zusammensturz von Fühlen und Denken, dessen tiefe Ursache mir ein Rätsel war. »Alexander«, sprach ich zu mir selbst, »du bist nicht krank. Nein. Glaub mir. Glaub mir doch!« Eine Eigenbeschwörung, die zu nichts führte. Nur mein äußerer Körper war am Leben, der innere war abgestorben wie ein Ast an einem winterlichen Baum, der nicht einmal das Gewicht eines Vogels zu tragen vermochte.

Und inzwischen organisierten sich die Kameraden, schlossen Freundschaften, sprachen von dem, was sie in der Heimat erwarten würde und was sie nach Kriegsende unternehmen wollten.

Für die Offiziere und Deckoffiziere, die kaum zehn Prozent von uns ausmachten, gab es gesonderte Offiziersquartiere. Die typische Extrawurst. Es gab sogar ein Clubhaus. Alle anderen, die Unteroffiziere und die einfachen Soldaten, zu denen meine Wenigkeit gehörte, lebten in acht Baracken verteilt. Nach und nach kamen Internierte aus anderen Lagern hinzu, sodass unsere endgültige Zahl knapp über tausend war. Polen und Italiener gehörten auch dazu, wenn auch in geringer Zahl. Und einige Juden, die gerne unter sich blieben. Bald war jede Pritsche besetzt. In den Baracken quetschten wir uns aneinander vorbei. Natürlich gab es Widrigkeiten. Wir lebten ja schließlich nicht im Grand Hotel. Man hörte Geräusche, die man nicht hören wollte, und jedes zu laut gesprochene Wort konnte in falsche Ohren geraten und Reaktionen hervorrufen. Dabei ging es häufig um Klassenbewusstsein, Einfluss und Rang. Privilegien hin, Privilegien her, manche schienen zu vergessen, dass wir alle im Lager gleich waren – so gleich, wie wir es sonst nirgendwo in der Heimat hätten sein können. Es gab auch Streit mit den Juden, die man von oben herab behandelte und die sich das nicht gefallen ließen. Aber die Wachen hatten einen sechsten Sinn für ausbrechende Keilereien. Kaum setzte ein Handgemenge ein, waren sie mit Befehlen und Gebrüll zur Stelle. Man schnappte sich gnadenlos die Aufwiegler und stellte sie unter Arrest. Die sozialen Probleme wurden damit zwar nicht gelöst, aber immerhin eingedämmt.

Im Lager gab es eine Post, einen Zahlmeister, es gab sogar eine Bibliothek mit Büchern in deutscher Sprache, die japanische Familien gestiftet hatten. Sehr entgegenkommend, wenn sie nicht unsere Feinde gewesen wären. Es gab auch eine kleine Kirche, in der jeden Sonntag Gottesdienste abgehalten wurden. Wir hatten acht Missionare im Lager, die ihre Schäfchen betreuten. Sie erzählten viel Erbauliches über den lieben Gott, der sich in Tsingtau keinen Deut um uns gekümmert hatte.

Ich lernte Japanisch. Nicht, weil mir diese Sprache gefiel, sondern weil ich meine Feinde besser verstehen wollte. Ungefähr zwei Dutzend Leute hatten sich für die Kurse angemeldet. Unser Lehrer, der alle zwei Tage frühmorgens auf die Minute pünktlich um halb sieben erschien, war ein strenger alter Mann, pedantisch bis ins Knochenmark. Sein Gesicht war stets bleich, mit einem verbitterten Zug um den Mund. Er hatte abstehende Ohren und hart glitzernde

Augen hinter der runden Brille. Während wir unbequem auf Tatami-Matten saßen, kniete er auf einem Kissen, denn die Stellung eines Lehrers verlangte, dass er nicht auf gleicher Höhe mit seinen Schülern saß. Er behandelte uns – erwachsene Männer – wie Pennäler und tat nichts, um die Kluft zwischen uns zu überbrücken. Während des ganzen Unterrichts verharrte er in aufrechter, bewegungsloser Haltung, die Wirbelsäule wie erstarrt, die Schultern rechtwinkelig. Und erwartete das Gleiche von uns: gesammelte Aufmerksamkeit, vier Stunden lang, und Haltung wie an einem Faden aufgehängt. Schwankte unser Oberkörper, glitten unsere Knie auch nur ein wenig aus der gehörigen Winkelstellung heraus, strafte er uns mit einem vernichtenden Blick. Der Name dieses Quälgeistes war Ichiro Kumakawa. Wir hatten erfahren, dass er ein ehemaliger Diplomat in Wien und gewiss ein Spion der Japaner gewesen war, bevor diese im Seekrieg von 1905 das russische Geschwader versenkt hatten. Das erzählte er uns nicht; er erzählte nie etwas über sich selbst. Wir erfuhren es auf Umwegen. Freilich, in einem Beruf, in dem Diskretion als wesentliche Lebensregel galt, konnten sich nur die Verschwiegenen auf dem Parkettboden der Diplomatie ohne Ausrutscher bewegen. Zu diesem Zeitpunkt war er bereits über achtzig und längst im Ruhestand. Er sah es aber als seine Pflicht an, einen Beitrag zur gegenseitigen Verständigung zu leisten. Die Lehrbücher für den Unterricht hatte er selbst erstellt.

Die japanische Sprache hatte seltsame Eigenarten. Ihre Unbestimmtheit des Ausdrucks entbehrte jeder Logik. Ständig musste man in Gedanken beweglich bleiben, um sich alles selbst zusammenzureimen. Es gab auch fast keine persönlichen Bezeichnungen. Diese wurden durch Etikettenwörter ausgedrückt, ehrende oder demütige Floskeln, die bisweilen nahezu grotesk klangen. Was Herr Kumakawa uns beibrachte, war die offizielle Sprache, die in den Schulen und in der Verwaltung gebräuchlich war und die Einheit des Staates sicherte. Die Unpersönlichkeit war Ausgangspunkt jeder Höflichkeit und zugleich auch ihr Grund. Mit der Schrift verhielt es sich noch komplizierter. Die Japaner verwendeten hoch systematisierte chinesische Schriftzeichen mit sofortiger Sichtbarmachung eines Gegenstandes oder eines Gedankens. Dazu kamen zwei japanische Alphabete, die auf Phonetik aufgebaut waren. Das alles bereitete uns gewaltiges Kopfzerbrechen, doch wir zogen Nutzen daraus und machten Fortschritte.

Herrn Kumakawa gebührte der Titel »Sensei« – Meister. Wir hatten kaum eine Vorstellung von dem hohen Rang, den Lehrer im damaligen Japan einnahmen. Es war nicht vorgesehen, eine solche Respektsperson mit Fragen zu belästigen. Es gab ein Sprichwort: »Tritt nicht einmal auf den Schatten deines Lehrers!« Trotzdem erdreistete sich ein Kamerad – ein Leutnant noch dazu –, auf diesem ehrwürdigen Schatten mit klobigen Füßen zu trampeln, indem er die taktlose Frage stellte, was er denn, Kumakawa-Sensei, von dem Krieg gehalten hatte.

Ein Schimmer der Überraschung überflog das Gesicht unseres Lehrers. In Japan verletzt man nicht leichtfertig die Tugend der Höflichkeit. Dieser Doitsu-San, dessen Dienstgrad hier nicht die Bohne zählte, hatte offenkundig keinen Anstand.

Kumakawa-Sensei schloss sehr ruhig sein Buch, klemmte allerdings einen Finger zwischen zwei Seiten und antwortete kalt.

»Ja, es hat einen großen Krieg gegeben. Viele unserer Soldaten sind gefallen.«

»Viele der unsrigen auch«, fuhr ich wütend dazwischen und machte die Sache noch schlimmer. Ein starkes Stück, mochte Kumakawa-Sensei sich denken und starrte mich reptilienhaft an.

»Wir haben den Krieg gewonnen. Krieg ist eine Übung. Wir üben jetzt auf andere Weise. Vieles, was wir aufgebaut haben, wurde vernichtet. Jetzt bauen wir es wieder auf.«

Seine Überheblichkeit brachte mich endgültig in Rage.

»Jetzt sagen Sie mal, hatte der Krieg einen Sinn?«

»Jeder Krieg hat einen Sinn.«

»Welchen Sinn denn? Wissen Sie das?«

Er bewegte den Kopf von rechts nach links.

»Nein. Und stellen Sie nicht mehr diese Fragen, bitte. Sie gehören nicht in den Unterricht.«

Wie Pennäler behandelte er uns, ich sagte es ja. Und das mussten wir uns bieten lassen.

Während der Haager Friedenskonferenz von 1899 war eine humane Behandlung von Kriegsgefangenen klar festgelegt worden. Nicht alle Nationen hielten sich daran, aber die Japaner schienen gar nicht auf den Gedanken zu kommen, dass man das Abkommen ohne Weiteres ignorieren könnte. Sie hatten unterschrieben und basta. Beim Japanisch-Russischen Krieg von 1904 bis 1905 hatten sie an die achtzigtausend russische Gefangene untergebracht, und das Abkommen war strikt eingehalten worden. 1911 hatte Japan diese Bestimmungen erneut ratifiziert, zu unserem damaligen Vorteil. Aber man brauchte Beweise, dass alles reibungslos verlief. Deutsche Beamte und Kaufleute, die trotz dem Krieg als Repräsentanten oder Inhaber der in Japan ansässigen Firmen geblieben waren, besuchten im Auftrag der Regierung die Lager, die nicht alle vorbildlich geführt wurden, und schickten ihre Berichte nach Berlin. Ferner bat das deutsche Auswärtige Amt die amerikanische Botschaft in Tokio um eine Inspektion. Wenn schon, dann gründlich. Die amerikanischen Beobachter kamen auch nach Bandō. Sie fuhren im Automobil vor, wie einst mein Vater in Burghausen. Wir standen stramm, und unser Lagerkommandant führte sie herum. Die Amis stellten fest, dass die Japaner uns noch nicht zerstückelt hatten, dass wir weder Läuse noch Krätze hatten und gut verpflegt wurden. Sie kritzelten ihre Notizen, schüttelten ein paar Hände und spendeten fidele Trostworte: »Kopf hoch, Buddies! Bald kommt ihr nach Hause. Und denkt daran, nicht zu viel Sake, ha, ha, ha! Und jetzt, macht's gut und bye-bye.« Weg waren sie, und wir saßen immer noch hinter Stacheldraht.

Ich wusste damals nicht, worauf es im Leben ankommt. Zu sehr hatte ich mich bereits an die Gewalt gewöhnt. Es gab in mir zu viele Impulse, die sich austoben wollten. In jenem Lager hinter Stacheldraht lernte ich, das Entsetzen in mir zu bannen, das Wahre vom Falschen zu unterscheiden. In jenem Lager hinter Stacheldraht erlernte ich die Freiheit und erkannte von jener Zeit an und für alle Zeiten, welch unendliche Hilfe ich erbeten und erhalten hatte. Aber nicht auf Knopfdruck, leider. Bis dahin war noch ein sehr weiter Weg.

Und mir war nicht einmal bewusst gewesen, dass ich Hilfe brauchte.

29. KAPITEL

GEDANKEN UNTER DEM HERBSTMOND

Nahezu mein ganzes Leben liegt hinter mir, jetzt, in Tokio, wo ich vor meinem Schreibtisch sitze und einigermaßen angeekelt meine einstige Gemütsverfassung beschreibe. Ich lege den Pinsel beiseite und schüttele mein schmerzendes Handgelenk. Ein Krampf. Hinter der offenen Schiebetür glüht die Sonne auf die roten Ahornblätter. Es duftet herb und würzig nach Herbst. Eigentlich wollte ich schreiben, bis die Sonne untergegangen ist und ich die Schriftzeichen nicht mehr erkenne. Aber die Schmerzen ziehen sich bis zur Schulter hin. Das Geschoss, das in Tsingtau meine Knochen zerschmetterte, hat Spuren in meinem Fleisch hinterlassen. Und ich meine es wörtlich: Rheumatismus, Atemnot, Dauerhusten. Körperlicher Zerfall. Ich reibe mir den steifen Arm und sehe eine Bewegung im Garten. Ein leichter Windstoß weht Herbstblätter über den Rasen. Das Sonnenlicht flimmert in roten Wellen, und durch diese Wellen hindurch nähert sich eine Gestalt, durchscheinend wie gesponnenes Glas. Sie lässt sich vor der offenen Tür nieder. Ich spüre ihre Gegenwart wie einen wärmenden Hauch.

»So. Das Schlimmste hast du hinter dir«, sagt Toyohisa. »Und jetzt sag mal, wie fühlst du dich?«

»Ganz gut, eigentlich. Ich glaube, es hat sich gelohnt. Aber es war verdammt schwierig.«

»Ja, was hattest du denn erwartet?«

Das hört sich genauso an, als ob ich auf der Couch läge, ein Kissen unter den Füßen, und mich mit meinem Analytiker unterhielte. »Machen wir Fortschritte, Herr von Gersdorff? Und wie steht es mit unseren Neurosen?«

»Alexander, sei nicht unhöflich!«, tadelt mich Toyohisa, der genau weiß, was ich denke.

»Gomennasai!«, seufze ich. »Ich bin ein harter Brocken.«

»Das warst du schon immer.«

»Es tut mir leid.«

»Es braucht dir nicht leidzutun. Wir kennen uns doch.«

»Du hast viel Geduld mit mir gehabt. Ich war ein echtes Brechmittel.«

»Die japanische Geschichte ist voll von echten Brechmitteln. Zwei oder drei pro Generation. Wenn nicht ein gutes Dutzend.«

»Mit Aussicht auf Besserung?«

»Notgedrungen. Wenn sie Glück hatten, wurden sie in die Zange genommen.«

»Und was wurde aus ihnen?«

»Aus ihnen wurden Menschen, die das nächste Brechmittel in die Zange nehmen konnten. Sie spürten, unabhängig von Reichtum, Macht und Ansehen in ihrem Innersten jenen heiligen Funken, der das Wesen der Menschheit erleuchtet und weiterbringt.«

»Großartig! Habe ich gerechtfertigte Gründe, daran zu zweifeln?«

»Du hast nicht einen einzigen.«

»Schön. Aber so weit bin ich nicht gekommen. Vermutlich bin ich nicht genug erleuchtet.«

»Du hast deine Sache ganz gut gemacht. Du warst roh und unfertig. Aber jedes menschliche Wesen wird zweimal geboren, einmal als Materie, einmal als Geist. Jeder Mensch hat dieses Potenzial.«

Toyohisa sitzt vor mir in einem vergoldeten Schein. Er ist mein innerer Fixstern, um den meine Gedanken wie Trabanten kreisen. Wir Menschen brauchen dieses Festhalten, die innere Weisung, das Gefüge, das uns zusammenhält.

»Du hast recht«, sage ich. »Ich war nicht im Gleichgewicht. Heute verstehe ich mich besser. Aber es ist längst zu spät.«

»Hast du nicht den Himmel gesehen?«, fragt Toyohisa sanft. »Nichts auf der Welt bleibt im Gleichgewicht.«

»Die Sonne sinkt«, sage ich. »Morgen wird sie wieder aufgehen. Aber wer sagt mir, dass ich morgen noch da bin?«

»Das sagst du dir selbst. Du willst ja deine Aufgabe nicht mittendrin abbrechen, oder?«

»Das habe ich eigentlich nicht vor. Es sei denn, ich hole mir eine Lungenentzündung. Ich habe mir eine Frist gesetzt. Neujahr.«

»Warum ausgerechnet Neujahr?«

»Weil ich das Gefühl habe, dass ich zu Neujahr jemanden sehen werde. Jemanden, der wichtig für mich ist.«

»Ach, und wen denn?«

»Ich weiß es noch nicht.«

Toyohisa lässt ein leises Lachen hören. Er moralisiert nicht mehr. Er amüsiert sich.

»Natürlich weißt du es.«

Ich lehne mich zurück und lächle. Toyohisa kann ich nicht hinters Licht führen.

»Das mag schon sein. Du hast ja immer recht. Und im Übrigen sollte ich jetzt eine Pause machen. Ich habe einen Krampf im Arm. Und Hunger obendrein.«

»Nun, dann lass es dir schmecken«, sagt Toyohisa.

Der Tag neigt sich zu Ende. Ein Tag mehr, der überwunden ist. Die Sonne taucht einen letzten Baum in schimmerndes Purpur, während unter den Sträuchern die Schatten hervorkriechen. Toyohisa schwebt an der Grenze von Licht und Schatten. Sein Gesicht ist golden erleuchtet und schon so fern. Ich spüre den aufkommenden Nachtwind. Einen Atemzug lang schließe ich die Augen. Und als ich sie öffne, ist Toyohisa verschwunden. Ich bin wieder allein. Da, ein Kratzen an der Tür.

»Ich bin gekommen«, ruft draußen eine Stimme.

Ich ziehe mein Gewand über die Schultern, streiche Falten glatt, befingere meine Schärpe. Ja, der Knoten sitzt straff. Ich bewege die steifen Schultern, drehe mühsam den Kopf zur Tür hin.

»Bitte, treten Sie ein«, rufe ich höflich zurück.

»Guten Abend, Alexander-San!«, ertönt die fröhliche Antwort. »Warum sitzen Sie denn im Dunkeln? Darf ich Licht machen?«

Meine liebenswürdige Nachbarin bringt mir das Essen.

In der Nacht liege ich wach. Hauchfein und endgültig ist die Wand zwischen dem Einst und dem Nie-Mehr. Ich denke unentwegt an Bandō. Was bedeutete es für mich? Was bedeutete es für uns alle? Heute sehe ich ein, dass Bandō der Versuch einer Utopie war, nicht zeitgemäß und zutiefst subversiv. Bandō war wie ein Schiff, das auf dem Ozean der Ideen schwamm, längst versunken ist und doch in Erinnerung bleibt. In Bandō war etwas wirklich geworden, das die Menschheit noch nicht bereit war zu akzeptieren. Bandō war das Werk eines Mannes, der es wagte, die Gedanken der Zukunft zu denken. »Man kann die Welt nicht sehen, ohne sich selbst zu sehen«, schreibt C. G. Jung. »Und man sieht sich selbst, wie man die Welt sieht. Man braucht dafür sehr viel Mut.«

C. G. Jung habe ich erst viel später gelesen. Aber du hattest Mut, Toyohisa-San. Deine Vision widersprach dem Routinedenken. Für den Zeitgeist war sie nahezu sträflich absurd. Aber sie nahm Gestalt an und wurde zu einem Kraftkern, der seelische Energien um sich sammelte, um vorgeprägte Verhaltensformen zu sprengen. Du hast uns an unser Menschentum erinnert. Und wer einmal erlebt hat, wie die Welt sein kann, wenn die Menschen zu Brüdern werden, will vom Hass nichts mehr wissen. In Bandō haben wir unsere Vorurteile abgelegt wie schmutzige Unterhosen. In Bandō haben wir die Utopie verstanden. Leider verstehen wir sie immer nur für kurze, helle Augenblicke und vergessen sie dann wieder. Und somit laufen wir Gefahr, dass zu guter Letzt nicht viel davon übrig bleibt.

»Das sage ich dir jetzt, Toyohisa, weil ich in dem Alter bin, wo ich es dir sagen kann.«

Ist er überhaupt noch da? Ich sehe ihn nicht mehr. Aber ich kann nicht anders – ich muss das Gespräch fortführen. Zum Glück ist er noch in der Nähe und antwortet.

»Du solltest dir die Hoffnung als etwas Konkretes vorstellen.«

»Die Hoffnung gilt im Christentum als Kardinaltugend. Man sagt aber auch: ›Am Hoffen und Harren erkennt man den Narren.‹«

»Alexander, du wirst unverschämt. Was fällt dir ein, mich als Narren zu bezeichnen?«

»Das würde mir nicht im Traum einfallen. Du hast eine fantastische Utopie konkretisiert. Aber Utopien gelten nur, wenn die Menschen ihre archaischen Aggressionen da lassen, wo sie hingehören, nämlich ganz unten im limbischen System. Aber wir müssen immer noch den Gegner, der uns den Mammutknochen streitig macht, unverzüglich mit der Keule erschlagen. Wann sieht unsere hehre Gattung endlich ein, dass ein totaler Krieg unsere ebenso hehre Zivilisation in einen Haufen Asche verwandeln wird? Aber nein, wir arbeiten munter darauf zu. Das soll heißen, dass wir eben NICHT zivilisiert sind. Jedenfalls nicht genug. Wir leben in einer todbringenden Welt, uns bedroht eine gegenseitige und höchst effiziente Vernichtungswut. Und sobald wir uns fachkundig ausgerottet haben, wird unser blauer Planet, leicht beduselt, in die Galaxien torkeln, und wir werden nicht mehr sein. *Sic transit mundus.* Ein Requiem für diese schöne Welt. Soll ich ›Amen‹ hinzufügen?«

»Alexander, mein Freund, lass das Grübeln.«

»Gomennasai, ich bin ein Misanthrop.«

Mein Schulterknochen schmerzt, ich wälze mich ächzend auf die andere Seite. Ich finde keinen Schlaf, aber das macht mir nichts aus. Meine Gedanken sind klar. Ich erinnere mich nicht an alles, aber an vieles.

Also, wie hast du es in Erinnerung, Alexander? Wie sah ein typischer Tag hinter Stacheldraht aus?

Im Allgemeinen waren alle Tage mehr oder weniger gleich. Wir lebten in einem Haufen, nie allein, aber hatten uns daran gewöhnt. Bevor uns die Wachtposten weckten – immer bei Sonnenaufgang, summten im Sommer schon die Fliegen. Denn Bandō lag in einem Kessel zwischen Wäldern und Meer, wo sich feuchte, warme Luft staute. Wir hatten monatelang eine Mückenplage. Fingerlange Küchenschaben krochen aus allen Ritzen und flogen uns ins Gesicht, mit Flügeln, die wie Propeller brummten. Wir erschlugen sie auf jede erdenkliche Art, und dann lagen sie auf dem Boden und zuckten.

Noch halb im Schlaf vernahmen wir bereits die ersten Geräusche des Morgens. Frühaufsteher unterhielten sich, die Waschschüsseln klapperten. Wir gähnten oder furzten, kratzten unsere Mückenstiche. Dann rein in unsere Getas, die japanischen Holzsandalen, die man in der jeweils richtigen Größe für uns angefertigt hatte – und schnurstracks zum Klo, das auch hier aus zwei Löchern im Boden bestand. Aus hygienischen Gründen war die Spülung aus Schwefelwasser, wir husteten und schnupften in der gelblichen Wolke. Die Wachen, die uns nie richtig aus den Augen ließen, standen vor dem »stillen Ort« und grinsten, während wir unser Geschäft verrichteten. Wir hatten sie allmählich kennengelernt. Sie waren im Grunde nette Kerle mit dem typisch japanischen Sinn für Humor, der weiß der Teufel nicht zartbesaitet ist. Es folgte der Gang zu den Waschbänken. In der Lagerdrogerie konnten wir Zahnbürsten kaufen, die Handtücher mussten wir selbst waschen. Dann brachten wir unsere Pritschen in Ordnung, falteten die Decken, wie man es uns beim Militär beigebracht hatte. Nach dem

Frühstück, das gemeinsam im Speiseraum eingenommen wurde, gingen fast alle ihren Aufgaben nach. Ich sage »fast alle«, weil einige Dickschädel auf Verweigerung machten, und dazu gehörte auch ich. Ich vertiefte mich in meine ganz besondere Verrücktheit. Es war eine tückische Leidenschaft ohne Gewinn. Ich trug zu viele Bilder in mir und alle hinter der Mauer. Bilder, die nie zum Vorschein kamen. Was sollte ich mit diesen Bildern anfangen, die ich nicht sah? Mit Erinnerungen, die keine waren? Mit meiner Geschichte, die ich nicht mehr im Griff hatte?

Ich sah die Kameraden und wie sie sich bemühten, etwas aus ihren Tagen zu machen. Ich stand einsam abseits. Wir hatten unsere eigene Küche eigerichtet und kochten unser Essen selbst. Es gab einen Küchendienst. In der Bäckerei wirkten die Konditoren und Bäcker, zogen dann mit frischem Brot und Gebäck die Baracken entlang, verteilten Brezel, Berliner, Marmorkuchen und den beliebten Bienenstich. Es wurde im Lager sogar ein eigenes Bier gebraut. Im Hühnerstall sammelten die Männer die frisch gelegten Eier ein. Es gab Kühe und Schweine, die wir mästen und schlachten durften. Unter uns waren einige erfahrene Metzger. Sie hatten eine kleine Wurstfabrik eingerichtet, stellten Sülze und verschiedene Würste her, Blutwurst, Braunschweiger Wurst und Leberwurst. Und sämtliche Hunde aus den umliegenden Dörfern hatten schnell begriffen, dass sie im Lager verhätschelt und mit allerlei Leckereien gefüttert wurden.

Schlimm war, wenn man das Küchenfeuer nicht im Auge behielt. Die Japaner, die seit Menschengedenken Holzhäuser bewohnen, fürchteten unentwegt Brandgefahr und reagierten allergisch auf jede Nachlässigkeit.

Eine Anzahl Soldaten machte sich nützlich, indem sie Brücken baute, kleinere aus Holz und eine große aus Mörtel und Steinen, die sogenannte Doitsu-Bashi, die deutsche Brücke, um den Leuten der Umgebung einen Umweg zu ersparen. Die Soldaten arbeiteten freiwillig und erhielten auch keinen Lohn. Aber die Beschäftigung gab ihren Tagen einen Sinn. Man wollte auch – ganz nach deutscher Manier – ostentativ »Schaffensfreude« und »Willen zur Arbeit« zeigen. Die Japaner waren ihnen dankbar. Eine Belehrung brauchten sie allerdings nicht.

Was noch? Ach ja. Jeden Samstag fegten und putzten wir unsere Baracken, wuschen unsere Wäsche und hängten sie zum Trocknen auf. Im Laufe der Monate wurde immer mehr geschreinert und gezimmert. Und es fiel auf, dass alle, die ein Handwerk verstanden, sich am schnellsten einlebten. Sie hatten immer zu tun und waren zufrieden. Wir hatten Tischler, Zimmerleute, Schlosser, Klempner. Wir stellten Turngeräte auf, legten uns eine Kegelbahn zu. Gleich zu Anfang war eine Druckerei eingerichtet worden. Wir hatten Buchdrucker, einen Schriftsetzer, einen Papiermacher. Schon bald hielten wir die erste Ausgabe unserer Lagerzeitung, *Die Baracke,* in den Händen. An erster Stelle war sie zur Unterhaltung gemacht. Sie druckte kleine Glossen, Gedichte und Karikaturen ab. Sie behandelte aber auch wichtige Zeitfragen, nahm zu dem tragischen Weltgeschehen Stellung. Darüber hinaus vermittelte sie uns auch Wissenswertes über unser … sagen wir mal: Gastland. Dazu wurden japanische Nachrichten übersetzt. Wir nannten diese Sparte den »täglichen Telegrammdienst«. Bald schon erschien *Die Baracke* wöchentlich. Alles war mit der Hand geschrieben, mit dem Druckapparat vervielfältigt und mit einfarbigen oder handkolorierten Bildern ansprechend gestaltet. Sie war in Sütterlinschrift verfasst, die in Deutschland nach dem Zweiten Weltkrieg kaum jemand mehr lesen konnte. Jedenfalls warteten wir mit Spannung auf jede neue Ausgabe.

Ferner hielten Fachleute aus verschiedenen Gebieten zweimal in der Woche Vorträge. Weil wir Angehörige des Militärs waren, wurden viele Vorträge über Kriegstaktik und zu Gefechten an verschiedenen Orten der Welt gehalten. Ich blieb all dem fern. Ich hatte die Nase voll.

Dafür empfand ich Hochachtung für unsere vierzehn Lehrer,

die sich im Turnus für die Fortbildung der Pioniere einsetzten, ganz junge Kerle, die man zu früh aus der Schule genommen hatte. Ihnen war als Halbwüchsigen mehr Schreckliches widerfahren als anderen Menschen in ihrem ganzen Leben. Das hatte sie geprägt. Sie gaben sich verbockt oder verhöhnten ihre Lehrer auf brutalste Art. Sie waren verloren für vieles, aber ihre Herzen waren noch nicht mit Härte gepanzert wie meines. Man hatte sie gerade noch rechtzeitig aufgefangen.

Eine Theatergruppe wurde gegründet. Auf der Bühne des Vortragsraumes fanden einmal im Monat Theateraufführungen statt: *Die Ehre* wurde schon zwei Monate nach der Lageröffnung gezeigt. Es folgten *Minna von Barnhelm, Der zerbrochene Krug* sowie *Pension Schöller,* nicht zu vergessen *Im weißen Rößl. Die Räuber* wurde auf einer Außenbühne neben dem nahe gelegenen See aufgeführt. Und viele Japaner sahen interessiert zu. Der Name Schiller war ihnen – o ja – vertraut. Was hätte unser nationaler Freigeist wohl dazu gesagt? Sich trotzdem gewundert, mit Sicherheit. Und danach im schwärmerischen Wortrausch sein Entzücken kundgegeben.

Im Durchschnitt gab es einen Theaterabend pro Monat. Und die Frauenrollen? Tja, wir hatten nur junge Männer im Lager. Männer sind biologisch vom Weiblichen abhängig und wissen es nicht oder wollen es nicht wissen. Die natürliche innere Brücke zum Gegengeschlechtlichen wird ja schon im Kindesalter zertrümmert. Die Sehnsucht ist da, aber junge Männer in Frauenkleidern können ihr Unbewusstes nur herabwürdigend ausdrücken. Sie bewegen sich wie Clowns oder Marionetten, hektisch, fieberhaft, überdreht. Die jungen Männer schämen sich, ihre nackte Seele zu zeigen. Die Erotik ist eine unbarmherzige Possenspielerin.

Was unsere Aufführungen in Bandō betraf, sei zur Entlastung der Mimen gesagt, dass es zumindest lustig aussah.

Wir hatten auch wenig Geld für Kostüme und verwendeten immer dieselben, von unserem Schneider fantasievoll umgestaltet.

Und Zimmerleute und Maler schufen mit Holzgestellen, Farbe und Vorhängen ein Abbild dieser Welt, schrill, verzerrt und auf besondere Art entlarvend.

30. KAPITEL

EINE MAUER IM KOPF

Die Vergangenheit ist manipulierbar, das Schema kann nie anders als subjektiv sein. Und frage ich mich, ob das, woran ich mich erinnere, der Wahrheit entspricht, gehe ich klugerweise auf Nummer sicher.

Oberstleutnant Matsue wohnte mit Frau und Kindern in einem Haus in Naruto. Doch er kam fast täglich ins Lager. Sommer und Winter ging er zu Fuß, den Fluss entlang und durch den Wald. Immer allein. Manchmal kam er auch mit dem Fahrrad. Er war ein schlechter Fahrradfahrer, hielt sich allzu gerade, winkelte die Knie nach außen ab. Jeder Mensch, der Fahrrad fährt, weiß, wie hinderlich Stiefel sind. Und wenn man eine Offiziersgerte unter dem Arm und einen Degen am Gürtel trägt, wird die Sache noch akrobatischer. Lagerkommandant Matsue sah auf dem Fahrrad schlichtweg lächerlich aus, aber keinem wäre es eingefallen, über ihn zu spotten.

Im Lager angekommen, begab er sich schnurstracks in sein Büro. Die Ordonnanz wartete bereits und legte ihm den täglichen Rapport vor. Matsue kontrollierte alles. War er aus irgendeinem Grund nicht anwesend, übertrug er die Verantwortung dem stellvertretenden Lagerleiter. An bestimmten Tagen wurde eine Zählung durchgeführt. Ob Sonnenschein, Regen oder Schnee, wir standen in tadellosen Reihen und rührten uns nicht. Matsue schritt an uns vorbei, die stets behandschuhten Hände auf dem Rücken. Er richtete kaum das Wort an uns außer dann, wenn die Notwendigkeit es verlangte. Er hielt Distanz. Und trotzdem sorgte er sich um jede Einzelheit. Ärzte überwachten unseren Gesundheitszustand, kontrollierten unser Gewicht. Wir hatten sogar eine Krankenkasse, deren Aufgabe darin bestand, alle mittellosen Kranken des Lagers in Form von Krankenkost und Medikamenten zu unterstützen.

An das Lager grenzte ein kleiner See. Matsue hatte nichts dagegen, dass dort eine kleine Werft entstand und wir zwei Segelboote ins Wasser ließen. Er hatte auch ein angrenzendes Ackerland gepachtet, wo wir je einen Tennis- und Fußballplatz bauen konnten. Ein Platz für Treibball und dann einer für Faustball kamen noch hinzu. Da es viele Sportler gab, wurden im Nachhinein vier zusätzliche Tennisplätze angelegt. Die Sportplätze außerhalb des Lagers konnte man nicht zu jeder Zeit benutzen. Den Internierten, die am Bau mitgewirkt hatten, ließ man den Vortritt. Die stets herrschende Gerechtigkeit stellte uns vor viele Fragen: Aus welchem Grund ließ man Internierte außerhalb des Lagers Sportplätze und Gemüsefelder anlegen? Woher nahm Oberstleutnant Matsue sein Vertrauen in uns? Wie kam es, dass Post und Pakete ausnahmslos pünktlich eintrafen, dass die Postverteilung reibungslos verlief und dass es auch keine Zensur gab?

Sogar Ausflüge erlaubte man uns ohne Weiteres. Wir machten uns frühmorgens auf den Weg, zwei Dutzend Männer oder mehr. Wir marschierten in Kolonne, eins, zwei, wie bei der Armee, aber in guter Laune. Die allgegenwärtigen Wachen nahmen wir kaum noch wahr. Sie waren einfach da, und Punkt. Wir sangen Wanderlieder und marschierten die Küste entlang, holderi, holdera, durch Wälder und an Reisfeldern vorbei. Wir begegneten Frauen und Kindern, die sich ohne Scheu näherten und sich lachend verneigten. Alles, was wir taten, fanden sie ulkig. Die Japanerinnen waren zierlich, aber kräftig. Ihr leuchtend schwarzes Haar war zu komplizierten Frisuren aufgetürmt. Sie hatten ein lebhaftes Mienenspiel und neugierige, funkelnde Augen. Sie zeigten eine derbe Unbefangenheit, ihr ständiges Gelächter erstickten sie hinter der Hand. Manche von ihnen waren recht hübsch. Manchmal kamen sie auch ins Lager, wo sie Unkraut jäteten oder um Waren aus den benachbarten Dörfern zu bringen. Alles, was wir machten, erschien ihnen komisch. Sie sahen ungeniert zu, wenn wir uns im Freien die Zähne putzten oder gurgelten. Auf den Reisfeldern erblickten wir von Weitem ihre blau-weißen Gestalten, die sich über die Stecklinge beugten. Manche trugen ihr Baby in einem Tuch auf dem Rücken. Ihre Beine waren bis zu den Schenkeln entblößt, und sie gaben ihren Säuglingen ganz unbefangen die Brust. Sie benahmen sich, als ob sie nicht wussten, dass Männer besondere Wünsche hatten. Das aber nur auf den ersten Blick: Sie wussten es nur zu gut! Das Spektakel, wenn wir im Sommer an der Kushiki-Küste badeten, ließen sich die dreisten Geschöpfe nicht entgehen. Wir trugen kurze Hosen, die im nassen Zustand durchsichtig wurden. Den Japanerinnen fiel nicht im Traum ein, uns in Ruhe zu lassen. Sie kamen im Gegenteil näher, starrten auf das, was wir zu verbergen suchten. Dabei tuschelten sie und kicherten in einem Haufen zusammen, als ob sie Vergleiche anstellten. Wir waren dieser peinlichen Situation nicht gewachsen. Dazu kam, dass die Wachen in ihren Uniformen, mit Mütze, Gamaschen und Gewehren auf dem Rücken, schallend lachten und mit den Störenfrieden scherzten, statt sie zum Teufel zu jagen. Und so ergriffen wir schließlich vor Verlegenheit die Flucht und sprangen in die Wellen.

Zu unliebsamen Zwischenfällen kam es selten. Die Wachen hatten flinke Augen. Wer randalierte, wurde mit Kolbenschlägen in die Schranken gewiesen, von härteren Strafen ganz zu schweigen. Im Übrigen war das so eine Sache mit den Frauen. In Naruto gab es zwei Bordelle. Bei beiden herrschte für die Doitsu-San Hausverbot. Was nun diese Doitsu-San in den Baracken unter sich trieben, interessierte die Wachen hingegen nicht die Bohne. Sie waren keine Moralapostel. Dafür hatten wir einige im Lager, die bildgewaltig Sodom und Gomorrha heraufbeschworen.

Die zwei ersten Winter, die wir in Bandō erlebten, waren ausgesprochen hart. Wir schaufelten Schnee, fällten Holz, heizten unsere Öfen. Die Öfen qualmten stark, es roch erstickend nach nassem Holz, und wenn wir nicht heizten, schlotterten wir. Baracken und Klos waren voller Luftzug. Viele erkrankten an Grippe und Bronchitis, und ich hustete mir beinahe die Lunge aus dem Leib.

Am schlimmsten war im Juni die Regenzeit. Der Regen kam mit einem südwestlichen Wind vom Japanischen Meer.

Ein Dauerregen, Tag und Nacht. Die neblige Luft dampfte vor Feuchtigkeit. Die Hügel saugten sich voll Wasser und schienen aufzuquellen. Es regnete und regnete, es nahm kein Ende. Die Landschaft löste sich auf im undurchsichtigen Grau des Himmels. Das Regenwasser konnte im festgestampften Boden nicht einsickern, der gelbe Schlamm stand knöcheltief. Die Männer vertrieben sich die Zeit, wie sie konnten, kegelten, spielten Karten, hörten sich Vorträge an. Wir wurden reizbar, schon eine Kleinigkeit brachte uns in Wut. Grüner Schimmel bedeckte unsere Kleider, unsere Schuhe, sogar die Bücher in den selbst gezimmerten Regalen. Blutegel krochen hervor, und Ratten vergriffen sich an unseren Vorräten. Wir machten Jagd auf die Biester und erschlugen viele.

Seitdem sind so viele Jahre vergangen. Warum bleibt die Sehnsucht nach dieser Zeit in mir? Sehnsucht nach einer Gefangenschaft – wer glaubt denn das? Und doch ist es wahr. Die Erinnerung hat Wurzeln bis in die tiefen Schichten meines Wesens getrieben. Ja, was war denn eigentlich Bandō? Eine Vorspiegelung des echten Lebens, ein Placebo für unsere verlorene Freiheit?

Der kupferrote Mond wandert über den Garten. Das Räderwerk meines Gehirns dreht sich ohne Pause. Nein, ich gehörte nicht zu den Menschen, die durch Schicksalsprüfungen erstarken.

Da war diese Mauer in meinem Kopf, gegen die mein Verstand blindwütig anrannte. Ich hatte so etwas wie ein ständiges Fieber, das nicht wegging. Mit den anderen verband mich nur noch ein Faden, und er sollte zerrissen werden, wenn nötig mit brutaler Gewalt.

Und wieder denke ich an Toyohisa Matsue, entsinne mich, wie ausdruckslos sein Gesicht immer war. Er behandelte mich niemals anders als die anderen, gab mir nie den geringsten Anlass zu der Vermutung, dass er mich beobachtete. Und doch spürte ich es. Ob verstandesgemäß anerzogen oder durch Intuition, dieser Mann schien die Gabe zu besitzen, das Wesen eines Menschen schnell und unfehlbar zu erkennen. Ich hatte keinen Zweifel daran, dass er mich durschaute und von Anfang an wusste, was ich war. Ein Brechmittel.

Ich begann zu trinken. Ich hatte früher schon viel getrunken, war aber nie alkoholsüchtig geworden. Jetzt verschrieb ich mich geradezu dem Suff. Wir brauten unser eigenes Bier, ich erwähnte es bereits. Das Bier schmeckte ganz ordentlich. Sobald ich alleine war, nahm ich meine Flasche und hob den Boden himmelwärts. Manchmal hielt ich sie volle zwanzig Sekunden so, und mein Adamsapfel bewegte sich heftig. Wenn ich die Flasche endlich mit einem Schmatzen absetzte, konnte ich eine Zeit lang glauben, dass es mir besser ging.

31. KAPITEL

DEN TIGER ZÄHMEN

Ich trank also. Und trank noch mehr. Ich suchte mir ein hehres Vorbild: Schiller, der ja auch ein Säufer gewesen war. Aber Schiller war ein begnadeter Dichter und ich nur ein armer Hund. Und wenn ich betrunken war, schrieb ich keine wortgewaltigen Oden und Balladen, sondern sah Dinge, die ich nicht sehen wollte, und wurde ausfallend. Die Wachen sahen missbilligend zu, wie ich mit schlaffen Schritten durchs Lager wankte und randalierte. Sie begleiteten mich, wenn ich pinkeln musste, und wichen nicht von meiner Seite. Ich zeigte ihnen wütend meinen nackten Hintern. Sie zuckten mit den Schultern. Interessiert uns nicht. Los jetzt, Hose hoch!

Ich hasste diese eiskalten, überheblichen Typen. Denn wer war schuld, dass ich reif für die Klapsmühle war? Wer denn, wenn nicht diese verdammten Japsen? Das Maß an Freiheit, über das wir verfügten, hatten sie uns gegeben. Unter diesen Bedingungen wollte ich die Freiheit nicht. Wir hatten Tsingtau verloren, was für eine Schande! Die Japaner hatten die Höllenfeuer entfacht. Nein, wir waren nicht ihre Gäste, auf keinen Fall! Wir waren ihre Opfer. Dies hier war nur eine kurze Verschnaufpause, eine Vorhölle sozusagen. Die nächsten Feuer schwelten bereits.

In der Nacht lag ich ausgestreckt auf der Pritsche und starrte vor mich hin. Stundenlang lag ich still auf dem Rücken. Die Finsternis wogte auf und ab, als läge ich auf dunklen, unruhigen Wellen. Ich hatte das Gefühl, dass ich kein einziges Mal blinzelte, dass ich nur starrte und starrte. Ringsum nahm ich die vertrauten Geräusche und Gerüche wahr. Die Nacht hat eine vielfältige Sprache: die Sprache des Schlafs. Knurren, Seufzen, Schnarchen, Husten verbanden sich miteinander zu einem gleichmäßigen, unaufhörlichen, tiefen Ton. Die langen Baracken lagen im Dunkeln. Die Lampenreihen, die das Lager beleuchteten, spendeten einen schwachen Schimmer. Durch das Moskitonetz duftete die warme Sommernacht. Noch funkelten die Sterne. Noch war das Morgenrot fern. In Abständen wanderte weißes Scheinwerferlicht und tauchte die Baracken für Sekunden in silbriges Weiß. Pünktlich wie die Uhr spazierten die Wachen vorbei. Ich hörte ihre schweren Schritte. Warum konnte ich nicht in den Schlaf tauchen, mich fallen lassen wie ein Stein? Etwas war stets hinter meinen Augenlidern. Etwas, das es mir unmöglich machte zu schlafen.

Ich war nicht als liebenswürdiger Bursche bekannt. Man versuchte sich freundlich mit mir zu unterhalten und wurde im Gegenzug angefaucht. Und wie aus heiterem Himmel haute ich die Leute in die Pfanne.

Zu allem Überfluss sollte ich später von Toyohisa erfahren, dass ich eine verwirrende Fähigkeit hatte, die anderen anzustarren, ohne sie wirklich zu sehen. »Du bist ein Barbar, so was tut man nicht«, hatte mir Toyohisa, recht liebenswürdig, gesagt. Und er sähe es als seine Aufgabe an, mir bessere Manieren beizubringen, was ihm auch tatsächlich gelang.

In Bandō lebte ich also in einer fast vollständigen Isolation. Die drei Männer, mit denen ich in widerwilliger Intimität die Mönchszelle geteilt hatte, gingen mir aus dem Weg. Oder wir redeten Belangloses. Sie wussten, dass mir einiges zuzutrauen war. Ich sah sie sowieso kaum. Peter war nahezu täglich bei den Handwerkern, Manfred bei den Offizieren und Klaus weiß der Kuckuck wo. Ich hatte keine Freunde, wollte auch keine haben. Paul, der versponnene Musiker, war einer der wenigen, mit dem ich mich gelegentlich in ein Gespräch einließ. Paul gab mir einige Rätsel auf. Ich war der Meinung, dass die Menschen eigentlich gerne litten und die Schwachen sich gern knechten ließen. Die Schwachen musste man wegen ihrer Schwäche verachten, sie wollten es ja nicht anders. Paul passte in keine dieser Kategorien. Er war weder ein Angeber noch ein Drückeberger, noch ein hohler Pedant. Er reagierte nicht allergisch auf mich und machte sich auch nicht aus dem Staub, wenn ich auf der Bildfläche erschien. Mitunter fragte ich mich, warum er einen Narren an mir gefressen hatte. Schwul war er nicht, sonst hätte er längst an mir gefummelt. Hartnäckige Sympathie gegen hartnäckige Abneigung? Merkwürdig war, dass ich ihm noch keinen Tritt in den Arsch gegeben hatte. Aber Paul setzte mir eine unerbittliche Nachsicht entgegen, einen Wall von Wohlerzogenheit, der ihn unangreifbar machte. Er ging stur seine eigenen Wege. Und gleichwohl hätte man ihn zu jeder Stunde aus dem Schlaf wecken können, um irgendeinen Rat oder eine Gefälligkeit von ihm zu erbitten. Er war immer hilfsbereit. Diese Höflichkeit war bei ihm ganz elementar. Solchen Naturen flog die Freundlichkeit magisch zu, angezogen von einer Kraft, die Gleiches mit Gleichem verbindet. Bei mir war nicht einmal der gute Wille zu spüren. Aber das machte für Paul keinen Unterschied. Es war für ihn nicht weiter wichtig.

Eines Tages sah ich ihn, wie er im Windschatten der Baracke an einem großen Tisch saß und an irgendetwas bastelte. Ich ging mit der Flasche vorbei, als ich merkte, dass er eine Geige baute. Unwillkürlich blieb ich stehen und reichte ihm die Flasche. Mein Fuseldunst wehte ihm ins Gesicht.

»Du trinkst zu viel«, sagte er in beiläufigem Tonfall.

»Meine Sache.«

Ich hörte täglich, wie die Musiker probten. Die Konzerte fanden in der Baracke eins statt, die gleichzeitig auch als Theater und

Vortragssaal diente. Für die Proben hingegen benutzte man den Sportplatz oder den kleinen Musikpavillon neben dem Clubhaus der Offiziere. Es wollte mir nicht in den Sinn, wie man hier »Die Unvollendete« von Schubert oder das Violinkonzert von Bruch spielen konnte! So unterbelichtet, wie ich mich gab, war ich nämlich nicht: Ich kannte diese Stücke. Aber hinter Stacheldraht, mit den Wachtürmen in Sichtweite? Was wollten die Musiker uns damit weismachen? Dass man Klavier und Bratsche überall spielen konnte, sogar auf einem Misthaufen? Und wieder einmal überkam mich ein halb verächtlicher, halb beißender Neid. Was fühlten diese Typen, das ich nicht fühlen konnte? Ich nahm einen kräftigen Schluck.

»Baust du deine Geigen selbst?«

Er blickte auf.

»Na ja, man braucht dafür Geduld. Und mir fehlen einige Werkzeuge.«

»Wo hast du das gelernt?«

»Bei einem Geigenbauer in Würzburg. Ich war zwei Jahre bei ihm in der Lehre. Hermann – du weißt doch, unser Dirigent – nennt mich einen unausstehlichen Perfektionisten. Spiele ich Geige, möchte ich auch wissen, wie sie gemacht wird. Außerdem will ich wieder unterrichten. Einige japanische Eltern wollen, dass ihre Kinder bei mir Geigenstunde nehmen.«

Ich sog wütend die Luft ein.

»Du willst den Japanern unsere Musik beibringen? Bist du noch ganz bei Trost? Die Japsen haben unser Hirn verkohlt, schon vergessen?«

Seine Brauen zogen sich schräg zusammen. Das bewirkte, dass er jünger aussah und nicht älter. Ich merkte, dass seine Ruhe echt war, und hätte ihn am liebsten geohrfeigt.

»Ich bin ein Deutscher und zahle den Preis dafür. Ich kann nicht mit den Japanern über Deutschland reden. Es ist noch zu früh. Aber über Musik reden – ja, das kann ich. Musik ist ein verbindendes Element. Ich werde die Japaner auch lehren, unsere Instrumente zu bauen. Und ich möchte auch wissen, wie die ihren gemacht sind. Ihr handwerkliches Können – einfach großartig! Es übertrifft alles, was ich bisher gesehen habe.«

»Sie sind unsere Feinde!«

»Sie werden es nicht immer sein. Aus Freund wird Feind und umgekehrt, je nach politischem Bedarf. Das ist die Duplizität der Geschichte. Wir sollten uns damit abfinden und uns da heraushalten, wenn wir können.«

Er nickte mir bedeutsam zu.

»Il vaut mieux cultiver son jardin.«

Ich grinste.

»Wann hast du *Candide* gelesen?«

Paul ging nicht auf meine Frage ein. »So oder so wird sich in Deutschland einiges ändern«, meinte er. »Der Krieg kann nicht gewonnen werden. Im Untergrund sind gewaltige Kräfte am Werk. Wir werden noch Überraschungen erleben.«

Ich debattierte ungern mit einem vernünftigen Mann. Aber ich wusste, worauf er anspielte.

»Zerbröckelt die Monarchie, was sehr zu wünschen wäre, aber das sage ich nur dir, heißt das noch lange nicht, dass die Japaner plötzlich zu meinen Herzensbrüdern avancieren. Da bin ich nachtragend«, sagte ich.

»Sie haben auch etwas abgekriegt«, entgegnete Paul.

»Das mag schon sein, aber wir haben mehr abgekriegt, zu viel. Ein Volk, dessen Soldaten daran sterben, dass sie dieses Volk vollkommen verkörpern, ist kein Volk mehr, sondern eine gefährliche Maschinerie.«

Paul erwiderte seelenruhig, dass meine Aussagen prätentiös seien. Und er fügte hinzu: »Was war denn bei uns so anders? Wir alle mussten in das Räderwerk steigen. Sogar du. Freiwillig obendrein, wenn ich mich recht entsinne.«

Damit war ihm gelungen, mich aus dem Sattel zu werfen. Das gefiel mir nicht, und ich setzte die Flasche an die Lippen.

Paul sprach gleichmütig weiter. »Und überhaupt, was sagt ein solcher Vergleich? Wir sind Menschen und keine Werkzeuge, das sollten wir uns immer vor Augen halten, obschon es solche gibt, die uns das gerne einreden wollen. Aber wir leben in einer beweglichen Zeit. Und irgendwann sollten wir vorwärtsblicken und nicht rückwärts.«

»Vorwärtsblicken? In einem Internierungslager? Mit Wachtposten, die uns am Hintern kleben?«

»Mein Gott, ja«, sagte er. »Aber was können wir daran ändern? Immerhin liegen wir nicht in Ketten.«

»Mir kommt es aber so vor.«

»Nun ja, deine Ansicht mag das sein. Aber man hat immer zwei Wege, seine Situation zu verändern: Entweder man verbessert die Lage oder man verbessert seine Auffassung davon. Das Erste können wir nicht, das Zweite steht uns immer frei. Also, was tun? Nicht den ganzen Tag wünschen, wir wären nicht hier, denn das führt ja zu nichts. Sondern nur das wünschen, wozu wir in der Lage sind.«

Prätentiös, hatte er gesagt. Ich litt unter einem akuten Mangel an Selbstkritik, war reizbar und unruhig und wie gebrochen im Kern meines Wesens. Paul konnte das nicht geschehen. Er würde nie andere absichtlich missverstehen oder beleidigen, und ebendarum stand er allen Menschen heiter gegenüber. Stopfte er mir den Mund, dann hatte ich es verdient.

»Komm, Alexander«, sagte er friedfertig, »willst du nicht sehen, wie man eine Geige baut? Es schadet dir doch sicher nicht.«

Ich nahm einen Schluck und setzte mich wortlos zu ihm. Paul hatte das Holz für den Geigenkorpus aus einem Baumstamm herausgeschnitten, für die Decke und für den Boden weiche und harte Hölzer gemischt und die Oberflächen mit einem Hobel, nicht größer als ein Daumennagel, geglättet. Er arbeitete ohne

Hast, ganz Akkuratesse und Umsicht, beachtete alle Einzelheiten bis hinein ins Innere.

»Siehst du? Es sind die richtigen Proportionen, die Musik ausmachen. Schon die kleinste Abweichung vom Idealmaß kann den Klang beeinträchtigen.«

Pauls Geschicklichkeit war wohl aus der Gewohnheit entstanden, jede Note genau zu erkennen. Und so war es auch mit seinem Instrument. Er gab sich nur mit der höchsten Perfektion zufrieden. Er war ganz in seiner Arbeit versunken, nur sein Mund lächelte fein und unbewusst. Er ruhte in sich selbst, in unergründlichem Gleichgewicht. Nach einer Weile sagte ich: »Eine schwierige Arbeit.«

Er nickte, ohne aufzusehen.

»Meine Geige wurde beschädigt und lässt sich schlecht stimmen. Und ich benutze sie ohne Kinnhalter, was dem Instrument nicht so guttut. Aber ich ziehe das vor. Ich will hören, wie das Holz vibriert.«

Er schenkte mir sein schnelles, warmes Lächeln, das ich nicht erwiderte. Aber ich blieb bei ihm sitzen.

Ein paar Tage später sah ich zu, wie er die Geigendecke mit liebevollen Bewegungen lackierte. Paul war in seine Arbeit vertieft, mein Schweigen störte ihn ebenso wenig wie meine Gegenwart. Er hatte lange, sensible Hände, ganz anders als meine breiten, nervösen Pranken, die zum Greifen wie geschaffen schienen. Ich dachte, solche Hände kenne ich doch! Aber wer hatte nur solche Hände?

Moment, gleich fällt es mir ein.

Etwas bewegte sich in meinem Kopf. Einen Augenblick lang fühlte ich nur ein Wiegen und Schwanken. Dann vernahm ich Pauls Stimme, und sie kam von weit her.

»So, das muss jetzt ein paar Tage trocknen.«

Es war nicht der Ton seiner Stimme, der mich erbeben ließ, sondern das Empfinden, das während einer Sekunde oder nur dem Bruchteil einer Sekunde eine spitze Nadel in die obere Hälfte meines Hirns gestochen hatte. Da war auf einmal ein Loch gewesen, und durch das Loch hatte ich Formen gesehen, die sich bewegten. Aber die untere Hälfte war dunkel geblieben und hatte sich ruhig verhalten. Und schon hatte das Loch sich lautlos geschlossen. Bittere Spucke sammelte sich in meinem Mund. Diese Schwäche! Als ob meine Kraft zu Wasser zerfloss. Ich stellte die Bierflasche auf den Tisch, so behutsam es ging. Meine Hände zitterten. Ruhig, ganz ruhig jetzt, Alexander. Die Vorgänge in meinem Kopf ließen sich nicht kontrollieren. Wenn ich nicht aufpasse, dachte ich, werde ich wieder einen Anfall haben. Oder hatte ich soeben einen? Ich stützte mich am Tisch ab und kam mühsam auf die Beine. Es kostete mich eine gewaltige Anstrengung, aber Paul schien nichts bemerkt zu haben. Wie konnte er auch, diesmal hatte ich ja nicht gegeifert oder um mich geschlagen.

Paul hatte den kleinen Pinsel aus der Hand gelegt.

»Willst du heute Abend nicht kommen?«, fragte er. »Wir spielen das vierte Streichquartett von Mozart.«

Ich ballte die Fäuste, biss die Zähne zusammen, bis sie knirschten. Warte nur, du rührseliger Wicht. Ein bisschen erhabener Hohn wird dir guttun.

»Spielt also Mozart, ihr trefflichen Patrioten! Hat man euch nie beigebracht, was Verrat ist?«

Seltsam! Sogar jetzt, als ich ihn beleidigt hatte, blieb er hell und magisch. Zwar erschien in seinem Blick ein Schimmer von Traurigkeit, aber nur kurz, schnell getilgt.

»Alexander, hör mir zu …«

»Nein. Ich will nichts hören. Du triefst vor Moral wie meine Nase vor Rotz! Ich gehe mich jetzt lieber besaufen.«

»Na, dann prost!«, erwiderte er kalt, womit er, zu meinem Ärger, wieder das letzte Wort behielt. Ich packte meine Flasche, schwang sie wie eine Keule und trollte mich. Es wurde höchste Zeit. Ich konnte mein Verlangen, seine verdammte Geige auf dem Boden zu zerschmettern, nur noch mit Anstrengung beherrschen.

Paul habe ich 1962 wiedergesehen, als ich zum ersten Mal wieder nach Deutschland zurückkehrte. Ich besuchte ihn in seiner Heimatstadt Würzburg, wo er mit seiner Frau und seinen zwei Söhnen lebte. Er starb fünfzehn Jahre später. Eine Lungenembolie. Ich möchte glauben, dass er ein gutes Leben hatte.

32. KAPITEL

AUFRICHTIGE WILLENSKRAFT

Die Gefangenschaft wurde mir von Tag zu Tag unerträglicher. In mir wuchs eine zerstörerische Besessenheit, die fixe Idee, unbedingt entkommen zu wollen. Eine unstillbare, bornierte Tollheit. Weg von hier! Ich konnte an nichts anderes mehr denken. Ich bildete mir ein, dass mein Seelenheil davon abhing, ob ich hier herauskam oder nicht. Und weil ich meine Flucht Woche für Woche, Tag für Tag vorbereitet hatte, sagte ich mir, diesmal kann nichts schiefgehen! Also los, Alexander! Worauf wartest du noch? In einer Oktobernacht, gleich nach der zweiten Wachablösung, schlich ich unbemerkt aus der Baracke. Noch war der Himmel pechschwarz. Und vorläufig kein Geräusch weit und breit. Von den Lampenreihen fiel trübes Licht. Ich trug zivile Kleidung: Anzug, Hemd und Baskenmütze. Neuerdings fand man westliche Klamotten schlechter Machart überall, sogar auf dem Land. Ich bewegte mich lautlos im Schatten der Baracken. Nur eine Ratte huschte vorbei. Vor mir stieg das Licht der Scheinwerfer auf geheimnisvolle Weise aus der Nacht und verblasste, bevor es wieder grell leuchtete. Der doppelte Zaun aus Stacheldraht hob sich deutlich vor diesem hellen Hintergrund ab. Geduckt lief ich weiter, sprang von einem Schatten in den anderen, bis ich endlich den Zaun erreichte. In der Werkstatt hatte ich eine Kombizange mitgehen lassen. Ich legte mich flach auf den Boden, schob den Oberkörper unter den Zaun. Dann griff ich nach der Zange, die ich in der Tasche trug, und schnitt den Stacheldraht auf, der mit leisem Sirren nachgab. Ich rollte mich durch die Öffnung und schnitt auch den zweiten durch. Die Scheinwerfer wanderten über meinen Kopf hinweg, während ich flach auf dem Bauch lag. Als das Licht sich entfernte, sprang ich auf und lief geduckt und schnell auf ein Dickicht zu, das ich in der Dunkelheit ahnte. Vor mir war ein becherförmiges kleines Tal, und drüben auf der anderen Seite wuchsen dicke, schwere Bäume gegen niedrige Felsen. Ich lief durch das hüfthohe Gras, das würzig nach Herbst duftete. In den traumhaften fünf Minuten des ersten Aufatmens im Schutz der Bäume vergaß ich fast, dass ich in Gefahr war. Ich wusste, dass ich eine gute Stunde durch den Wald zu wandern hatte. Solange kein Alarm gegeben wurde, war ich hier ziemlich sicher. Ich traute mir wohl zu, dass ich die gelegentlichen Patrouillen, die nachts den Umkreis des Lagers absuchten, überlisten konnte. Mein Ziel war Naruto, von dort aus würde ich weitersehen. Japanisch sprach ich dank Herrn Kumakawas unerbittlichem Unterricht jetzt ziemlich fließend. Ich war fest davon überzeugt, dass ich es diesmal schaffen würde. Und ging es schief, würde ich nicht geheilt sein, nur wütend. Der Wald war stockdunkel. Ich rannte blindlings, blieb im Gestrüpp hängen oder knallte Stirn voran gegen herabhängende Äste. Ich war von dem Gedanken besessen, in kürzester Zeit so viel Distanz wie möglich zwischen mir und dem Lager zu gewinnen. Und so stolperte ich dann auch blindlings in eine Falle, und zwar wörtlich. Sie schnappte boshaft zu, und wie bei jeder guten Falle schlugen die Eisen Blut.

Knapp eine Stunde später fand mich eine Patrouille und brachte mich mehr kriechend als gehend zurück ins Lager, wo man mich mit gebrochenem Fuß in das Vorzimmer der Lagerkommandantur schleppte. Hier standen ein paar Metallstühle. Hände her! In Bandō klickten die Handschellen ebenso laut wie seinerzeit in Koyama. Man platzierte mich unsanft auf einen Stuhl. Die Wachen standen links und rechts, wie Bildsäulen. Ich bat um ein Glas Wasser. Ein scharfes Bellen: Schnauze! Ich wartete Stunden, todmüde. Nur die pochenden Schmerzen, die von meinem zertrümmerten Fuß ausgingen, hielten mich wach.

Der Lagerkommandant erschien morgens zur gewohnten Zeit. Er marschierte an mir vorbei, sah geradeaus. Da ich Stühlen Gesellschaft leistete, war ich offenbar auch ein Stuhl. Zwei weitere Stunden vergingen. Matsue empfing seine Ordonnanz und verschiedene Offiziere, die mich alle übersahen. Es mochte wohl daran liegen, dass ich ein Stuhl war. Endlich ging eine Tür auf, die Wachen rissen mich vom Stuhl hoch, an dem ich nun schon Stunden geklebt hatte, und schleppten mich ins Allerheiligste.

Das Allerheiligste war sachlich eingerichtet: ein Schreibtisch, zwei Stühle, ein Aktenschrank mit vielen Schubladen und ein Ventilator an der Decke. Hinter dem Stuhl des Lagerleiters hingen ein Rollbild mit gewaltiger Tuschzeichnung und eine schwarze Scheibe, so groß wie ein Suppenteller, mit einem goldenen Muster. Es war ein merkwürdig ausgewogenes Symbol, das ich gerne eingehender betrachtet hätte. Leider war dies nicht der Augenblick dazu. Außerdem verklebte ein Schweißfilm meine Augen, ich sah das Zeug hinter einem Schleier. Sogar den Oberstleutnant nahm ich nur verschwommen wahr.

Er saß kerzengerade, die linke Hand auf das Knie gestützt, die rechte auf dem Schreibtisch. Vor ihm standen ein sauberer Aschenbecher und eine kleine Teekanne mit zwei Bechern aus Keramik. Die Papiere auf seinem Tisch waren akkurat in Stößen gehäuft, und die Mitte war freigelassen für die Schreibunterlage.

Ich stand steifbeinig wie ein Dorfköter, und die Wachen hielten mich fest. Bei jeder Bewegung knirschten die gebrochenen Knochen. Mein Fuß war so angeschwollen, dass mein Schuh bald platzen würde. Es schmatzte und blubberte, weil die Zehen im Blut schwammen. Matsue bot mir keinen Stuhl an, sondern betrachtete mich ausdruckslos. Ein Eisblock. Seine Augen waren nur ein schwarzes Glitzern. Ich versuchte auf einem Bein zu stehen, ohne zu wanken, was mir kaum gelang. In welchem Zustand ich auch sein mochte, ich gestattete ihm nicht, mich einzuschüchtern. Ich war erst zwanzig, aber er konnte mich deshalb noch lange nicht auf die Knie zwingen, nie irgendein Recht über mich haben. Bevor das geschah, würde ich tot sein.

Nach einer Weile brach er das Schweigen. Er sprach leise und gleichmütig. Toyohisa Matsue erhob nie die Stimme. Man hätte meinen können, dass ihm nichts daran lag, mich zu verhören. Und er vermochte zweifelsohne ebenso sanft und verbindlich den Befehl zu geben, dass ich hängen sollte.

»Soldat von Gersdorff, Ihren Unterlagen gemäß haben Sie bereits in Koyama einen Fluchtversuch unternommen.«

Ich fuhr mit der Zunge über die verkrusteten Lippen. Die Schmerzen am Fuß waren höllisch, und ich hatte entsetzlichen Durst.

»Um die Wahrheit zu sagen, waren es zwei, Herr Oberstleutnant.«

Er hob die schwarzen Brauen.

»Zwei?«

»Zwei Fluchtversuche, Herr Oberstleutnant.«

Er nickte, als wolle er sagen, also doch, die Berichte stimmen.

»Hatten Sie einen besonderen Grund dazu?«

Glühende Blitze schossen mir von den Zehen bis zum Hüftknochen hinauf. Ich zeigte mein dreckigstes Lächeln.

»Ich habe eine normale Abneigung dagegen, in einem Lager eingesperrt zu sein.«

Matsue bewegte sich nicht um einen Fingerbreit. Noch immer sah er mich an mit seinem langsamen, vollen Blick, der mich so merkwürdig berührte.

»Wurden Sie in irgendeiner Weise misshandelt? Haben Sie eine Beschwerde vorzubringen?«

»Nein, Herr Oberstleutnant. Ich habe keinerlei Beschwerde

vorzubringen. Es liegt einfach in meiner Natur. Und solange ich dazu in der Lage bin, werde ich es auch weiterhin versuchen.«

Nach dieser hochtrabenden Rede schwankte ich bedenklich vor und zurück, und die Wachen quetschten mir die Oberarme zu Brei.

Der Lagerkommandant schwieg ziemlich lange. Und während er schwieg, kam eine Schwäche über mich, ein seltsames Weichwerden und Auflösen. In den Schläfen spürte ich ein Klopfen, das stärker wurde, und dazu eine eigentümliche Übelkeit und Spannung. Mein Körper war vor Schmerzen und Erschöpfung wie im Rausch. Mir war, als stünde mein eigener Geist hinter mir und blickte mir über die Schulter. Ob Matsue mich als Nächstes zum Galgen schicken würde, war mir plötzlich vollkommen gleichgültig. Was mich interessierte, war das Rollbild hinter ihm. Die tiefschwarzen Pinselstriche waren von unerhörter Sicherheit und Wucht, wobei sich die Konturen in unglaublich feinen Spitzen verloren. Auf diese Weise sah die Tuschmalerei auf seltsame Art unvollendet aus, als ob eine geheime Kraft die unfertigen Konturen aufgerissen hatte und ihre Partikel in den Raum schleuderte. War das Kunst oder sogar mehr als Kunst? Die Striche ergaben ja einen Sinn.

Ich schärfte meine Wahrnehmung, und meine Lippen bewegten sich.

»Aufrichtige Willensstärke«, buchstabierte ich halblaut, blickte den Lagerkommandanten weise nickend ins Gesicht und fügte völlig verblödet hinzu: »Das steht da geschrieben.«

Dann schnellte die Welt zurück an ihren Platz. Der Oberstleutnant saß vor mir und betrachtete mich. Seine schwarzen Augen blickten scharf aus zusammengezogenen Pupillen, merkwürdig scharf. Er beobachtete mich tief aufmerksam. In seiner Haltung lag etwas geruhsam Nobles. Nichts schien ihn zu berühren, nichts ihn in Unruhe zu versetzen. Und doch hatte ich das Gefühl, als klänge etwas in mir mit seinem Wesen zusammen. Ich sträubte mich gegen diese Entdeckung, wich im Geiste ein paar Schritte zurück. Aber selbst dazu fehlte mir die Kraft.

Matsue indessen ließ ein paar Atemzüge verstreichen, bevor er erneut das Wort ergriff.

»Sie können nicht nur Japanisch sprechen, sondern auch lesen. Bei wem haben Sie es gelernt?«

Ich gab ihm die gewünschte Antwort. Er nickte.

»Und halten Sie Kumakawa-Sensei für einen guten Lehrer?«

»Ich halte ihn für einen strengen Lehrer.«

»So soll ein guter Lehrer auch sein. Haben Sie gerne Japanisch gelernt?«

»Nein, Herr Oberstleutnant. Aber ich wollte die Sprache meiner Feinde verstehen.«

Matsue zog ein Papier aus dem Stapel zu seiner Rechten und legte es vor sich auf den Tisch.

»Sie sind neunzehn Jahre und sieben Monate alt. Hat man Ihnen im Dienst keine Disziplin beigebracht?«

»Jawohl, Herr Oberstleutnant. Man hat sich Mühe gegeben.«

»In Deutschland ist noch Krieg. Wohin wollten Sie denn? Zu Ihren Angehörigen?«

»Nein, Herr Oberstleutnant. Ich habe keine Angehörigen mehr.«

»Wohin denn sonst? Zurück an die Front?«

Meine Gedanken und Gefühle hielten nicht mehr Schritt mit den Ereignissen, die auf der Welt eine unerbittliche Umwälzung hervorriefen. Da wurde das ganze Lebensschema von Hunderttausenden von Menschen verändert, ihre materielle Sicherheit, ihr Denken und ihr Empfinden mindestens um ein Jahrzehnt zurückgeworfen. Was war denn der Krieg, wenn nicht ein Psychopharmakon der Gewalt, eine Sprache der Angst und der Vernichtung? Und ich dachte an das, was ich mitgemacht hatte, an die volle Wucht der japanischen Angriffe, an unsere letzte und verzweifelte Gegenwehr. An die vielen Verwundeten und an die Toten.

Ich spürte Brechreiz hochsteigen. Und mit dem Gefühl, dass ich nichts mehr zu verlieren hatte, erwiderte ich trotzig: »Ich glaube nicht mehr genug an den Krieg, um weiterhin dafür auch nur einen einzigen Blutstropfen zu vergeuden!«

Er sah mich einen Augenblick schweigend an, bevor er sagte: »Soldat von Gersdorff, Sie sind ein bemerkenswerter junger Mann – bemerkenswert in jeder Hinsicht«, wiederholte er bedeutsam, wobei ich nicht wusste, ob er es ironisch meinte oder nicht. »Es ist schade, dass wir uns nicht verständigen können.«

Er ließ erneut einen Atemzug verstreichen und gab dann den Wachen ein Zeichen.

»Sie kommen wegen Fluchtversuchs und Insubordination für fünf Monate in Haft. Ich werde Ihnen den Arzt schicken.«

Vier Hände packten mich. Ich drehte mich benommen um die eigene Achse. Man führte mich hinaus. Ein Bajonett stach mir so hart in den Rücken, dass ich meinte, gleich würde es aus meinem Nabel wieder herausragen.

Im Zellenblock saß ich nun – als Einziger. Die Zellen waren knapp zwei Meter breit, und gerade so lang, dass man sich auf der Pritsche ausstrecken konnte. Für Klaustrophobiker genau der richtige Ort, um durchzudrehen. Tag und Nacht brannte grell eine Glühbirne. Es gab ein Loch an der Tür, durch das die Wachtposten gafften. Die Zelle musste ich sauber und in Ordnung halten. Die Decke akkurat falten, und kein Staubkorn, bitte! Aber zunächst kam der Lagerarzt vorbei. Er schnitt meinen Schuh auf, säuberte den Fuß, der inzwischen blau wie eine Eierfrucht geworden war, und legte mir einen Gipsverband an. Dann verpasste er mir eine Spritze gegen Blutvergiftung. Zum Abschied ließ er mich mit vornehmem Naserümpfen wissen, dass ich nach allem möglichen stank und dringend ein Bad nötig hätte. Aber weil ich mit dem Gips nicht in den Bottich steigen konnte, schleppte fortan der Wachsoldat jeden Abend einen Eimer mit heißem Wasser in die Zelle. Alles ausziehen und waschen, bitte!

Ich konnte nur auf einem Bein humpeln, und das unter Schmerzen, aber man hatte offenbar eine sehr schlechte Meinung von mir, denn ich wurde Tag und Nacht bewacht. Die Wachen lösten sich ab, obwohl es doch ersichtlich war, dass ich keine zehn Schritte weit hinken konnte. Ich musste rufen, wenn ich pinkeln wollte, man hielt mich fest, wenn ich mein Geschäft verrichtete, damit ich nicht kopfüber im Loch landete. Das Essen wurde mir zugeschoben, als sei ich ein Hund. Nein, ein Hund wurde besser behandelt, wurde gestreichelt und gelobt. Ich hatte nur zu gehorchen. Wau, wau.

Der wortkarge Arzt kam regelmäßig, untersuchte meinen Fuß und brummte zufrieden vor sich hin. Alles gut. Die Knochen wuchsen zusammen.

Ganz allgemein, was sollte ich tun? Mich in meiner Trotzposition einmauern? Ich war ja bereits eingemauert. Die Zelle war jetzt mein Lebenszentrum. Dabei kam ich mir sehr tugendhaft vor, weil ich nicht einen einzigen Versuch unternahm, um mein Heil in der Flucht zu suchen. Andererseits: Davonlaufen konnte ich sowieso nicht.

Nicht auf einem Bein.

Und so war ich gezwungen, mir eine Welt als Ersatz für die Welt zu schaffen, die vier Monate lang für mich nicht mehr existieren würde. Es war meine verdammte Bocksturheit, die mir das eingebrockt hatte. Und jetzt musste ich die Folgen tragen. In dieser Hinsicht brachte mir mein Eingesperrtsein Vorteile. Ich war gezwungen, mich selbst zur Ruhe zu erziehen, und begann nachzudenken, und zwar sehr intensiv. Mir kam es vor, als blicke ich beständig auf etwas, das nicht da war. Aber was immer es auch war – oder nicht war –, ich hatte mich damit zu beschäftigen. Und nach und nach, ganz unbemerkt, vollzog sich durch die stumpfsinnige Wiederholung vom Einmal-Gelebten ihre langsame Überführung in die Schichten des Bewusstseins. Als sei etwas in Bewegung geraten. In dieser Umgestaltung lag etwas Befreiendes. Es mochte ja sein, dass ich es mir einbildete, aber warum auch nicht? Ich war Halluzinationen gewohnt.

Eines Tages, nachdem mich der Wachsoldat zum Lokus brachte, wo ich in schmerzhaftem Gleichgewicht meditierte, fragte ich ihn, ob man mir wohl Bücher gestatten würde. Er brummte irgendetwas, kam aber am nächsten Tag mit einer Anzahl Bücher aus der Bibliothek zurück. Die Japaner kannten offenbar die deutschen Klassiker gut. Ich hatte keine Ahnung, ob man japanische Übersetzungen auftreiben konnte oder ob sie die Werke in der Originalsprache lasen. Möglicherweise hatten sie sich Schiller, Goethe, Hauff und Grimm nur als Zierde für ihre Bibliotheken angeschafft. Wie dem auch sei, ich las zunächst *Faust,* aber Goethe bekam mir nicht. Goethe sah die Dinge allzu klar, und Mephisto, als Schüler verkleidet, war mir mehr als vertraut. Ich hortete ihn ja in mir selbst.

Le poète a toujours raison.

Unter den Büchern gab es auch einige in japanischer Sprache. Ihr Format war kleiner als bei uns. Die Bücher bestanden aus zähem Japanpapier, mit einer Seidenschnur zusammengebunden. Meine Kenntnisse der Schriftzeichen waren ebenso fragmentarisch wie mein Verstehen, aber ich war hartnäckig. In dieser für mich noch unbekannten Schreibform lag ein ganz spezieller musikalischer Rhythmus, und wenn ich die Texte laut las, sprang zunehmend Interesse in mir auf. Und oft, wenn ich eine Stelle nicht verstand, murmelte ich sie so lange vor mich hin, bis auf einmal ihr Sinn wie ein überraschender Sonnenstrahl vor mir aufblitzte. Und auf diese Weise brachte ich es allmählich fertig, den Text als Ganzes zu erfassen.

Was ich befolgte, war eine Radikalmethode anstelle einer Methodenlehre, aber sie funktionierte. Lesen ist eine geistige Übung, die jeder nach seinem Gutdünken gestalten kann. Folglich lernte ich viele Wörter auswendig, behielt sie im Gedächtnis und spielte mit Vorstellungen.

Nach ein paar Wochen gab ich die deutschen Bücher dem Wachtposten zurück. Ich hatte das Gefühl, dass ich im Moment ohne sie auskommen konnte.

Inzwischen wurde es Winter. Ich fror bis ins Knochenmark. Irgendjemand hatte Mitleid mit mir: Ich bekam eine zusätzliche Decke und warmes Essen, und das abendliche heiße Wasser wärmte mich für die Nacht. Trotzdem, hätte ich die Bücher nicht gehabt, hätte ich mir wahrscheinlich, um der Sache ein Ende zu bereiten, die Pulsadern mit den eigenen Zähnen aufgebissen.

Endlich kam der Arzt und nahm mir den Gips ab. Mein Fuß war gelblich und mager wie ein Hühnerfuß. Der Arzt machte mir einen lockeren Verband und verordnete mir einige Übungen.

Es war Februar, als man mir endlich und – nur für eine halbe Stunde – Besuch erlaubte. Paul. Er war zunächst gründlich durchsucht worden, ob er nicht irgendein Werkzeug bei sich trug, das er mir heimlich zustecken konnte. Er musste sogar seine Hose herunterlassen.

Paul sah mich betroffen an und rieb sich die Hände mit kratzendem Geräusch.

»Puh, ist das kalt hier!«

»Allerdings. Ich hatte eine Bronchitis.«

»Bei uns haben einige Fieber. Und wie ich sehe, trägst du einen Verband am Fuß.

»Gebrochen. An zwei Stellen.«

Er sah mich fragend an. Ich erzählte ihm, was bei der Flucht passiert war – und dass ich mittlerweile wieder gehen könne, ohne ein Harfenkonzert im Himmel zu hören.

»Wann kommst du wieder frei?«

»Ich weiß es nicht«, sagte ich. »Ungefähr in einem Monat, nehme ich an.«

Er starrte mich an.

»Du weißt es nicht?«

»Nein. Ich habe ein wenig das Zeitgefühl verloren.«

»Langweilst du dich auch ganz bestimmt nicht?«

»Ganz bestimmt nicht. Ich lese.«

Ich wies auf den Stapel Bücher. Paul griff nach einem Buch und blätterte es durch.

»Wie kommst du mit der japanischen Schrift zurecht?«

»Ach, ganz gut. Am Anfang hatte ich Mühe. Jetzt kommt's so nach und nach …«

»Machst du dir Notizen?«

»Mir wurde kein Schreibgerät bewilligt. Aber ich habe ein Wörterbuch.«

»Was liest du?«

Ich zeigte ihm ein Buch nach dem anderen und übersetzte ihm die Titel.

Gorinsho von Miyamoto Musashi. *Das Buch der fünf Ringe.*

Bushido von Nitobe Inazo. *Der Weg des Kriegers. Hagakure* von Yamamoto Tsunetomo. *Hinter Blättern verborgen.*

»Was ist denn das?«

»Ein Lehrbuch für Samurai, soweit ich dahinterkomme.«

Er grinste.

»Keine Geschichten aus der Gartenlaube?«

Ich grinste zurück.

»Das wäre gewiss allerliebst. Aber nein – leider nicht! Die Texte sind eine Mischung aus Selbstbiografien, Anekdoten und Aussprüchen, ohne Systematik und oftmals ohne Logik. Oder sie haben eine Logik, und ich verstehe sie nicht, das kann auch sein.«

»Und worum geht es?«

»Um sittliche Forderungen und weltanschauliche Gedanken. Um die Schwertkunst, die Poesie und den Teekult.«

Das Lächeln in Pauls Augen war ebenso undurchdringlich wie liebenswert.

»Alexander, ich glaube, ich höre schlecht! Wieso findest du auf einmal Gefallen am japanischen Teekult?«

»Die Japaner ziehen keine klare Grenze zwischen Philosophie und Leben, zwischen Vorstellungen und Erfahrung. Ich will das genauer verstehen.«

»Ist das alles?«

»Ja. Ich sitze hier fest. Was habe ich Besseres zu tun?«

Hinter der Tür waren klirrende Geräusche zu hören, das Stapfen schwerer Schritte. Der Wachtposten steckte den Kopf durch das Loch und bellte einen Befehl.

»Die sind immer auf die Minute pünktlich«, sagte ich.

Paul erhob sich. Wir gaben uns die Hand. Ich fragte, ob das Orchester heute Abend ein Konzert gab.

»Ja, in der Baracke eins. Wir spielen das vierte Klavierkonzert von Beethoven. Schade, dass du nicht dabei sein kannst.«

Beethoven. Das Klavierkonzert. Die Feder eines Nachtvogels schien mich kalt zu streifen. Es war nur ein kleiner Moment, dieses Flügelstreifen, aber ich spürte, wie meine Poren sich fröstelnd zusammenzogen.

Ich sagte: »Ich wäre sowieso nicht gekommen.«

Der Wachtposten riss die Tür auf. Paul machte eine Grimasse, die wohl ein Lächeln sein sollte, und ging. Ich legte mich auf meine Pritsche zurück. Undeutlich, aus der Ferne und dann näher, klarer, erklang in meinem Kopf das vierte Klavierkonzert. Ich zog die Decke über mein Gesicht, hielt mir beide Ohren zu, obwohl es ganz und gar unmöglich war, diesem fernen Klang zu entgehen, der hinter meiner Stirn klopfte und nicht an die Luft drang.

Ich verbrachte ein paar weitere Monate in meiner Zelle. Die Kälte verursachte einen gewaltigen Kräfteverschleiß, der meinen Körper lähmte. Ich versuchte die Kälte zu vergessen, weigerte mich, sie überhaupt zu empfinden, bis ich mich selbst als etwas von meinem Körper Abgetrenntes empfand.

Eines Morgens trat ein Offizier in die Zelle und hielt mir ein Dokument unter die Nase, das ich zu unterschreiben hatte. Man befahl mir, Ordnung zu machen. Ich klopfte auf die dünne Matratze, faltete akribisch meine Decken und rutschte auf den Knien herum, um unter der Pritsche Staub zu wischen. Der Wachtposten gab mir meine Kleider zurück, die gewaschen und gebügelt waren, und sagte, dass ich die japanischen Bücher behalten könnte. Ich legte sie zu meinem Zeug.

Danach durfte ich meine Zelle verlassen. Ich hinkte nach draußen im Zeitlupentempo, schleppte mich mit ungelenken Schritten durchs Lager, wo ich von den Kameraden begrüßt wurde. Sie alle fragten, wie es mir ginge, wie ich die Gefangenschaft ausgehalten hätte. Ich sagte: »Ja, ja, gut, alles gut überstanden.« Leider war überhaupt nichts »gut«. Ich hatte das Sprechen verlernt und kannte meine eigene Stimme nicht wieder. Ob ich einen besonderen Wunsch hätte? »Nein, gar nichts, nichts zu klagen, bin sehr zufrieden.« Sie starrten mich an, und ich starrte zurück. Was mochte in meinem Blick sein? Nur Wut oder etwas anderes, das sie nicht deuten konnten? Einerlei, sie wollten mich versöhnlich stimmen und schenkten mir Bier ein – das ich sofort wieder erbrach. Sogar das Essen fiel mir schwer. Ich konnte nichts im Magen behalten. Man sagte mir, dass ich entsetzlich abgemagert wäre. Ich betrachtete mich in einem Taschenspiegel, kannte mich selbst nicht mehr wieder: das Haar viel zu lang, der Bart gewachsen. Ich schnitt mir nicht das Haar und rasierte mich auch nicht, obwohl es gegen die Vorschrift war.

Ein paar Tage später, gleich nach dem Morgenappell, wurde wieder eine Zählung durchgeführt. Wir standen in vorbildlichen Reihen, und Oberstleutnant Matsue, die Stiefel spiegelblank, die Offiziersgerte unter dem Arm und den Degen an der Seite, schritt langsam an uns vorbei. Die Ordonnanz, ganz in die Zählung vertieft, sowie einige Offiziere trabten beflissen hinter ihm her.

Toyohisa Matsue blieb vor mir stehen. Nicht ein Muskel regte sich in seinem Gesicht.

»Sie waren in Haft, Soldat von Gersdorff?«

»Jawohl, Herr Oberstleutnant.«

»Haben Sie Nutzen daraus gezogen?«

Ich stand vor ihm, steif wie ein Stock.

»Mein Fuß ist geheilt.«

»Haben Sie zumindest gute Manieren gelernt?«

»Das kann ich nicht sagen, Herr Oberstleutnant. Ich war in Einzelhaft.«

»Sie haben Fortschritte in Japanisch gemacht.«

»Ich habe gelesen, Herr Oberstleutnant.«

»Sind die Bücher immer noch in Ihrem Besitz?«

»Jawohl, Herr Oberstleutnant. Ich durfte sie behalten.«

Er ließ das typische japanische Grunzen hören, das man als Zustimmung auffassen konnte.

»Schön. Dann lesen Sie weiter.«

Er setzte sich wieder in Bewegung, schritt gemächlich an mir vorbei und die Reihen entlang. Ich drehte die Augen seitwärts und starrte wütend hinter ihm her.

33. KAPITEL

EINER, DER NIE DEN KAMM BENUTZTE

Viele Jahrzehnte später dämmert der Morgen über Tokio, und ich schlafe endlich ein. Als ich aufwache, scheint die Sonne. Ich rappele mich hoch, schleppe mich ins Badezimmer. Dort entledige ich mich meines verschwitzten Yukata, reguliere das aus der Brause strömende Wasser. Dann übergieße ich mich mit eiskaltem Wasser, vom Kopf bis zu den Füßen, der Atem stockend und keuchend, bis Frische in meine Nerven zieht und das Wasser schäumend abfließt, in den Ausguss hinein, auf Nimmerwiedersehen.

Und jetzt ist mir, als ob frisches neues Blut dicht unter der Haut sprudelte und mir meine Jugend zurückbrächte. Nach einem Augenblick drehe ich das Wasser ab, greife mit beruhigtem Atem nach dem Handtuch. Danach mache ich mich in der Küche zu schaffen. In einem frischen Yukata, mit einem dampfenden Teebecher in der Hand, kehre ich zu meinem Schreibtisch zurück.

»Ich hätte ja verrückt werden können«, sage ich laut. »Aber ich bin nicht verrückt geworden.«

Ich habe auf einmal die Empfindung, als stünde jemand hinter mir. Der Flaum auf meinen Armen hebt sich in eine Gänsehaut. Ich drehe mich rasch um. Niemand!

»… und ich werde auch nie wieder verrückt werden!«

Ich sage es noch lauter. Weil ich mich definitiv davon überzeugen muss. Die Empfindung, dass jemand zuhört, ist nach wie vor da. Ich schaue wieder über meine Schulter. Da ist ein Schatten, wo zuvor keiner gewesen ist. Im Schatten flimmert eine Gestalt, oder bilde ich mir das nur ein? Ich weiß, dass ich dieses Phantom nicht gerufen habe. Es ist von selbst gekommen, ist zweifellos mit meiner Existenz verknüpft und will ein wenig reden. Das trifft sich gut. Ich nämlich auch. Aber zunächst muss ich die Erscheinung erkennen. Moment mal! Ich habe so eine Ahnung, wer sie sein könnte. Und rege dich jetzt bitte nicht auf, Alexander, das bekommt dir nicht. Trinke zuerst deinen Tee.

Der Tee ist zu heiß. Ich verbrenne mir die Zunge.

»Martin?«

Nichts rührt sich. Wenn es Martin ist, hört er mich nicht oder will mich nicht hören. Ich stelle behutsam den Becher auf den Tisch, nicht, dass der Tee jetzt überschwappt. Ist es Martin, sollte er ein wenig näher kommen, bitte. Manchmal geht es nur um die bloße Gleichzeitigkeit. Es gibt Träume oder Visionen, wie man sie auch nennt, die nach Bedarf gerufen oder aufgelöst werden können. Mag sein, dass ich ein Besessener bin, aber ein sachlicher.

»Martin?«

Da tut sich nichts. Keine Bewegung. Stille.

Also gut, ich muss ihn zunächst erträumen, ihn der Wirklichkeit aufzwingen. Die übliche, verhältnismäßig einfache Methode. Ich muss mich nur konzentrieren. Also los. Ich gebe mir Mühe. Am Anfang rotiert vor meinen Augen eine Art Kranz wie aus flimmernden Eiskristallen. Epileptiker sehen komisches Zeug, wenn es in ihrem Gehirn gewittert. Nein ehrlich, dass ein alter Mann die ganze Prozedur noch mitmachen muss! Noch eine Anstrengung, und noch eine. Mir geht fast die Luft aus. Und plötzlich – wie auf Knopfdruck – teilt sich das Geflimmer, und die Erscheinung rutscht hinaus. Flutsch! So, da ist sie! Ich wurde auch langsam mürbe.

Ich sehe einen hochgewachsenen jungen Mann mit einem Bein, das irgendwie nicht richtig an der Hüfte befestigt ist. Was auch noch fehlt, ist der rechte Arm. Ich bin ein wenig überrascht. »Dein Bein hängt schief. Und warum hast du nur einen Arm?«

Er betrachtet mich, nicht im Geringsten aus der Fassung gebracht. Er hat schöne, lustige Augen.

»Daran kann ich nichts ändern. Ich hing ja nur noch an ein paar Stücken zusammen. Der Rest lag irgendwo.«

Ich kann den Blick nicht von ihm wenden. Menschen sind nicht wie Reptilien, da wächst nichts nach, auch nicht im Jenseits. Trotzdem hat Martins ganze Erscheinung etwas unsäglich Lebendiges. Die hohe Stirn, das gut geformte Kinn, der freundliche Mund sind genau so, wie ich sie in Erinnerung habe. Aber er ist schon lange tot, seine Asche ist irgendwo mit der Erde vermischt. Und es ist auch meine Schuld, wenn ...

»Alexander, wie lange willst du noch ...?«

»Eine schlechte Angewohnheit, nimm es nicht tragisch. Ich werde mich bessern. Du warst gesund und schön gebaut, Martin.«

»Und jetzt bin ich nur noch gebrochen schön.«

»Du hast einen fragwürdigen Sinn für Humor. Früher warst du nicht so veranlagt.«

»Man kann sich verändern. Und sogar stark verändern. Sprechen wir ein bisschen miteinander, Alexander, komm.«

»Wer mir Sorgen macht, ist Tribbelhorn. Ich weiß immer noch nicht, ob er es mir übel nimmt oder nicht. Und das, siehst du, ist sehr quälend.«

»Er nimmt es dir nicht übel. Das solltest du doch längst verstanden haben.«

»Diese Sache da, die gehörte nicht zu den Dingen, die man wie alles Übrige, vergessen kann. Wo ist Tribbelhorn jetzt?«

»Weit weg. Irgendwo auf hoher See. Da war er immer am glücklichsten. Ich habe dich damals einen Mörder genannt. Das war der gröbste Fehler, den ich je gemacht habe. Wie kann man nur! Ich schäme mich noch heute deswegen. Psychologisch war ich eine Flasche.«

»Und ich hatte mein Leben lang ein schlechtes Gewissen.«

»Hat dir Tribbelhorn nie erzählt, wie oft er im Waisenhaus vergewaltigt wurde?«

Ich bin betroffen.

»Nein. Mir hat er das nie erzählt.«

»Mir schon. Weißt du, Alexander, du warst unberechenbar. Du hattest zu vielen Leuten die Nase eingeschlagen. Die Kameraden hatten Angst vor dir.«

»Alle?«

»Vielleicht nicht alle.«

»Und was glaubten die wenigen anderen?«

»Dass sie dir vertrauen konnten.«

»Sprich weiter«, sage ich leise.

»Du wolltest lieber die anderen erschrecken, als selbst erschreckt zu werden. Und keine Gefühle mehr an dich heranlassen. Nur Zorn und Verachtung. Du hast immer eine Maske getragen.«

»Die Leute glaubten, dass ich tatsächlich so war, wie ich glaubte, dass ich sein musste. Das fand ich opportun. Ich wollte ja mit den anderen nichts zu tun haben.«

»Auf die Dauer kann sich kein Mensch wie ein Berserker aufführen und glücklich und zufrieden dabei sein.«

»Exakt. Man dreht durch und wird Alkoholiker.«

»Seitdem hast du Fortschritte gemacht.«

»Das mag schon sein. Aber diese Fortschritte brachten mir nicht nur eitel Freude. Ich übte Autokritik wie ein chinesischer Jungkommunist, schlug mir auf die Brust und kam dabei ins Schwitzen.«

»Lieber Alexander, du warst ein wenig durchgedreht. Und pausenlos mit dir selbst beschäftigt. Und du wärest in deiner Haut erstickt, hättest du nicht gespürt, dass andere dich brauchten. Der Mensch muss sowohl Schutz gewähren als auch Schutz empfangen, sorgen und umsorgt werden. So will es das Wechselspiel des Lebens.«

»Martin, ich habe die Nase voll. Herrgott! Warum habe ich es ständig mit Leuten zu tun, die aufgeblasene Reden schwingen? Ja, und wie stand es mit dir? Erklär mir das mal! Ohne Literatur, bitte.«

»Ich hatte nur die Musik. Wir wateten knöcheltief in Schlamm und Blut, Schädel flogen in Stücke, und das Gehirn von irgendjemandem klebte mir auf dem Waffenrock. Ich wollte das nicht mehr sehen, nicht mehr hören.«

»Den Kopf in den Sand stecken? Oder, genauer gesagt, in den Schlamm?«

»Ein bisschen beschämend, ja?«

»Andere machten sich in die Hose. Wir kämpften um unser Leben, aber wir hatten nicht alle die gleiche Begabung dazu.«

»Bei mir war es nur mein Körper, der kämpfte. Purer Selbsterhaltungstrieb. Mein Geist war weit weg.«

»Das sah doch jeder. Du hast stets danebengetroffen und mich echt sauer gemacht.«

»Ich konnte ja gar nicht zielen. Ich wusste überhaupt nicht mehr, wozu man ein Gewehr eigentlich braucht. Auf hunderterlei Arten lenkte ich mich ab, sah mich mit Eltern und Geschwistern musizieren, dachte an mein Klavier wie an einen verlorenen Freund. Und irgendwann sah ich die Bilder.«

»Martin, jetzt verlierst du den Faden. Ich werde noch glauben, dass man im Jenseits Blech redet.«

»Nein. Es gab sie wirklich. In der Kanzlei meines Vaters, rechts und links von seinem Schreibtisch. Keine Reproduktionen, Originale. Vater hatte viel Geld dafür ausgegeben.«

»Du sahst also diese Bilder. Na gut, verstehe. Wir waren ja alle mehr oder weniger gaga.«

»Rechts hing ein Porträt des Kaisers, altväterlich streng. Ich war achtzehn, als er mir befahl, für ihn zu sterben: ›Martin, du wirst nie eine Frau haben, nie eine Familie, nie Kinder. Nicht einmal ein Klavier. Als Mensch bist du für mich unbedeutend, aber ich will dein Blut – und zwar zackig!‹«

»Du vereinfachst enorm. Der Kaiser war nur ein Aushängeschild. Hinter ihm fuchtelten Onkel Günther und Konsorten. Aber du hattest ja Narrenfreiheit.«

»Hauptsache, du verstehst mich. Jetzt also das Porträt links: ein Mann mit wirren, grauen Haaren. Der hat nie einen Kamm gesehen, sagte meine Mutter. Den Kopf störrisch gesenkt, der Mund eigensinnig, der düstere Blick aufwärtsgerichtet. Und dieser Mann befahl mir, Klavier zu spielen. Egal wie, und meinetwegen nur in Gedanken.«

»Martin, ich habe dir gesagt, bitte keine Literatur, und jetzt kommst du mir mit Symbolen. Aber deine Mutter hatte recht, Beethoven sah ungepflegt aus. Kein Wunder bei der Familie! Mutter im Kindbett gestorben, vier Geschwister tot, Vater degeneriert. Und er selbst? Er war ein Hypochonder, hatte die Pocken gehabt und zog sich schlecht an. Ich kann mir auch nicht vorstellen, dass er sich gründlich gewaschen hat. Wie dem auch sei, Genies haben ihre Macken, denk mal an Einstein. Ja, und was hat er dir sonst noch gesagt?«

»Er hat gesagt: ›Ich will nicht dein Blut, ich will deine Freude! Fahre fort, übe nicht allein die Kunst, sondern dringe in ihr Inneres. Sie verdient es, denn nur die Kunst und die Wissenschaft bringen die Menschen zu den Göttern.‹«

»Die Wissenschaft? Aha. Da haben wir wieder Einstein. Aber der Dämon des Wissens ist eine Sache und der Dämon der Kunst eine andere. Diesen Unterschied halte ich für fundamental.«

»Ja, aber du musst bedenken, dass im Zeitalter der Aufklärung die Wissenschaft als erstrebenswertes Nonplusultra galt.«

»Eben. Und da war Beethoven falsch gewickelt. Die Wissenschaft ist nicht immer koscher. Sie führt uns auch nach Hiroshima und Nagasaki.«

»Sei nicht bissig, Alexander. Und im Übrigen hat Beethoven das nie zu mir gesagt. Letztendlich entsinne ich mich auch nicht mehr, zu wem er das gesagt hat. Aber in Tsingtau hatte ich ständig diese Worte im Kopf.«

»Und deswegen hast du unsere hochwertigen Kugeln vergeudet?«

»An wen, lieber Gott, hätte ich mich wenden sollen? In Tsingtau war ich mir nämlich sicher, dass ich niemals mehr nach Hause kommen würde. Und als mich das Geschoss traf und ich am Verbluten war, konnte ich mich mit dem Tod versöhnen. Die Musik blieb schön.«

Er hat wieder dieses ganz besondere Lächeln, das einzig und allein ihm selbst angehört: ein kaum angedeutetes Lächeln, das seine Züge wie von innen her verklärt. Ich weiß nicht, welche Erscheinung, welche Gedanken dieses Lächeln auf sein Gesicht zaubern. Oder vielleicht doch.

Ich sage: »Niemals zuvor hätte ich gedacht, dass das Verlangen nach Musik auch mich eines Tages überkommen würde.«

»Mich erstaunt das nicht«, sagt Martin. »Irgendwann musste ja auch bei dir der Groschen fallen.«

»Martin, hör mal gut zu. Als ich in Bandō hinter Stacheldraht war und das Tokushima-Orchester die Neunte spielte …«

Er schüttelt den Kopf.

»Du brauchst es mir nicht zu sagen.«

»Da war ja noch diese Mauer in mir. Und dahinter war nichts.«

»Wie kommst du auf den Gedanken, dass dahinter nichts war? Tribbelhorn und ich, wo waren wir denn?«

»Jemand, der nicht mehr von dieser Welt war und doch in dieser Welt, hatte etwas in die Wege geleitet in der Absicht nur, dass es geschehen müsse in dieser Zeit, an diesem Ort. Nicht anderswo, das wäre nicht möglich gewesen. Und wer so alt ist wie ich, der blickt gelassen auf das einst Erlebte. Das Gestern und das Vergessene kehren zurück, und er sieht jene Dinge, die er zuvor nie sehen wollte.«

»Und was siehst du, Alexander?«

»Ich sehe, dass ein Einzelner – auch wenn er nie den Kamm benutzte – etwas geschaffen hat, das auf die Menschheit einwirkt, für viele Jahrhunderte. Und selbst dann, wenn Ignoranten das Werk als Trivial- und Filmmusik, als Tonträger und Werbematerial zu Kleinholz hacken oder wenn Politstrategen es zum Zweck dubioser Machtausübung schänden – Heil irgendjemand! –, diese Musik entstand aus Absichten und Visionen, aber sie war weder im Voraus gesegnet noch für jeden Gebrauch versichert. Darüber hinaus – machen wir uns nichts vor – kann sich jede Musik in Übereinstimmung mit einer Philosophie der Unkultur entwickeln. Daneben kostet sie mehr, als sie einbringt, und …«

»Genug, Alexander!«

»Schon gut, Martin. Ich gebe ja zu, um dir eine Freude zu machen, dass Beethovens Musik die erste drahtlose Verbindung zum Infinitum erzeugte. Zufrieden? Oder findest du mich trivial?«

»Ich finde dich geschmacklos. Und zwar definitiv.«

»Das war ja zu erwarten. Macht nichts! Wer auf sein Herz hört, wo alle wirklichen Gefühle entstehen, durchschaut die unredlichen Absichten – meine inbegriffen –, weist Perfidie von sich, fühlt es stark und unabdingbar wie die Liebe hochbranden. Wer auf sein Herz hört, vernimmt eine Botschaft an die Zukunft, eine weltumspannende Harmonie, ein universelles Ideal. Auch wenn der Text von Schiller ist, der voreilig jubilierte. Aber wer auf sein Herz hört, sieht die Hoffnung hinter dem Schleier, so real wie die eigene Hand.«

»Du machst mich sprachlos, Alexander. Menschenskind! Du scheinst ja die Sache begriffen zu haben. Aber borniert, wie du warst, brauchtest du ein deutliches Zeichen.«

»Ich konnte nicht sofort alles verstehen. Für Dinge wie diese, da brauchte ich Zeit. Ein Jahrhundert oder so?«

»Es sei denn, man erklärte dir die Sache. Eines Tages spielte ein Orchester, zum Beispiel eine Symphonie von Beethoven, und du liefst nicht davon, sondern hörtest endlich zu. Und da wusstest du, dass du gar nicht mehr anders konntest, als dich zu erinnern …«

»Es ist wahr«, sage ich. »Ich konnte gar nicht anders.«

»Du hattest wirklich eine lange Leitung. Ich hatte dir doch einen Boten geschickt. Hast du ihn nicht erkannt?«

»Der Name, weißt du … Nur so eine Vermutung. Ich habe später darüber nachgedacht. Der Name konnte kein Zufall sein …«

Martin lachte leise vor sich hin.

»Nein, der Name war ganz und gar kein Zufall.«

34. KAPITEL

ABER EIGENTLICH WAR ES KEIN HIRSCH

Nach mehreren Monaten Einzelhaft verhielt ich mich eine Zeit lang ruhig, dann ging es wieder los. Es kamen immer wieder manische Phasen. Dass Merkwürdige daran war, dass es mir eigentlich nichts ausmachte, bekloppt zu sein. Wahnsinnig sein ist wie klug sein, man kann es nicht erklären. Man ist es einfach oder man wird es. Heutzutage und in meinem Zustand hätte mir der Neurologe ein Beruhigungsmittel verschrieben. Ich hätte gekifft, gesoffen und mir die Adern in dreckigen Klos zerstochen. Mit diesem Cocktail vollgepumpt, hätte ich eine Verkehrsampel missachtet und eine Rentnerin auf dem Fußgängerstreifen überfahren. Der Verteidiger hätte mich als sozialgeschädigt entschuldigt und der Rentnerin eine Buße aufgebrummt. Im schlimmsten Fall hätte ich eine Schulklasse erschossen und mir anschließend das stupide Gehirn weggepustet. Peng!

Ich wurde also wieder zum Trinker. Eine permanente und irrationale Hochspannung führte mich von einer Idiotie in die nächste. Vielleicht, weil ich in gewissen Augenblicken zu glauben begonnen hatte, dass ich endlich imstande sein würde, die Mauer in meinem Kopf zu zertrümmern und ein normales Leben zu führen. Aber die Zeit verging, und die verdammte Mauer war nach wie vor da und füllte meinen Kopf mit Backsteinen.

Es wurde mir von Tag zu Tag schlechter. Ich fühlte mich elend, der Biergeschmack machte mich krank. Aber ich musste trinken. Ich hatte Durst, schrecklichen Durst. Ich ging gerade, dennoch war mir ständig schwindlig. Ich sah meine Umgebung merkwürdig verschwommen, wie durch irgendeine Flüssigkeit, meinetwegen Bier. Gewiss gab es Saufbrüder im Lager. Aber es waren eher Gelegenheitssäufer, brüderlich verbunden und zumeist harmlos. Richteten sie zu viel Unfug an, steckte man ihnen den Kopf unter den Wasserhahn.

Aber weil solche wie ich nicht zögern, sich selbst erheblichen Schaden zuzufügen, kommen andere zwangsläufig dazu, es zu merken. Da nützte auch kein kaltes Wasser. Im ganzen Lager sorgten meine Wutanfälle für böses Blut. Die japanischen Bücher hatte ich schon lange nicht mehr angerührt. Wozu auch? Hatte ich jemals gedacht, aus abstrakten Gedanken und fremden Lebensauffassungen schlau zu werden, fand ich diesen Anspruch jetzt absurd. Was sollte ich – zum Beispiel – mit der Geschichte des Mönches anfangen, der seinem Meister einen Eimer voller Scheiße über den Kopf schüttete? Schon möglich, dass mit der Scheiße eine erbauliche Lehre aus dem Eimer schwappte, aber wenn, dann zu reichlich für mich. Ein Psychopath sollte seine Ansprüche begrenzen.

Man machte mir also Platz, sobald ich auf der Bildfläche erschien. Sogar Paul war verbittert. Ich hatte seine Langmut ausgiebig strapaziert, und jetzt schmiss er das Handtuch. Er sprach nach wie vor verbindlich zu mir, aber sobald er das Bier roch, war es aus mit seiner Geduld. Worüber soll man sich mit einem Trunkenbold unterhalten? Ich blieb also für mich, balancierte wie auf einem Seil zwischen Wahnsinn und Vernunft. Das ging eine Zeit lang gut, aber weil ich permanent mit der Flasche fuchtelte, verlor ich eines Tages das Gleichgewicht. Mein Verstand setzte aus, und ich stürzte in den Abgrund. Anders ausgedrückt: Ich versuchte noch einmal die Flucht.

Es war eine mondlose Nacht im Frühsommer. Am Tag zuvor

hatte es geregnet, und alles triefte vor Nässe. Noch in den Abendstunden hatte es heftig gestürmt, aber kurz vor Sonnenaufgang kam dichter Nebel auf. Der Nebel deckte meine Flucht. Diesmal hatte ich in der Werkstatt eine kleine Säge stibitzt. Der Stacheldraht war recht dünn. Nachdem ich hindurchgeschlüpft war, bewegte ich mich mit verdoppelter Vorsicht, die Augen auf den Boden gerichtet und so lautlos wie möglich. Es war eine Wanderung ins Weglose und Ungewisse unter den verblassenden Sternen. Eine geisterhafte Stille stand über dem Wald. Der Nebel beraubte die Erde ihrer Schatten, ihrer Reliefs und ihrer Farben. Die Welt hatte jede Tiefendimension verloren. Nicht ein Zweig, nicht eine Nadel rührte sich auf den Bäumen. Auch kein Vogel erhob seine Stimme. Ich hörte nur das Tropfen der Feuchtigkeit auf den Blättern, mein Herzklopfen und meine Atemzüge. Es kam mir vor, als sei ich das einzige Lebewesen in einer lichtverschleierten Welt. Nach einer gewissen Zeit wurde der Nebelflor dünner, ein hauchzart in die Weite und schräg von oben nach unten gezogenes Gespinst, fast unsichtbar. Von Osten drang das Rosa der Morgenröte hervor. Und da, ohne dass irgendetwas, nicht einmal das Geräusch eines Hälmchens, an mein Ohr gedrungen war, spürte ich eine Gegenwart. Ich verharrte auf der Stelle und starrte mit weit aufgerissenen Augen in den Nebel, als sähe ich etwas Gestalt annehmen, das unsichtbar blieb. Und obwohl sich kein Lüftchen regte, fand ich kaum dreißig Sekunden später eine Witterung, scharf, schwer, stinkend. Sie war kein menschlicher Geruch, was mich halbwegs beruhigte. Es gab Wildschweine in der Gegend, die gefährlich werden konnten. Aber besser ein Rudel Wildschweine als eine japanische Patrouille.

Dann knackte ganz in der Nähe ein Zweig. Ich wirbelte herum, und vor mir aus dem Nebel trat ein Hirsch. Er hatte sich genähert, ohne dass irgendetwas mir sein Erscheinen angekündigt hätte. Er schritt ohne Hast dahin. Jeder seiner Schritte brachte die Kraft seiner Schultern, die Majestät seines Schreitens zur Geltung. Ich betrachtete die Erscheinung mit angehaltenem Atem. Hirsche hatte ich oft als Kind gesehen. Ihre Geweihe hingen in Vaters Büro. Aber dieser Hirsch war etwas anderes. Eine Erinnerung zuckte in mir auf, die Erinnerung an einen Hirsch oder etwas Ähnliches. Doch vergeblich mühte ich mich ab, das Mauerwerk in meinem Kopf war für die Ewigkeit gebaut. Ich gab es auf. Was nützte es mir zu guter Letzt, gegen imaginäre Steinblöcke zu boxen?

Auf einmal fing das Tier meine Witterung auf. Die Fellkegel seiner Ohren bewegten sich. Es hob den schweren Hals, und für ein paar Sekunden schien sein Geweih mit den unteren Bäumen verwachsen. Seine Augen – zwei Kristallkugeln, in denen sich das blassrosa Licht widerspiegelte – starrten mich an. Unvermittelt überlief ein Schauer seine Flanken. Er warf den Kopf in den Nacken und sprang. Es war wie eine Explosion, eine kaleidoskopische Einheit von Form und Bewegung. Ein einziger Satz brachte ihn in das Dickicht zurück, und diesmal ließen seine Hufe das Geräusch rollender Kiesel vernehmen. Dann wieder einkehrende Ruhe. Mein Atem beruhigte sich. Ich setzte zum nächsten Schritt an und hielt mitten in der Bewegung inne. Der Hirsch war verschwunden. Und genau dort, wo er einen Atemzug früher gestanden hatte, stand jetzt Oberstleutnant Toyohisa Matsue.

Der Lagerkommandant hatte sich mir gegenüber stets korrekt verhalten. Er hatte mich inhaftieren lassen, weil ich es verdient hatte. Aber er war ein Feind, und er hatte Macht über mich. Das Problem war, dass ich nur eine Stichsäge hatte und er seinen Degen trug. Bisher hatte ich ein nahezu unverschämtes Glück gehabt, nun war das Spiel aus. Selbst schuld.

Doch Matsue wirkte völlig unbeteiligt. Er machte keine Bewegung auf mich zu, stand lediglich da und beobachtete mich. Wie lange wir so verharrten, weiß ich nicht. Meine Erinnerungen an diesen Augenblick sind verschwommen. Bis der Lagerkommandant endlich das Schweigen brach. Und was er sagte, waren nicht die Worte, die ein Deserteur auf der Flucht zu erwarten hätte.

»Ein prächtiger Hirsch. Er kommt jeden Morgen zur Tränke. Wir sollten diese Tiere nicht jagen.«

Und wieder trat Stille ein. In der Heimat hätte man wohl gesagt, dass ich wie ein begossener Pudel vor ihm stand. Noch viele Jahre danach habe ich mich gefragt, was Matsue wohl von mir gedacht haben mochte. Ob er mich verachtet hatte? Doch nein, verachtet hatte er mich nicht: Ich war ihm nur lächerlich vorgekommen. Aber das erzählte er mir erst später. Jetzt aber, während ich darauf wartete, dass er mir die Leviten las, konnte ich nur denken, dass mein Leben in der nächsten Viertelstunde eine fiese Wendung nehmen würde.

»Soldat von Gersdorff«, begann der Lagerkommandant, »wissen Sie nichts Besseres zu tun, als immer wieder auszubrechen? Ich habe bisher viel Geduld mit Ihnen gehabt. Wollen Sie unbedingt, dass ich Sie vor ein Kriegsgericht stelle?«

Nichts, was ich sagen oder tun konnte, würde meine Lage erheblich verschlechtern. Sie war schon miserabel genug.

»Sie können mich meinetwegen hängen. Mein Leben ist mir nichts wert.«

Er betrachtete mich nachdenklich.

»Ich verliere ungern meine Zeit mit Menschen, die ich im Verdacht habe, unehrlich zu sein.«

»Unehrlich?«

Matsues Worte waren so ruhig wie der Blick seiner Augen.

»Sie haben gesagt, dass Ihnen das Leben nichts bedeutet. Soldat von Gersdorff, Sie haben gelogen.«

Mir klopfte das Herz. Ich quälte mich, etwas zu sagen, um die Stockung zu überwinden.

»Und doch ist es wahr.«

Er sah mich drei volle Sekunden an, bevor er sagte: »Ja, das möchten Sie gern glauben.«

Die Worte weckten etwas in mir, etwas das tief verschüttet war und jetzt versuchte, an die Oberfläche zu kommen. Aber zu viele

Schlacken steckten in mir, zu viel Finsternis, zu viel Zorn. Ich ballte die Fäuste.

»Was wollen Sie von mir?«

Er schaute mich an, schaute in mich hinein, schaute geradezu durch mich hindurch. Ich krümmte mich innerlich unter der ruhigen Macht dieses Blickes.

»Soldat von Gersdorff, ich will Ihr Ehrenwort, dass Sie es nicht noch einmal versuchen.«

Es lief mir kalt über den Rücken. Was war das nur? Was mochte es sein? Ich sah vor mir einen Mann, in einen Offiziersmantel gehüllt, der mich ohne Zorn betrachtete. Seine Augen waren so tief dunkel, das sie schon beinahe schwarz wirkten, und sein Gesicht trug einen Ausdruck großer Güte. Und in diesem Augenblick geschah es: Die Mauer verschob sich, ich bemerkte ein plötzliches helles Licht in der Öffnung oberhalb, und einen Atemzug lang konnte ich auf die andere Seite spähen. Für einen unendlich kurzen Zeitablauf sah ich ein Wesen, das sich bewegte, und dieses Wesen trug ein Geweih, wie ein Hirsch. Aber es war kein Hirsch, es war nicht einmal sehr groß. Und ich hörte eine Mädchenstimme sagen: »Er hat mächtige Feinde. Aber er wird alle besiegen.«

Schon glitt die untere Schicht empor, schob die obere Schicht höher, und das Licht erlosch. Und ich erschauerte und schwitzte, denn ich hatte etwas gesehen und gehört, bevor es mir überhaupt bewusst wurde. Da war eine Stelle in der Mauer, die undicht war.

Toyohisa Matsue hatte sich nicht gerührt. Er sah mich ruhig an und wartete. Doch alles, was ich jetzt sagen konnte, wäre armseliger Blödsinn gewesen. Und auf einmal war dieser Japaner kein Feind mehr für mich. Ich wusste, ich stand jenem Menschen gegenüber, der mit seiner Lebenskraft etwas Gutes bewirkt hatte, etwas Gutes, das auch mich betraf. Stille kehrte in mir ein, und die Ruhe und das Urvertrauen eines Kindes, das sein Vater bei der Hand nimmt. Meine Kehle wurde eng, wie mit Tränen gefüllt. Und als ich endlich sprechen konnte, klang meine Stimme wie die eines anderen, so rau und bescheiden und meilenweit entfernt. Ich sagte: »Jawohl, Herr Oberstleutnant. Sie haben es.«

»Dann schauen Sie zu, dass Sie es nicht vergessen. Denn seit zehn Minuten stehen Sie bei mir in Haft. Sie verstehen, dass ich Sie unverzüglich wegen Desertion anklagen muss und dass ich bei der Erfüllung dieser Pflicht nicht zögern werde.«

»Jawohl, Herr Oberstleutnant.«

Er nickte.

»Gut. Sie scheinen es endlich begriffen zu haben.«

Er setzte sich in Bewegung, kam auf mich zu, ohne dass ich mich rührte, ging langsam an mir vorbei. Ich drehte mich um und ging drei Schritte hinter ihm, dem Lager entgegen.

35. KAPITEL

DAS BUCH DER FÜNF RINGE

Natürlich musste ich wieder sitzen. Und es sah allmählich so aus, als sollte die Zelle zu meinem permanenten Zuhause werden. Weil ich über zwei Jahre alles darangesetzt hatte, um zu dem versoffenen, emotional geschädigten Kerl zu werden, der ich war, konnte ich mich nicht von einer Minute zur anderen in einen mustergültigen Menschen verwandeln. Falls es mir überhaupt je gelingen würde, woran ich sehr zweifelte. Da saß ich nun in Gesellschaft der Glühbirne auf meiner Pritsche, und der Wachsoldat steckte dann und wann den Kopf durch das Loch, um zu sehen, ob ich schön brav war. Ich war so vorbildlich brav, dass ich nicht einmal masturbierte. Man brachte mir meine japanischen Bücher, und ich durfte täglich – unter Aufsicht – eine Stunde spazieren gehen. Und jeden Abend ein Bad nehmen. Das war nett. Allein mit mir selbst begann ich zu sinnieren. Worauf sich meine Vorstellungskraft gegenwärtig konzentrierte, war Oberstleutnant Matsue. Was bedeutete dieser Mann für mich? Er gab freiwillig nichts preis, war in seinem ganzen Wesen undurchdringlich. Unmöglich zu erkennen, was in ihm vorging. Überdies war mein Ehrenwort nichts wert. Damit hing es also nicht zusammen. Womit also? Die Begegnung mit dem Hirsch, Matsues Erscheinen im Morgennebel waren ein so entscheidender, so endgültiger Moment gewesen, dass er alle meine Gefühle bündelte, wie konzentrierte Sonnenstrahlen in einer Lupe ein Feuer entfachen. Mir war, als spürte ich eine nahe stehende Präsenz, kraftvoll und ruhig wie ein Herzschlag. Und ich dachte an die Pinselschrift im Büro des Lagerleiters. Sie war feierlich, unerschütterlich, fast brutal in ihrer Vollkommenheit. Wer hatte sie verfasst? Der Oberstleutnant selbst?

»Schreibe dir das hinter die Ohren!«, sagte ich zu mir selbst. »Du kannst dir etwas ansehen, du kannst dabei etwas empfinden, doch wie du es auch anstellst, in erster Linie gehst du von dem aus, was du verstehst. Also, was verstehst du?«

»Aufrichtige Willenskraft. Das steht ja da geschrieben.«

»Und was steckt dahinter?«

»Na ja, die Willenskraft eben. Und die kann ich auch vorweisen.«

»Und ist sie aufrichtig?«

»Nein. Unaufrichtig.«

»So kommst du nicht weiter!«

»Meine Fähigkeiten sind begrenzt.«

»Schnauze, Alexander!«

Trotz allem entdeckte ich in mir die ersten Anzeichen einer Veränderung, konnte mir aber nicht die Folgen ausmalen, zu denen sie führen mochten. Und sie geschah beileibe nicht plötzlich. Und vielleicht auch nur, weil ich mich wieder in die Bücher vertiefte, die nur für mich da waren und für niemanden sonst – aus lauter Langeweile, meinte ich.

Die japanische Schrift bereitete mir nach wie vor Kopfzerbrechen. Und weil ich die Form nicht beherrschte, lenkte ich meine Aufmerksamkeit nicht auf die Form selbst, sondern auf ihre Aussage. Und so vertiefte ich mich in die zu Papier gebrachten Gedanken, ohne mich von der Form aufhalten zu lassen, die mir bis auf Weiteres schnuppe war. Auf diese recht unorthodoxe Weise stieß ich auf einen Satz in dem *Buch der fünf Ringe,* der lautete: »Tu nie etwas, worüber du dich vor dir selbst schämen müsstest.«

Das Buch war von einem Schwertkämpfer aus dem sechzehnten Jahrhundert verfasst worden, dem, nach langen Irrungen und Wirrungen, die menschliche Unzulänglichkeit ein Dorn im Auge geworden war und der sich – eklatant voreilig – eine universelle Besserung erhoffte. Jedenfalls sinnierte ich über die Ermahnung, die, wie mir schien, etwas mit dem problematischen Rückwärtsblicken in mir zu tun hatte, mit der Dunkelheit jenseits der Mauer. Ich hatte wochenlang in dem Eimer voller philosophischer Scheiße gewühlt und endlich etwas Brauchbares herausgefischt. Und folglich wühlte ich weiter, wobei ich überrascht feststellen musste, dass ich eine Art von intuitivem Begreifen entwickelte, ohne feste Grundlage zwar, aber recht aufschlussreich. Meine unwissende Intuition trat wuchtig gegen den Verstand an, ich schob den Verstand ein für alle Mal beiseite und entdeckte zunehmend in den Texten eine wesensverwandte Einstellung. Das vermittelte Gedankengut war einfach, unmittelbar, selbstbewusst und selbstüberwindend. Die japanische Weltanschauung, die mir so fremd wie der Mond gewesen war, basierte auf einer Denkweise, die das Leben von innen statt von außen her erfasste. Irgendwie hatte ich gerade in diese Kerbe geschlagen – und letzten Endes passte es mir gut, dass ich in der Zelle saß. Einsamkeit führt in der Tat zur Kontemplation. Und was eignet sich besser dazu als Isolationshaft? Aber man kann sich nicht von der Erde erheben, indem man an seinen Schnürsenkeln zieht. Das Hirn ist wie ein Muskel, den man trainiert, wenn man alles andere nicht mehr trainieren kann. Man wird sozusagen gescheit aus der Notlage heraus.

Paul besuchte mich diesmal nicht. Ich nahm es ihm nicht übel. Ich an seiner Stelle wäre auch nicht zu einem Rabauken gekommen, um freundliche Konversation zu machen. Als ich dann freikam, in die Baracke zurückkehrte und mein Bündel auf die Pritsche warf, hielt man es kaum für nötig, mich zu begrüßen oder gar Notiz von mir zu nehmen. Meine Eitelkeit bildete sich zunächst ein, es sei mein unliebsames Erscheinen, das eine derart unerfreuliche Stimmung hervorrief, was gewiss nichts Neues war. Achtung, Leute, der blöde Kerl ist wieder da, und gleich haben wir Unfrieden. Doch nein, offenbar war ich diesmal nicht Ursache der allgemeinen Betrübnis. Sogar Paul schien mich nur halbwegs wahrzunehmen. Sein Gesicht war ohne Ausdruck. Er war ein bisschen leblos, Paul.

Wir gaben uns die Hand. Die seine war klebrig.

»Wie geht es dir?«, fragte er abwesend.

»Danke. Alles in Ordnung. Und dir?«

»Oh, ausgezeichnet.«

Ich sah ihn scharf an.

»Sag mal, was ist eigentlich hier los?«

Es drängte ihn offenbar nicht, mit mir zu reden. Doch er sah, dass ich auf eine Antwort bestand, und sagte mit Widerstreben: »Die Nachrichten sind schlecht.«

Er sah wirklich niedergeschlagen aus. Aus irgendeinem Grund gefiel mir das nicht. Ich legte ihm die Hand auf die Schulter, was ich sonst nie tat, und er zuckte leicht zusammen. Ich vermeinte in seinen Gedanken zu lesen: Der Typ soll mir bloß nicht zu nahe kommen!

Ich sagte: »Aha. Haben wir endlich den Krieg verloren?«

»In Wirklichkeit«, sagte er matt, »kommt es auf den Krieg kaum noch an.«

Ich wusste wirklich nicht, was vor sich ging.

»Versuch mir das mal zu erklären.«

Die anderen beobachteten uns verstohlen. Ich ließ mich durch ihre Blicke nicht ablenken. Paul hatte noch immer sein unglückliches Gesicht. Nicht so sehr die Stimme ist es, dachte ich, mehr die Augen. Ich kam geläutert aus dem Knast, roch nicht nach Bier und benahm mich sogar recht teilnahmsvoll, aber meine Hand auf seiner Schulter war ihm offenbar peinlich. Ich zog die Hand zurück, und da entspannte er sich und erzählte endlich.

Im Mai 1918 war in Spanien eine Krankheit ausgebrochen.

Eine Seuche wie die Pest im Mittelalter. Acht Millionen Menschen waren bereits infiziert. Und jetzt breitete sich die Krankheit in ganz Europa aus.

»Eine Infektion?«

»Ein unbekannter Virus«, erklärte Paul. »Eine Art von eitriger Bronchitis. Dazu hohes Fieber, Erbrechen und blutiger Durchfall. Die Haut verfärbt sich dunkelrot. Danach leben die Kranken nur noch drei oder vier Tage. Die Ärzte sind machtlos. Diese ›Spanische Grippe‹ wie man sie nennt, ist eine Bedrohung ungeheuren Ausmaßes, die Menschen sterben wie die Fliegen.

»Mit solchen Sachen rechnet man gar nicht«, sagte Paul. »Verstehst du, was ich meine? Es ist einfach unheimlich.«

»Haben die Kameraden Angehörige verloren?«, erkundigte ich mich.

»Das ist es ja eben, wir wissen es nicht. In Deutschland gibt es eine Nachrichtensperre.«

»Und deine Eltern?«

»Kein Lebenszeichen, nichts. Die Feldpost wird zensiert. Die deutsche Presse berichtet von geringen Verlusten unter der Bevölkerung. Über die Zahl der Erkrankungen an der Front ist nichts bekannt.«

Ich gestattete mir ein schiefes Lächeln.

»Sieh einer an, diese Spanische Grippe ist patriotisch! Sie sucht sich nur zivile Opfer aus, die ja ohnehin am Verhungern sind. Und bevor man die Soldaten in die Luft sprengt, erfreuen sich alle einer blühenden Gesundheit!«

Paul sah mich unglücklich an und schwieg. Ich hätte mal wieder den Mund halten sollen. Was ich laut dachte, mochte für Zartbesaitigte schwer verdaulich sein.

Die deutsche Presse trug also einen Maulkorb. Die japanische Presse nicht. Ferner hatte eine Anzahl deutscher Handelsleute China verlassen, als es anfing brenzlig zu werden, und hatte in Japan Unternehmen gegründet. Einige hatten in Bandō internierte

Freunde oder Verwandte, die sie gelegentlich besuchten. Auch sie brachten Informationen aus zuverlässiger Quelle. *Die Baracke* hatte die Nachrichten in der Sparte »Täglicher Telegrammdienst« abgedruckt, und jetzt ließen alle die Köpfe hängen.

Das Verschrobene an der Sache war, dass wir auf der anderen Seite der Erdkugel über die heimatlichen Katastrophen besser Bescheid wussten als die Bürger in Recklinghausen.

Ich hatte meine Strafe abgegessen, mich mit hehren Gedanken vollgestopft und das alles nicht mitbekommen. Das war eben die »Isolationshaft«. Man wird zum seelischen Maulwurf und wühlt nur in sich selbst.

Und Paul hatte notabene recht. Es war schon so, dass es jetzt auf den Krieg kaum noch ankam. Man führte ihn nur noch, weil man nicht wusste, wie man ihn beenden konnte, und die Pandemie würde ihm den längst fälligen Todesstoß versetzen. Es war nur eine Frage der Zeit. Die Kriegstreiber witterten bereits die Gefahr. Es ging in die letzte Runde. Sie organisierten und mordeten unter Hochdruck. Die Zahl der Grippeopfer würde steigen – ja sogar steigen müssen. Wie viele Millionen waren bisher gestorben? Zehn oder zwölf oder fünfzehn? Noch zu wenig. Bis alle Holzköpfe mürbe wurden, mussten es noch ein paar Millionen mehr werden. Die Kanonen donnerten an allen Fronten. Die letzten Kriegsexzesse waren gewaltneurotisch. Die Krankenhäusern waren überfüllt. Die Soldaten hatten immer den Vorrang.

Paul sah wirklich erschüttert aus.

»Warum müssen wir unsere Familien diesen Scheußlichkeiten aussetzen? Warum nur tun die Menschen einander so etwas an?«, sagte er, mehr zu sich als zu mir.

Sollte ich jetzt über Profit und Verlust reden? Es war nicht der richtige Augenblick, ich hatte ihn schon zur Genüge strapaziert.

Ich sagte: »Weil die Geschichte zeigt, dass wir nicht anders können.«

Er betrachtete mich wie ein unglücklicher Hund.

»Glaubst du, dass wir noch eine Zukunft haben?«

Ich hatte Paul immer als ausgeglichenen Menschen empfunden. Auch wenn ich mir selten über uns beide Gedanken machte, hatte ich bei ihm immer festen Grund gefunden. Nun machte mir seine seelische Verfassung Sorgen. Ich wollte ihn herausholen aus diesem philosophischen Loch.

Ein Zeitalter später, an einem Herbstabend in Tokio, würde mir jemand eine Gardinenpredigt halten: »Wer nicht in seiner Haut ersticken will, muss spüren, dass der andere ihn braucht.«

Hypokritisch, wie ich war, würde ich dem Moralapostel über den Mund fahren. Ich sah manchmal Dinge, die noch gar nicht da waren, was keinem vernünftigen Menschen behagt. Und diese Seite in meinem Lebensbuch war noch längst nicht vollgekleckst. Einerlei, ich wollte nicht in meiner Haut ersticken.

»Habt ihr in letzter Zeit noch Konzerte gegeben?«, versuchte ich das Thema zu wechseln.

Er hob überrascht den Blick.

»Wieso fragst du?«

»Man darf doch wohl noch fragen!«

Ich meinte, dass ein kurzer Dialog über Musik ihn womöglich auf andere Gedanken brächte. Gedanken, die besser zu ihm passten als Grübeleien über eitrige Infektionen. Und siehe da – es funktionierte!

»Aber gewiss spielen wir. Nahezu jeden Abend. Die Männer brauchen das, damit sie noch an das glauben können, was wir Zivilisation nennen.«

»Ach, hast du die Hoffnung nicht aufgegeben, dass der Mensch als Gattungswesen entwicklungsfähig ist?«

»Darum geht es doch in der Kunst. Wir machen Utopien und konfrontieren sie mit der Wirklichkeit.«

»Das geht nicht immer gut aus …«

»Es sei denn, die Künstler sind ehrlich.«

Paul war wieder in seinem Element. Es ging ihm besser, das sah man mit bloßem Auge. Und da es ihm besser ging, erzählte er, detailreich, dass Hermann Hansens »Tokushima-Orchester« und sein eigenes, das Engel-Orchester, sich zusammengetan hatten. Grund für die Betriebsamkeit war, dass Hermann Hansen sich in den Kopf gesetzt hatte, am 1. Juni die Neunte von Beethoven aufzuführen.

Pauls Rede plätscherte dahin ohne Punkt und Komma, und ich hörte kaum zu. Doch als er Beethoven erwähnte, wurde ich plötzlich aufmerksam. Beethoven! Schon wieder. Hatte ich nicht früher jemanden gekannt, der immerfort von Beethoven sprach? Wer konnte es nur gewesen sein?

Nun sag, Alexander, ist es der Mühe wert, dir fortlaufend das Hirn zu zermartern? Willst du nicht lieber die Dinge endlich lassen, wo sie sind? Sind sie überhaupt wichtig? Vermutlich nicht. Trotzdem ist es ein ungutes Gefühl, wenn man Backsteine im Kopf hat und nicht sehen kann, was sich dahinter versteckt. Wenn man versucht, sich an Leute zu erinnern, die man nie gekannt hat. Oder doch?

Ich schloss kurz die Augen und richtete sie dann wieder auf Paul, der nicht bemerkt hatte, dass ich mich für einen Moment in eine Art Nullzustand verirrt hatte.

»Wir haben ja schon die Waldstein-Sonate und die Klaviersonate Nummer zweiundzwanzig gespielt. Die Neunte noch nie. Natürlich fordert sie mehr von uns. Und weil sie in Asien noch nie gespielt wurde, hat sich uns allmählich die Idee einer Uraufführung aufgedrängt.«

Ich räusperte mich. Ich musste ja etwas sagen. Ich sagte: »Findet ihr den Ort geeignet?«

Ein Lächeln lag auf Pauls Gesicht, aber es war ein trauriges Lächeln.

»Du musst die Dinge so sehen: Es ist ein Ort wie alle anderen auch. Ich für meinen Teil glaube, dass die Neunte mit unserer Zeit viel zu tun hat. Eine Vergegenwärtigung unserer Situation. Und ein Versprechen der Erlösung.«

Und nach diesem Höhenflug schloss er ganz sachlich: »Des Weiteren sind die Musiker auf diese Weise beschäftigt und denken nicht zu viel an daheim.«

Womit er zweifellos recht hatte.

Am meisten Kopfzerbrechen, sagte Paul, hätte ihnen der Frauenchor gemacht.

»Wir müssen ihn umschreiben und den Tenören anpassen. Einige Choristen singen ja ganz hervorragend. Daneben gibt es weitere Probleme, die jeden vernünftigen Musiker verrückt machen. Alles ist so atypisch, wir kommen uns wie Bastler vor. Krasser ausgedrückt, wie Frevler. ›Nichts Ganzes und nichts Halbes‹, sagt Hermann. Aber er will es trotzdem machen. Jedenfalls wollen wir dem Anlass eine festliche Note geben und haben beschlossen, die Bevölkerung der umliegenden Ortschaften einzuladen. Hermann hat sich schon mit dem Lagerleiter geeinigt. Ob es den Japanern gefallen wird, kann ich allerdings nicht abschätzen.«

»Ich auch nicht. Bei denen muss man auf alles Mögliche gefasst sein.«

»Es ist immerhin einen Versuch wert«, meinte Paul. »Die Japaner haben verschiedene, sehr subtile Musikgenres, von der höfischen Musik bis zur volkstümlichen. Und sie benutzen mehrere pentatonische Tonleitern. Mir scheint, dass unser Gehör dafür erst geschult werden muss. Und ich nehme an, für die Japaner gilt das Gleiche.«

»Und die zusätzlichen Instrumente?«

»Wir hatten ja welche dabei, als wir kamen. Andere bauen wir in Handarbeit im Lager. Wie du weißt, helfen uns die Japaner dabei.«

»Arbeiten sie gut?«

»Jawohl, mit unendlicher Sorgfalt. Sie sind unvergleichlich viel geschickter als wir. Hinzu kamen Spenden von dem Hilfswerk Tokio und dem Hilfswerk Kobe. In Kobe ist der Überseehandelskaufmann Ramseger im Vorsitz. Ein netter Kerl, du kennst ihn doch?«

»Ich kenne nicht alle Leute.«

»Sein Neffe ist hier inhaftiert. Ramseger und seine Frau besuchen ihn oft. Beide sind ausgezeichnete Musikkenner. Ramseger komponiert sogar, aber er möchte nicht, dass es bekannt wird. Da hat er Vorbehalte. Hast du übrigens gewusst, dass die Ramsegers mit der Familie Matsue befreundet sind?«

Ich zuckte mit den Schultern.

»Ich kenne mich mit so was nicht aus, mein Spezialgebiet ist eher Knastologie.«

Paul musterte mich nachdenklich.

»Wenn ich genau nachrechne, hast du fast neun Monate in der Zelle verbracht. Sei mal ehrlich, Alexander, hat sich das auf irgendeine Weise für dich gelohnt?«

»Ich trinke nicht mehr.«

Er schmunzelte.

»Das ist mir bereits aufgefallen. Na ja, vielleicht war es keine verlorene Zeit.«

Keinen Tropfen Alkohol mehr, das hatte ich ein für alle Mal beschlossen. Und wenn ich etwas beschlossen hatte, dann hielt ich mich auch daran. Dafür stopfte ich mich mit Bienenstich voll. Ich mochte Bienenstich sehr, und unsere Bäcker backten ihn aus Heimweh nach ihrer Heimat. Dazu kam, dass ich in der Zelle ordentlich abgenommen hatte und nur noch Haut und Knochen war. Ich hätte kein Bäumchen ausreißen können.

Einige Tage nach meiner Entlassung saß ich auf einer der Holzstufen der Baracke, verschlang Bienenstich und las. Es war ein klarer, blauer Morgen. Das frische Laub der fernen Wälder schimmerte in Schattierungen von Goldgelb bis Hellgrün. Da schritt der Lagerkommandant, wie stets gefolgt von seiner Ordonnanz, die »Tapatau« entlang. Die Ordonnanz trug eine Brille mit Gläsern, so dick wie Flaschenböden, und hob selten den Kopf von ihrem Notizheft, es sei denn, um einem Pfosten auszuweichen. Matsue inspizierte regelmäßig das Lager, warf umsichtige Blicke in die Baracken, Werkstätten und Läden, sprach mit den Offizieren ebenso wie mit den einfachen Matrosen. Brachten die Männer irgendeine Beschwerde vor, hörte er sie geduldig an, und seine froschartige Ordonnanz protokollierte.

Der Lagerleiter war knapp zehn Schritte von mir entfernt, als ich meinen letzten Bissen hinunterschluckte, mich schwerfällig erhob und schlaff salutierte. Ich war noch wackelig auf den Beinen.

Matsue blieb vor mir stehen. Er war etwas kleiner als ich, aber ich fühlte mich deswegen nicht größer.

»Soldat von Gersdorff«, sprach er, ohne eine Miene zu verziehen. »Sie sitzen nicht mehr in Isolationshaft und Sie halten ein Buch in der Hand.«

Ich stand stramm.

»Jawohl, Herr Oberstleutnant.«

»Was lesen Sie gerade?«

»*Gorinsho,* Herr Oberstleutnant.«

»So. Und verstehen Sie, was Sie lesen?

»Nicht alles.«

»Und möchten Sie mehr verstehen?«

»Ich gebe mir Mühe.«

»Hundertmal lesen enthüllt den Sinn.«

»Jawohl, Herr Oberstleutnant.«

»Gut.«

Er schickte sich an zu gehen. Ich gab mir innerlich einen Ruck.

»Mit Ihrer Erlaubnis – dürfte ich mir eine Frage gestatten?«

Er verschränkte die Hände auf dem Rücken, nickte mir zu, steinern, als ob er dachte, was wird dem Mann jetzt schon wieder einfallen?

»In Ihrem Büro hängt ein Rollbild mit einer Pinselschrift. Und mich beschäftigt die Frage, von wem diese Kalligrafie sein könnte.«

Matsues Lippen zuckten. Und jetzt sah ich zum ersten Mal sein Lächeln, hell und warm wie ein Sonnenstrahl an einem kalten

Morgen. Ich sah einen flüchtigen Augenblick lang das Aufblitzen seiner weißen Zähne unter dem Schnurrbart, ein plötzliches Aufschimmern der Augen in der unbeweglichen Maske seines Gesichtes. Und das war alles. Schon war das Gesicht wieder unbewegt.

»Nun«, sagte er. »Die Kalligrafie hat meine Frau ausgeführt.«

36. KAPITEL

ORCHESTERPROBE

In diesem seltsamen Monat Mai dachte ich oft daran, dass wir in einer närrischen Welt lebten. Sämtliche europäischen Grenzstädte waren zerstört. Die grausamen Furchen der Minenfelder, Stacheldrahtsperren, Schlagbäume und Gräben, in denen erschöpfte Soldaten kämpften und starben, passten sich jeder Topografie an. Einzig der Sensenmann scherte sich um keine Grenze, wanderte als finsterer Geist umher, nahm den Menschen ihre Jahreszeiten weg. Sein Geheimnis war das Geheimnis der blutgetränkten Erde, der Gräber und der modernden Knochen.

Die Hypothek des Krieges wog tonnenschwer und konnte nur unter extremen Entbehrungen bewältigt werden. Würde es je möglich sein, den Krieg als Folge der wirtschaftlichen Verunsicherung anzusehen, dann konnte nur die Verbreitung neuer Technik den gewaltigen Schaden tilgen. Aber drang die Technik in sämtliche Bereiche ein, stärkte sie auch die Waffenindustrie. Eine moraltriefende Beschwörung der Vergangenheit war Pustekuchen.

In diesem seltsamen Monat Mai auf der Insel Shikoku war alles Harmonie. Eine Harmonie wie ein Bühnenbild, mit einer surrealen Komponente, eine verschwimmende Illusion zwischen Wirklichkeit und Schein. Ein Raum, der auf den ersten Blick künstlich wirkte, der es aber überhaupt nicht war. Ein multiples Spiel von Licht und Luft, das die ganze Landschaft erfasste. Im Vordergrund bewaldete Kuppen voller Zwitschern und Pfeifen und Kuckuckrufen. Und zwischen den Hügeln das Meer, leuchtend in Schattierungen von Grün und Blau. Auf den Reisfeldern wuchsen die Stecklinge aus der nassen Erde. Die gefiederten Wipfel der Bambusstauden knisterten, die alten krummen Kiefern zeigten eine Beständigkeit, die hart und stolz durch die Zeiten ging. Manchmal schwebte abgelöst und ruhig ein Storch herbei, setzte sich auf eine Baumkrone, wo er unbeweglich verharrte. Doch in diesem seltsamen Monat Mai mischte sich ein anderer Klang in die natürlichen Geräusche der Natur: In dem Musikpavillon beim Offiziersclub probten die Musiker. Täglich, am Morgen oder auch am frühen Nachmittag, sobald die Bäume Schatten warfen, stellten sie ihre Instrumente und Notenständer auf. Viel Platz hatten sie nicht zur Verfügung. Wurde der Chor einbezogen, musste er rechts und links von der Bühne Aufstellung nehmen. Je nachdem, aus welcher Richtung der Wind kam, glich die Musik bisweilen einer Phantommusik, die, von unsichtbaren Schwingen getragen, über das Lager kreiste, gegen die Hügel und den kristallklaren Himmel brandete. Sie entsprang einer fragwürdigen Utopie, erhob den vermessenen Anspruch, die menschliche Natur zu verändern. Sie weckte das Sehnen nach etwas, das mehr war denn Brot allein. Aber sie ist eine Forderung, die nie erfüllt werden kann. Eine bittere Illusion. Denn die Menschheit wird sich nie verändern.

In mir deckte die Musik eine Verletzlichkeit auf, eine Verletzlichkeit, vor der ich mich fürchtete. Und ich konnte mir weder die Ohren zuhalten noch davonlaufen, war hilflos und verwirrt dieser eigenen Schwäche ausgeliefert. Was konnte ich dagegen tun? In meine japanischen Bücher fliehen? Aber die Musik nahm die Verfolgung auf, holte mich ein, umkreiste mich mit fest verschlungenen Geisterhänden. Und vernahm mein Ohr die sechzehn Einleitungstakte und danach das erste Dreiklangthema in seiner erdhaften Kraft, konnten auch die Worte, die ich las, nicht länger in der Einsamkeit meines Herzens verweilen, sodass ich sie halblaut aussprach: »Das Schwert des Samurai ist keine Mordwaffe, sondern ein Werkzeug der geistigen Selbstzucht. Schaut hinein in das Innere, haltet es fest, und ihr werdet erfahren, dass in euch etwas lebt, das jenseits von Geburt und Tod besteht und weder im Wasser ertrinken noch im Feuer verbrennen kann.«

Da war mir auf einmal, als hätte ich mich auf Wanderschaft begeben. Und jenseits allen Begreifens und Erlebens gaben mir die Klänge Geleit. Worte wurden zu Noten und Noten zu Worten, und ich wurde gezwungen, den Weg zu gehen, den sie mir zeigten. Es ging nicht anders: Ich war gefangen. Nicht in einer Zelle wie zuvor, sondern in einer Freiheit, die ich zunächst erlernen musste. Das war paradox und verwirrte mich zutiefst, war ich ja nicht darauf vorbereitet.

In diesem seltsamen Monat Mai verzog ich mich mit dem *Gorinsho* auf die andere Seite des Sees, setzte mich in den Schatten, den Rücken an den hellen Stamm einer Birke gelehnt. Die Musik hatte ich stets im Ohr, auch wenn sie oft durch Hermann Hansens wütende Anweisungen unterbrochen wurde. Dirigenten sind sprichwörtlich aufbrausend. Hansen nahm kein Blatt vor den Mund. Sporadisch hörte ich auch laute Stimmen oder Gelächter und dazu ein geschäftiges Hämmern und Sägen: Die Schreiner fertigten zusätzliche Bänke an. Die Geräusche gehörten dazu und störten mich nicht. Ich hatte etwas entdeckt, über das sich das Nachdenken lohnte. Nämlich, dass Worte und Musik, wenn sie nicht im Widerspruch standen, sich auf geheimnisvolle Weise ergänzten. Mir war, als ob die Neunte Symphonie eine Geschichte erzählte, genauso wie Worte, sobald sie in erhabener Strenge die Geschichte einer Ethik erzählten. Dann verschmolzen die Texte, die ich las, merkwürdigerweise mit der Musik. Und dann spielte das Orchester den zweiten Satz, das lange Scherzo, spielte ihn mit der vorgeschriebenen enormen Geschwindigkeit, den vielen symmetrischen Phrasen, aber auch den emphatischen Wiederholungen. Die Klänge flirrten im Wind, und ich atmete schneller, und meine Temperatur stieg.

»Es ist dein ursprüngliches Herz, das keine Festlegung, kein Einhalten, kein Überlegen und kein Unterscheiden kennt. Dafür ist es im höchsten Grad beweglich. Es ist nicht wie ein Steinblock oder ein Holzklotz. Dies bedeutet, nicht irgendein Herz zu haben, sondern ein Herz, das sich von einem zum anderen bewegt. In Wahrheit ist dieses Herz gleich dem Wasser, das einen Teich füllt, aber jederzeit bereit ist, abzufließen für jemanden, der es braucht.«

Zwischen dem Scherzo und dem nächsten Satz war Stille: Sie umschloss mich, diese Stille, und ich vernahm das Herzklopfen in mir drinnen. Etwas Großes ereignete sich ganz still. Ich wurde von einem Gefühl aus Wehmut und Sehnsucht heimgesucht, ein Gefühl von früher, das ich längst verloren und vergessen glaubte. Beethovens Musik bewegte in mir etwas Echtes und Aufrichtiges.

»Junger Mann, was soll dieser Vergleich? Ich war weder ein Steinbock noch ein Holzklotz. Habe ich nicht die Pastorale komponiert? Und die Frühlingssonate?«

»Ich würde mir nie anmaßen ...«

»Hören Sie gefälligst zu, Sie Grünschnabel! Wenn wir Wasser in die Schale gießen, so fließt nicht Wasser allein in sie, sondern viele Dinge fließen mit hinein, Dinge, die gar nirgendwo anders hinfließen können als in die Tiefe unseres Unbewussten. Und so ist es auch in der Musik. Die Musik ist erst vollkommen, wenn die innerste Wahrhaftigkeit unser Wesen widerspiegelt.«

»Vielleicht sollte ich mal darüber nachdenken.«

»Ja, und es wird auch höchste Zeit. Und noch etwas: Wenn mir Friedrich Wilhelm II. eine Audienz gewährte, habe ich mich vorher gekämmt, und mein Jabot war sauber. Schreiben Sie sich das hinter die Ohren!«

»Ich bitte um Entschuldigung. War nicht bös gemeint …«

Ja, Beethovens Werke kannten die Ehrfurcht, aber sie kannten auch das Wehtun. Ich fühlte Tränen hochsteigen und kam mir wie ein Schaf vor, nicht einmal mehr fähig, mir selbst eine scharfe Antwort zu geben.

»Was ist los mit dir, Alexander?«

»Ich kann es nicht sagen. Etwas berührt mich.«

»Die Musik? Die Worte, die du liest?«

»Die Musik UND die Worte.«

»Und das belästigt dich?«

»Es belästigt mich enorm.«

»Du warst nie sehr ehrlich zu dir selbst.«

»Ich war ein Holzklotz.«

»Alexander, du kneifst! Das war nicht deine eigene Wahl. Du wolltest nie ein Holzklotz sein.«

Das Orchester spielte den dritten Satz, den langsamen Satz in B-Dur, diese unendlich schöne Melodie, mit gedehnten Phasen und den nachfolgenden Echos der Holzbläser, gefolgt von dem Solo des vierten Horns und seinem gedämpften Schluss, der sich ins Unendliche und Unbegreifliche verlor. Ich glaubte, dass ich allein war, und war es doch nicht, denn die Schöpfung zog an mir vorbei, ein im Himmel und auf Erden widerhallender Klang. Geburt, Leben, Tod, Liebe und Leid, alles war in diesem Klang vereint.

»Wer die Natur in sich aufnimmt, wird zum Freund der vier Jahreszeiten. Was er auch sieht, wird ihm zur Blüte, was er auch sinnt, erscheint ihm im Lichte des Mondes. Wer nicht im Lichte des Mondes denkt, ist ein niedriger Mensch. Drum nimm die Natur in dir auf. Kehre heim zur Natur.«

Was mir in den Texten aufgefallen war? Dass die Japaner oft und viel über alltägliche Dinge nachdachten, die wir als völlig nebensächlich ansahen. Für sie war die Welt voller Symbole, die sie den Sinn des Lebens lehrten. Wir sahen es nicht oder nur halb. Wir waren auf einem Auge blind.

Ich wollte kein Einäugiger mehr sein.

Und dann kam der vierte Satz, die Introduktion, die nahezu dissonanten Ausbrüche, und schließlich das Finale und der Einsatz der Solo- und Chorstimmen, die Schillers Ode »An die Freude« sangen. Diesmal kamen die Worte nicht aus dem *Gorinsho,* sondern von weit her, ich konnte sie kaum verstehen, aber ich kannte sie auswendig. Ein Musiklehrer hatte sie mir in frühen Jahren eingetrichtert, wobei ich ihn verdächtigte, dass er uns die Worte nur als Formalhandwerk beigebracht hatte, weil sie für ihn von höchst literarischem und sachlichem Interesse sein mochten. Für eine Tiefendeutung fehlten ihm das soziale Auge, die Weisheit und wohl auch das innere Feuer.

Denn was die Musik nun beschwor, war keine rationale Welt mehr – sie hatte diese längst verlassen und wanderte höher, weiter, ins Unendliche und Unbegreifliche, vereint im Jubel einer großen, ewigen Liebe.

»Alle Menschen werden Brüder,
wo dein sanfter Flügel weilt.
Seid umschlungen, Millionen.
Diesen Kuss der ganzen Welt.
Brüder – überm Sternenzelt
Muss ein lieber Vater wohnen.«

Das mit dem lieben Vater kaufte ich Schiller allerdings nicht ab. Über dem Sternenzelt wanderten die Galaxien, der liebe Vater wanderte nur in den Köpfen der Menschen. Aber sei's drum. Was zählte, war die Vision. Das eben brauchte die Menschheit: Visionen. Hätte uns Schiller nur mehr Visionen geschenkt …

»Wieso braucht ihr noch mehr?«

»Sonst bringen wir uns um. Immer und immer wieder. Das solltest du doch wissen, lieber Friedrich.«

»Ich habe emanzipatorischen Druck auf die Elite ausgeübt.«

»Du hast großartige Freiheitshelden geschaffen.«

»Das gebe ich gerne zu. War ich betrunken, war ich ein Genie.«

»Aber ich trage noch andere Worte im Herzen.«

»Worte von mir? Wie erfreulich!«

»Nein, nicht von dir.«

»Von wem denn sonst? Erklären Sie sich bitte ganz kurz!«

Die Worte, die ich in mir trug, hätten gegensätzlicher nicht sein können und beantworteten gleichwohl Schillers – zugegeben bombastische – Ode, so als ob diese Worte wie auf einem Regenbogen zwischen den Welten schwebten. Und spiegelt sich ein Regenbogen im Wasser, bildet er keinen Bogen mehr, er bildet einen Kreis. Es waren jene Worte, die einst der Zen-Mönch Ryokan in seiner armseligen Hütte geschrieben hatte, die glasklaren Worte einer verkörperten Liebe, eine Ode an die Menschlichkeit, genau so, wie Schillers Ode es ja war.

»Wäre mein schwarz gefärbtes Gewand
Weit und breit genug
Möcht ich wohl alle Notleidenden der Welt
Mit meinen Ärmeln bedecken.«

»Liebster Friedrich, passt das nicht zu dir wie die Faust aufs Auge?«

»Junger Mann, Ihre profane Redensweise missfällt mir aufs Höchste.«

»Es geht um die Aussage. Nur darum. Zugegeben, die armselige Hütte wäre nichts für dich. Du brauchtest Blattgold an den Wänden. In Mannheim hat es dir nicht gefallen.«

»Ein unabhängiger Geist muss Opfer bringen!«

Ich wusste nicht, was in mir vorging. Es gab eine Geschichte, die erzählt werden sollte, aber nicht erzählt werden konnte: die Geschichte von Millionen, die den tiefen und echten Drang verspürten zu sprechen, die aber nie ihre schwache Stimme gegen den heulenden Wind erheben würden. Und darum ließen sie Musik erklingen und weltweit jene Menschen sprechen, die Gedanken in Worte kleideten.

Wenn eure Herrschaft über andere aus euren bösen Gedanken entspringt, so werdet ihr in Gefahren geraten und darin umkommen. Sind eure Gedanken selbstlos, so werdet ihr mächtig.

»Hast du das gehört, Friedrich? Wäre das auch in deinem Sinn?«

»In gewisser Weise. Jedoch – es fehlt der poetische Glanz. Und übrigens, wer hat Ihnen die Erlaubnis gegeben, mich zu duzen?«

Der Chor und die Musik erloschen gleichzeitig. Man trifft immer auf etwas, das die Herzen zum Schweigen bringt. Aber warum hinterließ dieses Schweigen mir Kummer? Die Musik war ja immer da. Und die Musik blieb schön.

Das hatte mir jemand gesagt. Jemand, der wichtig für mich gewesen war. Aber wer nur, wer? Ich dachte angestrengt nach, aber es fiel mir nicht ein. Das beunruhigte mich sehr.

Inzwischen legten die erschöpften Musiker ihre Instrumente beiseite. Hermann Hansen gab noch seine Anweisungen, wie man es am nächsten Tag besser machen konnte. Die Musiker lauschten aufmerksam und mit Hingabe. Beethovens Werk versprach Hoffnung, und diese brauchten die Kameraden jetzt. Hoffnung war ihnen so wesentlich wie die Luft zum Atmen und das Wasser für ihren Durst. Die halbe Welt war mit Leichen übersät, und die Toten begruben ihre Toten. Die Menschheit verriet Beethovens Musik mit einem Judaskuss. Aber vielleicht erhob sich die Musik aus dem Grab, unversehrt, ausgestattet mit den übernatürlichen Gaben des Paradieses. Denn die Musik existierte durch sich selbst. Ihre Schwingungen waren noch von den Empfindungen erfüllt, aus denen das Werk vor zwei Jahrhunderten geschaffen worden war. Doch ich hatte keine Hoffnung mehr, denn ich hatte noch andere Worte im Kopf, die bedeutungsvoll waren und ohne Gnade:

> Das Schwert ist die Seele des Samurais, und das Schwert
> sollte makellos bleiben, makellos wie der Mond.

Etwas war geschehen, und ich hatte mein reines Schwert in Blut getränkt.

37. KAPITEL

DIE NEUNTE SONNE

Die japanische Gedankenwelt war von Anfang an empirisch: eine Gedankenwelt fundamentaler Notwendigkeiten. Ihr Ziel besteht darin, das Bewusstsein zu erweitern, damit der Mensch sich selbst auf eine andere als nur auf die allgemein gültige Weise erkennen kann. Sie soll eine Erfahrung sein. Diese Auffassung bewirkt, dass die Japaner ohne jegliche Scheuklappen Sinn für alles Neue haben. In jenen Tagen unserer Gefangenschaft bestaunten sie uns wie fremde Elemente in ihrer insularen Kultur, beobachteten interessiert unsere Lebensgewohnheiten. Beiläufig bemerkt, was dachten sie über unsere Musik? Was empfanden sie? Oder waren sie nur höflich und hörten zu?

Der 1. Juni kam, ein strahlender Tag voller Sonnenschein, und seit frühmorgens waren die Vorbereitungen im Gange. Es sollten ein festlicher Tag und eine schöne Aufführung werden. Der Wind war angenehm kühl, und man konnte das reifende Gras riechen. Das Konzert würde am frühen Nachmittag stattfinden. Später stiegen Nebel aus dem Meer, wanderten landeinwärts, und kalte Luftschichten stauten sich unter den Bäumen.

Die Japaner hatten Stoffbahnen gebracht, vom Lagerkommandanten gestiftet, und sie hinter der Bühne als Vorhang befestigt. Die rot und weiß gestreiften Stoffe wurden mit einer Kordel zusammengerafft, sodass sie die Bühne umrahmten. Hinter den Stoffbahnen, die sich wie Segel im Wind blähten, schimmerte die Sonne. Es herrschte ein lustiges Kommen und Gehen, ein Gewirr von fröhlichen Stimmen. Rund um den Platz wurden Leinen gespannt. Die Japaner kamen mit Leitern, kletterten in die Höhe und hängten bunte Laternen hoch über ihre Köpfe. Bei jedem Windstoß schwankten die Laternen hin und her. Die Soldaten stellten die Bänke auf und hofften, dass alle Besucher Platz finden würden. Tatsächlich kamen die Japaner in großer Zahl. Hunderte von Schritten knirschten auf dem Kies, doch die Menge selbst, ja sogar die Kinder waren merkwürdig ruhig. Und da näherte sich auch Paul Engel, schlank, attraktiv, in weißer Offiziersuniform. Er trug seinen Geigenkasten unter dem Arm. Ein paar Schritte vor mir lächelte er gut gelaunt, hob grüßend die Mütze, und sein helles Haar wehte im Wind. Sein Takt, sein Feingefühl, die liebevolle Art, wie er den Geigenkasten hielt, all das reizte mich, und ich konnte nicht sagen, warum. Ich erwiderte steif seinen Gruß und zog mich zurück. Seit die Vorbereitungen für das Konzert getroffen wurden, war ein Unbehagen in mir geweckt worden. Doch mir lag nichts daran, es zu ergründen. Ich stand abseits, als gehörte ich nicht dazu, ich hatte ja nie richtig dazugehört, und beobachtete das vielfältige Treiben. Eine Anzahl junger Männer aus den umliegenden Dörfern stolzierte zur Feier des Tages in schlecht sitzenden westlichen Kleidungsstücken herum. Die Älteren trugen japanische Kleider, was ihnen besser stand. Ihre nackten Füße steckten in Sandalen, und die Schärpen waren straff um ihre dünnen Gestalten gewickelt. Sie zeigten Haltung und Eleganz. Dazu hatten manche einen Hut auf, was zwar komisch aussah, ihrer Würde jedoch keinen Abbruch tat. Ihre Frauen gingen gebückt wie die Bäuerinnen in der Heimat, eine Folge der Rachitis. Sie hielten die Hände auf dem Rücken und streckten den Kopf weit vor. Viele dieser älteren Leute verschmähten die Bänke und zogen es vor, sich nach gewohnter Art auf dem Boden niederzulassen. Allerdings hatten sie leichte Matten aus Reisstroh unter dem Arm, die sie aufrollten. Sie knieten nie auf der nackten Erde. Die jungen Frauen trugen ihre Kimonogewänder, manche grellbunt, ein tolles Gemisch von Farben, die auf bizarre Weise zusammenpassten. Sie hielten Fächer in der Hand, und manche Mädchen und Jungen schleppten Kleinkinder auf dem Rücken, die schon fast so groß wie sie selbst waren. Die vorderen Bänke waren den japanischen Offizieren und ihren Familien vorbehalten. Auch Oberstleutnant Matsue war mit seiner Frau gekommen. Ich betrachtete neugierig die schmale, elegante Gestalt in ihrem hellgrünen Kimono mit violetter Schärpe. Ich konnte ihre zarte Erscheinung nicht mit den kraftvollen, von ihr geschaffenen Schriftzeichen in Verbindung bringen. Ihre Kinder, ein Junge und ein älteres Mädchen, sah ich nur flüchtig. Sie saßen nicht still, und irgendwann waren sie verschwunden. Unter den Gästen waren auch der Kaufmann Ramseger und seine hübsche Frau, in geblümtem Sommerkleid und mit Capeline. Die deutschen Offiziere kamen, um sie zu begrüßen. Handküsse, Mütze ziehen, Komplimente. Alle überboten einander mit Höflichkeiten. Internierte niedrigen Grades hatten ein Büfett aufgestellt, reichten Erfrischungen. Wäre ich nicht mieser Laune gewesen, hätte ich das mondäne Getue hinter Stacheldraht belächeln können. Doch mir stand nicht der Sinn danach. Es war etwas Gespanntes, Knisterndes in mir, das mir gar nicht gefiel.

Inzwischen fanden sich, in kleineren Gruppen, die Musiker ein. Alle waren in der Uniform ihrer Abteilung gekommen. Und überall stachen die weißen Silhouetten der Marineoffiziere hell hervor. Die Musiker stellten ihre Notenständer auf, stimmten ihre Instrumente, was – wie stets – eine seltsam unmelodische Tonmischung ergab. Die Japaner bewegten ihre Fächer und flüsterten, wobei sie sich immer wieder zunickten. Kameraden gingen an mir vorbei. Einige grüßten flüchtig, die meisten jedoch beachteten mich nicht. Die öffentliche Missbilligung zog einen Kreis um mich, und ich stand in einem Vakuum. Mein Geist, an Einsamkeit und abstrakte

Gedanken gewöhnt, störte sich nicht daran, ließ mich aber am Ende eine gewisse Melancholie fühlen. All diese Leute, die auf Bänken oder auf Matten saßen, sich freundlich unterhielten und auf das Konzert warteten, erschienen mir zunehmend irreal, zusammengefügt aus jenem Stoff, aus dem die Träume sind. Mein Kopf war merkwürdig heiß, ich spürte einen Druck in den Ohren und musste mehrmals schlucken.

Unterdessen war der große Augenblick gekommen. Hermann Hansen stieg auf die Bühne. Er verneigte sich vor dem Publikum und hielt auf Deutsch eine kurze, recht humorvolle Ansprache, die ein Dolmetscher übersetzte. Danach spendeten Musiker und Offiziere kräftig Beifall, während die Japaner lachten und in die Hände klatschen. Seltsam, wie sich diese steif-formellen Menschen plötzlich ausgelassen zeigen konnten. Aber plötzlich verstummten die Gespräche. Alle Musiker saßen kerzengerade und gesammelt, hielten ihre Instrumente bereit. In dem gespannten Augenblick, der nun folgte, drehte ich dem Pavillon den Rücken zu und ging dem Lager entgegen. Die Baracken standen verlassen im Sonnenlicht. Die Wachen mit ihren Bajonetten spazierten träge umher. Nur einige Hunde kamen schwanzwedelnd näher. Sie wurden von den Soldaten gefüttert und waren sehr zutraulich. Ein Welpe sprang an meinen Beinen hoch. Während ich mich bückte und ihn streichelte, schoss mir der Gedanke durch den Kopf, dass sich jetzt die einzigartige Gelegenheit bot, um erfolgreich mein Heil in der Flucht zu suchen. Meine Sachen zu packen würde nur wenige Augenblicke in Anspruch nehmen. Unwillkürlich warf ich einen Blick zurück. Die Wachen sahen interessiert zum Pavillon hinüber und beachteten mich nicht.

In diesem Augenblick hob Hermann Hansen die Arme. Wie ein schlanker weißer Vogel sah er aus, wie ein Kranich, und seine langen Arme bewegten sich mit den präzisen, eleganten Gesten eines Flügelschlags. Die Musik brach los.

Die ersten sieben Takte trafen mich wie ein Faustschlag, sodass ich den Aufprall zwischen den Schulterblättern zu spüren vermeinte. Und stehen blieb.

Wie oft mag ich die Neunte in meinem späteren Leben gehört haben? Ich habe nie nachgezählt. Sie wurde uns – sozusagen – in allen Soßen gekocht und serviert. Ich hörte sie jedes Mal anders, und jedes Mal neu, geformt von den Ansprüchen und Visionen der Dirigenten der heutigen Zeit. Und das musste auch sein. Würde ein Werk immer gleich gespielt, so wäre ebendies sein Ende. Jede Aufführung ist und bedeutet etwas anderes, ein neuer Verlust oder ein ganz neuer Gewinn, als sei alles bisher Erlernte unbrauchbar geworden. Eine vollendete Musik hat etwas Selbstverständliches an sich. Sie zeigt wie ein Stempel ihre Herkunft aus der höheren Welt des Geistes. Als ob sich der Himmel eine Partitur in glorioser Leichtigkeit ausgedacht und dem Menschen lediglich die Fähigkeit geschenkt hätte, diese Partitur nach eigenen Gefühlen wiederzugeben. Ihre Vollkommenheit deckt sich mit dem, was in uns schläft. Und ferner nehme ich an, dass damals, in Bandō, die Umstände die denkbar schlechtesten waren. Es gab keine passende Akustik, Hörner und Fagott klangen falsch und blechern in einer Luft voll unaufhörlichen Blätterrauschens, Vogelsangs und Windes. Das muss ich mir immer ins Gedächtnis rufen, denn ich habe die Neigung, die verschiedenen Fassungen der Neunten in meinem Kopf zu einer gewaltigen Klangwelle zu mixen, wo doch in Bandō die Musik – im besten Fall – wie ein Sonntagnachmittag-Konzert in einem deutschen Schlossgarten geklungen haben musste. Aber meine Erinnerungen sind nicht zuverlässig, und ich will Hermann Hansen kein Unrecht tun. Es mag ja sein, dass es gleichwohl eine gute Aufführung war. Wie dem auch sei, ein innerer Drang zwang mich zurück zu dem Festplatz – den ich ja soeben verlassen hatte –, gewissermaßen wie ein Esel, der sich sträubt, aber trotzdem nachgibt, weil er mit Kraft gezogen wird. In kurzer Entfernung fiel mir auf, wie gesammelt alle Japaner zuhörten. Sogar die Kinder saßen still, und die Säuglinge auf den Rücken der Halbwüchsigen blickten friedlich aus ihren Schärpen. Der Wind verstärkte sich, die Sonne vergoldete die Bäume, und durch das leichte Hin-und-Herschwingen entstand auf den Stoffbahnen hinter der Bühne ein wellenförmiges Muster.

Das Scherzo schien sich aufzulösen, flüssig zu werden in Kaskaden, und ich dachte, einen Augenblick will ich mir das anhören, sonst halten mich alle für den letzten Idioten, ungebildet und versoffen. Aber ich blieb auf Distanz. Das Scherzo ließ ungeheuer fein geschichtete Dissonanzen frei, die in schroffen Klängen aufplatzten. Gleich doppelt und dreifach und von allen Seiten des Orchesters. Das Scherzo war sehr lang und nicht leicht zu erfassen. Trotzdem kam keine Unruhe auf. Nach wie vor saßen die Japaner, die Hände im Schoß verschränkt, vollkommen still. Nur die Mütter wiegten ihre Kleinkinder oder klopften ihnen leicht auf den Rücken. Gefiel ihnen diese Musik? Ich konnte es nicht ausmachen. Vielleicht waren sie nur sehr diszipliniert, im besten Fall höflich entgegenkommend. Doch jetzt erklang das kurze Trio, ruhig, fast kindlich heiter. Ein Atemholen nach den heftigen Ausbrüchen des Scherzos und der Beginn des melodischen, nahezu wiegenden Hauptthemas des dritten Satzes. Als ob die Töne, leicht wie eine Brise, über die heimatlichen Wiesen und Felder strichen, bis eine neue Melodiephrase erklang, ein Adagio in vielfältigen Variationen, das sich wieder in meditative Sanftheit senkte, langsam zuerst und dann immer schneller.

Jetzt stand die Sonne gerade über den Stoffbahnen. Ich dachte, dass es ungehobelt sein würde, jetzt zu gehen, und dass ich wohl oder übel bis zum Schluss bleiben musste. Ich suchte mit den Augen eine Bank, auf die ich mich setzen konnte. Ich entdeckte zwei Kinder, einen Jungen und ein Mädchen, die auf einer der hinteren Bänke aufmerksam zuhörten. Neben ihnen war noch ein Platz frei. Das glänzende Haar des Mädchens war im Nacken kurz und an der Stirn gerade geschnitten, und sie trug einen roten Kimono mit einem Schmetterlingsmuster. Der Junge war in Schuluniform.

Langsam und vorsichtig, um die Zuhörer nicht zu stören, ging ich auf die Kinder zu. Doch ich hatte keine Hast und blieb abermals stehen, um das Andante und das Solo des viertens Horns zu hören, diese endlos lange Variation, mit seinen simultanen Auf- und Abwärtsklängen. Und gerade als ich mich wieder in Bewegung setzen wollte, brach das Finale aus, mit den zwei machtvollen Durchbrüchen des Orchesters, die langsam eine Kantate mit Einsatz der Solisten und der Chorstimmen bildeten. Dann sang noch einmal das Horn, bevor das orchestrale Chaos losbrach, eine brutale, düstere, nahezu beängstigende Kakofonie, die der vortretende Bariton beschwörend unterbrach.

»O Freunde, nicht diese Töne!«

Der Bariton sprach zu dem Chor, wurde erhört, und die Chorstimmen antworteten. Keine Frauenstimmen sangen hier, nur Tenöre. Aber das hörte sich gar nicht so übel an. Die Stimmen klangen überzeugend. Hermann und Paul hatten gute Arbeit geleistet. Ich wollte mich zu den Kindern setzen, diese aber lauschten derart konzentriert, dass ich es nicht über mich brachte, sie zu stören. Wobei ich bemerkte, dass ich mir schon seit einigen Minuten über eine schwere Frage den Kopf zerbrach. Eine Frage, die ich vergessen hatte. Das komplexe Stimmgeflecht der Ode erklang in jubelnder Chromatik, und die Sonne hinter den Stoffbahnen blendete mich, sodass ich die Kinder plötzlich nicht mehr sah. Der Wind kam in lauen Wellen, die Stoffbahnen flatterten, und die Sonne schaukelte empor. Oberhalb einer dieser Stoffbahnen war ein Wappen eingewebt, das ich nur im Gegenlicht sah: acht Kreise und ein größerer Kreis in der Mitte. Ich hatte dieses Wappen schon früher gesehen. Und die Sonne hinter dem Wappen schwankte hin und her. Immer wieder beobachtete ich, wie das Wappen mit seinen Kreisen in mein Blickfeld glitt und dann wieder daraus verschwand. Das war es ja eben, man konnte die Sonne oder das Wappen ansehen, aber nicht beide. Das Licht flackerte wild und grell und brannte in den Augen.

Mir wurde schlecht. »Ich sollte mich setzen …«, dachte ich. Vorsichtig bewegte ich mich, mit beiden Füßen mein Gewicht erfühlend. Aber da war kein Kontakt mehr, da war nichts. Ich kam keine zwei Schritte vorwärts. Mein Wille und die verdammten Füße waren zwei verschiedene Dinge. Und die Bänke waren allzu weit weg.

Der Chor jauchzte in Kaskaden der Freude, und die Sonne tanzte. Mein Körper fühlte sich sonderbar leicht an, als wäre ich irgendwo in der Schwebe gehalten. Aber dann verlor ich das Gleichgewicht, mein Herz schlug wild an die Rippen, und ich taumelte wie ein Betrunkener.

»Muss mich hinlegen …«

Hier? Jetzt? Vor allen Leuten?

Mein Bauch schien einzusinken, die Eingeweide wurden kalt. Auf meiner Stirn bildete sich klebriger Schweiß. Mein Kopf war so leer, als löse er sich in Wasser auf, und vor meinen Augen rieselten blaue Tropfen.

»Ich bin krank«, sagte ich laut. »Ich glaube, ich war schon immer krank. Aber das macht nichts. Die Musik bleibt schön.«

Wer hat das gesagt? Moment, gleich fällt es mir ein. Ach so, jetzt erinnere ich mich: Das hat mir Martin in Tsingtau gesagt.

»Martin?«

Ich sah die Sonne und das Wappen ineinanderfließen. Und dann teilte ein Windstoß die Stoffbahnen. Die Sonne schoss wie ein Pfeil hinter dem Wappen hervor, zielte auf meine Augen. Ein glühender Strahl durchbohrte meine Stirn, die Knochen, die Hirnrinde und das Gehirn, und alles flammte auf. Die innere Mauer fiel, wie Steine fallen, und ich sah, grell erleuchtet, was sich dahinter verbarg.

Irgendwo, in weiter Ferne, sang der Chor den letzten Ton aus. Das Orchester verstummte.

Und dann wurde es Nacht.

38. KAPITEL

DIE HAND IN DEM MUND

Ich erwachte in einem hellen, luftigen Raum. Ich lag auf dem Boden, wie mir schien, aber die Matratze unter mir war weich, ebenso die Decke, die aus feiner Baumwolle war und nicht kratzte. Ich sah auch nicht mehr die Holzwände der Baracke, sondern einen blauen Flügel, der sich hob und senkte, und hinter dem Flügel erkannte ich das Wappen, aus dem irgendwann mal die Sonne gestiegen war. Das Wappen hing nun an der Wand, und ich sah das Muster verkehrt, denn der Hintergrund war schwarz und die Kreise golden.

Ich sagte laut: »Die Sonne kam aus der Mitte!«

»Es sind neun Sonnen«, sagte eine weibliche Stimme. »Das ist unser Familienwappen. Die neun Sonnen des Aizu-Clans.«

Ich drehte die Augen seitwärts und sah eine schöne Frau.

Es war das erste Mal, dass ich sah, was das sein kann: eine schöne Japanerin. Ihr Gesicht war ein perfektes Oval, die Augen lang bewimpert, die Lippen freundlich, und das Haar, zu einer Hochsteckfrisur akkurat geformt, glänzte fast purpurn. Sie trug einen dunkelblauen Sommerkimono. Die Schärpe war cremefarbig mit einem Muster von lila Windenblüten. Nie zuvor hatte ich eine Frau gesehen, die ihre Kleidung mit solcher Eleganz trug. Sie war mehr als nur schön. Sie war eine Dame, die mir lächelnd und mit beiden Händen einen orangefarbenen Keramikbecher reichte. Ich ergriff ihn ungeschickt. Die Frau legte die Hände in den Schoß und sah lächelnd zu, wie ich trank. Der Tee schmeckte wunderbar lebendig, mit einem starken Aroma nach Limette. Als ich ausgetrunken hatte, nahm sie mir behutsam den Becher aus der Hand.

»Wie fühlen Sie sich jetzt, Alexander-San? Ich bin Uta, Toyohisa Matsues Gattin. Mein Mann hat es veranlasst, dass Sie hier sind. Seien Sie willkommen in unserem bescheidenen Heim.«

Sie begleitete ihre Worte mit einer Verbeugung, die unbefangen und doch voller Würde war. Ich setzte mich mühsam auf.

»Ich danke Ihnen. Aber was ist geschehen?«

»Können Sie sich nicht erinnern?«

»Ich glaube, ich fiel in Ohnmacht. Es tut mir leid«, setzte ich hinzu. »Es ist nicht das erste Mal. Aber jetzt geht es mir besser.«

Sie erhob sich geschmeidig, indem sie auf den Fersen zurückwippte.

»Kommen Sie, Alexander-San. Können Sie aufstehen oder soll ich Ihnen helfen? Sie möchten sich gewiss erfrischen. Ich habe Ihre Kleider waschen und bügeln lassen.«

Ich kam im Zeitlupentempo wieder auf die Beine. Erst jetzt wurde mir gewahr, dass ich ein Yukata trug, ein leichtes Hausgewand. Als ich aufrecht stand, begann der Raum zu kreisen. Uta packte mich mit erstaunlicher Kraft an den Schultern und führte mich Schritt für Schritt einen schmalen, kleinen Gang entlang. Hinter einer Schiebetür war das Badezimmer. Im Vorraum lagen meine Kleider und Unterwäsche sorgfältig auf einem Schemel gefaltet. Daneben war ein Korb aus Bambus für gebrauchte Kleidungsstücke. Im eigentlichen Badezimmer stand ein Kübel aus Weißholz mit zwei Wasserhähnen darüber, die aus der Wand ragten, und eine Reihe Gasflammen darunter. Das Wasser dampfte bereits. Hier waren noch kleine Behälter für Kleiebeutel, mit denen man sich den Körper abrieb, und ein Handtuchhalter aus geschnitztem Bambus. Der Boden war mit Fliesen ausgelegt und hatte einen

Abfluss. Wie man sich in Japan badete, war mir zur Genüge eingetrichtert worden. Ich wusch und spülte mich sorgfältig ab, bevor ich in das wohltuend heiße Wasser stieg. Die Wanne war so tief, dass ich darin sitzen konnte und nur mein Kopf aus dem Wasser ragte. Ich lehnte mich mit angezogenen Knien zurück und entspannte mich. Nach einer Weile trocknete ich mich ab und schlüpfte in die frischen Kleider, bevor ich den Gang entlang in das Zimmer zurücktapste. Die Bettmatratze war bereits weggeräumt worden. Dafür lagen zwei flache Sitzkissen aus blau-weiß gemusterter Baumwolle dort. Als ich mich umständlich niederließ, glitt die Schiebewand auf, und eine Zofe trat herein, gefolgt von der Hausherrin. Die Zofe brachte einen kleinen, rot lackierten Tisch, auf dem verschiedene Schälchen standen.

»Sie müssen jetzt etwas essen, Alexander-San. Mein Mann wird anschließend zu Ihnen kommen.«

Ich sprach die üblichen Dankesworte aus, wobei ich mich leicht verneigte. Sie schien angenehm überrascht und erwiderte lachend die Verneigung.

»Oh, es ist mir ein Vergnügen!«

Danach entfernte sie sich, gefolgt von der Zofe, und zum ersten Mal in meinem Leben hatte ich ein richtiges japanisches Mahl vor mir. Eine kräftige Suppe, die vielerlei Gemüse enthielt. Gebratenen Bohnenquark. Gegrillten Fisch mit grünem, fein geraspeltem Rettich. Schweinefleisch, das nach Ingwer duftete. Und dazu einen Napf voller Reis. Zum Nachtisch Erdbeeren. Zu trinken gab es Wasser. Ich hatte Hunger, und die Portionen schienen mir klein, aber ich merkte überrascht, wie sättigend sie waren. Während ich sämtliche Schalen leerte, wanderten meine Blicke neugierig umher. Ich konnte nicht ausmachen, wie groß das Haus eigentlich war. Auf jeder Seite gab es Schiebewände aus Holzlamellen und Reispapier. Solche Wände hatte ich bereits in Koyama gesehen. Sie mochten bei Bedarf die Zimmerflucht in einen einzigen größeren Raum verwandeln. Der Boden war mit Matten ausgelegt, die angenehm nach Sommergras dufteten. Sie waren mit einem dünnen Streifen Goldbrokat umrandet. Tragpfeiler und Täfelung waren aus honigfarbenem Holz. An der Decke hing ein Lampenschirm, viereckig und mit dünnen Holzstäbchen versehen. Der Raum war sehr gepflegt, ohne ein Staubkörnchen. Außer zwei Kommoden mit vielen Schubladen und Eisenbeschlägen gab es keine Möbel. Die Schränke waren in die Wand eingelassen und mit der gleichen Tapete aus faseriger Seide überzogen. Mir fiel ein Holzgestell auf, das ein kleiner Altar sein musste. Kleine Tierfigurinen aus Porzellan standen dort. In der Mitte befand sich ein seltsamer Gegenstand, eine Art geflügelter Spiegel. Immergrüne Zweige steckten in zwei Blumenvasen.

Von draußen klangen jetzt Kinderstimmen und fröhliches Gelächter. Ich hatte mein Mahl beendet und trat vor die offene Schiebetür, die in den Garten führte. Zwei Kinder taumelten fröhlich auf Stelzen herum. Ich erkannte die Kinder, neben die ich mich am Vortag setzen wollte. In ihrem Alter war ich auch auf Stelzen gelaufen. Sonderbar, dass man dieses Spiel auch in Japan kannte!

Ich vernahm hinter mir das vertraute Schleifen einer Schiebewand und wandte mich um. Auf der Schwelle stand Toyohisa Matsue. Er trug ein graues Hausgewand mit einem dezenten Streifenmuster. Seine Schärpe war dunkelgrün. Augenblicklich stand ich stramm und salutierte, während er die Papierwand hinter sich schloss und mich mit einer knapp angedeuteten Verbeugung bedachte.

»Alexander, vergessen Sie einen Augenblick die militärischen Faxen. Sie sind hier mein Gast. Nehmen Sie wieder Platz!«

Er setzte sich mit untergeschlagenen Beinen auf eines der Kissen und klatschte zweimal in die Hände. Sofort erschien die Zofe, rutschte auf den Knien heran und trug den Esstisch aus dem Zimmer. Gleich danach brachte sie eine Teekanne und zwei Becher, die hinter der Schiebewand schon bereitgestanden hatten. Matsue bedankte sich mit einem Kopfnicken. Die Zofe entfernte sich unter Verbeugungen und zog die Schiebewand hinter sich zu.

Als wir alleine waren, sagte der Lagerkommandant: »Nun, Alexander, sind Sie wieder bei Kräften?«

»Jawohl, Herr Oberstleutnant. Ich danke Ihnen. Aber warum bin ich hier?«

Er schlug den Ärmel seines Hausgewandes zurück, goss Tee in beide Becher. Seine Gesten waren von großer Anmut.

»Lassen Sie uns ohne Umschweife sprechen. Sie leiden an der Krankheit, die wir ›Tenkan‹ nennen. Sie kann erblich sein – oder auch nicht – und zeigt sich oft bei Menschen mit ausgeprägtem Denkvermögen. Es ist keine gefährliche Krankheit. Sie fällt jedoch auf und kann bei Unkundigen Furcht oder Abscheu auslösen. Wie lange sind Sie schon krank?«

»Seit meinem elften Lebensjahr.«

»Und haben seitdem diese Anfälle?«

»Selten. Und nur, wenn mir etwas besonders an die Nieren geht.«

»Ja, seelische Erschütterungen können Auslöser sein.«

»Woher ist Ihnen das bekannt?«

»Woher? Mein Schwager litt unter dieser Krankheit. Er starb vor zwei Jahren. Ein deutsches Geschoss. Nun, es ist Krieg. Er war ein Mensch, den ich schätzte. Und weil ihn das Leiden unvermittelt überkam, habe ich gelernt, ihm beizustehen.«

»Ich erinnere mich an nichts.«

»Natürlich nicht. Ihr Bewusstsein war ausgeschaltet. Es waren übrigens meine Kinder, die mich geholt haben. Chiyo und Tomohisa hatten ihr seltsames Verhalten beobachtet und wussten sofort Bescheid. Ich befahl, die Schaulustigen auf Distanz zu halten. In solchen Fällen muss man verhindern, dass der Kranke sich verletzt oder seine eigene Zunge verschluckt. Und weil bei Ihnen Eile erforderlich war, habe ich ein Taschentuch um meine Hand gewickelt und sie in Ihren Mund gesteckt. Ich muss allerdings sagen, Sie haben starke Zähne.«

Ich starrte ihn an, aufgewühlt und beschämt. Kleine Fältchen zeigten sich um Matsues Augenwinkel. Er streckte mir die rechte Hand entgegen, und ich sah auf seinem Handrücken vier dicke Blutergüsse.

Der Anblick ließ mich für einen Augenblick verstummen, bevor ich wie ein Trottel antwortete: »Das hätte nicht passieren dürfen!«

Er blinzelte amüsiert.

»Ach, wieso denn nicht? Zum Glück habe ich harte Knochen.«

»Herr Oberstleutnant, ich bitte um Entschuldigung!«

»Und warum? Sie konnten ja nichts dafür.«

»Es war nicht der Mühe wert. Ich meine … ich bin Ihnen zu großem Dank verpflichtet.«

»Lassen wir das.«

Er winkte ab und fügte hinzu: »Und im Übrigen haben sich die Krämpfe bald beruhigt. Sie haben sich mit offenen Augen aufgesetzt, merkten aber offenbar nicht, dass ich zu Ihnen sprach. Ein solcher Zustand verleitet zu der falschen Annahme, der Betroffene sei wieder bei Besinnung. In Wirklichkeit befindet er sich noch in einem Anderswo. Der Mensch wird sozusagen zum Automaten. Und weil ich kein Risiko eingehen wollte, beschloss ich, Sie in meine Obhut zu nehmen. Militärärzte sind für solche Fälle nicht ausgebildet.«

»Aber wie kam ich denn in Ihr Haus? Auf einer Trage?«

Er lachte erstickt und stoßweise. Es war das erste Mal, dass ich ihn lachen hörte.

»O nein! Brav und wohlerzogen an der Hand meiner Kinder! Die Strecke ist ja nur kurz. Die Kinder hatten dergleichen schon bei meinem Schwager miterlebt und fürchteten sich nicht.«

»Ich entsinne mich an etwas Rotes, das sich bewegte …«

»Der rote Kimono meiner Tochter. Rot ist die einzige Farbe, die ein Epileptiker wahrnimmt. Zu Hause angekommen, nahm sich die Zofe Ihrer an. Tama steckte Sie in die Badewanne und bereitete ein Bett für Sie vor.«

Mir zuckte durch den Kopf, dass besagte Tama mich dann ja nackt gesehen haben musste, aber schon sprach Matsue weiter.

»Sie legten sich gehorsam in die Kissen, schliefen jedoch nicht. Und begannen auf einmal zu sprechen, eine seltene Reaktion in Ihrem Zustand. Für gewöhnlich bleiben Bewusstlose stumm.«

Ich versteifte mich. Ich hatte das Gefühl, als hätte der Lagerkommandant einen unstatthaften Blick in mein Herz geworfen. Ich hatte Angst, ihn geradeheraus zu fragen, was ich gesagt hatte. Ich war nicht einmal sicher, ob ich es hören wollte.

Matsue hob den Becher an seine Lippen.

»Sie sprachen absolut rational und vernünftig. Sie haben von Ihren Eltern und Ihrer Jugend erzählt. Und dann haben Sie von Tsingtau gesprochen und von dem, was sich dort ereignet hat.«

Meine Handflächen wurden feucht. Eigensinnig hatte ich bisher mein Außenseiterdasein gewahrt und schreckte davor zurück, dass ich mein Geheimnis mit jemandem teilen musste, und sei es nur für einen Augenblick.

»Ich hatte mein Gedächtnis verloren, verstehen Sie? Da war eine Mauer in meinem Kopf …«

»Der Anfall war so stark, dass die Mauer zertrümmert wurde.«

Verzweifelt ließ ich den Kopf zur Seite fallen.

»So wird es wohl sein«, sagte ich bitter. »Ich trage eine große Schuld in mir.«

Er saß bewegungslos vor mir und sah mir ruhig ins Gesicht.

»Keine Schuld, Alexander, sondern einen großen Kummer. Denn Sie haben ehrenvoll gehandelt. In der japanischen Sprache gibt es einen Ausdruck dafür: ›die Barmherzigkeit des Kriegers‹. Sie gilt bei uns als hohe Tugend. Sie haben Ihr Herz sprechen lassen. Das Herz ist überall gegenwärtig und in seiner vollsten Fähigkeit bereit, die jeweilige Aufgabe zu erfüllen. Aber Sie waren jung und unvorbereitet, und das alles hat Sie überfordert. Sie waren nicht mehr im Gleichgewicht und versuchten immer wieder, Ihrem Schmerz zu entfliehen. Im Gefängnis konnten Sie nicht mehr vor sich selbst davonlaufen. Und ich habe Ihnen die Bücher geschickt in der Meinung, dass Sie etwas Brauchbares darin finden könnten.«

Ich war sprachlos, verblüfft. Er sah mich über den Rand des Bechers an mit einer Spur von Schalk in den Augen. Ich bemühte mich, etwas zu sagen, was nicht allzu läppisch klang.

»Ich danke Ihnen. Ja, die Bücher haben mir geholfen. Aber ich bin erst am Anfang. Ich verstehe vieles noch nicht.«

»Gut Ding will Weile haben. Zumindest haben Sie Bescheidenheit gelernt. Aber sobald der Mensch zu lernen beginnt, verliert er zunächst sein Selbstvertrauen. Er fühlt sich schlechter dran als zuvor. Lernt er jedoch geduldig weiter, schaut er in sein Inneres und erkennt sein eigenes Ich. Das lehrt ihn, nicht rückwärts zu blicken, wenn die Richtung des Weges einmal entschieden ist.«

Während ich mich bemühte, über all das nachzudenken, erhob er sich, eine weiche, fließende Bewegung. Ich tat es ihm nach, und wir standen uns gegenüber. Ich blickte ihn an, überwältigt von seiner Schlichtheit und Hochherzigkeit.

»Alexander, seien Sie unbesorgt: Sie haben Ihr reines Schwert bewahrt. Und ich möchte glauben, dass Sie die Krankheit für lange Zeit überwunden haben, vielleicht sogar für immer. Doch bevor Sie ins Lager zurückkehren, gibt es für Sie noch etwas zu tun. Kommen Sie!«

Die Hausherrin erschien, als wir auf der Schwelle in unsere Schuhe schlüpften. Ich machte vor ihr eine tiefe Dankesverbeugung und lobte ihre Gastfreundschaft, woraufhin sie lebhaft ihre Hand mit den feinen, gelenkigen Fingern bewegte. Nein, nein, es sei ihr eine Freude gewesen! Auch die Kinder kamen, um sich zu verabschieden. Sogar die Zofe kniete im Hintergrund, lächelte und verneigte sich viele Male. Dann winkten alle und sahen Matsue und mir nach, während wir die Straße entlanggingen. Es sei nicht sehr weit, hatte er gesagt. Und schon nach kurzer Zeit sahen wir Bäume, dunkelgrüne, mächtige Bäume, die wie gemalt über die Ziegeldächer ragten. Matsue erklärte mir, dass sein Haus sich eigentlich auf dem Grundstück eines buddhistischen Tempels befand. Der Tempel war alt und bedurfte einer Renovierung, aber das Geld fehlte, und die Mönche, unter deren Obhut der Tempel stand, waren durch den Wechsel der Zeiten verarmt. Trotzdem blieben sie in dem Kloster, weil sie ihr Leben an diesem ihnen vertrauten Fleck beenden wollten.

Wir gingen über Steinstufen zwischen den kleinen, wohlgepflegten Gartenhügeln und um eine wuchtige Steinlaterne herum bis dorthin, wo wir den Tempel sehen konnten, der von einer hohen Hecke umgeben war. Wir konnten das leise Pochen der hölzernen Trommeln hören und den tiefstimmigen Gesang buddhistischer Worte. Als wir uns näherten, schlurfte hinter dem Bambustor ein verrunzelter, grau gekleideter Mönch hervor.

»Verzeihung, dürfen wir eintreten?«, fragte Matsue.

Der Mönch öffnete das niedrige Tor und hieß uns willkommen. Er geleitete uns bis vor den Tempel, wo er mit Anstrengung die schweren Türen aus wurmstichigem Holz auf die Seite schob. Der Tempelraum war schmucklos, doch der Altar war aus tiefrotem Lack, dunkel von Alter und Weihrauch. Vor dem vergoldeten Buddha, der auf einem kunstvollen Schnitzwerk zu schweben schien, brannte eine ewige Lampe. Sie warf ein schummriges Licht auf zwei große Leuchter aus Messing und einen Stapel viel gebrauchter Gesangbücher. Vor einigen Kultgegenständen hatte man Vasen mit frischen Blumen aufgestellt. Auf Matsues Bitte brachte uns der Mönch einige gebündelte Weihrauchstäbchen und eine Schachtel Streichhölzer. Matsue wies auf das dafür vorgesehene Kupfergefäß, das bereits voller Asche war. Ich sollte nun zwei Stäbchen in die Asche stecken und anzünden.

»Der Weihrauch wird Ihre Gedanken zu den Toten tragen und Sie von Ihrem Kummer erlösen.«

Dann traten Matsue und der Mönch einige Schritte zurück, und ich tat, wie mir geheißen. Der Duft von Weihrauch erfüllte die Luft. Ich verneigte mich stumm vor dem Altar, und meine Gedanken waren bei den Verstorbenen. Und ich spürte nach einer Weile, dass Zorn und Einsamkeit mich verließen, wie Regewolken sich auflösen, wenn der erste Sonnenstrahl leuchtet.

Und Frieden zog in mein Herz ein.

Beim Abschied überreichte Matsue dem Mönch eine Spende für den Tempel, in ein weißes Papier eingehüllt, denn in Japan gilt es als unhöflich, bares Geld hinzulegen. Dann gingen wir schweigend den Weg wieder zurück.

Vor seinem Haus angekommen, sagte Matsue zu mir: »Sie können jetzt ins Lager zurückkehren. Nehmen Sie die Abkürzung durch den Wald! Den Weg kennen Sie ja.«

Ich starrte ihn an. Ich hatte keine Ahnung, ob er sich über mich lustig machte oder nicht.

»Alleine?«

»Warum denn nicht?«

»Sie vertrauen mir also?«

Er hob spöttisch die Brauen.

»Wie könnte ich einem Mann misstrauen, der meine Hand im Mund hatte und sie nicht abgebissen hat?«

Ich verbeugte mich tief, verharrte einen langen Augenblick in dieser Stellung. Dann wandte ich mich um und ging.

39. KAPITEL

DAS LICHT DER GLÜHWÜRMCHEN

Wer begriffen hat, dass der einzelne Mensch in Kriegszeiten nur gebraucht wird, um auf dem strategischen Schachbrett nach Bedarf hin und her geschoben zu werden, macht sich ein repräsentatives Bild von der Weltgeschichte der Niedertracht.

Beginnt dieser Mensch jedoch, darüber nachzudenken und sich zu fragen, zu welchem Zweck das Ganze stattfindet, beanstandet er eine Ordnung, die, so gewaltsam, brutal und grausam sie auch ist, diese Welt irgendwie zusammenhält. Wir sind längst keine Tiere mehr. Aber da ist etwas in uns, das noch nicht Mensch ist. Die Schöpfung ist noch nicht fertig mit uns. Sie hat noch einiges zu tun.

Nach wie vor blieben die Nachrichten aus der Heimat konfus. Nach wie vor wurde der Krieg auf allen Fronten ausgetragen. Und unablässig stieg die Zahl der Toten und Verwundeten. Es gibt eben Verbrechen, die keine sind, wenn sie von der Führungsmacht befohlen werden. Staatsinteressen und Vaterlandsehre sind in optima forma ein Vorwand für die Rechtfertigung aller Arten von Gewalt. Das war schon immer so gewesen und ist auch noch heute so. Wer in der Folge noch Illusionen hat, ist ein Dussel.

Das deutsche Volk hatte geschwiegen, gearbeitet, Opfer gebracht und seine Toten beklagt. Das Volk war kriegsmüde und wollte nicht mehr. Die Kriegstreiber hatten schlaflose Nächte, leider auch einen harten Schädel. Ihr eigenes Ego war das Ego der Nation. Und sie hatten unter sich beschlossen weiterzukämpfen, gegen jede Logik, gegen jede Vernunft, um zumindest noch eine Schlacht zu gewinnen.

Der Tod ist den Eitlen kein Schrecken, solange er nur aus statistischen Zahlen besteht. Sie haben ihre Winkelzüge und jede Menge Tricks. Ihr angeborener Hochmut bestärkt sie in dem Glauben, dass sogar die Gestirne nach ihrer Pfeife tanzten. So was saugen sie mit der Muttermilch ein. Die geheimen Pläne für die letzte Schlacht lagen schon vor. Der übliche Zynismus der Mächtigen. Wer jetzt vor dem Untergang stand, wollte alle mitnehmen. Eine gewaltige Katharsis, eine Götterdämmerung. Unter dem Befehl von Admiral Franz von Hipper sollte die deutsche Flotte in einer letzten Schlacht gegen die Royal Navy einen grandiosen Selbstmord begehen. Aber diesmal weigerten sich die Schiffsbesatzungen, als Fischfutter im Ärmelkanal zu treiben. Der Aufstand begann auf Schillig-Reede nördlich von Wilhelmshaven, wo die deutsche Hochseeflotte vor Anker lag. Nach den Vorbereitungen zum Auslaufen und dem Flottenbefehl vom 24. Oktober 1918 kam es zu Krawallen und Sabotageakten. Die Anker wurden nicht gelichtet.

Die wichtigsten Haupträdelsführer wurden verhaftet, mehrere Tausend Gewerkschafter und Matrosen demonstrierten, das Volk war auf ihrer Seite und rief unermüdlich: »Frieden und Brot!« Der Aufstand war nicht mehr zu bremsen. Die Marineleitung war überfordert. Das Geschwader wurde nach Kiel zurückbeordert.

Die Revolution entsprang nicht aus dem Nichts, das tun Revolutionen nie. Die Meuterer hatten ein hehres Vorbild: die russische Oktoberrevolution. Der eisige Wind hatte Zar Nikolaus II. bereits die Puste verschlagen.

Die Revolution warf auch Wilhelm II. aus allen Höhen herab. Des Kaisers Thron wackelte, aber er klammerte sich noch an die vergoldeten Armlehnen. »Ich habe es nicht gewollt«, sprach er, bevor er einen kläglichen Versuch machte, das Volk mit milden Worten und Versprechen zu beschwichtigen. Aber das Volk hatte ihn satt. Wilhelm II. flüchtete kleinlaut ins niederländische Exil, zunächst nach Amerongen, dann nach Doorn, wo er bis zu seinem Tod im Jahr 1941 wenig von sich hören ließ. Eine politische Selbstentmannung.

Inzwischen defilierten die Gewerkschaften und schwangen rote Fahnen. Rote Fahnen machen sich immer gut, vor allem bei schlechtem Wetter. Was eine sozialistische Republik nun bringen würde, konnte keiner vorhersagen. In Deutschland herrschte ein akutes Bedürfnis nach Ordnung, und die Sozialisten brachten noch mehr Unruhe. Egal, was kam, das deutsche Volk fühlte sich an der Nase herumgeführt. Die Soldaten hatten ihr Blut umsonst vergossen. Das kollektive Entflammtsein, Bedeutendmachen und Begeistern würde die Zeit nicht überdauern. Gewiss würden die glühend Überzeugten, die unter dem Brandenburger Tor die Fahnen schwenkten, die nur lauwarm Denkenden vorübergehend in ihren Bann ziehen. Aber sie würden kaum in der Lage sein, die Not einer Bevölkerung zu tilgen, die nicht wusste, woran sie war, und es so bitter nötig hatte, es zu wissen. Egal, zu welchen Zwecken sie die Fahnen hochhielten, zu Zwecken, die unbestreitbar hochherzig waren, ihre Redlichkeit würde nicht lange redlich sein. Das Verderben kommt mit der Macht, schleichend, ansteckend und unablässig, sobald Befehlsgewalt und Privilegien wachsen und die Ideale korrumpieren. Keine Revolution gibt den Menschen, wonach sie sich sehnen.

In vielen Teilen Deutschlands war die Post in diesem Spätherbst des Jahres 1918 noch nicht funktionsfähig. Die meisten Nachrichten erreichten uns durch die japanische Presse. Und die Offiziere erhielten englische und amerikanische Zeitschriften, die Maßgebliches berichteten. In den Baracken brodelte es gewaltig unter den Schädeldecken. Im Offiziersclub beklagte man den Verlust der deutschen Ehre und bedauerte Wilhelm II., den armen großen

Mann, den der Plebs gestürzt hatte. Einige fühlten sich höchstpersönlich ins Weiche getroffen. Hitzige Meinungsstreite erregten die Gemüter. Denn es gab Männer, die vollständig aufrichtig und leider auch recht naiv eine Republik herbeisehnten, die ihrer materialistischen Realität Substanz geben sollte. Diese Männer waren es, die am lautesten das Wort führten.

Am 11. November 1918 unterschrieb der Zentrumsabgeordnete Matthias Erzberger im Auftrag Berlins im nordfranzösischen Compiègne das Waffenstillstandsabkommen. Somit war der Erste Weltkrieg offiziell zu Ende.

Auf der Bühne des großen Welttheaters hatten Tod und Teufel eine ausklügelte Choreografie inszeniert und eine dicke Blutlache auf den Brettern hinterlassen. Nun verschwanden sie Arm in Arm in den Kulissen – wo sie bereits den nächsten Tanz übten. Um ihre Zukunft brauchten sie nicht zu bangen: Sie hatten einen choreografischen Langzeitvertrag.

In Bandō änderte sich schlagartig die Stimmung. Die Soldaten wussten, dass ihre Tage hinter Stacheldraht gezählt waren. Es waren bittere Zeiten gewesen, aber auch Zeiten der Kameradschaft, des Lernens und des Vertrauens. Freundschaften waren entstanden. Und Feindschaften auch, die sich hartnäckig halten würden. Es gab solche, die das Zusammenleben auf engstem Raum schlecht ertragen hatten. Einige Kameraden waren gestorben – an Typhus, aber auch an anderen Erkrankungen, drei sogar an den Folgen der Spanischen Grippe, die aber – dank der hervorragenden Hygiene – in Japan nie Fuß fassen konnte. Den Verstorbenen zu Ehren wurde ein Denkmal aufgestellt.

In Deutschland wurde der Vertrag von Versailles erst im Januar 1920 ratifiziert, aber Japan hatte bereits mit der Freilassung der Gefangenen aus sämtlichen Lagern begonnen. Die italienischen Soldaten befanden sich schon auf dem Heimweg. Mit dem Voranschreiten der Friedenskonferenz änderten sich auch die Landesgrenzen, und bald konnten etwa dreißig Soldaten aus Elsass-Lothringen nach Hause. Ebenso die Polen. Im August kamen die Internierten aus Holstein frei. Zu ihnen gehörte auch der Dirigent Hermann Hansen. Ein paar Wochen später verabschiedete ich mich von meinen drei Zellengenossen aus Koyama. Die Stimmung war unverbindlich herzlich, wir trugen uns nichts nach und wünschten uns gegenseitig alles Gute.

Am 26. Dezember traten gleichzeitig sechshundertvier Freigelassene über Kobe bis Wilhelmshaven an Bord des Dampfers Hofukumaru die Heimreise an. Und jedes Mal kamen die Bewohner der umliegenden Dörfer, brachten Geschenke und schwenkten kleine Fahnen, deutsche und japanische. Und ferner gab es jene, die in der Heimat keine oder nur weitläufige Angehörige hatten und auch keine Zukunftsperspektiven mehr sahen. Zu ihnen gehörten auch einige Juden. Ihre Hellsicht sagte ihnen, dass Deutschland nicht mehr das richtige Pflaster für sie war. Insgesamt blieben über zweihundert Internierte in Japan, wo sie sich eine neue Existenz aufbauten. Ihre Nachkommen leben noch heute hier.

Wir überstanden den Winter, und im folgenden Januar wurden weitere zweiundneunzig Personen freigelassen. Darunter war auch Paul Engel. Er hatte voller Freude und Erleichterung erfahren, dass seine Familie die Spanische Grippe überlebt hatte.

»Was wirst du in Deutschland tun, Paul?«

»Zuallererst meine Familie umarmen, Verwandte und Freunde wiedersehen. Vielleicht war das Schicksal gütig, und alle sind noch am Leben. Ich weiß es ja nicht, wohlgemerkt. Ich bin ohne Nachrichten von ihnen. Aber da ich keine Mittel habe, um irgendetwas zu verändern, werde ich das Unvermeidliche annehmen müssen. Ich werde trauern und ihre Gräber besuchen.«

»Und nachher?«

»Oh, nachher, Konzerte dirigieren, Musik lehren. Geige spielen.«

»Auf deiner selbst gebauten Geige?«

»Ich hatte nie eine bessere.«

»Und was sonst noch?«

Ein seltsam breites Lächeln zog über sein Gesicht, ein echter Glanz der Freude.

»Des Weiteren möchte ich eine eigene Familie. Ich werde heiraten, Kinder haben. Ich will ein guter Mann und ein guter Vater sein. Meine Familie soll denken, einen so guten Mann wie Vater findet man nicht leicht zum zweiten Mal!«

»Immer? Die ganze Zeit? Ich brächte das nicht fertig! Das kann nur bei Musikern funktionieren!«

Er lachte. Wir lachten beide. Der Gedanke, dass Deutschland ein Chaos war, schien ihn wenig zu beschäftigen. Er schien zu denken, der ganze Schlamassel würde von selbst zu Ende gehen. Er trug nur diese Vorfreude in sich.

»Und was wird aus dir, Alexander?«

»Aus mir? Keine Ahnung.«

»Wirst du in Japan bleiben?«

»Ich habe noch nicht darüber nachgedacht.«

Im letzten Jahr hatte Paul Engel sein Vorhaben verwirklicht und eine Musikschule für japanische Kinder gegründet. Und als er zum letzten Mal am Tor stand, mit den drei einzigen Gegenständen, die ihm verblieben, Tornister, Köfferchen und Geigenkasten, da kamen die kleinen Geigenschüler und spielten die wehmütige Weise »Hotaru no Hikari« – das Licht der Glühwürmchen –, ein volkstümliches Abschiedslied.

Und was wurde aus dem Lager, als die letzten Soldaten den Heimweg angetreten hatten? Ein paar Jahre lang wurde das Gelände für Feldübungen der japanischen Truppen genutzt. Nach dem Zweiten Weltkrieg verfielen die Baracken, wurden zum Reich der Ungeziefer und der vermoderten Erinnerungen. Und noch später wurde aus dem Lager ein Museum, Fernsehsendungen und Filme wurden hier gedreht. 1972 gab es einen neuen Aufschwung: in Naruto wurde das »Deutsche Haus« eingeweiht, ein Zentrum der Begegnung und des Austausches. Im Garten wurde ein Beethoven-Denkmal errichtet. Beethoven, überlebensgroß, hebt einen imaginären Taktstock und legt die Stirn in mürrische Falten. Dabei sollte er doch erfreut sein: War es nicht an diesem Ort, da die »Neunte« zum ersten Mal in Asien erklang?

»Wie wagen Sie zu behaupten, dass ich nicht erfreut bin? Ich bin enorm geschmeichelt. Aber ich muss mich konzentrieren. Ich höre manchmal nicht gut.«

»Ach so, natürlich. Es tut mir leid. Dieses Detail war mir entfallen.«

Inzwischen war es mit mir auch so weit gekommen, dass ich – wie Martin seinerzeit – mit Beethoven redete, weit weniger respektvoll allerdings, was ihm offenkundig missfiel.

»Junger Mann, halten Sie Ihre Zunge im Zaum! Es war ganz und gar nicht ein Detail. Und gehe ich fehl in der Annahme, wenn ich meine, dass Sie keine allzu gute Kinderstube hatten?«

»Da gehen Sie fehl in der Annahme. Leider!«

Er grunzt irgendetwas, und ich erzähle, dass jedes Jahr am ersten Sonntag im Juni die berühmtesten Orchesterleiter in Naruto »Die Neunte« dirigieren. Mit Männerstimmen, wie bei der allerersten Aufführung im Lager.

Männerstimmen? Das gefällt ihm ganz und gar nicht.

Er schwingt die Faust, als ob er mich erschlagen wollte.

»Eine Unverfrorenheit! Und die Stimmen in hoher Lage? Die Koloraturpassagen?«

Ich antworte lapidar: »Kann so bleiben.«

»Sie äffen mich nach, junger Mann. Das habe ich gesagt. Bei einer Probe zum Streichquartett Opus hundertsiebenundzwanzig. Ich hörte sehr wenig davon, müssen Sie wissen …«

»Es tut mir aufrichtig leid. Hätten Sie ein gutes Hörgerät gehabt … Ach ja, und noch etwas: 1983 wurde auf einem nahen Hügel ein Kirchturm errichtet, mit der in Deutschland hergestellten ›Glocke von Bandō‹. Sie erklingt dreimal im Tag. Können Sie diese Glocke hören?«

»Meine Hörfähigkeit schwankt. Ja, die Glocke höre ich bisweilen. Wenn der Wind vom Japanischen Meer weht …«

Aber die Geschichte von Bandō ist nicht mehr meine Geschichte. Meine Geschichte ist eine ganz andere. Sie erzählt von dem jungen Hitzkopf, der im Gefängnis die Freiheit erlernte, und von dem Mann, der aus ihm einen mündigen Menschen machte, und auch von der heilenden Kraft der Musik.

Ende Mai 1920 hätte ich Japan verlassen können. Aber ich blieb hinter Stacheldraht, denn – so sonderbar, wie es sich ausnahm – Bandō war der einzige Ort, an dem ich bleiben konnte. Nach Deutschland wollte ich nicht, und mir fehlte es an Geldmitteln, um irgendwo sonst hinzufahren. Und da ich fortan nach Belieben kommen und gehen konnte, brach ich täglich zu langen Spaziergängen auf. Ich lief fünf oder sechs Stunden über Hügel und durch Wälder, am Strand entlang oder an Reisfeldern vorbei, die wie rechteckige Flicken in die Landschaft hineingepasst waren. Hier und da zog ein Wasserbüffel den hölzernen Pflug die Furchen eines Ackers entlang. In den Dörfern begrüßten mich die Bauern mit vielen Verbeugungen und Lauten der Überraschung. Sie bewirteten mich mit Mochi-Kugeln, Bambussprossen und getrocknetem Fisch, der sehr salzig war. Streifte Wind durch die hohen Wälder, klang ihr schweres Rauschen wie Wasserfluten. Manchmal begegneten mir Bauersleute, die schwer beladen mit Hanfbündeln oder Körben von irgendeinem Marktflecken kamen und im Schatten der Bäume rasteten. Sie teilten mit mir ihr einfaches Mahl, und ich übernahm dafür die Hälfte ihrer Last, begleitete sie zu ihren Dörfern am Berghang. Die Frauen hatten ihre Webstühle ans Fenster gerückt und warfen das Schiffchen zum Klang der Räder und Tritte. Sie arbeiteten flink, webten warme Stoffe gegen den Ausbruch des Winters. Und in jedem Dorf, zwischen strohbedeckten Hütten, leuchteten unter den Bäumen karminrote Säulen, mit zwei Querbalken versehen, die eine Kultstätte kennzeichneten. Manche dieser Heiligtümer waren auf Pfählen gebaut, und auf den verwitterten Strohdächern wuchsen grüne Moose. Stets war unter einem Vordach ein kleiner Brunnentrog vorhanden, mit einigen Schöpflöffeln aus Bambus. Man wusch sich die Hände und spülte sich den Mund aus. Erst dann konnte die Kultstätte betreten werden, die eigentlich immer gleich aussah. Zunächst führten Trittsteine zu einem kastenförmigen Opferstock. Gleich dahinter war zwischen den Türflügeln ein armdickes Tau aus Reisstroh gespannt, an dem weiße Papierstreifen hingen. Im Helldunkel stand auf einem hölzernen Altar ein runder Spiegel. Zwei geschnitzte Flammen – oder waren es Flügel? – züngelten seitwärts empor. In Matsues Haus hatte ich das gleiche Symbol gesehen. Auch wenn das Dorf sehr arm war, standen in schön polierten Opferschalen Früchte und Reiskugeln, zu Pyramiden aufgeschichtet. Einige Reisweinfässer, zu Ballen geschnürt und mit Schriftzeichen versehen, standen vor dem Altar. Es roch nach Weihrauch, Früchten und Bienenwachs.

Die Bauern erklärten mir, dass der Spiegel das Antlitz der Sonnengöttin war, die alle Kreaturen und Pflanzen erschaffen hatte. Ich realisierte nach und nach, dass das tägliche Leben der Japaner voll mystischer Gedanken war. Ihre verschiedenen Gottheiten waren eine verworrene Mischung von Shinto- und Buddhisten-Gottheiten, und die volkstümliche Religion vermengte beide Bekenntnisse. Diese Gottheiten waren keine Abstraktionen, sondern Erscheinungen, die seelische Energien um sich sammelten und sich im Bewusstsein zu Bildern und Symbolen formten. Für das Volk gab es nichts Wirklicheres als die unsichtbaren Kräfte der Natur. Alles war zutiefst miteinander verwoben, nichts war widernatürlich, und es war nie die Rede von Gut und Böse. Es war lediglich eine Überlagerung von Mythen, die zu einer Geschichte wurden. Einer Geschichte, die von den Menschen verstanden und überliefert wurde.

Gelegentlich besuchte ich auch Matsues Familie in Naruto. Ich saß am Rande der Vorhalle und Dame Uta bewirtete mich mit Korntee und Bohnenquark. Ich erfuhr, dass sie einer bekannten

Literatenfamilie entstammte. Kamen die Kinder aus der Schule, zeigten sie mir ihre Aufsätze.

Tag für Tag verringerte sich die Zahl der Internierten. Zwar wussten die Kameraden, dass sie in Deutschland ein politisches Gerangel erwartete, waren jedoch im Allgemeinen zuversichtlich. Hauptsache, der Krieg war beendet. Sie waren erleichtert und davon überzeugt, dass die Heimkehr sie in die Sicherheit einer überlebenden Gemeinschaft führen würde. Umwälzungen brauchten ihre Zeit, ja, es mochte sogar sein, dass sie ihnen neue Chancen boten.

Was empfand ich, als alle gingen? War es Einsamkeit? War es Sehnsucht? Unsicherheit? War es das Gefühl eines nahenden Verlustes? Wie zieht man den Schlussstrich, wenn eine Zeit vorbei ist? Ich wusste noch weniger als die Heimkehrer, wie ich mit der Zukunft umgehen sollte. Sie fühlten sich in der Gruppe sicher. Bald würden auch die Letzten abreisen. Die Wachen lungerten herum und langweilten sich. Sogar die Wachtürme waren nicht mehr besetzt. Und am Ende war ich der letzte Bewohner meiner Baracke. Das Essen kochte ich mir selbst und verteilte die Reste unter die Hunde. Es fiel mir unendlich schwer, irgendeinen Entschluss zu fassen. Ich gab auch die Spaziergänge auf. Meistens saß ich irgendwo im Schatten und las. Meine Knochen schienen in Wasser aufgeweicht, oder meinetwegen in Bier. Ich war von der Überzeugung besessen, dass ich nichts wert war. Gefährlich ichbezogen. Lebenskrise würde man diesen Zustand heute nennen. Und gleich das Adjektiv »gravierend« hinzufügen. Ich steckte also in einer gravierenden Lebenskrise. Und wie kommt man da wieder hinaus?

Eines Morgens marschierte Matsues Ordonnanz mit der dicken Brille heran, blieb drei Schritte vor mir stehen und salutierte: Der Lagerkommandant wünsche mich zu sprechen.

Ich klappte mein Buch zu und folgte ihm. Ich fühlte mich wie ein Rekonvaleszent, bewegte mich schwerfällig und ungelenk, in einem nebligen Zustand von seelischer Schwäche.

Toyohisa Matsue maß mich mit einem scharfen Blick und entließ die Ordonnanz. Der Mann rotierte wie ein Automat und knallte fast gegen den Türpfosten. Matsue sah ihm nach mit leichter Irritation, bevor er sich mir zuwandte.

»Soldat von Gersdorff, Sie stehen seit über einem Monat auf der Liste der Entlassenen.«

»Jawohl, Herr Oberstleutnant.«

»Warum sind Sie noch hier? Weil es Ihnen so gut gefällt?«

»Nein, Herr Oberstleutnant. Weil ich nicht weiß, wohin ich gehen soll.«

»Und Ihre Familie?«

»Ich habe keine Familie mehr, Herr Oberstleutnant. Genauer gesagt, ich will keine mehr haben.«

Er sah mich lange an und schien zu überlegen. Unvermittelt sagte er: »Ich wurde befördert. Ich bin jetzt Kapitän.«

»Meinen Glückwunsch, Herr Kapitän.«

Mir waren die Streifen bereits ins Auge gefallen.

»Ferner wurde ich zum Bürgermeister meiner Heimatstadt Aizu-Wakamatsu ernannt. Ich reise zurück, sobald das Lager geschlossen ist. Im Oktober trete ich mein neues Amt an.«

»Sehr wohl, Herr Kapitän«, sagte ich, ohne mit der Wimper zu zucken.

Er lehnte sich leicht zurück, den Blick unverwandt auf mich gerichtet. Seine Hände lagen ruhig auf dem Schreibtisch.

»Alexander«, sagte er, wobei er mich zum ersten Mal seit langer Zeit wieder beim Vornamen nannte. »Sie haben einiges gelernt, was Sie sittlich und weltanschaulich gestärkt hat. Aber als Ansporn zu weiterem Fortschritt und mit sicherer Wirkung täte es Ihnen gut, wenn Sie noch mehr lernen würden.«

Ich sagte: »Das wäre gewiss auch mein Wunsch, Herr Kapitän.«

»Gedenken Sie, vorerst in Japan zu bleiben?«

»Ich hätte nichts dagegen, Herr Kapitän.«

Er nickte, als sei die Sache von vornherein beschlossen.

»Dann schlage ich Ihnen vor, dass Sie mit meinem Stab nach Aizu-Wakamatsu reisen. Sie sprechen Deutsch, Französisch und Englisch, und ihr Japanisch ist zufriedenstellend. Die Offiziere könnten in Situationen geraten, in denen sie einen Dolmetscher brauchten. Sie müssten zwar mit einem geringen Lohn vorliebnehmen, aber für Unterkunft und Nahrung ist gesorgt.«

Mir war, als ob ich innerlich erwachte. Auf einmal geriet mein Leben wieder in Bewegung. Ich fühlte mich gut. Unbeschreiblich gut. Ein ganz neues Gefühl. Mein Geist war klar, mein Körper kräftig und warm. Ich spürte das Blut in meinen Adern wie ein kreisender Strom. Ich hatte nicht gewusst, dass ich wieder so lebendig sein konnte. Aber ich verzog keine Miene. Ohne die geringste Abweichung von der üblichen Zeremonie schlug ich die Hacken zusammen, salutierte steif und förmlich.

»Jawohl, Herr Kapitän. Ich danke Ihnen. Es ist mir eine Ehre.«

40. KAPITEL

DIE RITTER VON AIZU

So trat ich die Reise nach Aizu an. Wir fuhren recht bequem mit der Bahn und erreichten zwei Tage später unser Ziel. In Aizu wurde mir ein kleines Haus zugewiesen, bescheiden, aber meinen Ansprüchen genügend. Eine alte Frau übernahm die täglichen Arbeiten, besorgte meine Wäsche und kochte für mich. Das Essen war immer gut. Und tatsächlich nahmen die japanischen Offiziere oft meine Dienste in Anspruch, und sei es nur, um die eigenen Kenntnisse in einer Fremdsprache zu verbessern.

Aizu, im Nordosten von Japan und in der Provinz Fukushima, war eigentlich nur eine lebhafte Kleinstadt, aber so weitläufig angelegt, dass man zunächst nicht sehen konnte, wo die Vororte begannen. Die Straßen waren mit schattigen Bäumen gesäumt, aber an manchen Stellen bereits hässlich überbaut. Doch es gab noch das lustige Durcheinander kleiner Läden, mit offener Frontseite, sodass man das Innere voller Krimskrams sehen konnte. Und es gab auch noch traditionelle Holzhäuser mit Ziegeldächern und breiten Dachrinnen. Und jedes Haus hatte eine Hecke von Strauchwerk oder Bambus. Manche waren von ausgedehnten bewaldeten Gärten umgeben. Bisher hatten die Einwohner einen Ausländer wohl kaum zu Gesicht bekommen, denn überall wurde ich neugierig, aber achtungsvoll angestarrt, und die Kinder sprangen mir nach, überholten mich und rannten zurück, weil sie ganz genau sehen wollten, wie ich hinten und vorne aussah.

Ich bin ein Mensch, der verborgene Dinge spürt. Ich erwähne das ohne Überheblichkeit: Es ist einfach eine Sache, die ich kann. Und für mich blieb Aizu lange Zeit ein Symbol des Ungreifbaren, der Vieldeutigkeit der Menschen und der Geschichte. Einst hatte es hier eine gewaltige Burg gegeben. Sie war in der Stadtmitte auf einer Anhöhe erbaut worden, rings um sie die kreisförmigen Straßen. Die Burg überragte alle Häuser, die baumbewachsene Ebene im Vordergrund und die blauen Hügel in der Ferne. Einst trug das Schloss den Namen »Tsurugajo« – das Schloss der Kraniche –, weil es weiß getüncht war und von Weitem aussah, als ob es Flügel hätte. Jetzt waren nur noch der ausgetrocknete Wallgraben vorhanden sowie aufgeschichtete Steinquader, schwarz verbrannt, aber noch genau definiert, die beinahe unnatürlich wirkten. Oft sah ich über die Ebene hinaus und dachte meine Gedanken. Vor meinem geistigen Auge flimmerte eine Vision: terrassenförmig aufgeschichtete Wände, smaragdgrüne Ziegeldächer, die an jedem Ende ihrer geschweiften Dachfirsten einen großen, wundervoll geformten Bronzefisch trugen. Und außerhalb des Wallgrabens, rings um die Burg, vermeinte ich die Gutshäuser und Gärten der Edelleute zu sehen. Aber dieses Stück Land hatte sich seinen Bewohnern entzogen, als ob es einem anderen Planetensystem angehörte. Die herben Steine gemahnten an das rollende Rad der Welt, an die Zeit, die dahingeht und die Werke der Menschen in urzeitliche Formationen verwandelt. Die kleinen, nüchternen Reisfelder im Flachland zeugten von einer anderen Epoche. Denn in der Welt gibt es kein Ding, das nicht durch ein anderes ersetzt werden kann. Und gleichzeitig war ich unruhig – auf besondere Art unruhig. Als ob die Ruinen auf geheimnisvolle Weise etwas mit mir zu tun hätten. Als ob sie mir eine Geschichte erzählten, die wichtig für mich war, die ich jedoch nicht verstand. Das Schicksal, das hier eine mächtige Sprache sprach, dieses Schicksal in seiner ganzen Unbestimmtheit schien das meine in geradezu beängstigender Weise zu reflektieren. Aber warum und wieso? Letztendlich war es normal, in Anbetracht meiner Vergangenheit, dass eine derart unbeständige Atmosphäre auf mich einwirkte. Aber ich kam von dem Gedanken nicht los, dass da noch etwas anderes war.

In den ersten Wochen bekam ich Matsue wenig zu Gesicht. Er trug nicht mehr seine Uniform, sondern einen tadellosen schwarzen Anzug, mit dem er auf jedem Parkettboden eine smarte Figur abgegeben hätte. Trafen wir uns zufällig, grüßte er distanziert, und ich grüßte ebenso distanziert zurück. Er hatte alle Hände voll zu tun, bereitete sich auf seine zukünftige Aufgabe vor. Auch Dame Uta musste ihr neues Heim einrichten, und in ihrer Freizeit besuchte sie die Verwandtschaft. Für die Kinder hatte man eine passende Schule gefunden.

Eines Morgens, etwa einen Monat nach meiner Ankunft, stand Matsues kurzsichtige Ordonnanz vor meiner Haustür. Omori-San, so lautete sein Name, sah noch lächerlicher aus als zuvor, weil sein Anzug schlecht geschnitten war und der Mann kurze Beine hatte. Er salutierte nach alter Manier – er konnte offenbar nicht anders – und ließ mich höchst formell wissen, dass mich der ehrenwerte Herr Bürgermeister in seinem Haus erwartete.

Das Haus befand sich am Außenrand der Stadt und sah schon von Weitem imposant aus. Eine Mauer aus zerschlagenen Steinen umgab das Anwesen. Verwitterte Pfosten stützten das Tor, zwischen dem die hölzernen Türflügel offen standen. Sie hatten schwere Bohlen und kunstvoll geschmiedete eiserne Angeln. Zu beiden Seiten des Tors befand sich eine zweite Mauer aus Gips, in der sich kleine, mit Holzstäben versehene Fenster befanden. Vom Tor aus führte ein gewundener Weg dem Haus entgegen. Erst beim Näherkommen bemerkte ich, dass der Wandbewurf verschimmelt war und sich das Ziegeldach an den Giebeln senkte. Das erinnerte mich an mein Elternhaus, das »ewig« zu bestehen hatte, im Sinne von:

ein Jahrhundert oder zwei. Dann setzte unaufhaltsam der Niedergang ein.

Es war ein warmer Septembermorgen. Matsue saß im Hausgewand am Rande der Vorhalle, hatte die Ärmel hochgekrempelt und hielt einen Fächer in der Hand. Vor ihm standen eine Teekanne und zwei Becher. Ich machte eine förmliche Verbeugung, hielt den Kopf gesenkt, bis ich Matsues Stimme hörte.

»Setzen Sie sich, Alexander.«

Ich nahm neben ihm Platz. Matsue dankte Omori-San, der zusammenklappte wie ein Taschenmesser, bevor er im Paradeschritt aus dem Garten marschierte.

Matsue sah ihm kopfschüttelnd nach.

»Ich bezweifle, ob Omori-San die alten Gewohnheiten jemals ablegen kann …«

Er schenkte frischen Tee ein und reichte mir den Becher.

»Meine Frau lässt sich entschuldigen. Sie ist mit den Kindern bei ihrer Schwester. Wir haben zahlreiche Verwandte hier. Die Besuche nehmen kein Ende. Aber sprechen wir von Ihnen. Haben Sie sich gut eingelebt?«

Ich bedankte mich. Doch, alles sei zu meiner Zufriedenheit.

»Ich höre mit Vergnügen, dass Ihre Dienste geschätzt werden.« Ich gab ihm die bescheidene Antwort, die auf ein Lob erfolgen muss. Er nickte und sprach von etwas anderem.

»Dieses Haus war ursprünglich der Wohnsitz einer unserer Pächter. Samurai-Familien heirateten oft in den Stand der Gutsbesitzer ein, der an Rang dem des Adels am nächsten kam. In der Feudalzeit war von Wichtigkeit, ob man übel oder ob man gut tat. Aber weil sich die Edelleute lieber dem Blumenstecken widmeten als dem Gelderwerb, gerieten sie zunehmend in finanzielle Schwierigkeiten. Und eine Familie, die Reisdörfer ihr Eigen nannte, war vermögend. Kurzum, der Pächter hatte Geld. Und nach der Umwälzung war sein Haus eines der wenigen, das die Verwüstungen überstanden hatte. Und der Pächter, der unserer Familie treu ergeben war, vermachte das Haus meinem Vater, als er aus dem Exil kam und alles verloren hatte.«

Ich hörte aufmerksam zu, und er sprach weiter.

»Zu jener Zeit stand mein Vater Hisahira im Dienst des Daimyo Matsudaira Katamori, der im Schloss Tsurugajo seine Residenz hatte. Haben Sie die Ruinen gesehen?«

»Jawohl, Herr Kapitän.«

»Sie können Matsue-San zu mir sagen. Ich bin nur noch Reserveoffizier.«

Ich schluckte und verneigte mich.

»Jawohl, Matsue-San.«

»Und hören Sie mit Ihrem verdammten ›Jawohl‹ auf! Oder soll ich am Ende noch glauben, dass Sie sich Omori-San als Vorbild nehmen?«

»Auf keinen Fall, Matsue-San.«

»Das hört sich schon besser an!«

Er fächelte sich Luft zu und sah mir sonderbar in die Augen.

»Es gibt eine Zeit für alles. Eine Zeit für den Krieg und eine Zeit für den Frieden. Aber ich habe Ihnen etwas mitzuteilen, und wir müssen noch einmal über den Krieg reden. Nun, Sie kennen die Fakten.«

»Gewiss, Matsue-San. Ich habe mich informiert.«

»Gut. Hier nur das Wesentliche. Noch 1850 stand Japan unter der Herrschaft der Shogune, die das Land unter sich aufgeteilt hatten, die sich zerstritten oder verbündeten, je nach Neigung, Vorteil und Laune. Das System war anachronistisch und dabei zu zerbröckeln. Aber die Reformkräfte innerhalb Japans hatten an Einfluss gewonnen und kamen 1868 an die Macht. Es war eine neue, bewegliche, moderne Regierung, die alles ändern wollte. Kaiser Mutsuhito, der bisher fernab der Wirklichkeit gelebt hatte, sollte aus seiner Unsichtbarkeit hervortreten und ihrer Politik die notwendige Legitimation verleihen. So geschah es dann auch. Aber die Samurai-Familien sahen es als Frevel an, dass man den gottentstammten Kaiser in eine Welt materieller Pflichten schleppte. Ihrer Ansicht nach trieb die Zentralregierung die Reformen zu weit. Der Lehnsadel nahm sich nicht die Mühe, die neuen Gesetze zu prüfen und zu diskutieren, sondern rümpfte verächtlich die Nase. Es kam zu einem blutigen Bürgerkrieg. Und die Edelleute von Aizu, seit jeher gewohnt, den Ton anzugeben, schlugen sich auf die Seite der Besiegten. Menschen von Samurai-Rang waren unausweichlich mit konservativen Traditionen verknüpft und waren nicht einmal geschickt darin, ihre Sonderinteressen zu verteidigen. Sie hatten nie eine öffentliche Schule besucht, wussten nichts von geschäftlichen Dingen. Sie konnten und wollten sich nicht anpassen. Es ging nicht einmal darum, ob sie dazu in der Lage waren oder nicht. Es wäre lediglich eine Frage des Wie und des Wann gewesen, eine schlichte Frage des guten Willens. Aber sie waren zu selbstherrlich, zu dominant. Arbeiten? Das ging ihnen gegen die Natur. Das taten sie nicht. Sie dachten nicht praktisch: Sie dachten abstrakt. Die Politiker im modernen Japan konnten mit solchen Leuten nichts mehr anfangen. Und die Adeligen ihrerseits sahen in den Politikern ebenso wie in den neuen Bürgern nichts als Arrivierte und Neureiche.«

Matsue schob seine bloßen Füße in Strohsandalen, zog seine Schärpe enger und erhob sich.

»Kommen Sie, Alexander!«

Ich folgte ihm den Weg entlang, durch das Tor und den Ruinen der Kranichburg entgegen. Dort blieben wir vor dem halb verschütteten Wallgraben stehen, und Matsue sprach weiter.

»Unser Schloss, das seit sechshundert Jahren bestand, wurde von den Regierungstruppen zwanzig Tage lang belagert. Unentwegt donnerten die Geschosse, bis die Dächer explodierten und das Mauerwerk fiel. Wir waren ein hochmütiger Stand, der fabelhaft zu kämpfen und imponierend zu sterben wusste. Zu den Verteidigern der Burg gehörte ein Bataillon junger Samurai, je nach Alter und Herkunft in verschiedene Abteilungen aufgeteilt.

Diese blutjungen Ritter bildeten unter der allgemeinen Bezeichnung »Byakkotai« – Tigertruppen – eine einzigartige Verkörperung von Stolz, Mut und hitziger Blindwütigkeit. Hochgebildete junge Menschen – die ganz primitiv nur eine einzige Meinung hatten, die aber das Risiko auf sich nahmen, diese Meinung bis zur letzten Konsequenz zu verteidigen. Sie waren von frühester Kindheit dazu erzogen worden. Ihre Selbstaufgabe war tief und aufrichtig. Man konnte sie nur bewundern. Sie waren der erste und letzte Schutzschild der Burg. Wenn sie starben, würden alle sterben. Sie waren die Tapfersten der Tapferen. Und definitiv unbelehrbar.

Zu den Byakkotai gehörten auch Mädchen und junge Frauen. Ihre Waffe war die »Naginata«, ein langer, leichter Speer mit einem gebogenen Blatt. Sie waren Perfektionistinnen in Selbstzucht, ebenso gefährlich wie die Männer.

Genug, die Byakkotai kämpften bis zum Schluss. Und als alles verloren war, entfernten sich die jungen Männer durch einen Geheimgang.«

»Liefen sie davon? Das würde mich doch arg enttäuschen.«

»Der Gedanke wäre ihnen nicht einmal gekommen. Nein, sie stiegen auf den nahen Iimori-Berg und nahmen sich durch ›Seppuku‹ das Leben. Angesichts der brennenden Burg legten sie ihre beiden Schwerter ab, unterhielten sich heiter und angeregt, und ein jeder rezitierte sein Abschiedsgedicht.«

Matsue betrachtete mich aus den Augenwinkeln.

»Wären Sie dazu in der Lage gewesen, Alexander?«

Ich verzog das Gesicht.

»Die Elegie auf den Tod eines Jünglings«, wäre wohl angemessen gewesen. Aber ich hätte die Verse nicht aufsagen können. Zu nervös.

»Ihnen hätte es an Disziplin gefehlt«, sagte Matsue trocken. »Man hätte Sie aus dem Clan gejagt. Sie wären ein ›Ronin‹ geworden, ein wandernder Samurai, und hätten sich in den Dienst eines jeden gestellt, der Sie anheuerte.«

»Das hätte mir besser gefallen.«

»Es hätte auch gut zu Ihnen gepasst. Sie hätten die Armen, die Witwen und die Waisenkinder verteidigt. Und hätten Sie erst einmal gelernt, über sich selbst zu lachen, hätten Sie sich Miyamoto Musashi, den Verfasser des *Buches der fünf Ringe,* zum hehren Vorbild nehmen können und wären als Volksheld in die Geschichte eingegangen.«

»Toll! Und was wurde aus den Rittern von Aizu?«

»Sie starben natürlich großartig. Nur einer überlebte, weil keiner mehr da war, der ihm den Gnadenstoß geben konnte. Er starb einige Jahre später als Schwerbehinderter.«

»Und die Frauen?«

»Wer als Samurai geboren war, kannte seine Pflicht. Die Frauen zogen sich in ein Zimmer zurück. Sie legten ihre weißen Sterbegewänder an und lösten ihr Haar. Und sie erstachen zunächst ihre Kinder, damit sie nicht in die Hände der Feinde fielen …«

Matsue schwieg einige Atemzüge lang. Und auch mir blieben die Worte in der Kehle stecken. Ein derartig hirnverbranntes Verhalten traute ich den Männern wohl zu. Männern konnte man das Schlimmste zutrauen. Aber Frauen?

Matsue erwiderte mein entsetztes Anstarren mit einem düsteren Blick.

»Sie hatten zwingende Gründe. Angehörige der Kriegerkaste durften nicht lebend gefangen werden. Selbst die kleinen Kinder nicht. Die Niederlage der Eltern beraubte sie ihres Geburtsrechtes. Die Knaben mussten sich verdingen, die Mädchen wurden oft in Bordelle verkauft. Sie standen niedriger im Rang als die Dienstboten. Gefangenschaft war die schlimmste Schande, ein Fleck auf der Familienehre, der sich auf die nächsten Generationen vererben würde. Und nachdem sie ihre Kinder getötet hatten, führten die Frauen ohne Abweichung die unwandelbare Zeremonie ihres eigenen Sterbens aus. Sie setzten sich mit dem Gesicht nach Westen, banden sich mit ihrer langen Schärpe ihre übereinander gekreuzten Knie zusammen. Dann schoben sie ihre kristallene Gebetsschnur über das rechte Handgelenk und stießen mit ihrem Kurzschwert zu.

Und als einer der siegreichen Soldaten in den Raum drang, sah er eine junge Frau, die noch lebte. Sie war am rechten Arm verletzt, und konnte den tödlichen Schnitt nicht ausführen. Sie bat den Soldaten bei seiner Ehre, ihr diesen Dienst zu erweisen. Statt sie zu töten, pflegte er ihre Wunden. Und später wurde sie seine Frau, obwohl sie es lebenslang als Schmach empfand. Ja, Alexander? Sie möchten etwas sagen?«

»Nur eine Frage, Matsue-San. Hatte ihr Opfer einen Sinn?«

»Das eine leitete sich aus dem anderen ab. Die Samurai lebten in einer Welt, die sich durch die Jahrhunderte gebildet und gefestigt hatte. Diese Menschen sahen in ihrem Tun die unverfälschten Elemente ihrer Geschichte. Ich sage Ihnen, Alexander: Sie konnten gar nicht anders handeln. Sie mussten ihrer Geschichte treu bleiben.«

41. KAPITEL

DARINAS VERMÄCHTNIS

Nachdem Matsue das alles erzählt hatte, ließ er sich schwerfällig auf einem Stein nieder. Ich setzte mich neben ihn. Die Mittagssonne brannte. Matsue bewegte geistesabwesend den Fächer.

»Und nun komme ich auf meinen Vater zurück. Auch für ihn war es zu spät, seine Lebensweise zu ändern. Auch er war zu stolz, um von Leuten, die früher im Rang weit unter ihm standen, irgendwelche Weisungen anzunehmen. Doch er wollte, dass seine beiden Söhne im modernen Japan ihren Platz fanden. Den Vorfahren würde es missfallen, dachte Vater, wenn ihr Blut sinnlos vergossen wurde. Er beriet sich mit meiner Mutter und der Großmutter, dem Oberhaupt der Familie, und beide waren weise genug, um seinen Entschluss zu verstehen und anzuerkennen. Und somit opferte mein Vater nicht sein Leben, sondern seine Ehre: Er beugte sein Haupt und legte beide Säbel nieder. Und nun erfuhren wir, was es bedeutet, sich den Siegern auszuliefern. Unsere Familie und unser Clan wurden wie Vieh zusammengepfercht. Man brachte uns nach Tonami, einen Verbannungsort für Schwerverbrecher auf der Insel Honshu, wo der Wind von der sibirischen Küste her weht. Wir legten die Strecke zu Fuß zurück, eskortiert von Soldaten, die uns mit der Peitsche vorantrieben. Die Schwächsten starben. Wir verscharrten sie unter Steinen und Schnee. Und bald fand auch die

Großmutter ihren Frieden in einem weißen Grab. Damals war ich sechs Jahre alt, mein Bruder Haruji acht. Ich entsinne mich noch an ihr Gesicht, eiskalt, erfroren, hart wie Kiesel. Haruji und ich weinten nicht, noch härtere Kälte war in unseren Herzen. Und ich entsinne mich, wie meine Eltern nach Wurzeln gruben und sie zerkauten, damit wir sie schlucken konnten. Wir überlebten nur, weil die Soldaten aus Mitleid duldeten, dass wir in der Asche ihrer Lagerfeuer schliefen, und uns von ihrer Reiskleie abgaben, die sie in einem eisernen Kessel anrührten.

Am Ende erreichten wir unser Ziel und verbrachten die folgenden drei Jahre in Verbannung und Elend. Haruji und ich wuchsen wie kleine Wilde auf. Die Eltern unterrichteten uns, damit wir nicht völlig verwahrlosten. Und als man uns endlich begnadigte und wir zurück in die Heimat durften, wurden wir als ›Feinde des Volkes‹ beschimpft. Wir, die Abtrünnigen von Aizu, wurden nur noch verächtlich der ›Tonami-Clan‹ genannt. Und während eines halben Jahrhunderts durfte kein Vertreter unserer Familie ein Regierungsamt bekleiden.«

Matsues Augen blickten scharf aus zusammengezogenen Pupillen. »Unser Stolz jedoch war ungebrochen. Nach wie vor trugen wir den Kopf sehr hoch. Zorn und Spott waren uns angemessen, nicht aber Wehklagen und Hadern. Mein Vater hatte sich von den harten Jahren der Verbannung besser erholt als meine Mutter, die an Tuberkulose erkrankt war. Teils durch die Würde seiner früheren Stellung, teils durch seine Schulung im Gebrauch der Waffen fand er eine Stelle als Polizeiinspektor mit einem guten Gehalt. Mein Bruder und ich konnten unseren Bildungsmangel ausgleichen und studieren. Haruji wurde Geschäftsmann, ich schlug die militärische Laufbahn ein.

1904, nach der ersten japanisch-koreanischen Übereinkunft, beraubte Japan Korea gewaltsam seiner Souveränität, zwang seinen Kaiser zum Abtreten und trieb das Land zur Angliederung an Japan. Als zweiter Adjutant des Generals erlebte ich den Aufstand der koreanischen Armee, der als ›Aufstand der Rechtschaffenen‹ in die Geschichte eingehen sollte. Der Aufstand wurde erbarmungslos zerschlagen. Es kam zu grausamen Hinrichtungen. Ich plädierte für angemessene Milde. Meine Vorschläge scheiterten, weil der Oberbefehlshaber ausgerechnet jenem Clan angehörte, der uns drei Jahrzehnte zuvor in Aizu besiegt hatte. Eine Tatsache, die weder er noch ich vergessen konnte. Abzuhelfen war dem nicht. Es kam zu Konfrontationen. Nach verschiedenen harten Erfahrungen kehrte ich vier Jahre später als ›Angehöriger des Regiments‹ nach Japan zurück. Was bedeutete, dass ich aufgrund wiederholter Befehlsverweigerung meine Streifen verloren hatte. Denn ich hielt mich konsequent an meine Einstellung, und die lautete: ›Sollte es der Gerechtigkeit entsprechen, so leiste ich auch Vorgesetzten nicht Folge.‹«

Er sah mich an. Ein feines Lächeln umspielte seine Mundwinkel. Ich verstand plötzlich vieles.

»Ach, deswegen«, sagte ich nur.

Das Lächeln verblieb auf seinen Lippen.

»Deswegen«, sagte er. »Denn einst befand ich mich ja selbst auf der Seite der Verlierer. Und als ich den Posten in Bandō übernahm, war ich endlich in der Lage, wenngleich gegen Warnungen und Kritik des Kriegsministeriums, meine Überzeugung durchzusetzen. In einem Gefangenen sah ich nicht den besiegten Feind, sondern einen Schutzbedürftigen. Stets hatte ich die Worte meines Vaters im Kopf: ›Es ist nicht der Sieg und auch nicht das Opfer, das den Menschen größer macht. Es ist die aufrichtige Willenskraft, Gerechtigkeit zu üben. Die Gerechtigkeit beruhigt Herz und Geist und verleiht unserem Leben Sinn. Achte jeden Menschen als deinen Ebenbürtigen. Das wird dir Frieden geben.‹«

Er verstummte. Als ich zu ihm hinsah, merkte ich, dass seine Blicke auf die Ruine der alten Burg gerichtet waren. Sein Lächeln war verschwunden, sein Ausdruck wie in einem seltsamen Traum erstarrt. So verharrten wir eine Weile, und in meinem Herzen war ein tiefes Schweigen.

Schließlich straffte er sich und sah mich an.

»Und jetzt werden Sie sich fragen, was diese Geschichte mit Ihnen zu tun hat. Nun, Alexander, ich sagte Ihnen ja bereits, dass Sie ein bemerkenswerter junger Mann sind. Und ich denke, Sie haben ein Zeichen empfangen.«

Ich spürte ein plötzliches Schwindelgefühl, und die Landschaft wogte leicht auf und ab, als ob sie sich verflüssigt hätte. Ich saß ganz still und ließ das Schwindelgefühl über mich ergehen, bis es sich beruhigte. Erst dann vermochte ich zu sprechen.

»Welches Zeichen?«, fragte ich.

Er antwortete nicht, sondern erhob sich und bedeutete mir, es ihm gleichzutun. Langsam und geistesabwesend schritt er voran. Ich hatte keine Ahnung, wohin er mich führte. Wir gingen in einer Rinne zwischen dem alten Wallgraben und einem Reisfeld, über dessen bräunlichem Wasser Libellen schwirrten. Ein Weg, von Buschwerk überwachsen, führte zu einem abseits stehenden Haus. Beim Näherkommen stellte ich fest, dass es sich um ein altes Lagerhaus handelte. Die Wände aus feuerfestem Gips waren solide gebaut und hatten die Jahre gut überstanden. Wir blieben in kurzer Entfernung stehen, und Matsue sagte: »In jenen bitteren Tagen waren unsere Dienstboten vertrauenswürdig. Sie brachten Sachen hierher, die sie aus unseren Häusern retten konnten. Und unser treuer Pächter bewahrte den Schlüssel auf.«

Er ging langsam auf das Lagerhaus zu, doch nach einigen Schritten blieb er erneut stehen.

»Alexander, Sie wissen es bereits: Als Sie nach Ihrem Anfall bewusstlos dalagen, haben Sie von Dingen aus Ihrer fernen Jugend gesprochen.«

Ich wandte mich zu ihm, wollte seinem Blick begegnen. Doch ich brachte es nicht fertig und sah zu Boden.

»Ich kann mich nicht mehr daran erinnern.«

»Natürlich nicht. Es spielt auch keine Rolle. Und was mich betrifft, ich habe es für mich behalten.«

Er zog einen schweren Schlüssel aus der Brusttasche seines Yukata, drehte den Riegel zurück und öffnete die dicke Tür aus Gips. Ich trat hinter ihm in einen Raum, an dessen vier Wänden bis zum Rand gefüllte Regale aufgestellt waren. Es roch nach feuchtem Gips und altem Weihrauch. Der Raum empfing Licht durch ein kleines, unter der Decke angebrachtes Fenster, das mit einem Maschendraht vergittert war. Und bis unter das Dach war der Raum gefüllt mit Reihen und Reihen schwerer Kisten, mit Kommoden und Holztruhen, poliert und mit Eisenbeschlägen. Auf Regalen standen Geschirr, silberne Leuchter, Weihrauchgefäße, in seidene Stoffe gewickelt, Stapel von alten, vergilbten Büchern. Da lagen auch die schlichten, schmalen Holzkisten, in denen die Japaner ihre kostbaren Schriftrollen verwahrten. In einer Ecke lehnten lange Hellebarden, verschiedene Speere und alle möglichen Kriegsbanner, verfärbt und zerfetzt. Ich sah Faustwaffen, Beile, Köcher für die Pfeile, mit Schnitzereien aus Holz und Elfenbein. Es gab kleine Möbel, Esstische, lackierte Armstützen, Laternenständer, die in Ölpapier eingewickelt waren. Es gab wundervoll bemalte Wandschirme, kleine und auch solche, die, einmal entfaltet, die ganze Länge der Wand eingenommen hätten. Ja, da stand sogar eine Sänfte, die noch vor einigen Jahren für kürzere Reisen in Gebrauch gewesen war. Diese war niedrig und schwer, mit langen Tragstangen und einem Gitter aus Rohrgeflecht vor dem kleinen Fenster. Der Lack war dunkel geworden, die Metallverzierungen rostig, und die Brokatkissen verschimmelten. Ferner eine gewaltige, rot lackierte Trommel, ein eiserner Kessel auf einem Dreifuß, in dem die Soldaten auf dem Feldzug ihre Nahrung kochten. Heutzutage wären solche Kulturschätze der Stolz eines jeden Museums, aber damals dachte keiner so weit. Es waren einfach alte Sachen, nicht mehr im Gebrauch und nur wertvoll für die Familie, die sie einst in ihrem Besitz hatte. Ich betrachtete verwundert das Durcheinander. Etwas beunruhigte mich. Was hatte Matsue bewogen, mich hierherzuführen? Er stand still neben mir, doch er drehte mir den Rücken zu.

Er sah auf etwas, das sich hinter mir befand. Etwas seltsam Eindringliches schien seine Aufmerksamkeit zu verlangen. Ich drehte mich um und folgte seinem Blick. Und als ich mich umgedreht hatte, erstarrte ich. Aus dem kleinen Fenster unter der Decke fiel ein Lichtstrahl seitwärts auf eine Figur in normaler Lebensgröße, die etwas erhöht auf einem Podest über dem Fußboden stand. Und da stockte alles in mir, Atem, Blut, das Leben selbst. Ich fühlte nichts mehr. Nichts. Denn vor mir stand in schwarzer Rüstung der Hirschkäfer in Menschengestalt. Seine Brustpanzerplatte war aus lackierten Schuppen, seidenverschnürt und mit goldenen Wappen der neun Sonnen. Das Antlitz jedoch schaute auf mich herab, schaute mich an wie aus einem tiefen Traum. Denn dieses Antlitz war eine schwarze Maske, und die Augen waren tiefe Höhlen, in denen das Licht zwei glühende Funken entfachte. Und über dieser Maske, befestigt mit einer armdicken Schnur aus vergoldeter Seide, schimmerte ein schwarzer Helm mit einem Geweih, das einen riesigen Schatten an die Wand warf. Die Maske, der Helm, das Geweih strahlten eine Macht aus, königlich und erhaben, und ein ehrfurchtsvoller Schauer packte mich, sodass ich mein Handgelenk an den Mund presste. Da gab es in mir eine Art Bewegung, als ob das Innere in meinem Kopf sich verschöbe, und in den tiefen Schichten meiner Erinnerung hörte ich eine Mädchenstimme, heiter und klar: »Er ist mächtig, aber er ist nicht böse. Er hat viele Feinde, aber er wird sie alle besiegen.«

Mein ganzer Körper erzitterte, es schien, als wollte meine Seele bersten und sich im Dunkeln auflösen. Und da – bevor alles in mir zusammenbrach, spürte ich eine Berührung. Matsue hatte mich mit seinem Arm gestreift, ganz sachte nur, aber das genügte. Ich spürte, dass ich reden konnte.

»Matsue-San«, flüsterte ich. »Was ist das?«

Er sprach. Und er sprach zu mir mit einer Stimme, die ich nicht kannte. Eine ganz andere Stimme, dumpf und rau.

»Es ist die Rüstung meines Vaters. Sein Helm trägt das mächtige

Symbol des Hirsches. Und als Sie von dem Hirschkäfer Ihrer Kindheit sprachen und von dem Hirsch in den Wäldern von Bandō, da habe ich vieles begriffen …«

Dass ich weinte, merkte ich erst, als sich das Dunkel des Lagerhauses in milchiges Weiß verwandelte und ich die Nässe auf meinem Gesicht spürte. Ich packte Matsues Hände und hielt sie in den meinen; der warme, feste Druck schien mich wieder mit mir zu vereinigen.

»Ich danke Ihnen«, sagte ich leise. »Ich danke Ihnen für alles.«

Sein Händedruck schien mir seit jeher vertraut zu sein. Und als er sprach, sah ich sein gütiges Lächeln.

»Es ist Ihr Lehnsherr, Alexander, der vor Ihnen steht. Nun müssen Sie Ihrem Lehnsherrn treu bleiben. Sie werden Japan nie mehr verlassen.«

Und so war es dann auch: Von einigen kurze Reisen abgesehen (ich fuhr zweimal nach Deutschland und einmal mit Yae nach Italien), habe ich mein ganzes Leben in Japan verbracht.

1965 wurde das Kranichschloss von Aizu neu erbaut und in ein Museum umgewandelt. Toyohisa Matsue konnte das nicht mehr erleben. Er hätte milde Genugtuung empfunden, mehr aber auch nicht. Mit der Geschichte hatte er längst abgerechnet.

42. KAPITEL

SIE WILL NICHT LÄNGER WARTEN

In diesem Monat Dezember habe ich täglich und ausdauernd geschrieben. Und als ich die letzte Seite fertig hatte, belohnte mich Kazuko mit einem Festessen. Wir haben viel Sake getrunken, einander zugeprostet und erbauliche Gespräche über die Brüchigkeit des Lebens geführt.

Und jetzt liegen acht sorgfältig aufgestapelte Hefte vor mir, die ich ziemlich ratlos ins Auge fasse. Hatte es überhaupt einen Sinn, das ganze Zeug zu Papier zu bringen? Egal – eigentlich. Immerhin konnte ich über mein Leben nachdenken, über die guten und die bösen Tage, über Fügung und Schicksal. Ich kann und will auch nicht den Anspruch erheben, dass meine Geschichte einen Teil der großen Weltgeschichte widerspiegelt. Aber meine Geschichte ist immerhin erzählenswert. Ich will sie teilen. Aber mit wem? Diese Frage beschäftigt mich sehr.

Es ist jetzt sehr kalt. Der Winter kam verfrüht in diesem Jahr. In zwölf Tagen ist Neujahr. Ich wollte vor Neujahr fertig sein und habe es geschafft. Zu Neujahr kommen Kazukos Enkelkinder, Miwa und Yukio, zu Besuch. Ich freue mich, sie wiederzusehen. Miwa spräche perfekt Deutsch, hat mir Kazuko noch vor ein paar Tagen gesagt. Und Yukio? Nun, Yukio kommt mit seiner Freundin Tomoko. Er möchte, dass wir sie kennenlernen.

»Aha. Hat er ernste Absichten?«

Kazuko hat ein wenig verlegen gelacht.

»Früher ging alles viel formeller zu. Aber die heutige Jugend ist ja ganz anders.«

Wie alles andere haben sich die japanischen Hochzeitsbräuche der Zeit angepasst. Früher bestimmte die Familie, wen man zu heiraten hatte. Die Betreffenden (oder Betroffenen) wurden nicht gefragt. Nach dem Zweiten Weltkrieg fanden Nippons Söhne und Töchter ihre bessere Hälfte in einem Heiratskatalog mit Hochglanzfotos und schmeichelhaften »Curricula Vitae«. Und heutzutage halten sie ein paarmal Händchen in einem Park und marschieren dann schnurstracks zu einem »Love Hotel«, wo sie in romantischer Umgebung einige heiße Nächte verbringen. Keiner will eine Katze im Sack. Alles läuft nach dem bewährten Motto »Drum prüfe, wer sich ewig bindet ...«.

Bei Yukio und Tomoko schien es mit dem Sex zu klappen. Kazuko hatte mir ein Foto von beiden gezeigt: Tomoko hatte ein herzförmiges Gesicht, fröhliche Augen und ein Grübchen am Kinn. Hübsch. Und Yukio war seine Akne losgeworden, trug eine Rockerfrisur und sah recht smart aus.

Kazuko hat sich damit abgefunden, dass ihr Enkelsohn und seine Zukünftige sie vor vollendete Tatsachen stellen. Ihr genetisch langweiliger Mann hat sowieso nichts zu melden.

Na schön, ich würde die beiden also sehen. Aber nur kurz, ich werde sie rechtzeitig vor die Tür setzen. Ich bin ein hässlicher alter Mann, der keine zwei Sätze über die Lippen bringt, ohne dass er sabbert. Das ist die Wahrheit, seit ich den Schlaganfall hatte.

Aber sie werden ohnehin kaum Notiz von mir nehmen. Verliebte wollen allein sein und ja nicht mit alten Leuten reden.

»O nein, Alexander-San!« Meine liebenswürdige Nachbarin hat entschieden verneint, »Yukio verehrt Sie sehr!«

»Er verehrt mich? Wie kommt er dazu?«

»Aber Alexander-San! Sie wissen so gut zu erzählen! Wie im Film, hat Yukio immer gesagt.«

»Wie im Film? Was soll das heißen?«

»Er meinte, dass Sie so bildhaft erzählen können, dass er sich immer wie in einem Kino vorkommt. Er konnte sich alles so gut vorstellen!«

Ach so! Immerhin bin ich geschmeichelt. Ob die niedliche Tomoko seine Ansicht teilt, bleibt allerdings dahingestellt. Ich bin eine degoutante Erscheinung.

Oft kommt es vor, dass in Tokio das Winterwetter strahlend blau ist. Gestern war so ein Tag. Kazuko ist schon am Morgen gekommen. Sie hat mich warm angezogen, und ich habe, auf ihre Schulter gestützt, einen kurzen Spaziergang vor dem Haus gemacht.

Und heute bezahle ich den Spaziergang mit Muskelschmerzen. Alles tut mir weh. Ich habe keinen Hunger und schlafe fast den ganzen Tag. Und jetzt ist es Abend, und ich höre zur gewohnten Stunde Kazukos fröhliche Stimme: »Darf ich eintreten?« Sie balanciert ihr Tablett mit den vielen Speisen, und ich liege da, wie eine Mumie. Wozu essen? Ich will nur schlafen. Aber ich könnte genauso gut tot sein, und Kazuko würde es kaum merken. Sie ist so aufgeregt, dass sie es nur mit größter Selbstbeherrschung schafft, das Tablett auf den Tisch zu stellen, ohne dass die Suppe überschwappt.

»Akexander-San! Sie müssen morgen Nachmittag unbedingt Fernsehen schauen!«

Es ist äußerst seltsam, dass meine höfliche Nachbarin mir sagt, was ich zu tun habe. Ich öffne ein schläfriges Auge.

»Und warum – bitte schön – soll ich plötzlich in die Glotze starren?«

Sie lässt sich mit glühenden Wangen an meinem Bett nieder. Sie ist völlig aus dem Häuschen. Ich sehe zum ersten Mal eine japanische Dame der älteren Generation, die beim Sitzen hin und her rutscht, als ob sie die Hämorriden juckten.

»Gomennasai, Alexander-San, ich bin so aufgeregt! Miwa dirigiert in London, und die NHK überträgt das Konzert. Und stellen Sie sich vor, sie dirigiert die Neunte Symphonie!«

Mein Herz hüpft bedrohlich. Gleich platzt mir die Schlagader.

»Wieso ausgerechnet die Neunte?«

»Miwa hat angerufen, dass ich Sie benachrichtigen soll. Sie hat mir Zeitungsauschnitte geschickt.«

Kazuko knetet ihre Hände, schlägt bescheiden die Augen nieder.

»Ich glaube, sie ist berühmt.«

»In ihrem Alter?«

»Sie ist gar nicht mehr so jung, Alexander-San. Im März wird sie sechsundzwanzig. Und die Neunte dirigiert sie schon zum dritten Mal.«

Ich richte mich auf. Ich habe zu lange auf dem Ellbogen gelegen, der Knochen schmerzt. Junge Dirigenten sind gar nicht so ungewöhnlich. Carlos Kleiber hat sein erstes Konzert mit achtundzwanzig dirigiert. Und Lorin Maazel dirigierte Schuberts »Unvollendete« bereits mit elf. Zugegeben, Lorin Maazel war ein »Wunderkind«, wie damals abschätzend betont wurde, bis er mit seiner langjährigen und glänzenden Karriere den Klugschwätzern eins auf den Deckel gab. Die »Unvollendete« war ein harter Brocken, die »Neunte« noch schlimmer. Mal sehen, wie Miwa damit fertigwird.

Mich wundert eigentlich, dass das Konzert von der NHK übertragen wird. Der Sender ist doch eher auf Unterhaltung spezialisiert. Womöglich nur deswegen, weil Miwa in Europa berühmt ist. Und der Nationalstolz spielt auch eine Rolle. Das läuft nach einem erstaunlich einfachen Muster ab. Eine Eishockeymannschaft aus Köln, die in Toronto einen Siegercup gewinnt, ist in jedem deutschen Wohnzimmer zu sehen.

»Aber wieso ausgerechnet die Neunte?«, frage ich laut.

»Oh, Alexander-San!«, ruft Kazuko. »Beethoven hat sie immer am liebsten gespielt. Erinnern Sie sich nicht?«

Doch, vielleicht, aber nur nebelhaft. Mein Gehirn verkalkt. Ich sage zu Kazuko-San: »Könnten Sie morgen den Fernseher für mich einstellen, bitte?«

In der Nacht finde ich keinen Schlaf. Ich bin lange Nächte gewohnt, verbringe auch diese in einer Wanderung zwischen den Zeiten. Ich denke an Miwa, wie ich sie in Erinnerung habe: ein scheues, etwas plumpes Schulmädchen. Sie trug einen kurzen Faltenrock, weiße Socken und den üblichen Matrosenkragen. Wenn sie Klavier spielte, wurde ihr Gesicht weich und verträumt, aber ihr Anschlag hatte etwas Bestimmtes, Kraftvolles an sich. Sie wirkte wie über sich selbst hinausgehoben, nicht in einem Rausch persönlicher Selbsterhöhung – dazu war sie ohnehin zu jung –, sondern ergriffen und mitgerissen von der Musik, die unter ihren Fingern geboren wurde. Und jetzt frage ich mich, ob ihr zu viel Erfolg nicht geschadet hat. Sie war völlig unbefangen. Ist sie es noch?

Als ich spät und verkatert aufwache, liegt Frost auf dem Rasen. Durch die Ritzen unter den Schiebetüren dringt kalte Luft. Ich friere, trinke heißen Tee und bleibe im Bett. Das Konzert wird als Aufzeichnung übertragen. Der Zeitunterschied zwischen Japan und Mitteleuropa beträgt neun Stunden. Ich muss mich also noch gedulden.

Um fünf Uhr ist es dann so weit. Kazuko erscheint eine Viertelstunde früher. Ihre Füße tapsen eilig über die Matten, während sie alles bereitmacht. Sie schiebt einen Stuhl vor den Fernseher, hüllt mich in warme Decken, bringt mir Tee in einer Thermosflasche und so viele Papiertaschentücher, dass ich mir hundert Mal die Nase putzen kann. Und dann geht sie, um sich das Konzert in ihrem eigenen Haus mit ihrem Mann anzusehen. Wahrscheinlich wird der dabei einschlafen.

Inzwischen warte ich, bezwinge meine Irritation angesichts der Werbespots, dem üblichen, Geld einbringenden Schwachsinn. Endlich schaltet der Sender noch London um. Das Konzert wird aus der Royal Festival Hall am Ufer der Themse übertragen. Das Publikum strömt bereits ins Foyer, aus dem sich das Murmeln unzähliger Stimmen zu einem diffusen Geräusch vermischt. Gut gekleidete Leute, auch Kinder sind dabei. Die Kamera verweilt betont auf einigen japanischen Gesichtern. Dann wird der große Saal sichtbar, die Zuhörer suchen ihre Plätze, und mir tropft der Rotz aus der Nase. Die Musiker, bereits auf der Bühne, stimmen ihre Instrumente. Die Formation ist eher klein, aber da steht auch ein Steinway. Zuerst also ein Klavierkonzert. Nach einigen Minuten erhebt sich der erste Violinist, gibt den Ton an, und das Rauschen der Musik schwillt an wie eine Woge. Und dann geht eine Tür auf, und Miwa erscheint, wie von dem Applaus des Publikums herbeigerufen.

Das Schicksal kommt nie in jener Gestalt, in der es die Menschen erwarten. In all dieser Zeit hatte ich vor meinen geistigen Augen das pummelige Mädchen in ihrer Schuluniform gesehen. Nun aber erblicke ich eine gertenschlanke junge Frau im eleganten schwarzen Smoking, die mit ausgreifenden Schritten die Bühne betritt. Miwas Haar ist halblang geschnitten und fällt nach vorn, als sie sich vor dem Publikum verbeugt. Und in diesem Augenblick erfüllt mich ein Stolz, der mir den Atem verschlägt. Mir ist, als ob Miwa, die ich seit Jahren nicht mehr gesehen hatte, meine eigene Tochter sei. Das Gefühl ist überwältigend.

Miwa ist in Begleitung eines jungen Mannes. Auch er trägt Smoking. Aha, der Pianist. Die Kamera richtet sich auf ihn, als er vor dem Flügel Platz nimmt. Er hat dunkle Locken und ein ganz besonderes Lächeln, verschmitzt und jungenhaft. So ähnlich muss ich früher ausgesehen haben. Nein, im Grunde – überhaupt nicht! Ich war mürrisch und verbittert. Das ist ja eben das Tückische, dass man sich selbst im Alter durch die rosarote Brille sieht.

Der Pianist spielt Beethovens Klaviersonate Nummer dreißig. Sein Spiel ist wunderbar ruhig, kraftvoll, ausdrucksstark. Miwa dirigiert. Gelegentlich lächeln sie einander zu. Ihr Zusammenspiel hat etwas Liebevolles, Intensives an sich. Etwas zerbrechlich Schönes. Zerbrechlich, weil unser irdisches Leben schnell vergeht, und schön, weil die Liebe etwas Unendliches ist. Und als der junge Mann den Schlusssatz spielt, »Andante molto cantabile«, spüre ich die gesammelte Macht, Kraft und Überzeugung der Jugend, wenn sie die Liebe im Herzen trägt.

Ich bin sentimental, ja. Es steht mir zu; mit bald hundert Jahren darf ich sentimental sein. Und wenn ich jetzt Tränen verdrücke, gehört das auch dazu. Papiertaschentücher habe ich zur Genüge. Kazuko hat mir beide Taschen vollgestopft.

Während der Pause wird der Flügel entfernt. Immer mehr neue Musiker kommen auf die Bühne. Bald ist die Formation vollzählig. Und jetzt erscheint der Chor, von Applaus begrüßt. Die Frauen im dunklen Abendkleid, die Männer im schwarzen Anzug, und ein jeder hat die Partitur in der Hand. Und dann – nach einer Zeit, die mir endlos vorkommt – betritt Miwa zum zweiten Mal die Bühne. Wie ein schlanker Prinz sieht sie aus, so selbstsicher, so stolz. Wieder ertönt Beifall, aber nur verhalten. Miwa steigt auf das Podium und verharrt unbeweglich, ein paar Atemzüge lang. Ich spüre, sie ist allein mit der Musik, allein mit Beethoven, dem sie Rede und Antwort stehen muss. Und nun hebt sie beide Arme, wie eine Huldigung an das Höhere, an den Geist eines Unsterblichen, und ich sehe, dass sie ohne Taktstock dirigiert. Und dann beginnt der erste Satz, dieser geheimnisvolle Anfang in leeren Quinten. Und jetzt, nach sechzehn Einleitungstakten, bricht das erste Thema, das kraftvollste aller absteigenden Dreiklangthemen, mit der Wucht eines Erdbebens auf. Und die »Neunte« formt sich unter den Händen einer jungen Frau, die ihren Genius den Wurzeln ihrer japanischen Kultur verdankt und im Gebrauch dieser Kultur in der heutigen Zeit, frei von jeder Konvention, den vollen Inhalt dieser Musik und den Umgang mit ihr begriffen hat. Sie gibt die »Neunte« mit einem Gefühl für die heutige Wirklichkeit wieder, mit der geistigen Demut ihrer Vorfahren, die den Naturgöttern Opfer brachten, weil sie nie etwas anderes sein wollten als ihre Kreaturen. Ach, wie wahr ist es, dass die Welt, in der wir leben, geschaffen wird durch die Vollkommenheit. Beethoven hat uns etwas Vollkommenes geschenkt. Und nur das Vollkommene trägt uns in den Himmel. Denn der Himmel ist für uns bereit, auch wenn wir es selbst noch nicht sind.

Und später, als die Musik verklungen ist, als Miwas von innen erleuchtetes Gesicht mich längst nicht mehr ansieht, da wird mir bewusst, dass diese junge Frau mich dazu gezwungen hat, für mich selbst ans Licht zu rücken, was ich von mir nur geahnt habe. Sie hat mich dazu veranlasst, mich selbst zu erkennen – ein Mensch, der schon auf der Schwelle steht, der gerufen wird und nun endlich bereit ist, diesem Ruf Folge zu leisten. Was mich erwartet, ist das gläserne Licht der Ewigkeit, so gläsern wie das irdische Wasser und dunkel transparent wie das All, in dem die Milchstraßen zu Tausenden kreisen. Ohne den gebieterischen Ruf der Musik hätte ich es nicht verstanden. Und nun hat Miwa diesem Wissen den letzten Stempel aufgedrückt.

Bald, in ein paar Tagen, würde Miwa hier sein. Sie freut sich auf mich, wie Yukio und seine junge Freundin sich ebenfalls freuen. Es wäre nett, ihnen eine Enttäuschung zu ersparen.

Denn was war aus Alexander-San geworden, jenem seltsamen Kauz, der ungewöhnliche Geschichten zu erzählen wusste? Wozu das Andenken an einen eigenwilligen Onkel mit dem Anblick eines alten Mannes mit schlechtem Atem und lahmem Rückgrat zu vertauschen? Was nützte es den jungen Besuchern, ihre wundervolle, freie und begnadete Jugend mit dem Kummer und den Krankheiten des Alters zu verderben? Sie würden es noch früh genug selbst erfahren.

Gleich am nächsten Morgen treffe ich meine Vorbereitung. Ich erledige das, was ich schon längst hätte erledigen sollen. Ich schreibe alles in akkurater Pinselschrift: dass ich Grundstück und Haus mitsamt seinem Inhalt Miwa vermache. Yukio bekommt das Bargeld – eine ansehnliche Summe. Es ist mein Hochzeitsgeschenk, auch wenn er letztendlich doch nicht Tomoko, sondern eine ebenso entzückende andere zum Standesamt führen mag. Meine Memoiren sollen beide lesen, und die albernen Geschichten darin finden, die ich nicht mehr in der Lage bin, ihnen zu erzählen. Die Familienschwerter vermache ich dem Museum von Aizu-Wakamatsu. Da soll man sie – bitte schön – in einer Vitrine aufbewahren. Und zum Schluss noch ein Dankesschreiben an meine gutherzige Nachbarin und an ihren schläfrigen Mann, dazu ein formeller Entschuldigungsbrief, dass ich ihnen so kurz vor Neujahr Ungemach bereite. Und natürlich eine großzügige Summe für die Auslagen.

Am späten Nachmittag lege ich den Pinsel beiseite. Ich stapele alle Papiere akkurat auf den Tisch und blicke Yae an, die mich in ihrem Rahmen die ganze Zeit betrachtet hat. Sie nickt mir wohlwollend zu.

»Das hast du gut gemacht, Alexander. Es wäre unhöflich gewesen, der netten Kazuko-San das Neujahrsfest zu vermiesen.«

»Daran habe ich gedacht. Darum beeile ich mich ja.«

Ihre purpurnen Lippen teilen sich zu einem Lächeln.

»Nur deswegen?«

Ich will ihr Lächeln erwidern, bringe aber nur eine Grimasse zustande. Mein Mund hängt schief.

»Nicht nur deswegen, das weißt du.«

»Kannst du vorher ein Gedicht aufsagen? Das wäre doch angebracht, oder?«

»Mal sehen.«

Ich räuspere mich. Der Katarrh verstopft mir die Luftröhre. Meine Stimme klingt grauenhaft nasal, aber Yae scheint sich nicht daran zu stören.

»Mein Gebet ist,
Ich möge unter den Kirschblüten sterben,
Im blühenden Frühlingsmonat
Wenn es Vollmond ist.«

»Das hast du bei Saikyo geklaut«, sagt Yae. »Immerhin hast du den richtigen Rhythmus getroffen. Aber das Gedicht entspricht nicht der Jahreszeit. Es ist Winter, und Vollmond haben wir erst zu Neujahr.«

Ich kann mir Mühe geben, wie ich will. Yae hat immer was zu meckern.

»Gomennasai! Mir fiel nichts anderes ein. Viel zu nervös.«

»Dir fehlt es an Disziplin. Und jetzt?«

»Jetzt komme ich!«

»Schön. Toyohisa hat dir ja beigebracht, wie man das macht. Aber nimm bitte eine Unterlage aus Plastik. Kazuko-San wird nicht glücklich sein, wenn du Flecken auf dem Boden hinterlässt.«

»Wo finde ich das Plastik?«

»Im Vorzimmer. Aber pass gefälligst auf, da ist eine Stufe!«

Ich tapse in den Vorraum, wobei ich mich an den Wänden abstütze, und finde die Plastikfolie in der Kommode neben dem Schuhschrank. Der Gärtner benutzt sie, wenn er die Büsche schneidet oder Unkraut jätet.

Ich breite, so gut es geht, die Unterlage vor der Schiebetür aus. Der Anblick des winterlichen Gartens entspricht meiner gegenwärtigen Stimmung.

»Wasch dir erst die Hände«, sagt Yae. »Und zieh dir etwas Sauberes an!«

Es gibt Regeln, die eingehalten werden müssen. Entscheidet man sich für eine Sache, soll man sie auch zu Ende bringen, wie es sich gehört. Die Form muss gewahrt werden, sonst macht man sich vor sich selbst lächerlich. Ich wanke ins Badezimmer, pinkle, so gut ich kann, wobei ich – leider – danebentreffe. Aufwischen kann ich das nicht mehr. Kazuko wird mir verzeihen. Danach wasche ich mir gründlich Gesicht und Hände, entledige mich meiner verschwitzten Sachen und ziehe ein sauberes, frisch gebügeltes Yukata über meinen dürren Körper. Es gelingt mir, die Schärpe elegant zu verknoten, aber das alles strengt mich gewaltig an. Ich verlasse erschöpft das Badezimmer.

Also, los jetzt. Schwerfällig gehe ich zu dem Ständer mit den beiden Schwertern. Zum Glück sind es nur ein paar Schritte. Ich nehme das Kurzschwert, prüfe die Klinge mit dem Daumen. Ein Blutstropfen quillt hervor. Ausgezeichnet! Die Klinge ist wunderbar scharf. Ein gutes Schwert rostet nie. Umständlich knie ich auf der Plastikfolie nieder. Meine Knie schmerzen zum Verrücktwerden, aber das spielt jetzt keine Rolle mehr.

»Achte darauf, dass du gleich beim ersten Mal die richtige Stelle triffst«, ermahnt mich Yae. »Du bist nicht mehr kräftig genug, um es ein zweites Mal zu versuchen.«

»Keine Angst, Yae!«

Und da – im Licht der sinkenden Sonne – erscheint die schönste Frau der Welt! Sie steht zwischen Fenstertür und Garten und lächelt mich an. Sie trägt einen Kimono mit einem blau-goldenen Wellenmuster und Pflaumenblüten, die ersten Blüten des neuen Jahres. Ihr Obi ist hellblau, silbern und rubinrot. Weil Winter ist, trägt sie dazu ein Haori – einen violetten Kurzmantel aus wattierter Seide. In ihrem Haar glänzt ein silbernes Schild, das von silbernen Blüten eingefasst ist. Tief hineingraviert sehe ich das Wappen mit den neun Sonnen, und jede Sonne wirft einen blitzenden Strahl. Yaes Gestalt flimmert, als ob sie in flüssigem Gold badet. Ihr Anblick ist eine Wohltat, ein Versprechen, eine Freude. Und ich schluchze vor Dankbarkeit, weil es wahr und wahrhaftig ist und mich nur noch einige Atemzüge von dieser Freude trennen.

Ich ziehe den rechten Arm aus dem Ärmel des Yukata. Der Schnitt ist eigentlich ganz leicht. Ich werde es sofort schaffen.

»Yae, ich bin bereit!«

»Komm jetzt, Alexander. Mach schnell. Ich will nicht mehr länger warten.«

EPILOG

Fabian, Liebster,

wie war Dein Konzert in Baden-Baden? Mit achtunddreißig Grad Fieber die Kurfürsten-Sonaten zu spielen, war gewiss kein Vergnügen. Ich weiß nicht, ob Du meine Nachricht heute Abend noch lesen wirst, Du bist wohl längst im Bett. Aber morgen proben wir den ganzen Tag. Die Suntory Hall hat eine übersensible Akustik. Die Blechinstrumente müssen eine Stufe zurückgenommen werden, das braucht eine feine Detailarbeit.

Was ich Dir kurz mitteilen will: Ich habe mir das Haus angesehen. Die Bausubstanz ist gut, wir müssen zwar alles renovieren, aber es lohnt sich. Das Haus ist ja seit einem Vierteljahrhundert unbewohnt! Zum Glück wohnen Yukio und Tomoko nebenan. Sie kommen regelmäßig und lüften, wischen Staub und sorgen dafür, dass die Rohre nicht verstopfen. Ein Gärtner schneidet akkurat die Sträucher, alles sieht sehr gepflegt aus. Übrigens hat sich das Viertel modernisiert. Sogar die elektrischen Leitungen wurden eingegraben! Und bis zur U-Bahn sind es keine vier Minuten.

Ich habe gute zwei Stunden in dem Haus verbracht. Onkel Alexanders Sachen sind noch da, Großmutter hat alles sorgfältig aufgehoben. Ich habe – stell Dir vor – sogar seine Memoiren wiedergefunden. Die Hefte lagen schön aufbewahrt in einem Schreibtischfach. Ich habe einige Abschnitte gelesen, und mir kamen dabei viele Erinnerungen in den Sinn. Schade, dass Du Onkel Alexander nie gekannt hast. Wie Du weißt, hatte er ein ungewöhnliches Leben. Besuchten wir die Großeltern, verbrachten wir jedes Mal ein paar Stunden bei ihm. Wir tranken Limonade und hörten uns seine haarsträubenden Geschichten an, wobei wir uns fragten, wie echt sie tatsächlich waren. Solange wir Kinder waren, war sein schwarzer Humor nicht immer gut verdaulich, und das im wahrsten Sinne des Wortes! Ich entsinne mich, dass er uns einmal von August Lohmeyer erzählte, einem ehemaligen deutschen Internierten, Schlachter von Beruf, der nach dem Ersten Weltkrieg eine Kette von Restaurants mit deutschen Spezialitäten gegründet hatte, die es noch heute gibt. Onkel Alexander mochte besonders seine Kalbshaxe mit Sauerkraut. Wir hatten noch nie Kalbshaxe mit Sauerkraut gegessen. Nein? Noch nie? Onkel Alexander versprach, dass er uns einladen würde und hielt tatsächlich Wort! Und im Restaurant erzählte er uns, dass Lohmeyer, der sein erstes Geschäft in Hiroshima eröffnete, in den Zwanzigerjahren Wurstwaren und Schinken unter dem »Gembaku Domu« ausgestellt hatte. Uns blieb die Kalbshaxe fast in der Kehle stecken! Stell Dir mal vor, Fabian: Millionen kommen nach Hiroshima, verneigen sich vor der Ruine und weinen. Und Onkel Alexander erzählte von Wurstwaren! Doch er beruhigte uns. »Kinder, lasst euch den Appetit nicht verderben, die Sache war völlig in Ordnung, nur redet man nicht mehr davon.« Und wir erfuhren, dass das Gebäude – übrigens von einem Prager Architekten erbaut – zunächst Messegelände war, bevor es das Stadthaus von Hiroshima wurde. Und erst nach dem Zweiten Weltkrieg wurde der »Gembaku Domu« das weltweite Symbol des Friedens. Wahrscheinlich machten wir betroffene Gesichter, denn Onkel Alexander sagte: »So ist nun mal das Leben: Komödie und Tragödie gehen Hand in Hand. Es schadet euch nicht, das zu begreifen, und zu früh ist besser als zu spät. Nun, hat euch die Kalbshaxe geschmeckt? Und würde ich euch jetzt mit Roter Grütze eine Freude machen?«

Siehst du, Fabian, auf seine Art hat uns Onkel Alexander viel beigebracht. Und als ich heute in seinen Heften blätterte, kam mir ein persönliches Erlebnis in den Sinn. Das war vor zwei Jahren, kurz nach der Atomkatastrophe von Fukushima und dem furchtbaren Tsunami. Ich hatte das Gastspiel in Osaka, entsinnst Du Dich? Eigentlich sollten wir die »Alpensymphonie« aufführen, aber wir änderten das Programm und spielten das Requiem von Verdi. Abends, im Hotel, war ich völlig fertig und wollte nur noch schlafen. Und da brachte das Fernsehen eine kurze Sequenz von der verwüsteten Küste von Tohoku. Ich weiß nicht mehr, um welche Ortschaft es sich handelte: Jedenfalls war diese Ortschaft glatt verschwunden, von den ungeheuren Wellen ins Meer hineingerissen. Alles hatte der Tsunami fortgetragen, sogar die Trümmerhaufen. Fort, alles war fort! Kein Licht mehr, trostlose Dunkelheit weit und breit. Was übrig blieb, waren nur die geradlinigen Spuren einstiger Straßen. Und auf einmal lösten sich seltsame Gestalten aus der Finsternis. Ein gespenstiger Festzug erschien. Der Straßenspur entlang schwankte auf den Schultern halb nackter Männer ein »Omikoshi« – ein Tragschrein aus schwarzem Lack, mit Goldfiligran geschmückt. Trommeln dröhnten, Flöten sangen, und die jungen Priesterinnen, weiß und rot gekleidet, ließen kleine Glöckchen klingeln. Menschen in Festgewändern, mit Fackeln und immergrünen Sakaki-Büscheln in den Händen, umringten tanzend den wippenden Tragschrein. Die Pechfackeln flatterten im Wind, versprühten glühende Funken. Junge Leute hielten Laternenstangen hoch, an denen Bänder befestigt waren, rosa, purpurn und orangefarbig. Ein weiß gekleideter Oberpriester führte den Festzug an und schwang eine Rute, an der ein Bündel langer Streifen heiligen Papiers hing. Die Rute diente dazu, den Weg für die Gottheit zu ebnen und die bösen Geister zu vertreiben. Wohin führte dieser Weg? Die Menschen kamen aus dem Nichts und verschwanden im Nichts. Doch unter ihren tanzenden Füßen wurde die Hoffnung geboren …

Der Mensch kommt aus der Dunkelheit und kehrt in die Dunkelheit zurück. Auf seinem Weg erfährt er alles, was einem Menschen je widerfahren kann: Geburt und Tod, Schmerz und Trauer, Krieg und Frieden, Liebe und Hass und eine Ahnung von dem, was jenseits allen Begreifens und Erkennens liegt. Und auf diesem irdischen Weg trägt er die Farben des Lebens: die Farben des Geistes, die Farben des Herzens und auch die Farben der Musik.

In Liebe, Deine Miwa